Esperando al rey

Novela Histórica

Esta obra resultó ganadora del Premio de Novela Histórica Alfonso X el Sabio 2014, convocado por Caja Castilla La Mancha y Espasa Libros (Grupo Planeta), y fallado por un jurado compuesto por Soledad Puértolas como presidenta, Almudena de Arteaga, Javier Moro, Javier Negrete y Ana Rosa Semprún.

Esperando al rey

José María Pérez, *Peridis*

ESPASA

Fundación
Caja Castilla La Mancha

El papel utilizado para la impresión de este libro es cien por cien libre de cloro y está calificado como **papel ecológico**.

Avinguda Diagonal, 662, 6.ª planta. 08034 Barcelona (España)
www.espasa.com
www.planetadelibros.com

Diseño de la colección: Booket / Área Editorial Grupo Planeta
Fotografía de la cubierta: MásGráfica
Capitulares y dibujos del interior: José María Pérez, *Peridis*
Mapas del inicio: © José María Pérez, *Peridis,* y © Elisa Pérez
Primera edición en esta presentación en Colección Booket: junio de 2017

Depósito legal: B. 10.064-2017
ISBN: 978-84-670-5014-1
Impresión y encuadernación: CPI (Barcelona)
Printed in Spain - Impreso en España

Biografía

José María Pérez González, más conocido como Peridis, es arquitecto y dibujante, nacido en Cabezón de Liébana (Cantabaria) el 28 de septiembre de 1941. Ha publicado diversos libros sobre humor y sátira política, como *El cabo caricaturas* (Editorial Valnera). En TVE presentó y dirigió *Las claves del románico*, con 33 capítulos emitidos entre 2002 y 2007. Colabora habitualmente con sus viñetas en el diario *El País* y es presidente de la Fundación Santa María la Real. En 2012 publicó en Espasa *La luz y el misterio de las catedrales*. En 2014 recibió el Premio de Novela Histórica Alfonso x el Sabio por *Esperando al rey*. En 2016 publicó, también en Espasa, *La maldición de la reina Leonor*.

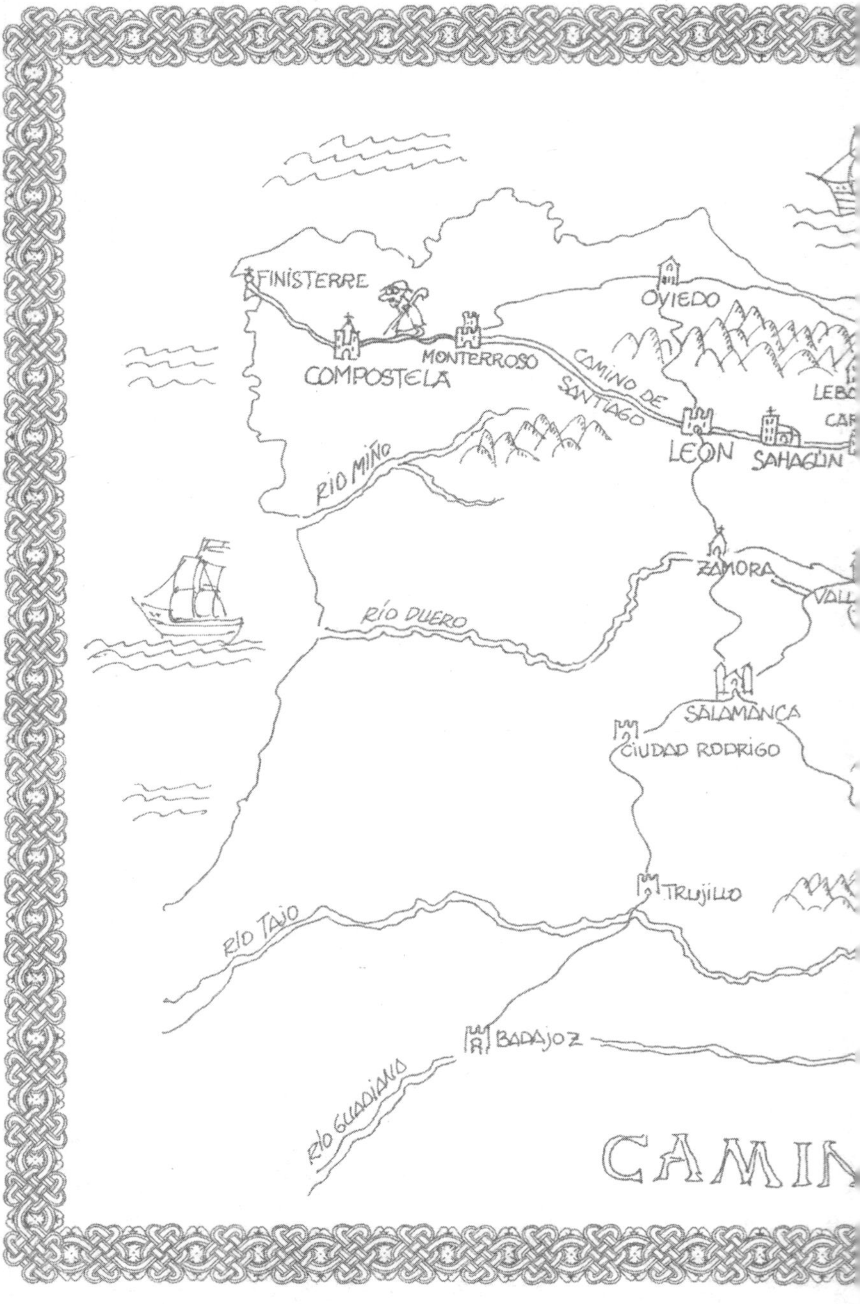
FINISTERRE
COMPOSTELA
MONTERROSO
OVIEDO
CAMINO DE SANTIAGO
LEON
SAHAGÚN
RÍO MIÑO
ZAMORA
RÍO DUERO
SALAMANCA
CIUDAD RODRIGO
TRUJILLO
RÍO TAJO
BADAJOZ
RÍO GUADIANA

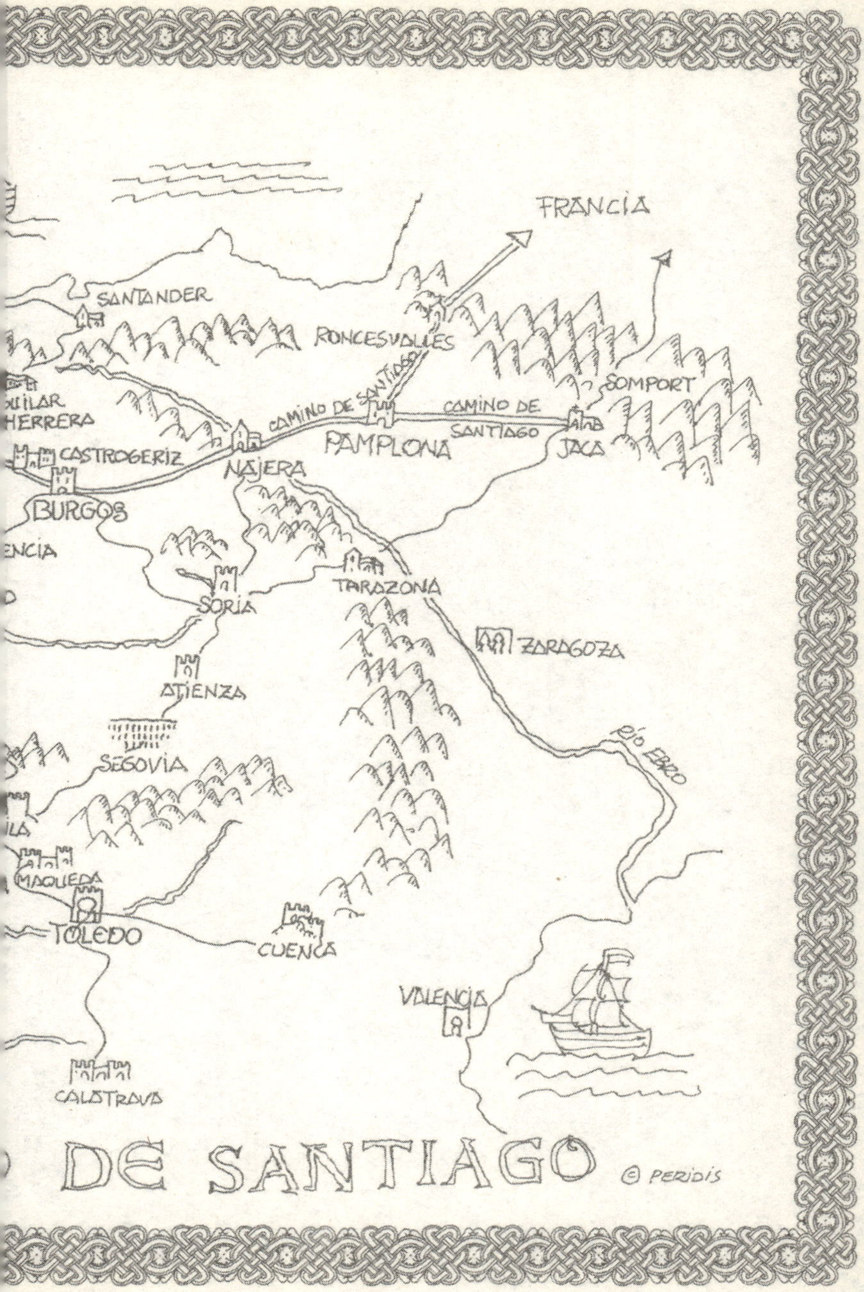
FRANCIA
SANTANDER
RONCESVALLES
CAMINO DE SANTIAGO
CAMINO DE SANTIAGO
SOMPORT
HERRERA
CASTROGERIZ
NÁJERA
PAMPLONA
JACA
BURGOS
TARAZONA
SORIA
ZARAGOZA
ATIENZA
SEGOVIA
RÍO EBRO
MAQUEDA
TOLEDO
CUENCA
VALENCIA
CALATRAVA
DE SANTIAGO
© PERIDIS

MAR CANTÁBRICO
GALICIA
OVIEDO
REINO DE LEÓN
COMPOSTELA
LEÓN
SAHAGÚN
TIERRA DE CAMPOS
Río miño
OCÉANO ATLÁNTICO
Río Duero
REINO DE PORTUGAL
Río Tajo
FRONTERA DE
LISBOA
TERRITORIOS DE HISPANIA
Río Guadiana
CÓRDOBA
Río Guadalquivir
SEVILLA
AFRICA

REINOS DE FRANCIA
PAMPLONA
REINO DE NAVARRA
REINO DE ARAGÓN
E CASTILLA
Río Ebro
ZARAGOZA
CATALUÑA
BARCELONA
HACIA 1.180
Río Júcar
S CRISTIANOS
VALENCIA
Río Segura
MAR MEDITERRANEO
IO ALMOHADE
MURCIA
ALMERÍA
REINOS DE HISPANIA
ANNO DE MCLXXX

A mi hija Marta,
que me pidió insistentemente
que escribiera una novela
incluso cuando a ella
ya no le quedaban fuerzas ni tiempo
para escribir la suya.

«Y yo te digo: cuando alguien se va, alguien queda. El punto por donde pasó un hombre ya no está solo. Únicamente está solo, de soledad humana, el lugar por donde ningún hombre ha pasado.

Las casas nuevas están más muertas que las viejas, porque sus muros son de piedra o de acero, pero no de hombres. Una casa viene al mundo, no cuando la acaban de edificar, sino cuando empiezan a habitarla. Una casa vive únicamente de hombres, como una tumba. De aquí esa irresistible semejanza que hay entra una casa y una tumba. Solo que la casa se nutre de la vida del hombre, mientras que la tumba se nutre de la muerte del hombre. Por eso la primera está de pie, mientras que la segunda está tendida».

La casa, CÉSAR VALLEJO

PRÓLOGO
(Camino de Santiago. Galicia, 1141)

Avanzaba lentamente la tarde y en el castillo de Monterroso, desdibujado por la niebla, todo el mundo aguardaba expectante la llegada del cortejo regio. Estaba la fortaleza por aquel entonces bajo el gobierno del noble más importante de Galicia, el conde Fernando Pérez de Traba, gran devoto del apóstol Santiago

La servidumbre al mando de la dueña Teodomira había trabajado afanosamente durante semanas para que el orden y la limpieza brillaran en todas las dependencias de la fortaleza, especialmente las reservadas para el alojamiento del príncipe.

—¡Seguro que se han perdido! —exclamó Teresa, la hija menor del conde, que no podía disimular su nerviosismo.

—No tienes por qué preocuparte —dijo su padre—. Conocen perfectamente el camino y no me cabe duda de que seguirán la estela de los peregrinos. De todas formas, ya ha salido el conde Osorio a su encuentro. Estoy convencido de que no tardarán en acceder al castillo.

Teresa insistía en esperar a que llegaran para retirarse a su aposento, pero su padre la obligó a irse a la cama al llegar la medianoche. Antes de acostarse, abrió el postigo de la ventana para sentir la llegada de los caballos y dejó la puerta entreabierta con intención de curiosear a los invitados cuando les acomodaran en los aposentos que les habían reservado junto al suyo, en el ala de poniente del castillo.

Aunque hizo todo lo posible para mantenerse en vela tratando de imaginar cómo sería el príncipe que esperaban, al cabo de un buen rato, el sueño y el aburrimiento se adueñaron de sus párpados.

Era bien entrada la noche cuando la despertó el chirrido de los goznes de la puerta y notó que la abrían muy despacio, tratando de no hacer ruido. El aposento estaba completamente a oscuras cuando sintió que entraban en la habitación. Los pasos cesaron un momento y luego se acercaron hacia su cama. Se notaba que estaba descalzo porque apenas hacía ruido al acercarse. Teresa sentía su respiración agitada y estaba tan asustada que no se atrevió a gritar cuando el intruso se metió en la cama. Se acurrucó entre las sábanas conteniendo la respiración pero se sintió su prisionera cuando él se pegó a su cuerpo y le pasó el brazo y la pierna por encima. Poco a poco fue entrando en calor. Se notaba que estaba tranquilo porque respiraba acompasadamente.

Teresa no osaba moverse por temor a despertarle y no podía bajar de la cama porque estaba entre el intruso y la pared. Pensaba que había pasado la noche en vela cuando oyó gritar a Teodomira en el pasillo: «El príncipe ha desaparecido, no se encuentra en su cama».

—¡Está aquí! ¡Está aquí conmigo! —respondió Teresa en voz baja—. ¡Está conmigo en mi alcoba, pero no le despertéis!

Al poco llegó el conde de Traba en camisón de dormir, hecho una furia y cojeando ostensiblemente.

—¡Bien empezamos! Si la primera noche ya se mete en la cama de Teresa, a este mozo no va a haber quien le controle.

—Estaba muerto de frío y vino sin hacer ningún ruido. A mí no me ha dado nada de guerra durante toda la noche porque ha dormido como un bendito.

Teodomira le cogió en brazos para llevárselo a su habitación.

—¡Que sea la primera y la última vez que duerme fuera de su cama! —ordenó el conde—. Lo digo bien alto para que se entere todo el mundo. El emperador me ha enviado al príncipe Fernando para que le criemos y eduquemos como caballero y como rey, y eso exige esfuerzos y sacrificios por su parte y disciplina, mucha disciplina, por la nuestra.

—Pero si solo es un niño, señor. ¡Aún no habrá cumplido cuatro años! —dijo Teodomira, llevando en volandas al pequeño, que seguía dormido como si la cosa no fuera con él.

—Por eso precisamente, ahora que estamos a tiempo —gritó el conde de Traba—. ¡Y tú, mocosa, vuelve a tu cama otra vez! Que parece que no has pegado ojo en toda la noche.

Teresa, que solo tenía siete años, no deseaba otra cosa que volver a su lecho y no le preocupaba el enfado de su padre, porque había tenido la fortuna de dormir una noche con don Fernando, que, aunque fuera todavía un niño, era un príncipe de carne y hueso.

A la noche siguiente, Teresa oyó que el príncipe la llamaba:

—Tereeeesa, Tereeeeeeeeesa, veeeen, veeeeen conmigo, que tu padre me da mucho miedo y no me puedo dormir.

Teresa se dijo: «Mi padre ha prohibido que se meta en mi cama, pero no ha dicho nada de que yo me vaya a la suya. Voy corriendo a consolarle».

Primera parte
Un ilustre peregrino
(Galicia, 1150)

1

Habían pasado ya nueve años desde la llegada del príncipe al castillo de Monterroso cuando al peregrino sólo le faltaban unas pocas jornadas para llegar a Compostela. Pero en una bifurcación del camino un día desapacible de finales del invierno, una niebla traicionera le hizo perder el contacto con el grupo del que formaba parte. Abandonado a su suerte, comprobó, aterrado, que tan solo era un espectro en medio de la niebla.

Caía la noche cuando creyó escuchar aullidos de lobos en lontananza. Presa del pánico echó a correr sin rumbo fijo y se perdió en la espesura. Desorientado y falto de fuerzas, cayó rendido en el suelo. Tras escuchar una respiración agitada comenzó a sentir una cálida viscosidad que se deslizaba desde los párpados hasta el cuello. Muerto de miedo y de repugnancia, vio con espanto las fauces de un monstruo que babeaba en su cara y creyó que el demonio había venido en busca de su alma para llevársela a los infiernos.

En su afán de escapar, cayó por un barranco perseguido por el animal. Mientras giraba como un pelele rodando por la pendiente, se encomendó al apóstol Santiago antes de golpearse la cabeza. A punto de perder el conocimiento, sintió unas manos rudas que le agarraban por los hombros y por los pies. Para su fortuna, le habían encontrado algunos de los monteros del cercano castillo que se aprestaron a auxiliarle.

—¡Traemos a un hombre medio muerto del camino! Debe de ser un peregrino.

Las voces pusieron en guardia al conde, que estaba a punto de acostarse.

—Ponedle en un lecho de paja, tapadle con una manta y que vaya a verle el capellán, por si tiene que suministrarle los sacramentos. Que le acompañe el médico por ver de salvar su vida y nos informe de todo lo que puede averiguar.

El galeno, un judío que procedía de Toledo, que además era escribano al servicio del conde, se acercó a las caballerizas para atender al herido y enseguida se hizo su composición de lugar.

—Cuarenta años bien llevados. Porte altivo y aristocrático. Más bien alto que bajo. Pelo lacio y canoso. Blanco de carnes, pero ancho de hombros. Barba cana y espesa. Manos de clérigo, aunque puede ser un escribano o un príncipe. Ha perdido el conocimiento, pero salvo el agotamiento y la brecha de la cabeza, apenas tiene llagados los pies y un catarro mal curado. Presenta síntomas de no haber comido como acostumbraba. Los delirios que padece no deben suscitar mayor preocupación, dados los ayunos que acompañan a los peregrinos en las muchas jornadas de pensamientos solitarios y recurrentes.

Informado también el conde don Fernando de que el herido portaba cadena y crucifijo de oro y anillo con un sello nobiliario, ordenó su inmediato traslado desde el pajar de las caballerizas, donde solían pernoctar los caminantes y peregrinos que pasaban por Monterroso, hasta uno de los aposentos del castillo, una vez que la servidumbre le hubo aseado convenientemente. Después encargó de su cuidado a la dueña Teodomira, afable y bien parecida, y que aunque apenas pasaba de los treinta, presentaba maneras de mujer de más edad.

—Esto va a ser coser y cantar. ¡Habéis caído en buenas manos, hermoso! Veréis qué bien os tratamos. Unos cuantos días de reposo en esta mullida cama, buenos caldos y sopitas de leche, y el resto dejadlo de mi cuenta, que no vais a tener queja alguna de mis atenciones, porque, como me llamo Teodomira, no os faltará de nada.

El peregrino pasó varios días conmocionado, sin fuerzas apenas para abrir los ojos. Por fin, una mañana consiguió librarse de pesadillas y delirios y empezar a darse cuenta de dónde estaba. «Pensemos un momento —se dijo—. Estoy dolorido, pero a gusto en una cama de mullida almohada y limpias sábanas. Cerca de mí crepitan las llamas de una chimenea que calienta sin abrasar. Y no estoy muerto, no, porque si lo estuviera, no sudaría tan copiosamente como sudo».

Como si hubiera adivinado su pensamiento, alguien levantó el crucifijo que pendía de la cadena de oro, y con un lienzo fino secó el sudor que le bañaba el cuello y el pecho.

Para su contento, notó que una cabellera perfumada se posaba sobre él y que una suave mano tomaba una de las suyas y la elevaba lentamente.

El herido, que ya no podía resistir la curiosidad, entreabrió los ojos y, como estaba a contraluz, quedó deslumbrado. Cuando volvió a abrirlos de nuevo encontró sentada en el borde de la cama a una hermosa criatura que le había levantado la mano y observaba con detenimiento el anillo con el sello nobiliario. Era la dulce Teresa, la hija menor de don Fernando, una joven doncella de singular belleza que con quince años estaba en la flor de la vida. El peregrino quedó tan impresionado que pensó que se trataba de un ángel.

La joven, sorprendida por el inesperado despertar del herido, enrojeció como una amapola, y para disimular su proceder hizo ademán de estirar el cobertor y reanudar la lectura del libro que reposaba sobre su regazo.

Detrás de ella estaba la joven Constanza, una preciosa morena de piel pálida y ojos negros, la hija preferida del conde Osorio Martínez, compañero de muchas batallas y gran amigo de don Fernando de Traba.

Ante semejante visión, el peregrino se dijo que solo gracias a un milagro del apóstol podía haber pasado de estar a merced del diablo en medio de un monte, a reposar en el lecho de una habitación palaciega asistido por dos ángeles. No era el único que había sido socorrido por el apóstol, porque muchos peregrinos afirmaban haber sido testigos o beneficiarios de favores semejantes.

—Gracias a Dios que por fin ha resucitado nuestro ilustre peregrino —exclamó Teresa—. Ya empezábamos a perder la esperanza de que despertara. ¿Qué tal os encontráis? ¿Necesitáis algo?

Pero el pobre hombre, tan impresionado como confundido, no fue capaz de articular palabra.

La dueña Teodomira, que acompañaba a las doncellas cosiendo en un rincón de la alcoba, salió corriendo a llevar la buena nueva a los condes Fernando y Osorio, que se presentaron inmediatamente en el aposento acompañados por el médico, el mayordomo y un desgarbado mozalbete que no le quitaba la vista a Teresa.

Al ver la alegría de sus visitantes, el peregrino no pudo más que expresarles, con lágrimas en los ojos, su inmenso agradecimiento, ora juntando las manos y elevándolas hacia el cielo, ora cruzándolas sobre el pecho.

Estos sentidos gestos no bastaron para satisfacer la curiosidad de los anfitriones; para facilitar la comunicación con el herido, don Fernando ordenó a la servidumbre que despejara la cámara. El conde era un caballero de avanzada edad y elevada estatura. Tenía un rostro surcado de profundas arrugas, iluminado desde unos ojos azules por una mirada vivaz bajo unas cejas muy pobladas que denotaban un carácter vigoroso e inquieto. La cicatriz que le atravesaba la frente le daba un aspecto temible. Había sido un guerrero fiel al servicio del emperador Alfonso, pero siempre consideró su mayor hazaña la peregrinación que había realizado hacía trece años a Jerusalén. Todos en el castillo sabían que su intención era volver a Tierra Santa en cuanto casara a su hija, pues así se lo había prometido al apóstol tras la conquista de Almería.

—Mi espada y mis bienes están al servicio de los peregrinos —dijo el conde acercándose al lecho—. ¿De dónde viene su reverencia, si no os importuna mi pregunta? —A pesar de su silencio, siguió preguntando—: ¿Procedéis de Inglaterra? ¿De tierras germanas? ¿De Borgoña? —Y como el peregrino negara repetidamente con la cabeza, se aventuró a decir—: Entonces, venís de Roma. —Viendo que el interrogado asentía, el conde mostró su satisfacción, diciendo—: ¿Qué es lo que he dicho yo desde el principio...? Que el caballero procedía de Roma. No hay más que ver la presencia que tiene para adivinarlo. ¿Sois eclesiástico?

El convaleciente movió la cabeza afirmativamente y, para sorpresa de los asistentes, hizo un gesto inquisitorio con las cejas y con la mano preguntando quién era el mozalbete que miraba embobado a Teresa.

—Perdonad, vuestra reverencia. Este joven es don Fernando, el hijo del emperador Alfonso, y está destinado a ser el rey de León, Galicia y, si Dios lo quiere, también de Portugal.

—Mi abuelo Raimundo era hermano del papa Calixto —puntualizó el príncipe con orgullo.

El herido se quedó maravillado del alto rango de sus anfitriones. Sospechó que entre el príncipe, que no debía de haber cumplido los trece años, y la doncella que había examinado su anillo y que como mucho tendría dieciséis, podría haber algo más que miradas, pero exhausto por el esfuerzo se quedó tan profundamente dormido que a los asistentes no les quedó otro remedio que ir saliendo poco a poco de la alcoba.

—Tonta de mí —se decía Teresa, incapaz de conciliar el sueño aquella noche—. ¿Qué habrá pensado ese caballero tan principal de una joven que le coge la mano a las primeras de cambio para mirar el anillo?

En aquel momento se dio cuenta de que alguien entraba sigilosamente en su habitación.

—¿Eres tú, Fernando?

—Sí, soy yo, Fernando, ¿quién iba a ser?

—¿Y qué es lo que quieres a estas horas?

La pregunta era ociosa porque el príncipe ya estaba dentro de la cama. Se había pegado al cálido cuerpo de Teresa, había inspirado la fragancia de su aliento, había colocado sus helados pies entre los de la joven y sin el menor recato empezó a acariciarla bajo las sábanas.

—Que estés helado no es excusa para que te arrimes de este modo, sinvergüenza.

En ese momento la muchacha pareció ver el destello de un ángel que le decía: «El que evita la ocasión, evita el peligro. ¡Ten cuidado con el principito, Teresa, que ya está bastante crecido! ¡Échale de la cama sin contemplaciones, que estas cosas empiezan con besos y risas, y terminan en lágrimas y suspiros!».

—Se acabaron los mimos, venga, espabila, Fernando, deja de una vez de darme guerra y vete a tu cama corriendo y sin hacer ruido.

—Anda, Teresa, sé buena conmigo. ¿Qué te cuesta?

—Lo primero que hay que hacer es aprender a querer. Aprender a querer al otro y dejar de tan ser egoísta. ¿Tú me quieres algo, Fernando?

—Claro que te quiero, Teresa.

—Claro que me quieres. Claro que me quieres. Pero ¿cómo me quieres?

—Pues como a una hermana y como a una madre.

—Bueno, ¿pero tú te casarías conmigo y querrías tener hijos conmigo?

—¡Ya me gustaría a mí, ya! Pero tú tendrás que casarte con el marido que te busque tu padre, aunque no sea tu preferido, y yo me tendré que casar con una princesa, por el bien del reino o algo parecido; pero yo siempre podré llevarte conmigo, que es lo que hacen los reyes cuando se encaprichan con una mujer. La reina me daría muchos hijos y tú me darías calor y gusto cuando lo necesitase.

—Estaría bueno que quisieras llevarme contigo de concubina. ¿Eso es todo lo que me quieres y todo lo que me ofreces? ¿Cuánto tiempo crees que tardaría en envenenarme la reina? —Y como no sabía cómo quitárselo de encima, le preguntó para distraerle—: A ver, cuéntame, ¿qué has hecho hoy? ¿Has aprendido con el conde Osorio algo que valga la pena? ¿Conseguirá hacerte un hombre de provecho o le estás matando a disgustos?

—Me tiene harto, él me aprieta, pero yo no acierto. Dice que no pongo atención y que soy indolente y desmañado.

Que no puedo ni levantar la espada, y que tengo que asirla firmemente. Insiste una y otra vez en que la espada tiene que ser la prolongación del brazo y también del hombro y del cuerpo. El cuerpo tiene que empujar a la espada, dice, y yo lo hago al revés, que es ella la que arrastra mi cuerpo cuando doy un mandoble.

—¿Progresas con el caballo?

—A mí me parece que lo hago bien, pero él dice que no me muevo con gracia en la montura. Que de ese modo me canso yo y se fatiga el animal, y así no llegamos a ninguna parte. Eso es lo que me impide meter la lanza en la anilla cuando me pongo al galope tendido. El conde Osorio no para de decirme que si no mejoro, puedo salir muy perjudicado en los torneos entre caballeros, y no digamos en la guerra.

Teresa, criada sin madre por un padre que se ausentaba durante largas temporadas y solía estar mucho tiempo entre soldados y palafreneros, sonrió para sus adentros.

—Eso te pasa por pensar cómo lo tienes que hacer. Te pones tenso y eso te perjudica. No pienses. Tienes que sentir que la espada es de carne y hueso, debes hacerla tuya porque en ello te va la vida. A la vez tienes que moverte al mismo ritmo que el caballo, bailar con el caballo, hablar con el caballo, disfrutar en su compañía y, sobre todo, notar que al caballo le gusta cómo lo haces. Si practicas sin desmayo, sentirá que no le pesas y que ambos formáis parte de un mismo cuerpo. Cuando cabalgues para meter la lanza en el aro, no tengas miedo a fallar; apóyala firmemente en el ristre y ten confianza en ti mismo. Piensa que, aunque simule que no se mueve, la anilla se acerca batiendo alegremente sus alas porque desea abrazarse a la lanza. Si lo haces como yo te digo, ya verás como las cosas son mucho más fáciles de lo que parecen. No caviles y déjate llevar por el instinto. Y no vayas al galope, vete despacio, muy despacio, muy despaciooo, sobre todo al principiooooo...

Y así, dejándose llevar, entre ayes, suspiros y risas, Teresa y Fernando iban cabalgando, alternando la montura discípulo y maestra, siguiendo el método de hacer aprendiendo o de aprender haciendo, el príncipe sobre la condesita y la condesita sobre el príncipe.

En un principio la muchacha iba al paso, pero enseguida inició un trotecillo rítmico punteado por quejidos y suspiros que delataban las sabrosas sensaciones que le producía la lección de equitación. El príncipe pensaba que aquello era mucho más placentero incluso que ser coronado rey de León y de Galicia, y sentía que estaba a punto de resbalar por una ladera. Pero al notar que le subía por el pecho un calorcillo como de brasas, para sentir el fuego más intensamente, se abrazó a la joven como un poseso y, sin previo aviso, se derritió como mantequilla, con gran susto de la joven maestra que no tenía previsto, ni remotamente, llevar hasta el final la primera lección de equitación.

La que sentía que había caído por un precipicio era Teresa, que saltó de la cama en cuanto pudo soltarse del príncipe y, presa de gran agitación, se puso a pasear por la estancia mesándose los cabellos, recordando las conversaciones entre cuchicheos que se tenían las mozas en la cocina del castillo.

—¿Pasa algo, Teresa? ¿Es que he hecho algo malo?

—¿Que si has hecho algo malo? Se te fue el santo al cielo. ¡Ay, Dios mío, buena la hemos hecho! ¿Qué estarías pensando? La culpa es mía por dejarme llevar por la lástima. Mira que si me dejas encinta... No quiero ni pensarlo. A ti te llevan a la corte de León para hacerte rey, y a mí me meten en un convento de por vida y como mucho termino de abadesa. —Inmediatamente deshizo el lecho y conminó al visitante—: Anda, cochino, vístete deprisa y sal corriendo de la habitación sin hacer ruido, que me has dejado perdida. Perdida sin remisión, si Dios no lo remedia.

Fernando se colocó el camisón y se calzó las babuchas lentamente. Cuando estaba a punto de salir del aposento, se volvió hacia Teresa.

—Aunque sea a mi manera, yo también te quiero mucho, Teresa —dijo muy contrito—, y juro por mi honor que siempre haré lo que me pidas y acudiré adonde me necesites. Y si no lo hago, que me lo demande el apóstol Santiago.

—Ahora juras por tu honor, pero ¿dónde dejas el mío? —le contestó Teresa mientras se metía en la cama enjugando sus lágrimas.

Empezaba a clarear cuando la condesita, que no había conseguido pegar ojo, sintió que llamaban de nuevo a la puerta.

—¿Estás despierta, Teresa?

—¿Eres tú, Constanza? Pasa y cierra la puerta, que en esta casa no gana una para sustos. Mi padre ha vuelto a su manía de peregrinar a Tierra Santa. Fernando está caprichoso y antojadizo...

—Del príncipe, precisamente, quería hablarte. Desde que ha vuelto de León, todo lo hace con desgana y a mi padre no le hace ni caso. El emperador no verá con buenos ojos que su hijo vuelva a la corte hecho un haragán, y puede que se lo haga pagar caro a mi padre... y también al tuyo.

—Pero él sabe que si quiere ser rey algún día, tiene que aprender a ser un caballero.

—Sí que lo sabe, pero creo que tú eres la única que puedes convencerle de que ponga algo de su parte. Que si el emperador queda satisfecho, todos saldremos ganando. No olvides que a nada que se lo proponga, nos puede proporcionar un matrimonio muy ventajoso.

—¿No me digas que ya andáis tu padre y tú buscando un buen partido? Dime quién es, Constanza, que me estoy muriendo de curiosidad y de sueño.

—No se lo digas a nadie, pero se trata de Fernán de Castro, el mayor de los sobrinos de don Gutierre, el ayo y preceptor del príncipe Sancho. Ya sabes que los señores de Castro son una de las familias más poderosas del reino.

Teresa tragó saliva. Curiosa por naturaleza, había sorprendido hacía no mucho una conversación entre su padre y Osorio. El conde le decía a su amigo que, por muy poderosos que fueran los Castro, se lo pensaría dos veces antes de casar a la niña de sus ojos con «esa bestia de Fernán».

—Ya veremos, Constanza..., todavía queda mucho para eso...

—Eso dices tú, Teresa. Pero ya sabes que a lo único que espera para volver a Jerusalén es a dejarte bien casada... con alguien de tu condición.

Continuaron charlando un buen rato de sus esperanzas y temores, y ya clareaba el alba cuando Teresa acompañó a su amiga hasta la puerta del aposento y se quedó sola pensando que Constanza sospechaba lo ocurrido con Fernando. Si llegaba a saberse, ¡adiós matrimonio ventajoso, adiós familia distinguida, adiós aprecio de su padre y respeto de sus allegados! El oprobio y la vergüenza la esperaban a su puerta.

Teresa, criada sin el afecto y los consejos de una madre, siempre sola entre hombres, no tenía a quién confiarse. De pronto, se acordó de su nodriza, que había sido como una madre para ella.

Puestas sus esperanzas en la experiencia y la sabiduría de la dueña Teodomira, Teresa se calmó y cayó rendida sobre la cama. Enseguida los latidos de su corazón se tranquilizaron al recordar la calidez de los pechos que la amamantaron cuando era niña. Finalmente se durmió, soñando que daba saltos sobre las fragantes sábanas que Teodomira había tendido al sol en una pradera inundada de margaritas.

A la mañana siguiente, Teresa pidió a la camarera que fuera en busca de la dueña, que acudió tan presta y bien dispuesta como solía a sentarse en el estrado con su señora, a la que quería como si fuera su propia hija. Sin saber por dónde empezar, la muchacha se puso a charlar sobre la dificultad del bordado que se traía entre manos. La nodriza, viendo que la condesita prestaba poca atención a la labor, se la quitó de las manos y le obligó a mirarla a los ojos.

—Ay, Teresa —le dijo—, yo os conozco desde que vinisteis al mundo; a vos no os interesa ahora el bordado y me habéis llamado para otra cosa, pero no os atrevéis a decírmelo.

—Teodomira... eres la única con la que puedo hablar de esto... Con mi padre es imposible y mis doncellas se reirían de mí... Constanza no sabe nada... Y yo... Dentro de poco me concertarán casamiento... Y a las muchachas nadie nos cuenta qué es lo que ocurre de verdad cuando nos casan con un hombre que nos lleva a la cama sin apenas conocerle. ¿Qué quieren de nosotras los hombres?

La dueña lanzó un suspiro y le asió las manos con dulzura.

—Muchas cosas, Teresa; pero principalmente una, porque todos los hombres van a su capricho, aunque cada uno quiere que se lo cocinen a su manera.

—¿Pero tienes que hacerlo siempre que te lo piden?

—Depende de quién lo requiera. Si lo requiere el marido, el señor o los caballeros porque andan revueltos o se aburren, es mejor que no les lleves la contraria y ya está. Pero a veces les entran antojos y te piden que les hagas unas cosas que da vergüenza describirlas... —Como Teodomira viera que Teresa se quedaba pensativa, la miró de frente y muy seria—. Ay, Teresa, que me parece que seguís dando vueltas. Os veo muy preocupada. ¿Quién ha sido el bandido?

Ante una pregunta tan directa a la muchacha no le quedó otro remedio que sincerarse de una vez con su ama de cría.

—Yo no tenía intención —admitió, haciendo pucheros—, pero entró anoche el príncipe don Fernando en mi habitación... Empezamos jugando... —Y con los ojos anegados en lágrimas se echó en los brazos de su nodriza.

—Esas cosas como más gustan es haciéndolas jugando —murmuró la dueña, dándole palmaditas en la espalda—. Ea, mi señora, ¡cuántas quisieran haber estado en vuestro lugar! ¿De qué tenéis miedo, *coitadiña*, si el pobre todavía no deja lamparones en las sábanas? —la consoló riendo Teodomira—. No conozco a nadie que a esa edad haya dejado preñada a una mujer. Pero dentro de poco puede haber más peligro. Por si acaso... encomendaos al apóstol, y juradle peregrinar a Santiago. Pero, mientras tanto, procurad montar a caballo todo lo que podáis.

Teresa se quedó más tranquila, pero seguía ávida por saberlo todo sobre la intimidad entre hombres y mujeres. Entre risas, Teodomira la obligó a levantarse.

—Dejaos de tantas preguntas y salid a montar a caballo, mi niña, con la buena mañana que hace ahora que se cansaron las lluvias.

A regañadientes, Teresa no tuvo más remedio que obedecer. Ayudada por su doncella, vistió una larga túnica de cuello redondo y mangas abiertas, una preciosa saya que llevaba bordado el emblema de la casa de los Traba y, sobre la túnica, directamente, una capa negra con capucha, de amplias mangas y más corta por delante, que le ayudaba a manejar con soltura la montura. Calzó botas de caña alta y cubrió su cabeza con una sencilla cofia de lino.

Espoleando su yegua canela, la condesita salió en busca de la pradera en la que el conde Osorio adiestraba al príncipe en las nobles artes de la equitación. Se le ensanchó el corazón en cuanto se vio cabalgando por los campos de margaritas. Bailaba la primavera en los espinos y sembraba de botones los avellanos.

Cuando dejó atrás el castillo, le dieron la bienvenida con sus trinos los ruiseñores. Por el camino, sentía que el aire límpido y transparente se paraba su paso y le agitaba su cabellera. En los claros del bosque, que la estaban esperando para compartir su secreto, el sol rejuvenecido se abría paso entre el rebaño de nubes que habían perdido la estela de la borrasca. El vaho que desprendía la tierra se colgaba de las ramas de los abedules para contemplarla desde lo alto.

De repente, el relincho poderoso de un caballo llamando a la yegua la avisó de la cercanía del príncipe y su séquito.

Encendida y sofocada por la cabalgada, Teresa estaba más hermosa que las princesas que cantaban los juglares. Si su sola presencia no hubiera sido suficiente estímulo para aquel aprendiz de caballero, los vítores que ella profería cada vez que él superaba una prueba estimularon de tal manera al jinete que no se cansaba de repetir una y otra vez los ejercicios que le proponía el sufrido conde Osorio. Pero el muchacho se había envalentonado, y eran tan alocadas sus carreras y temerarios sus saltos que Teresa y el conde llegaron a temer por su vida porque el impulsivo príncipe no se daba cuenta de que las apetencias del caballo estaban en otra parte.

—¡Detente, Fernando, que te vas a matar! —gritaba la joven al borde la desesperación, pero él no le hacía caso.

—No creo que se mate, pero a este paso, este atolondrado no se sienta en el trono —murmuró para sus adentros el conde Osorio.

Haciendo caso omiso de las señas que le hacía su mentor, el príncipe picó espuelas y espoleó al caballo para que corriera a galope tendido para saltar el seto que remataba el cercado.

El caballo, que no quería alejarse de la yegua de su querencia, intentó darse la vuelta antes de abandonar la pradera; pero el muchacho, impulsado por la euforia, lo fustigó con más fuerza. Al llegar frente al obstáculo, el animal, en vez de saltarlo limpiamente, hincó en el suelo las patas delanteras e hizo volar al jinete por encima del seto, haciéndole desaparecer entre las zarzas.

—¡Se ha matado! ¡Ay, Dios mío! ¡Se ha matado, se ha matado el príncipe, se ha matado! —repetía Teresa con un hilillo de voz, a punto de desmayarse, mientras el conde Osorio permanecía inmóvil, sin articular palabra, porque en un instante el mundo se le había venido encima. El caballo se puso a pacer tranquilamente, y en el seto no se movía ni una hoja.

Teresa, al ver que el conde Osorio no reaccionaba, salió corriendo hacia el punto fatídico donde suponía que había ido a dar con sus huesos el desdichado. Sin importarle los arañazos, se metió entre las zarzas buscando al jinete, y como no lo encontraba, le llamó gimiendo:

—Fernando, Fernando, ¿dónde estás, amor mío?

Al cabo de algunos segundos, el aludido asomó la cabeza entre la maleza, justo delante de ella, y soltó una risotada.

—¡Me has enseñado a volar! ¡Esta noche quiero premio y de los buenos!

Teresa no se pudo contener y, sin decir palabra, le propinó una sonora bofetada justo antes de desmayarse.

2

Mientras Teresa, el maltrecho príncipe, Osorio y el resto del séquito regresaban al castillo, en este, el peregrino, ante la sorpresa de Teodomira que le daba el tratamiento de ilustrísima y ya pensaba que el herido se había quedado mudo, recuperó repentinamente el uso de la palabra.

—Me llamo Jacinto Bobone —declaró con dificultad, aunque de forma perfectamente inteligible—, pero ni soy obispo ni tengo las órdenes sacerdotales, porque solo soy un humilde diácono de Santa María in Cosmedin de Roma, aunque mi amigo el papa Celestino haya nombrado cardenal a este pobre pecador.

A Teodomira le faltó tiempo para llevar la buena nueva a su señor el conde, aunque con el apresuramiento, no acertó a decir si se llamaba Jacinto, Cosmedin o Celestino, pero sí estaba segura de que era diácono y cardenal romano.

—No es lo mismo atender a un diácono que a un cardenal, que de estos hay muy poquitos y son importantísimos porque además eligen al papa —señaló el conde—. Por eso tienes que recordar palabra por palabra lo que te dijo.

Como la mujer no podía concretar por mucho que le insistieran, terció el médico en la conversación.

—A los efectos de la recuperación nos es indiferente que sea diácono o cardenal, que se llame Jacinto o Cosmedin, porque es un buen síntoma que haya soltado la lengua. A partir de ahora tenéis que contarle historias y darle conversación para que recupere la memoria, no sea que se olvide otra vez de quién es y de dónde viene y lo tengáis que albergar en el castillo para siempre.

Como el cardenal sufría de mareos y desmayos con cierta frecuencia y le dolía a menudo la cabeza, don Fernando le invitó a permanecer en el castillo durante todo el tiempo que fuera necesario y le aseguró que Teodomira seguiría a su servicio procurando que no le faltara de nada.

—Jacinto tiene mucha sapiencia —le dijo el conde a Osorio—. Nos interesa que se recupere rápidamente. Bueno sería que, aparte de estar entretenido él, nos distrajera a nosotros. En cuanto esté mejor, le pediré que nos cuente historias de Roma. Además, Fernando y Teresa tendrían para su educación al preceptor que necesitamos. Ni en la corte de su padre el emperador tendría el príncipe un maestro como él.

Teodomira se tomó la recuperación del peregrino como una cuestión personal, y para estimular su curiosidad, empezó a contarle las aventuras del conde de Traba.

—Teníais que haber visto a don Fernando hace más de quince años, cuando llegué yo al castillo. Tenía una fuerza descomunal. Vivía con la condesa doña Sancha y corrían por estas estancias María, Gonzalo y Urraca. Pero el conde ya andaba con la condesa Teresa de Portugal en la guerra y se ve que también en la cama, porque les nacieron Sancha y Teresa, y se las trajo con él a Monterroso. Yo fui el ama de cría de Teresa. A las otras las ha casado con caballeros muy principales. Y a esta la casará enseguida con algún príncipe, porque le han dado una educación esmerada. Habla latín y francés, y conoce de historia y de gramáticas casi tanto como un obispo. Y haciendo bordado, mi hija Cecilia y ella son las mejores. En cuando a la presencia y a los modales..., vos mismo lo habéis podido comprobar cuando abristeis los ojos después del golpe en la cabeza.

Jacinto escuchaba la cháchara de Teodomira, que le divertía tanto como le interesaba, hasta el punto de que decidió empezar su recuperación por el taller de bordados del castillo, del que tanto había oído hablar. Le invitaron Teresa y Constanza, para que admirara el arte de las muchachas y la calidad de las casullas, estolas, frontales y velos de altar y otros ornamentos litúrgicos que confeccionaban para las iglesias y monasterios de Galicia.

Cuando estaban a punto de entrar en la sala, escucharon a las bordadoras cantando el romance de un peregrino:

I onde vai aquil romeiro, meu romero a donde irá,
camiño de Compostela, non sei se alí chegará.
Os pés leva cheos de sangue, xa non pode máis andar,
malpocado, probe vello, non sei se alí chegará.

—¡Atadme bien fuerte al mástil del barco, que están cantando las sirenas! —exclamó Jacinto al entrar, parafraseando a Ulises.

Había comenzado Cecilia, la hija de Teodomira, con voz maravillosa, y le respondían el resto de sus compañeras a coro. La estancia no era excesivamente grande, pero sí amplia y cálida. Y, sobre todo, una de las más luminosas del castillo porque contaba con un pequeño hogar. En el orden que imperaba se notaba la mano de la dueña. Las telas de seda o de terciopelo, los ovillos de hilo —separados por colores y tejidos— estaban en cestas de mimbre y los abalorios y otros elementos para ensartar en el bordado —como perlas, gemas, lentejuelas e hilos de oro y plata— estaban cada uno en su sitio, y todos guardados en un armario de dos puertas de gruesa madera reforzado con tiras de hierro.

Las muchachas del taller contuvieron la respiración cuando los visitantes cruzaron la puerta.

—¡Habrase visto! Ni tengo barbas blancas, ni soy tan viejo como refiere el romance, ni pienso morirme en Santiago —exclamó el cardenal, simulando estar enfadado y con gran susto de las bordadoras y perplejidad de Teresa.

—Excusad a Cecilia y a sus compañeras, monseñor —se apresuró a disculparse Teresa—, pero la hija de Teodomira no se refería a vuestra reverencia. Entonaba el romance de don Gaifeiros, conde Guillermo de Aquitania, que murió en Santiago hace ya trece años y desde entonces se canta este milagro del apóstol.

—Mucho me temo que cuando yo salga por la puerta, estas jovencitas, en vez del romance de don Gaifeiros, cantarán este otro:

A dónde irá el peregrino, mi Jacinto a dónde irá.
Camino de Compostela, no sé si allí llegará.
Que se perdió en la niebla, poco antes de llegar.
A dónde irá el peregrino, irá al taller de bordar...

En el taller se escuchó una estruendosa carcajada seguida de un gran aplauso y todas las muchachas que allí había le suplicaron que continuara cantando.

El cardenal, que gustaba mucho de la compañía de las mujeres, al ver aquel grupo de lozanas jovencitas, se esponjó como un gallo en el gallinero.

—Un oído alegre agiliza la mano y estimula la imaginación. Pero habiendo tantas bellezas en estas rocas debo seguir el consejo de Circe —les advirtió—, y mis acompañantes tendrán que atarme al mástil de la nave para poder escuchar el canto de estas sirenas y evitar que el frágil barco de mi cuerpo se estrelle contra las rocas y naufrague sin remisión.

Rieron todas a coro porque, aunque muchas no entendieron la fábula, comprendieron perfectamente el cumplido.

—Aunque me da la impresión de que algunas de vosotras hacéis como Penélope, que lo que tejía de día lo deshacía por la noche para dar largas a los pretendientes cuando solicitan vuestros favores —continuó Jacinto.

—Si tuvierais la bondad de contarnos entera la historia de Ulises y el canto de las sirenas, disfrutaríamos más cuando llegáramos a la tela de Penélope —señaló Teresa con la aprobación de Cecilia y de sus compañeras, que escuchaban al hombre de Iglesia como si de un trovador se tratara.

Mientras las bordadoras realizaban sus primorosos trabajos bajo la atenta mirada de Teodomira, el cardenal, siguiendo el ejemplo de los monjes que leen en el refectorio durante las comidas, les contó algunas hazañas de Ulises para regocijo de las muchachas que solo conocían historias de santas, vírgenes y mártires.

A Jacinto no le extrañó en absoluto la curiosidad de Teresa y su habilidad para hacerle aflorar el manantial de sus conocimientos, pero se dio cuenta enseguida de que la inteligencia y sensibilidad de Cecilia no se correspondía con la modestia de sus orígenes familiares. La muchacha era la hermana de leche de la condesita, y había nacido y se había criado en el castillo sin que Teodomira hubiese dicho a nadie quién era su padre. Hermosa y discreta, se había hecho imprescindible en el taller de bordados y había aprendido con avidez todo lo que Teresa le había querido enseñar.

—Vuestra hija tiene ángel y unas manos prodigiosas, además del don de la poesía y de la música, señora mía —le comentó Jacinto a Teodomira—. Procurad que ejercite esos dones y, a ser posible, que los acreciente. Pero guardadla como oro en paño, no sea que venga algún gavilán y se la lleve.

A Fernando le aburría todo lo que no fueran relatos de batallas y conquistas, pero Teresa estaba fascinada con la sabiduría del cardenal. Sabía que junto a él tenía una oportunidad única para alimentar su inagotable curiosidad. Constanza era menos amiga de latines, pero su padre pensaba que completando de este modo su educación, su hija ocuparía un importante papel en la corte. El cardenal tenía una cuarta alumna, la discreta Cecilia, que se las arreglaba para pasar inadvertida en un rincón donde escuchaba con avidez las lecciones y relatos de un mundo tan lejano y extraño al Monterroso, donde había trascurrido toda su vida.

Como a Jacinto le gustaba hacer alarde de sus conocimientos, todo lo que acontecía en Europa volvía a representarse al conjuro de su palabra en aquel rincón perdido de Galicia, a la vera del Camino de Santiago, ante los ojos atónitos y los oídos ávidos no solo de sus alumnos, sino de todos los moradores de la fortaleza, que exultaban con el privilegio de ser partícipes de aquella apasionante información que recibían de primerísima mano.

Lo mismo hablaba de envenenamientos y traiciones que de reyes destronados o de conspiraciones desbaratadas. Era de admirar con qué exactitud refería las disputas entre los pontífices y el Senado de Roma, y con qué lujo de detalles explicaba el desastre de la última cruzada o las trifulcas entre los reyes por hacerse coronar emperadores por el papa.

Por aquellos días el príncipe Fernando estaba muy crecido por sus progresos en el arte de la equitación, no pensaba en otra cosa que en emular a Alejandro Magno, y Teresa, por su parte, se sentía muy arrepentida del sopapo que le había propinado. Como era de suponer, se juntaron de nuevo y, una vez que exploraron los respectivos arañazos, pasaron enseguida a mayores. Como Jacinto había sorprendido sus miradas cargadas de intención, los suspiros de Teresa y los atrevimientos de Fernando, quiso mostrarles un ejemplo de los peligros que conllevan las pasiones desenfrenadas. A tal efecto, una de las noches, estando sentado junto a la chimenea del salón y rodeado de la corte del conde, dirigiéndose a Teresa y Fernando sin nombrarles, empezó su relato de esta guisa:

—Amigos míos, quiero pagaros una minúscula parte de lo mucho que os debo, refiriendo la historia más hermosa y más triste de amor que conozco. Sus protagonistas fueron una inteligentísima muchacha, llamada Eloísa, que vive todavía, y Pedro Abelardo, mi gran maestro en la escuela catedralicia de Nôtre Dame de París, que hace ocho años que rindió cuenta de sus actos ante Dios Todopoderoso.

A Teresa no le extrañó la presencia de Teodomira que, con el permiso del conde de Traba, asistía a las narraciones del peregrino, y tampoco la sigilosa entrada de su hija Cecilia, que se acurrucó junto a su madre en un rincón de la estancia, envuelta en la discreción de las sombras.

—El Señor fue muy generoso con el filósofo Pedro Abelardo. Le hizo nacer en una rica familia de Bretaña y le otorgó los dones de la sabiduría, la elocuencia y también la hermosura. Además, era un gran trovador que gustaba de componer ingeniosas canciones de amor que él mismo interpretaba. Con estas armas de conquista cualquiera de vosotros tendría rendidas a las damiselas y se aprovecharía de ello —dijo, cambiando de tono y recorriendo con la mirada a los asistentes, y deteniéndola en el príncipe para ver su reacción. Al igual que los demás, Fernando se reía con ganas—. Pues no era así. Pedro Abelardo, a sus treinta y seis años, no había conocido mujer, porque, según confesó él mismo, siempre se mantuvo alejado de las prostitutas para poder entregarse de lleno al estudio. Era despiadado cuando usaba la ironía para burlarse de sus maestros, lo que, añadido a la exhibición de sus dones, le granjeó un sinnúmero de enemigos. —Llegado a este punto, Jacinto interrumpió su narración y dirigiéndose directamente a Teresa, que estaba boquiabierta y no perdía una palabra de lo que contaba, le dijo—: Supongo, hija mía, que estarás pensando que ya va siendo hora de que hablemos un poco de Eloísa.

»Era una joven huérfana, dotada de no poca belleza, con ojos cautivadores y de una extraordinaria sensibilidad e inteligencia, que vivía en casa de su tío Fulberto, canónigo de la catedral de París, donde Abelardo enseñaba. Pronto llegó a los oídos de Eloísa la fama de Abelardo, y este supo a su vez que el canónigo tenía en su casa a una joven famosa por su grandísima inteligencia. Pero Eloísa, ¡ay!, solo tenía dieciséis años, y Abelardo rondaba los treinta y cinco.

Teresa, que tenía la misma edad que Eloísa, estaba ávida por conocer en qué paraba aquella historia tan prometedora.

—Como Abelardo conocía la avaricia de Fulberto, le ofreció pagarle una renta tentadora si lo hospedaba en su casa, y además prometió dedicarse a la educación de la joven. ¿Imagináis cuáles eran las intenciones de Abelardo? —preguntó Jacinto, mirando a Fernando—. Yo las conozco perfectamente porque él mismo confesó, en su libro *Historia de mis calamidades*, «que teniendo en cuenta lo que suele atraer a los amantes, se convenció de que podía hacerla suya con toda facilidad enamorándola, porque estaba seguro de su amor y su ansia de conocimiento y gozaba del abrigo de la intimidad en la habitación que les servía de estudio».

Jacinto recalcó tanto esta última frase que a Teresa le dio un vuelco el corazón. ¿Sabría el cardenal que Fernando y ella también se escondían en el aula, una estancia retirada y vacía salvo a las horas de las lecciones, para dar rienda suelta a juegos y caricias?

—Observo que Fernando y Teresa están muertos de curiosidad por saber lo que ocurrió a continuación. Pues os lo podéis imaginar. Que se juntaron... —hizo una larga pausa— las ganas de enseñar y las ganas de aprender, como era de esperar entre un hombre lleno de vitalidad y sabiduría y una jovencita rebosante de juventud y curiosidad, y con necesidad de satisfacerla.

Todos rieron a carcajadas, excepto Teresa que, al ser citada expresamente, no tuvo más remedio que darse por aludida. Si logró disimular la zozobra y el sonrojo que le sofocaban, fue gracias a los reflejos de las llamas de la chimenea, que parpadeaban en la penumbra de la habitación.

—Abelardo escribió años más tarde: «Los libros permanecían abiertos, pero el amor más que la lectura era el tema de nuestros diálogos, intercambiábamos más besos que ideas sabias. Mis manos se dirigían con más frecuencia a sus senos que a los libros. Con el pretexto de la ciencia nos entregábamos totalmente al amor. Y el estudio de la lección nos ofrecía los encuentros secretos que el amor deseaba. Si algo nuevo podía inventarse en el amor, lo añadíamos».

»Os imagináis todos lo que pasó, ¿verdad? Pues sí, estáis en lo cierto. Cuando Eloísa supo que estaba encinta, se lo comunicó, llena de alegría, a Abelardo, y este, con gran sentido de la responsabilidad, le propuso el matrimonio. Aunque parezca increíble, Eloísa lo rechazó de plano al principio, aunque luego aceptó casarse en secreto, argumentando, con citas de sabios de la Antigüedad y Padres de la Iglesia, que los quehaceres propios del matrimonio distraen a los grandes hombres de su excelsa tarea y que la monotonía de la vida cotidiana termina por apagar las llamaradas del enamoramiento. Fulberto estaba más que furioso y la maltrataba porque ella no daba el brazo a torcer, el tiempo pasaba, su carrera eclesiástica peligraba y la vergüenza y el deshonor se cernían amenazadores sobre su cabeza. A Abelardo no se le ocurrió otra cosa que meter a su esposa en un convento para evitar que su tío la matara.

Fernando y Teresa se quedaron más sobrecogidos aún que el resto de la concurrencia cuando Jacinto relató la crudelísima castración de Abelardo por los esbirros del canónigo, y el posterior destierro de este, así como el siniestro epílogo de la historia: la castración y ceguera de los cirujanos cuando fueron descubiertos. Por su parte, el cardenal, que observaba complacido el dramático efecto que había tenido entre ellos su narración, continuó con voz compungida:

—Pero la vida seguía, queridos hijos míos. Abelardo curó sus heridas y pronto volvió a su magisterio con más éxito si cabe que antes. Siendo ya abad, fundó el monasterio de Paráclito, del que hizo abadesa a Eloísa. Esta lamentaba el abandono de su esposo cuando le escribía: «¿Por qué después de mi entrada en religión, que tú decidiste por mí, he caído en tanto desprecio y olvido por tu parte que ni siquiera te dignas dirigirme una palabra de aliento cuando estás presente, ni una carta de consuelo en tu ausencia?».

En este punto Jacinto, emocionado y al borde de saltársele las lágrimas, suspiró.

—Aquella carta —prosiguió—, que por azares del destino llegó a mis manos, me conmovió de tal modo que, estando en Francia cerca del monasterio donde se hallaba recluida Eloísa, me acerqué hasta la puerta del locutorio y deposité en el torno la copia que de mi puño y letra había realizado de la *Historia de mis calamidades*, que había escrito Abelardo cuatro años antes. A través de su lectura pudo comprobar Eloísa el gran amor que le había profesado Abelardo y los sufrimientos que había padecido por esta causa. Conmovida, le dirigió una misiva que sé de memoria porque la he leído más de mil veces y os la recitaría si así os complaciera... —Ante los gestos de asentimiento de todos los presentes, Jacinto recitó de memoria emocionado—: «Dudo que alguien pueda leer o escuchar tu historia sin que las lágrimas afloren a sus ojos. Ella ha renovado mis dolores, y la exactitud de cada uno de los detalles que aportas les devuelve toda su violencia pasada. Me acuerdo del instante y del sitio en que por primera vez me declaraste tu ternura, jurando amarme hasta morir. Tus palabras, tus promesas y juramentos, todo está grabado en mi corazón. ¿Acaso se les olvida algo a los amantes?».

Tras una pausa dramática en la que toda la concurrencia pareció contener la respiración, prosiguió el cardenal:

—No puedo revelaros cómo pude conocer el contenido de las cartas que escribía Eloísa a Abelardo, pero sí puedo deciros que, en estos mismos instantes, en su celda del monasterio de Paráclito, la madre abadesa está de rodillas suplicando a Dios misericordioso que perdone las culpas de Abelardo. ¡Cómo no iba a hacerlo, si ha conseguido por medio de Pedro, el abad de Cluny, que se cumpla la última voluntad de su esposo y que sus restos mortales descansen en el mismo monasterio que él fundara para ella! ¿Acaso se les olvida algo a los amantes? —concluyó Jacinto con la voz entrecortada.

A la mañana siguiente, Teresa y Constanza se habían acercado al taller de bordados para rematar una casulla que iban a regalar a los monjes cistercienses de Sobrado, y enseguida salió a colación la triste historia de los amores de Abelardo y Eloísa. Teodomira quiso dejar claro su punto de vista:

—Eloísa quiso vivir en casa de su tío canónigo como si fuera soltera y holgar con su marido como si fuera su novio. Si estás casada, tienes que apechugar con el marido que te ha tocado, aunque sea filósofo o poeta. No andar tonteando como si estuvieras soltera. Y si eres monja, pues eres monja. Alabar a Dios y olvidarse de los hombres —dijo sin dar opción a réplica.

—La culpa la tuvo su tío Fulberto. A quién se le ocurre meter de huésped al maestro —intervino Constanza, que tenía ganas de polémica.

—Se pasó de listo. Quería pescar un buen marido para la sobrina, que Abelardo le pagara el alquiler de la habitación, le enseñara gratis a la moza, la dejara encinta y se casara con ella por obligación, y así se ahorraba la dote. Por eso metió en casa al filósofo y le dejó a solas con la perita en dulce, que además era virgen —repuso Teodomira.

—El cardenal aseguró que Abelardo también lo era —apuntó Teresa.

—Eso no se lo cree ni él. Tengo para mí que era muy celoso, porque una vez que le castraron tuvo miedo de ser el hazmerreír de París si Eloísa se iba con otro y por eso la metió en el convento, y si te he visto no me acuerdo —dijo Teodomira.

—¿Qué fue de la criatura que tuvieron? ¿No contó nada el cardenal? —preguntó una joven bordadora, elevando la vista de su bastidor.

—Solo dijo que se fue a Bretaña a parir a casa de una hermana de Abelardo —contestó Teresa.

—Menuda pájara. Como sobrina una desobediente, como esposa no quiso ejercer, como madre una descastada... No sé yo cómo sería de abadesa. ¡Toda una señora y se queja de mal de amores, y vosotras llorando a moco tendido! A ver si os andáis con cuidado, no vaya a ser que terminéis de monjas como la tonta de la historia, por fiaros de los hombres —apostilló Teodomira entre las risas de sus oyentes.

Fernando estaba celoso porque Teresa, desde que había oído el cuento, ya no le dejaba entrar en su cama, y mientras él salía a montar a caballo con el conde Osorio, el cardenal permanecía a solas con ella dándole lecciones de gramática y retórica, de latines y buen gobierno. Pero al cabo de varios meses, a Jacinto se le pasaron los dolores de cabeza y los desmayos. Entonces anunció a su pupila su deseo de reanudar la peregrinación a Compostela.

—¿Es que no está a gusto con nosotros su eminencia y quiere privarnos del regalo que con su llegada nos ha hecho el apóstol?

—Bien está lo que bien acaba, hija mía. Pero los ríos corren hacia la desembocadura y de nada sirve rebelarse contra los designios del Señor.

También la estancia del príncipe tocaba a su fin. Su presencia en el castillo desde la niñez, su forma de ser juguetona y alocada habían dado un aire cortesano a las sobrias dependencias de la fortaleza. Mientras tanto, Constanza preparaba el ajuar de la boda y el conde de Traba estaba haciendo preparativos para volver a Jerusalén. También Teresa tendría que partir en cuanto le concertaran matrimonio, y era seguro que se llevaría consigo a Teodomira. Cecilia estaba muy inquieta no sabiendo cuál sería su futuro y, aunque suponía que acompañaría a su madre, también se daba cuenta de que empezaba otra etapa de su vida y que se acababa una época muy dichosa en Monterroso.

Para disipar el aroma de tristeza que reinaba en la fortaleza, los días previos a la partida se celebraron en el patio de armas espléndidos banquetes, y en la pradera, diversas justas y torneos en los que el príncipe pudo demostrar, ayudado por la benevolencia de sus contrincantes, los progresos que había realizado las últimas semanas, gracias a la paciencia del conde Osorio y al estímulo que suponía la presencia de Teresa en los ejercicios.

Como eran tiempos de Cuaresma, trajeron a la mesa una gran fuente de cangrejos para el banquete de despedida. El cardenal, al ver aquellos ejemplares con púrpura cardenalicia, cambió el tema de la conversación.

—No hay alimento más delicado que las patas delanteras de los cangrejos. Estos tan lustrosos me devuelven a mi infancia campesina. Un arroyo de agua cristalina rodeaba la villa que teníamos en la campiña romana. ¡Cómo disfrutaba de niño removiendo las piedras del fondo para pescar los cangrejos a mano y darnos después un festín...!

Pero como viera que el príncipe se apoderaba del más hermoso de todos, cogió al vuelo la mano del muchacho y le obligó a soltar el crustáceo, ante el asombro de los comensales y el estupor del joven.

—¡Escucha, hijo mío! —le advirtió muy serio—. Cuando sirvan una fuente de cangrejos, aunque por ser el rey te corresponda elegir, ten contención y deja que se sirvan los demás. Nunca te abalances sobre el que más destaque, antes al contrario, elige siempre los cangrejos medianos o pequeños, a ser posible a los mancos y desvalidos. Ni te ciegues con la comida ni te ofusques con la bebida y, si puedes, no pierdas de vista lo que los demás hacen o dicen. Pero, sobre todo, no te olvides de mi consejo sobre los cangrejos. —Y soltándole suavemente la mano, finalizó—: Ahora que has aprendido la lección, puedes comer como todos nosotros.

Aquella noche, Teresa, después de pasar un buen rato en vela, estaba soñando en su lecho. Los cangrejos andaban a sus anchas entre las sábanas de la cama. El más robusto de todos protestaba airadamente porque el príncipe, que se había comido su pata derecha, trataba de arrancarle la cola para devorarla. El crustáceo daba tales golpes en la cabecera de la cama con la pata que le quedaba que terminó despertando a la muchacha. Alguien quería entrar en su cuarto.

—¿Quién puede ser? —se dijo Teresa, sacudiéndose de la cabeza los cangrejos de la pesadilla—. Espero que, después de la reprimenda, a Fernando no le haya dado otra vez el antojo.

—¡Abre a tu padre, Teresa! ¿De qué tienes miedo para trancar la puerta de tu alcoba?

—Perdonadme, padre, pero últimamente tengo pesadillas —se disculpó Teresa mientras abría el cerrojo.

—Yo también tengo mis preocupaciones y, como tienen que ver contigo, no podía conciliar el sueño.

—Espero no haberos dado ningún motivo. Lamentaría mucho que por mi culpa no tuvierais el descanso que merecéis. Sobre todo pensando que necesitaréis de todas vuestras fuerzas para emprender la peregrinación a Jerusalén.

—De eso hablaremos luego. Ya te dije que lo primero era concertar tu matrimonio. —El conde estaba incómodo y con ganas de resolver ese trámite antes de emprender la peregrinación a Tierra Santa, el viaje que sabía que sería la última aventura de su vida—. ¿Te acuerdas del alférez del emperador?

—¿El alférez del emperador? —repitió Teresa aturullada. Tanto tiempo esperando que su padre resolviera su destino, y ahora que llegaba el momento solo podía balbucear.

—Es que tengo que ir a Toledo y seguro que le veré. Se llama Nuño y es hermano del conde Manrique de Lara, el mayordomo del emperador. A mí me parece un buen partido. Si sigue el ejemplo de su hermano, ese hombre llegará muy lejos.

A Teresa le dio un vuelco el corazón. Había visto al tal Nuño tiempo atrás en León y ni siquiera se había fijado en ella. Orgulloso, tímido y un poco seco, como los hombres de

Castilla. Claro que era un buen mozo. Fuerte y bien parecido, pero de pocas palabras.

—¿Ya le habéis concedido mi mano? —preguntó Teresa, sabiendo que tendría que aceptar un matrimonio sin amor y que después de depender de su padre pasaría a hacerlo de su marido.

—Era lo más importante que me quedaba por hacer en la vida. He emparentado con muy buenas casas a través de las bodas de María, Gonzalo y Urraca, y recientemente con la de Sancha, pero ninguno de los matrimonios ha sido tan ventajoso como el tuyo. Y bien que lo mereces. Tu nacimiento ha sido para mí una bendición del cielo, y no solo por tu hermosura, por las cualidades que te adornan y por la esmerada educación que has recibido, sobre todo desde que llegó el cardenal hasta nosotros. Hija mía, con tu virtuoso comportamiento has llenado de alegría los años postreros de mi vida; y aunque me hubiera gustado retrasar este día para que el castillo no desfallezca cuando te vayas, no podía dejar pasar la oportunidad de concertar un matrimonio tan ventajoso para ti como el que te propongo con Nuño Pérez de Lara.

Teresa enrojeció ante aquellas palabras de su padre, que no esperaba en modo alguno, porque nunca se había excedido en sus elogios y atribuía aquel desahogo de su corazón a su próxima partida hacia Jerusalén y a su temor de que aquella pudiera ser la despedida definitiva.

—Para tu tranquilidad, te diré que me fijé mucho en él durante el sitio de Almería, y le daba conversación a menudo para conocer su forma de ser. Nuño es hombre de honor, es leal y valiente y tiene buena madera. Su tío Rodrigo estuvo conmigo en el primer viaje a Tierra Santa, pero no creo que su hermano Manrique quiera venir en el segundo.

—¿Ya lo habéis decidido? ¿Consideráis que es prudente a vuestros años?

—Aunque me cueste la vida.

—¿Y yo con quién me quedo hasta el día de mi boda? Porque esperaba gozar de vuestra compañía en un día tan señalado.

—No te preocupes. Te dejo casada con Nuño y estoy seguro de que tendréis muchos hijos.

—Entonces, ¿habéis cerrado el compromiso? —repitió Teresa, como si de esta forma fuera haciéndose a la idea.

—Efectivamente. La familia de Lara es la más rica y la más fuerte de Castilla. El emperador va a dejar ese reino para Sancho, y León para Fernando, que es lo que más nos conviene a nosotros. Fernando es como de la casa, y Sancho necesita apoyarse en los de Lara. Tú te casas con un buen partido, y además así nosotros, los Traba, estamos con las dos partes.

—¿Sabéis si el alférez está de acuerdo?

—¿Te habría dicho algo si no lo estuviera? Y que gracias a tu padre vas a vivir como una reina.

—Para eso tendría que casarme con Fernando —replicó Teresa con amargura.

—Si lo hiciéramos, el papa anularía el matrimonio. Tu madre era tía de su padre —afirmó don Fernando, frunciendo el ceño—, y tendrías que retirarte a un convento.

Dicho esto, el conde carraspeó, simuló una tosecilla y salió del aposento sin despedirse, dejando a su hija apenada por la marcha de su padre y contrariada porque tenía que decir adiós al amor y a la libertad para casarse con un caballero prácticamente desconocido para ella.

3

Después de tres jornadas de viaje a caballo, el cardenal Jacinto Bobone divisó a lo lejos las torres de la basílica, rodeadas de las casas de Compostela que se acurrucaban como polluelos bajo el palio protector del templo del apóstol. Entonces se contagió de la emoción del resto de los peregrinos, se dejó caer del caballo y besó la tierra cantando con ellos exultante de gozo:

¡Oh, señor Santiago! ¡Buen señor Santiago!
¡Vamos más allá! Adelante, adelante.
¡Protégenos, Dios! ¡Vamos más allá! ¡Adelante!

Entraron en otro mundo cuando atravesaron la puerta francesa de la muralla y se encontraron con una multitud de peregrinos venidos de todas partes.

Jacinto, que había hecho completo el camino desde Vézelay a Compostela con muchos descansos e interrupciones, quiso compensar sus flaquezas entrando en la catedral de rodillas, mezclado entre los peregrinos, sin ceder a los ruegos de sus compañeros de Monterroso.

Tardaron bastante tiempo en llegar hasta el atrio del norte. Allí contemplaron, apoyada sobre cuatro leones que escupían agua cristalina, la gran fuente de taza redonda que representaba al río de caminantes que fluía desde los cuatro rincones del mundo.

El grupo de Monterroso se mantenía unido a duras penas porque estaba siendo arrastrado por una marea humana que desbordaba el atrio para sumergirse en la basílica a través del embudo de la portada. Para evitar que Jacinto muriera aplastado, los condes Osorio y Traba lo levantaron en volandas mientras eran estrujados por la multitud.

—Aunque solo fuera por aguantar este olor apestoso y los empujones nos merecemos la indulgencia plenaria —exclamó Constanza, agobiada y sofocada, dirigiéndose a Teodomira. Tanto ella como Cecilia acudían por el especial empeño que había puesto el cardenal en que les acompañaran. Él tendría sus razones.

De repente se encontraron en la penumbra del templo en medio de una nube de incienso que esparcía un gigantesco botafumeiro. El escenario había cambiado por completo para los peregrinos. El barullo de la entrada se convirtió en un murmullo de asombro ante aquella basílica prodigiosa e interminable. Las penalidades del camino se disiparon, el hatillo dejó de pesar, los pies no sentían el dolor, el cansancio se alejó de sus miembros, y sintiéndose todos unidos por la ligereza del cuerpo y la elevación del espíritu, dieron rienda suelta a sus emociones, que, libres de cualquier atadura terrenal, se convirtieron en lágrimas de alegría y esperanza.

—No desmaye su eminencia, que ya solo nos falta ponernos a la cola de los peregrinos para dar varias vueltas por las naves laterales y el deambulatorio, abrazar la imagen del apóstol, rezar ante sus reliquias y obtener el perdón de sus pecados los que los tengan —dijo Constanza entre risitas, dirigiéndose al cardenal.

—Es de admirar que en esta iglesia no hay grieta ni defecto alguno —comentó Jacinto admirado—; está magníficamente construida, es grande, espaciosa, luminosa, armoniosa, bien proporcionada en anchura, longitud y altura, y de asombrosa e inefable fábrica. Además, tiene doble planta como un palacio real.

—Observe su eminencia que la labra de los capiteles es primorosa. Lo podremos comprobar cuando subamos al triforio. Quien recorre por arriba sus naves, aunque suba triste, se vuelve alegre y gozoso al contemplar la espléndida belleza de este templo, iluminado por sesenta y tres vidrieras. Solo en el altar de Santiago hay cinco de ellas —añadió con orgullo el conde de Traba.

De madrugada, mientras los ilustres peregrinos descansaban en el palacio de Gelmírez, un joven obrero llamado Mateo saltaba del lecho en un extraño habitáculo del desván del mismo edificio que le había dejado utilizar el cabildo a condición de que mantuviera en buen estado la cubierta.

Aunque ya habían pasado cuatro años largos desde que llegara a Compostela, el mozo volvió a recordar la sorpresa que le produjo el desorden que había en el barracón en que le iban a hacer una prueba. No entendió para qué lo habían introducido en aquel oscuro cuchitril hasta que le llevaron a un rincón donde un anciano más viejo que Matusalén, en medio de un desorden absoluto, modelaba un capitel en arcilla.

—Maestro, este muchacho viene del monasterio de Sobrado y dice que dibuja santos.

—¡Pues que empiece a dibujarlos y me avisáis cuando termine!

Le temblaba la pizarra en la mano y le costó serenarse, pero se sentó sobre un capitel invertido y, con trazo seguro, dibujó un friso con un Cristo en Majestad con seis apóstoles a cada lado que se sabía de memoria porque lo había copiado cien veces de la arqueta de las reliquias del convento.

Al cabo de un rato se volvió el anciano y contempló los dibujos de las dos caras de la pizarra, sin mostrar la menor emoción.

—Pensándolo bien —dijo lacónicamente—, a mí no me vendría mal un ayudante, que yo ya no puedo con mi alma. Coge la escoba y pon en orden este establo. Luego veremos cómo te alojamos en los desvanes.

Mateo enseguida puso orden junto con la más escrupulosa limpieza en el taller del maestro, el mismo orden que ahora resplandecía en el desván donde vivía como un verdadero anacoreta. El chico era como el Noé de una pequeña arca habitada por un gato llamado Almanzor, que vigilaba un palomar, y un pequeño gallinero, un colmenar y jaulas con conejos, y cuidaba unas macetas con habichuelas, garbanzos y lentejas. Para recoger el agua que necesitaba había fabricado una artesa, y unas tinajas de barro para decantar la que le regalaban los cielos.

Como cada mañana, Mateo se disponía a reponer el agua de los bebederos y llenar los comederos de los animales cuando llamaron a la puerta.

—¡Baja corriendo, Mateo —gritó uno de sus compañeros—, que se ha caído el maestro del caballo y el cabildo te necesita!

Salió raudo por un oscuro pasadizo, se precipitó por la escalera de caracol y en un instante llegó a los pies de la catedral donde le esperaba el deán, presa de los nervios.

—¡Deprisa, Mateo, deprisa! Ya sabes lo que ha pasado. Ocúpate de que todo esté ordenado y limpio en cuanto lleguen los obreros. Y procura no ensuciarte, porque tenemos que causar buena impresión a unos visitantes muy ilustres que acaban de llegar para que den un empujón a las obras.

Nada más verlos, Mateo se percató de que eran amigos o familiares del conde Fernando Pérez de Traba, al que conocía por sus frecuentes visitas al monasterio de Sobrado. En cuanto el chico vio a Teresa y a Constanza, quedó maravillado por su belleza, aunque fue la discreta Cecilia, que a duras penas escondía su hermosura detrás de su madre, la que le pareció la criatura más candorosa que había visto en su vida.

Cuando, estorbados por el trajín de los peregrinos, terminaron de visitar el templo, el deán quiso granjearse la simpatía de los visitantes.

—Tenemos una mañana radiante, lo que no es habitual en Compostela —les dijo—. Si su alteza se atreve a subir por la escalera de caracol —propuso, dirigiéndose a Fernando—, podemos seguir a Mateo y que nos lleve hasta la azotea, que desde ella hay una vista incomparable y se entiende perfectamente lo que ya está hecho y lo que falta de la catedral. Está bastante oscuro al principio, pero enseguida se aclara la vista. Conviene que cada caballero se haga cargo de una dama, por si esta tiene miedo o resbala.

Aceptaron la propuesta sin dudarlo: Mateo sostenía la mano de Cecilia como si de una frágil paloma se tratara, y ella subía ruborizada, agarrada a aquellas manos callosas y firmes que parecían acariciarla moviendo el dedo pulgar. Fernando, por su parte, aprovechó la oscuridad para abrazarse a Teresa.

—Viendo este tejado tan grande perfectamente terminado, nadie diría que queda mucho por hacer —exclamó Teresa.

—Claro que queda mucho. Veréis que falta completar una torre. El claustro está apenas empezado y tenemos que hacer una gran entrada a poniente acabando la cripta y salvando el desnivel con la plaza —replicó Mateo.

—Pero eso no es nada en comparación con todo lo que ya está hecho —añadió Teresa.

—¿Y os sentiríais capaz de acabar la catedral? —intervino Cecilia en susurros.

—Solo si el cabildo me ofreciera esa oportunidad, Nuestro Señor, talento para proyectarlo..., y el rey nos da los dineros necesarios para llevarlo a cabo —dijo Mateo en voz baja para que no le oyera Fernando.

En ese momento, el príncipe, lleno de euforia por el aire puro que respiraba, sintió ganas de llamar la atención de Teresa.

—Yo me doy un paseo hasta la cumbre —presumió—. Si hay un valiente, ¡que me siga! —Y sin pensárselo dos veces, echó a andar por las lajas de granito del tejado.

Sus acompañantes no tuvieron tiempo de reaccionar, pero Mateo, sabedor del peligro que corría, le siguió a una respetuosa distancia, porque el aventurero iba muy ufano y solo miraba hacia adelante.

Teresa, presa de los nervios, guardaba silencio para no distraerle y, al igual que el conde Osorio, pensaba en aquella carrera a caballo cuando salió volando sobre el seto. En su cabeza escuchaba sus propias palabras de entonces: «Se ha matado, se ha matado, se ha matado». Mateo se acercó lentamente al príncipe, al ver que perdía confianza cuando empezó a pisar sobre el musgo mojado que tapizaba la zona sombría de los tejados. Cuando ya le tenía casi al alcance de la mano, a Fernando se le ocurrió mirar hacia abajo. Al darse cuenta de que entre el tejado y el abismo no había ninguna barrera de protección, sufrió un ataque de pánico e intentó darse la vuelta, pero era tanta su inseguridad que resbaló sobre las lajas de piedra y comenzó a deslizarse hacia el borde sin freno que le contuviera.

—¡Por el amor de Dios, sujétale, Mateo, sujétale que se mata! —chilló Teresa, presa del pánico, y con ella gritaban todos los demás.

Mateo no lo dudó dos veces, salió corriendo tras él y como tenía el calzado apropiado y andaba por los tejados como un gato, después de unas cuantas zancadas, aun a riesgo de ser arrastrado, consiguió agarrar al príncipe por un brazo y evitó que se precipitara al vacío.

El regreso no estuvo exento de peligros porque el príncipe estaba agarrotado y Mateo, caminando a gatas, tuvo que subirle arrastrándole sobre las lajas.

El deán vio que el príncipe estaba desencajado y que, sin soltar la mano de Mateo, trataba de recobrar el resuello.

—Se recuperará mejor si vamos al taller de Mateo —propuso—. ¡Anda, Mateo, guía al príncipe para que descanse, que los demás te seguimos!

Cuando los visitantes entraron en él, el desván era un pandemonio. Las plumas volaban por los aires. Los conejos y las gallinas eran perseguidos por el gato Almanzor, que corría por los rincones del desván haciendo rodar cuanto encontraba a su paso. Si enorme fue el disgusto de Mateo por haberse olvidado de cerrar las jaulas, la estupefacción de sus acompañantes resultó indescriptible.

«¡Dios mío, qué vergüenza!», pensó Mateo. «Creerán estas gentes tan principales que habito en un gallinero».

—¡Tenemos que echarle entre todos una mano a Mateo! —exclamó Cecilia sin pensarlo.

El primero en salir en su ayuda fue el propio príncipe, al que se le pasaron de repente todos los males. Jacinto, recordando sus orígenes campestres, se lanzó tras los conejos. Siguiendo su ejemplo, todos fueron en persecución de los animales.

Pronto se adueñaron del lugar los gritos y las carcajadas, los saltos y las carreras. Mateo estaba avergonzado por lo ocurrido y aturdido porque era la primera vez que tenía tan cerca a una mujer semejante, y Cecilia estaba sofocada al comprobar que aquel muchacho entendido y valiente, que se acababa de jugar su vida para salvar la del príncipe, tenía puestas en ella todas sus complacencias. En un momento, Mateo y Cecilia, que perseguían al mismo conejo, se encontraron con las manos entrelazadas y las miradas prendidas, y el mundo se detuvo durante unos instantes que duraron una eternidad. Pero solo para ellos, porque el príncipe acababa de meter el gato en el palomar, y las palomas se esparcieron por todo el desván perseguidas por Almanzor.

—No me he reído tanto desde la coronación de vuestro padre, cuando soltaron al cerdo entre los ciegos para que lo acuchillaran. Aquellos eran tiempos —decía el conde de Traba, palmeando la espalda del futuro rey de León—. Menos mal que no se os ha ocurrido abrir el dujo de las abejas.

Cuando finalmente recobraron el juicio, a pesar del desorden, los visitantes se quedaron admirados por los arreglos que Mateo había hecho en la buhardilla. En ella disponía de rincones para todos los oficios. Una fragua minúscula y un crisol para fundir vidrio. Talleres de carpintería de vidrieras y maquetas. Taller de modelado y de dibujo, pintura y escultura, y un armario para pizarras con dibujos.

—Es admirable —dijo Teresa—, nunca habría imaginado un sitio así para vivir. ¿Pero tú no descansas nunca, Mateo? —añadió, mirando de soslayo a Cecilia, porque se había dado cuenta de que entre ella y Mateo había una corriente invisible—. ¿Dónde duermes, si se puede saber?

—Duermo poco, pero allá arriba —contestó, señalando el pequeño altillo al que subía por una escalera imposible.

Se detuvieron especialmente delante de las maquetas y de la pizarra, que estaba llena de dibujos de santos y de monstruos.

—Me tienes que retratar —pidió Fernando, pasando una mano por encima del hombro de Mateo, y dirigiéndose a los condes, les dijo—: Ya me habéis enseñado a pelear a pie y a caballo, gramáticas y latines, educación y modales, estrategia militar e incluso a comer cangrejos —añadió, señalando a Jacinto—, pero hasta que me llame mi padre a la corte de León, quiero que Mateo sea mi maestro y me enseñe un poco de lo que sabe, que me parece muy interesante.

Al cabo de unos pocos días, Mateo, que no deseaba otra cosa que robar un beso a Cecilia, eligió un domingo para impartir una lección de arquitectura al príncipe y sus jóvenes acompañantes. En el desván los situó alrededor de un bulto con brazos abiertos en cruz, oculto por un sudario.

—Un muerto, seguro que tiene un muerto —exclamó Fernando, tratando de asustar a las muchachas.

Mateo cogió el borde de la tela y, haciendo un gesto teatral, la retiró de golpe descubriendo una preciosa maqueta de madera con la catedral completamente terminada.

—Tenéis razón, alteza, es un muerto resucitado, porque representa a Cristo en la cruz. Así es nuestra basílica. La casa de Dios; el cielo en la tierra. Y es perfecta, porque tiene las proporciones exactas de un ser humano desde la cabeza a los pies y de mano a mano con los brazos abiertos. No se puede contemplar tan bien en la realidad porque está rodeada por el palacio episcopal, el edificio del cabildo y por muchas casas que sirven de alojamiento a sacerdotes, religiosos, diáconos y peregrinos, que no era necesario recoger en esta maqueta.

—¿Dónde estaba yo cuando resbalé del tejado? —preguntó el príncipe.

—Aquí, a la sombra de la torre, junto a la cumbrera. Y resbalasteis por esta pendiente cuando os salvó de milagro el apóstol —señaló Mateo, marcando la trayectoria con el dedo.

—¿Cómo la has hecho? —preguntó Cecilia.

—Bueno, con ayuda de los bocetos de tiempos de Diego Peláez y fijándome en lo que hay construido. Es mucho más difícil hacer un proyecto nuevo que construir una maqueta con la obra de otro. He estado casi dos años dedicándole el tiempo libre. Pero ha valido la pena, porque me ha enseñado a entender mucho mejor el edificio y ya me lo sé de memoria.

—¡Qué bien se ve a vista de pájaro! Desde abajo no se aprecia bien por los edificios que la rodean, y desde dentro se pierde uno con tantos santos y capillas —dijo Fernando, que añadió—: También parece un castillo.

No sabemos qué fascinaba más a los visitantes, si aquella maqueta prodigiosa de la basílica o las manos inteligentes de aquel joven maestro que era capaz de llenar de gracia y de belleza los objetos que fabricaba. Aprovechando la atención que le prestaban tan distinguidos alumnos, les contó sucintamente las vicisitudes de Compostela, desde que el ermitaño Pelayo descubriera un campo de estrellas en el bosque de Libredón, hasta el hallazgo de las reliquias del apóstol por el obispo Teodomiro.

—Aquí mismo, debajo de este cimborrio, estaba y está la tumba del apóstol santo —dijo Mateo, señalando el vértice de la maqueta—. Y alrededor del sepulcro construyeron nuestros reyes las sucesivas iglesias, porque las anteriores se iban quedando pequeñas por la llegada de más y más peregrinos. —Después narró la llegada de Almanzor que, además de arrasar el templo, se llevó las campanas a hombros de cristianos hasta Sevilla, y los ataques de los normandos que justificaban el carácter defensivo de la catedral—. ¿Sabéis qué rey inició las últimas obras?

—Mi bisabuelo Alfonso, el de Toledo —repuso contento el príncipe, levantando la mano.

—Si os parece, desmontamos ahora mismo la maqueta.

—¡No lo hagas! —exclamó Fernando.

—No he dicho que la vayamos a romper, la vamos a desmontar poco a poco para que veáis cómo es la basílica por dentro. Alteza, ¿os atrevéis a levantar el tejado? Se puede ir haciendo por partes. Pieza a pieza, con orden y con cuidado.

Cuando hubo levantado la cubierta que llevaba pegada la bóveda, quedó a la vista la práctica totalidad del interior del templo, destacando claramente las naves, el presbiterio y el cimborrio flotando sobre los arcos del crucero. Era de admirar la sucesión infinita de arcos fajones que, subidos a hombros de las pilastras a unas alturas inaccesibles, se sucedían hasta el infinito.

—¡Qué maravilla! ¡Ahora sí que se entiende todo! ¡Cuánta paciencia! No me creo que lo hayas podido hacer tú solo —dijo Cecilia, mirando con arrobo a Mateo.

—Por el solo hecho de que entendáis bien el templo, ya me doy por satisfecho.

Con la maqueta descubierta explicó el recorrido de los peregrinos hasta que daban el abrazo al apóstol y bajaban a venerar las reliquias, y la necesidad de muchas capillas para decir misas de continuo. Destacó lo bien organizado que estaba el itinerario, para no estorbar el canto de los canónigos ni el culto ordinario de los devotos compostelanos. Asimismo, les habló de la iluminación por los ventanales de arriba, y de lo útil que era la galería de la entreplanta, que no solo ayudaba a mantener el equilibrio del templo al absorber los empujes de la bóveda de la nave central, sino que también servía para albergar a cientos de peregrinos en caso de necesidad.

—Constanza, no has dicho ni media palabra, pero puedes colocar las piezas en su sitio y así dejamos la maqueta como la encontramos.

—¿Ahora qué hacemos? —preguntaron los visitantes una vez que la maqueta quedó rematada del todo—. ¿La tapamos otra vez con la sábana?

—Esta catedral es una caja de misterios, por culpa de los destrozos que sufrió durante las revueltas contra Gelmírez —dijo Mateo—. Debajo de ella hay un laberinto que guarda muchos secretos. ¿Os atrevéis a quitar la torre, alteza?

Si alguien le hacía esa pregunta al osado príncipe, podía estar seguro de que se atrevería, sin pensar en las consecuencias. Pero vaciló durante un instante, momento que aprovechó Cecilia para tirar hacia arriba de la torre y, ante el estupor de la concurrencia, empezó a vibrar el cubo que la sustentaba amenazando la estabilidad de la maqueta. Ante el asombro de los jóvenes, empezó a bascular el frontal dejando a la vista los primeros peldaños de una escalera que se sumergía en la oscuridad.

—Por la iglesia se llega a todas partes. ¡Coged las velas y seguidme!

Después de descender por aquella escalera llena de telarañas, cuyos escalones crujían con cada pisada, y tras recorrer lóbregos pasadizos y angostas escaleras, se detuvo Mateo.

—Lo siento mucho —dijo—. Creo que me he perdido. Tenemos que dar la vuelta y regresar al desván del que salimos. Espero que esta vez logre orientarme como es debido.

Aunque estaban agobiados y temerosos, todos guardaron silencio mientras deshacían el camino.

Los cuatro muchachos respiraron aliviados cuando llegaron a la escalera empinada rematada por una trampilla por la que habían descendido cuando iniciaron el recorrido.

Mateo subió el primero, tiró de un resorte hacia arriba y la trampilla se abrió refunfuñando. Los postes de madera que sustentaban la cubierta del desván de Mateo se habían convertido en columnas de piedra rematadas por capiteles policromados. El entrevigado de madera había dejado paso a airosas bóvedas de piedra, y toda la estancia estaba decorada con preciosas pinturas murales con escenas tomadas de la Biblia. Pero además, en muebles ricamente ornamentados colgaban casullas episcopales con bordados de oro; y sobre las mesas se amontonaban cálices de oro y pedrería, custodias, cruces y candelabros de plata, ricas vestiduras litúrgicas, frontales de altar y arcas de reliquias. También había estanterías con códices miniados, cantorales y libros litúrgicos; y junto a la chimenea, algunos cofres con monedas de oro.

—¿Estamos soñando o estamos despiertos? —exclamó Teresa—. ¿Cómo lo has hecho?

—Muy sencillo. Os he traído con engaños a la sala del tesoro de Gelmírez. Lo escondió aquí para que no lo robaran durante las revueltas cuando los burgueses de Compostela casi matan a vuestro padre y a la abuela de don Fernando.

A la vista de aquel tesoro, el príncipe estaba a punto de enloquecer y quería a toda costa que las muchachas le ayudaran a contar las monedas de oro que había en los cofres, pero Mateo se lo impidió.

—Si Bernardo de Claraval estuviera con nosotros contemplando los tesoros amontonados en esta sala, diría: «La iglesia relumbra por todas partes, pero los pobres tienen hambre. Los muros de la iglesia están recubiertos de oro, pero los hijos de la Iglesia siguen desnudos» —sentenció con solemnidad—. Eso también me lo enseñaron los monjes cistercienses de Sobrado.

—Si aprendías tanto con ellos, ¿por qué te viniste a Compostela? —inquirió Teresa.

—Estaba harto de hacer capiteles vegetales un día tras otro, todos iguales. A mí me gusta contar historias de la Biblia. —A continuación, señalando una alacena, explicó—: Olvidaos de las joyas y las monedas. Estos libros son el mayor de los tesoros de Gelmírez, en especial el que se hizo por encargo del papa Calixto, que contiene maravillosas ilustraciones. —Después de pasar un buen rato admirando los dibujos de los códices y leyendo las historias del códice de Calixto, Mateo continuó—: Ya va siendo hora de que volváis a vuestros aposentos en el palacio. Podéis salir por esta puerta. Atravesadla, que podéis dar a vuestros familiares una sorpresa.

4

Aunque habían ido de sorpresa en sorpresa, no sabían la que les esperaba, sobre todo a Teresa, cuando aparecieron en el salón principal del palacio, llenos de telarañas.

—¿De dónde venís con ese aspecto de mendigos? —les gritó el conde de Traba.

Sin que tuvieran tiempo de responder, se adelantó un apuesto caballero. Era Nuño Pérez de Lara, que con el yelmo en la mano derecha, tocado con una tupida cota de malla y por encima una sobrevesta, se acercó al príncipe don Fernando y le hizo una profunda reverencia.

—Alteza, como alférez de su majestad el emperador don Alfonso, tengo la encomienda de vuestro augusto padre de acompañaros a las torres de León donde, después de armaros caballero, seréis elevado a la dignidad de rey de León y de Galicia —dijo—. Espero vuestras órdenes para preparar sin dilación el viaje a la capital del reino.

El príncipe sintió que, de repente, se le había acabado la juventud. A partir de ese momento, tendría que hacer frente a grandes responsabilidades. Pronto llegaría a ser rey, para lo que estaba predestinado, pero tendría que alejarse de su amigo Mateo. También habría de separarse de la dulce Teresa, que le había cobijado entre sus brazos. Ella, por su parte, pensaba, desolada: «Este es el tal Nuño, que cuando está delante de mí ni siquiera me mira... Y menos mal que ahora tampoco lo hace... porque como estoy tan desaliñada, a lo mejor no quiere volver a verme en la vida».

La condesita tomó de la mano a Constanza y a Cecilia y, haciendo una reverencia a los presentes, salieron las tres corriendo para cambiarse.

Al día siguiente, casi de madrugada, el conde de Traba había preparado un encuentro entre los futuros esposos en un salón del palacio de Gelmírez para cerrar el compromiso matrimonial. En una sala contigua esperaba el deán para atar ante Dios lo que se había acordado en la tierra. El conde estaba nervioso porque no quería quedar a merced de las emociones y tenía prisa por zanjar el asunto para dedicarse de lleno a los preparativos de su viaje a Tierra Santa.

—Sentaos —dijo con voz solemne cuando tuvo delante a la pareja—. Me imagino que vos, don Nuño, también sabéis que vuestro hermano Manrique y yo hemos concertado matrimonio entre vosotros. Dado que el asunto es cosa hecha, ya solo falta la bendición de la Santa Iglesia para que seáis marido y mujer. Así que, sin más preámbulos, salgamos de esta sala y vayamos a celebrar el matrimonio.

Teresa miró a su padre haciendo acopio de todo su ánimo.

—¿Os importunaría mucho, padre mío, que don Nuño y yo habláramos un poquito a solas? —le dijo con toda la mansedumbre que pudo.

—Hija mía, ya está todo hablado entre las familias y concertados todos los extremos del contrato matrimonial..., pero, si lo consideras necesario, salgo uno momento y espero afuera con el deán.

Cuando el conde abandonó el salón se hizo un silencio embarazoso porque don Nuño, pasmado ante aquella belleza de mujer, de elevada estatura, porte distinguido y elegante vestimenta, que adornaba su frente con una diadema de perlas de la que deslizaban suavemente unos tirabuzones dorados enmarcando su cara ovalada perfecta, que le miraba con curiosidad desde unos ojos transparentes como el cielo de Castilla, estaba tan anonadado por el regalo que le hacía el conde que, aunque todavía respiraba, no osaba decir palabra, y ella, como buena gallega, estaba esperando a que él dijera lo primero que se le ocurriera.

Teresa, viendo que su presencia había hecho enmudecer a aquel caballero castellano alto y fornido, pero de buen aspecto y sencillos modales, bien parecido y no excesivamente mayor que ella, llegó a la conclusión de que era todo un hombre, aunque parecía bastante tímido, así que se hizo cargo de la situación.

—¿No creéis, don Nuño, que debiéramos intercambiar algunas palabras antes de que vuelva mi padre, que está esperando impaciente? Lo digo porque no vamos a poder estar sin hablarnos durante toda la vida.

—Señora mía, solo puedo deciros que, aunque sea difícil, trataré de estar a la altura de vuestros pal... palpables merecimientos, y debéis saber que toda mi vida estará puesta a vuestro servicio —recitó don Nuño, sin atreverse a mirar a Teresa a los ojos.

—Señor mío, se han hecho lenguas de vuestra rectitud y del valor que os enaltece, pero después de escuchar vuestras sentidas palabras, puedo decir que vuestra discreción es comparable a vuestra rectitud. Por mi parte, espero serviros como merecéis y cumplir con mis obligaciones de esposa tal y como me han enseñado mis preceptores y como mandan las Sagradas Escrituras —respondió Teresa, preocupada porque sabía que tendría que pasar esa misma noche la prueba de la virginidad.

Era todo lo que tenían que decirse, porque estaba a punto de hacerse un prolongado silencio cuando entró sin avisar el conde de Traba.

—¿Pensabais que os iba a dejar charlando toda la mañana? ¡Basta de cháchara y de parloteos, que tenéis toda la vida para hablar hasta aburriros! Que los testigos no van a esperar eternamente en la capilla de Gelmírez.

Durante la ceremonia, que se celebró en la intimidad, el deán estuvo pesadísimo y se demoró todo lo que pudo hablando de la castidad de los esposos, mientras Jacinto sonreía maliciosamente, el conde Osorio dudaba de Fernando, Constanza estaba contrariada porque Teresa se había casado antes que ella, Teodomira no paraba de llorar y Cecilia se mostraba nerviosa pensando en Mateo y dudando de que el amor fuera para él lo más importante de su vida.

Después de aquella noche, a oscuras, en la habitación que les habían asignado para consumar el matrimonio, Teresa se vio libre de toda preocupación porque pudo comprobar que si Fernando había sido poco más que un niño, Nuño era bastante más que un hombre. Y a este le era totalmente indiferente el significado de la malévola sonrisa del cardenal Jacinto durante la boda, a la vista de la mujer que le había tocado en suerte disfrutar para toda su vida.

Mientras Teresa pasaba aquella prueba con sensaciones encontradas y muchos menos inconvenientes de los previstos, y Mateo se revolvía insomne en el lecho pensando en Cecilia, esta se dirigía sigilosamente en plena noche al desván del joven maestro temblando de miedo. Pero no era un miedo cualquiera. Era un miedo contradictorio alimentado por muchos temores. Miedo a ganarle y perderle. Miedo a subir la empinada escalera y miedo a precipitarse por ella. Miedo a que se la malinterpretara. Miedo a pasarse y miedo a quedarse corta. Había subido muchos peldaños soñando y había bajado otros tantos dudando, había subido llena de energía y esperanza y había bajado arrastrada por la desolación. Empujada por el corazón y frenada por la razón, sin saber cómo, se encontró llamando a la puerta.

«Si no contesta, lo dejo», dijo para sus adentros.

Mateo, que estaba en vigilia, se tiró de la cama sin dudarlo. «¿Es posible que sea ella...?», se preguntó, bajando la empinada escalera del altillo a la carrera.

—Abre, Mateo, que soy Cecilia... y vengo a recoger los ropajes que nos dejamos, que a lo mejor se les antoja a los señores pedírmelos por la mañana.

Estaba contenta consigo misma porque había sido capaz de encontrar una excusa creíble. Una vez dentro de la buhardilla, remoloneó cuanto pudo mientras ordenaba y doblaba la ropa, dando tiempo a que Mateo tomara la iniciativa; pero como el muchacho no parecía dar el paso, hizo ademán de marcharse. Cuando agarró el fardo y se encaminó a la puerta, Mateo reaccionó.

—Ya que te molestaste viniendo en busca de las vestimentas, ¿te quedarías un rato conmigo?

Después de este arranque de valentía del muchacho, a Cecilia se le encendió la faz y se trasfiguró. Una sonrisa seductora estalló de repente en el aire y liberó los tesoros ocultos de la muchacha. La belleza recatada y contenida que, escondida bajo velos de sumisión, guardaba solo para ella, se reflejó de repente en su rostro juvenil iluminado por dos ascuas de pasión que chisporroteaban de emoción y atrevimiento. Las aletas de la nariz batían sus alas al unísono buscando el aire que reclamaba su excitación, al paso que delataban la agitación que la sofocaba; y tras los labios abiertos por una sonrisa tentadora, relucían unos dientes incomparables que dejaban entrever una lengua de caramelo.

—¿Acaso podría negarme si tú me lo pides?

Mateo no dudó más. A sus pies tenía las esterillas, detrás de él estaba la puerta, pero delante aparecía el pórtico del paraíso.

Durante los siguientes días, Mateo se encontraba, siempre que podía, con Cecilia en las estancias del tesoro de Gelmírez con el pretexto de enseñarle los códices y pergaminos que despertaban su entusiasmo y su curiosidad. Y al igual que les ocurría a Abelardo y Eloísa, mientras los libros permanecían abiertos, el tema de sus diálogos era el amor, al que se dedicaban totalmente, venciendo el miedo a una separación inminente.

La salida de Fernando con Nuño convirtió a Compostela en una encrucijada y, aunque aquellos días todos los miembros de la comitiva de Monterroso estaban felices por uno u otro motivo, también les invadía la nostalgia de una época que quedaba atrás definitivamente, enmarcada entre los dulces y verdes paisajes de una infancia dichosa en Galicia y el miedo de tener que enfrentarse a lo desconocido.

Constanza se quedaba con el conde Osorio en Galicia, y estaba preocupada porque durante los últimos meses Fernán de Castro no había dado señales de vida, y molesta con Teresa porque creía que le había ocultado su compromiso de matrimonio con Nuño cuando se había sincerado con ella en Monterroso.

Jacinto, que había sido agasajado como se merecía, sobre todo por Teodomira, una vez cumplida su promesa y ganado el jubileo, volvía contento a Roma, donde esperaba obtener grandes dignidades, y aunque tenía que desandar el Camino de Santiago, lo haría con toda clase de comodidades. Con él viajaría el conde don Fernando Pérez de Traba, que realizaba su sueño de volver de nuevo a Tierra Santa cumpliendo una promesa parecida a la de Jacinto. El noble guerrero se marchaba con la tranquilidad de dejar a Teresa en manos de Nuño.

No lo exteriorizaba, pero Nuño estaba pletórico, porque emparentaba con la familia más notable y poderosa de León y de Galicia casándose además con una hermosa muchacha llena de dones y de virtudes, medio hermana del rey de Portugal y nieta del gran rey Alfonso, conquistador de Toledo.

El príncipe Fernando no estaba satisfecho; a pesar de que le iban a regalar un reino, perdía a Teresa y estaba celoso de Nuño porque se llevaba con él a la mujer de sus sueños.

Teodomira estaba apesadumbrada porque le había cogido cariño a Jacinto y no quería marcharse de Galicia, y triste porque el conde su señor emprendía su peregrinación a Tierra Santa. Asimismo estaba muy contrariada, porque un partido como Mateo no se encontraba todos los días para una hija. Pasaban las semanas y el muchacho no le había pedido la mano de Cecilia, aunque ella le había rezado al apóstol para que se arreglaran.

Mateo se había enamorado de Cecilia, pero, por encima de todo, quería dedicarse por entero a acabar la catedral, que era la misión de su vida. El magnífico edificio no se movería de allí y la muchacha tal vez regresara algún día.

Cecilia andaba desolada porque los días de pasión y arrebato habían transcurrido muy deprisa y al final Mateo, que estaba enamorado de la catedral, no le había pedido que se quedara. No le extrañaba en absoluto, porque detrás de aquel muchacho tan ingenioso, divertido y apasionado a ratos, había descubierto a un hombre que anteponía su empeño por dar término a aquel templo en que vivía a cualquier otra consideración, incluso al amor de su vida. Y ella, a pesar del desgarro que le suponía separarse del cantero, prefirió partir en compañía de su madre y de Teresa rumbo a Castilla que intentar aferrarse a Mateo y terminar siendo un estorbo para él.

—Sería muy feliz si un día pudieran salir de mis manos objetos tan hermosos como los que guardaba Gelmírez —dijo Cecilia al despedirse.

—Y yo también lo sería si estuvieras conmigo cuando acabe esta formidable catedral —contestó Mateo.

Teresa había vivido todo muy intensamente. En el transcurso de unos pocos meses, había tenido a un sabio por preceptor, había compartido el lecho con un príncipe, había conocido a un artista genial y la habían casado de la noche a la mañana con un caballero de noble familia. «Lo hicimos casi sin pensarlo, y resultó mejor de lo que esperaba —se dijo Teresa cuando cumplió con el débito conyugal—. Así es la vida y es lo que nos toca a las mujeres. Después vendrán los hijos, que llenarán de alegría nuestras vidas. ¿Y el amor?... ¡Ay, el amor! Con un poco de suerte, a lo mejor llega enseguida».

Salieron todos juntos de Compostela por el Camino de Santiago en dirección a León. Allí se dispersaron, guiado cada uno por su destino, pero partieron con la esperanza de que, a lo largo de su vida, el camino les ayudaría a encontrarse en múltiples ocasiones. Sabían que esto ocurriría, porque eran un puñado de cerezas enganchadas unas a otras irremisiblemente.

Segunda parte

Los dos osos del emperador

(Castilla, 1155)

5

El río Pisuerga bramaba a su paso por Valladolid durante las Navidades de 1155, ya que una ola de calor inusual, seguida de unas lluvias torrenciales, derretía las nieves de las montañas de la Pernía. Habían pasado cinco años desde su estancia en Monterroso y el cardenal Jacinto Bobone, que había vuelto a Hispania como enviado del papa Anastasio, se aprestaba a presidir un concilio para dirimir las querellas entre los eclesiásticos y convencer a los reyes cristianos de que era preferible combatir a los infieles del sur de la península que guerrear entre ellos para ensanchar las fronteras de sus reinos.

Solo los cangrejos estaban felices revolcándose en el barro de los arroyos de aquella villa castellana que tenía que albergar a un tiempo a la comitiva del legado de Dios, a las cortes del emperador Alfonso y sus hijos, y a los séquitos de los nobles y de los obispos que habían llegado a Valladolid con muchas dificultades a su cita con el cardenal. La colegiata de Santa María la Mayor se había preparado a conciencia para estar a la altura de tan ilustres huéspedes. Los braseros situados estratégicamente, las pieles que tapizaban el suelo y los tapices que engalanaban las paredes mitigaban los fríos adheridos a los muros, las bóvedas y las losas del pavimento.

En el centro del presbiterio resplandecía vacío el sillón abacial que los monjes habían colocado a mayor altura que el del emperador, porque los reyes de la tierra debían estar sometidos al poder superior del pontífice, representado por su legado. Este, que había llegado avanzada la noche por culpa de aquel diluvio, dormía profundamente en el fastuoso lecho del abad de Santa María la Mayor sin que nadie se atreviera a despertarle.

El emperador Alfonso, al que acompañaba su esposa Riquilda de Polonia, una joven de quince años ostensiblemente embarazada, se removía inquieto en el trono por el fastidio que le producía el retraso del cardenal y los perturbadores pensamientos que le habían asaltado a última hora.

Jacinto, despertado por fin por el abad, que había captado los gestos de impaciencia del emperador, entró lentamente en la basílica dando tiempo a que los reyes y el resto de las autoridades se incorporaran. Ya sentado en el trono del abad, buscó entre los asistentes a sus amigos de Monterroso.

—No alcanzo a ver a Teresa, mi discípula. ¡Dios mío, qué dulzura de mujer! ¡Con que fruición se bebía mis enseñanzas! ¡Qué curiosidad la suya y cuántas ganas de saber! Me sobraban años y me faltó audacia para seducirla como hizo Abelardo con Eloísa. Era un amor imposible, porque estaba enredada con el príncipe, y me tuve que consolar con Teodomira.

»¡Helo ahí a Fernando, a la izquierda del emperador! Ha dado un buen estirón y casi le saca la cabeza a su padre. Seguro que siguiendo la trayectoria de su mirada encuentro a la hermosa Teresa.

—¿De qué se ríe ese imbécil? —mascullaba tosiendo Sancho mientras vigilaba de soslayo a su hermano Fernando que, como siempre, miraba a Teresa con descaro a sabiendas de que estaba casada con Nuño. Quizás por ello se le hacía más apetecible, por estar prohibido por las leyes de la Iglesia y las costumbres de los caballeros.

Teresa había correspondido a las miradas de Fernando con un ligero movimiento de cabeza y una sonrisa de cortesía. Le imaginó resbalando por la cubierta de la catedral de Santiago, volando por los aires en la pradera y cayendo con ella en la cama en Monterroso. Su vanidad le hacía pensar que si no se hubiera casado con Nuño, la hubiese pedido en matrimonio nada más acabar la ceremonia y ella sería así la futura reina de León, pero se asustó cuando sintió un codazo de su esposo.

—¿Has visto a Fernando? Mira hacia nosotros y no para de reírse. ¿Sabes tú de qué se ríe?

—No tengo ni la menor idea. Supongo que de los nervios o del temor de que su padre se arrepienta —mintió Teresa, saludando a Constanza, a la que apenas había vuelto a ver desde que se había casado con Fernán de Castro.

«La veo mustia y un poco marchita —pensó Teresa—. No me extraña, porque soportar a ese animal de Fernán que le han dado por esposo debe de ser horrible. Sobre todo porque Dios no les ha dado hijos todavía. Pero de Nuño no tengo queja, que aunque no me lo dice nunca, se le nota que me quiere y, sobre todo, me desea... pese a que venga roto de las cabalgadas. Si no fuera así, no estaría tan pendiente de si me mira o deja de mirarme Fernando. Y el muy tonto no para de sonreírme».

Sus cavilaciones se interrumpieron cuando el legado pontificio se levantó de su sitial para dirigir la palabra a los asistentes y en un gesto lleno de teatralidad alzó lentamente los brazos al cielo. En la basílica de Santa María la Mayor hasta los braseros dejaron de crepitar y contuvieron la respiración.

Como conocía perfectamente el poder de la oratoria, Jacinto empezó hablando en voz baja y sin apenas gesticular para dar a su parlamento un tono coloquial que obligaba a los oyentes a prestarle la máxima atención.

—Cuando los cristianos que viven en Tierra Santa se vieron atacados por los infieles, el papa Eugenio convocó a toda la cristiandad, para asegurar el paso de los peregrinos y evitar la profanación de los Santos Lugares.

Teresa estaba asombrada viendo cómo el peregrino moribundo que recogieron en Monterroso había rejuvenecido de tal manera que el emperador, que debía de tener una edad similar, parecía un anciano a su lado.

—El papa me entregó la bula y una carta para que se la llevara en mano a Bernardo de Claraval y predicara la cruzada por toda Europa. Lo hizo con tanta pasión y elocuencia que los franceses gritaban enfervorizados: «¡Cruces, dadnos cruces!». Los reyes y nobles de Francia, con Luis y Leonor de Aquitania a la cabeza, se arrodillaron ante Bernardo, que entregó su blanco hábito para que hicieran cintas para las cruces.

Ante aquellas vibrantes palabras de Jacinto se encendieron los ánimos de los nobles que deseaban engrandecer su poderío con la conquista de nuevos territorios al sur de la península.

—Francia estaba ganada —prosiguió Jacinto mirando a Fernando—, pero faltaba Alemania, y allí el emperador Conrado no terminaba de decidirse hasta que Bernardo se plantó delante de él y, haciendo las veces de Jesucristo, le dijo en actitud suplicante: «¡Conrado, hijo mío! He venido al mundo y he muerto en una cruz para salvar tu alma. ¿Qué más puedo hacer por ti que no haya hecho?».

Mientras Sancho se sentía ignorado porque el legado ni siquiera se había dignado dirigir sus ojos hacia él, el príncipe Fernando no sabía qué hacer y miraba ansioso a su antiguo preceptor, el conde de Traba, llegado recientemente desde Tierra Santa, esperando sus instrucciones. El padre de Teresa, muy envejecido por las penalidades pasadas en su largo viaje, ni veía a Fernando ni a Jacinto porque tenía la mirada elevada al cielo, apoyando la cruz de la espada junto al corazón.

—Bernardo consiguió movilizar unos ejércitos nunca vistos —siguió perorando el cardenal—, pero el demonio sembró la cizaña entre los reyes cristianos, algunos de los cuales aprovecharon la ausencia de sus vecinos para robarles ciudades y tierras. La soberbia de los príncipes no permitía una única jefatura. Dividieron los ejércitos y fueron vencidos por los infieles. —Al ver la desolación pintada en los rostros de los asistentes, Jacinto continuó su discurso, levantando las manos y con expresión de alegría—: No todo fueron discordias y derrotas, porque la cruzada en Hispania resultó victoriosa en todos los reinos. Los reyes y los nobles deben dejar de lado sus querellas y marchar juntos contra los enemigos de nuestra fe.

Después de que el legado del papa terminara su predicación al grito de «¡Dios lo quiere!», se levantó vacilante el emperador.

—En nombre de Dios Todopoderoso —declaró solemnemente—, que ha creado todo lo que vemos y no vemos, yo, Alfonso, emperador de toda Hispania, os pongo a todos vosotros como testigos para que, cuando yo falte, se repartan los reinos que me pertenecen del siguiente modo: a mi hijo primogénito Sancho le corresponde....

Por un instante le pasaron por la cabeza todos los avatares del reino y las dudas se le agarraban a la garganta. «Sancho es prudente y diplomático, pero es enfermizo, tiene mal de estómago y no termina de curar un catarro cuando otro le sobreviene. Fernando es atolondrado. Primero se lanza y luego lo piensa... o no lo piensa y se olvida y a otra cosa. Si Fernando tuviera la sensatez y la prudencia de Sancho o Sancho la valentía y la fortaleza de Fernando, de cualquiera de ellos sacábamos un magnífico sucesor. Dividir el reino, tal y como me aconsejaron los condes Manrique de Lara y Fernando de Traba, me pareció lo más conveniente entonces, pero ahora que nos atacan los almohades... no sé qué pasará cuando yo falte. Si no le dejara el reino de León, sería capaz de matar a Sancho y se quedaría con todo como el abuelo».

La emoción le ahogaba, tenía la garganta reseca y las toses que ensayaba no le libraron de la afonía. Como los murmullos llegaban de todos los rincones de la basílica, pasó el documento al canciller y le señaló por gestos que leyera bien alto para que nadie tuviera dudas de cuáles eran sus designios.

—Con la venia del emperador: «A mi hijo primogénito Sancho le corresponde toda Castilla con las villas de Segovia y Ávila y todas las tierras al sur del Duero, y todas las villas, castillos y tierras que están detrás de la sierra y también el reino de Toledo... Y además, la Tierra de Campos hasta Sahagún».

—Esto no era lo que yo esperaba —murmuró entre dientes Fernando con un gesto de contrariedad que no pudo disimular—. De un plumazo ha regalado el pan de mi reino al imbécil de mi hermano.

—«Y a mi hijo el rey don Fernando —continuó el canciller— le asigno Asturias y toda Galicia, Zamora, Toro y todo el reino de León».

Sancho, que se había quedado sin la mitad de la herencia que le correspondía como primogénito, tampoco estaba satisfecho a pesar del regalo del granero del reino, pero se consoló al ver la cara de estupefacción de su hermano.

Pero la frontera entre los reinos de León y de Castilla, llana y sin ríos o cordilleras que la delimitasen, era de difícil trazado. Nada se decía del reparto de las tierras de infieles que se conquistaran en el futuro. Y este podía ser un motivo más de fricciones entre los reinos.

Nadie quedó complacido con el reparto de los reinos: los más inquietos eran los nobles. Aunque ya llevaban años tomando posiciones, muchos estaban desconcertados porque tenían gobierno y posesiones en ambas partes y no sabían si colocarse del lado de Sancho, de Fernando o esperar a ver en qué paraba todo aquello una vez que muriera el emperador.

El pelo blanco y el aspecto bonancible del conde Manrique Pérez de Lara, hombre prudente, de gran cultura y hábil diplomático, disimulaban que era un estratega formidable. Acabado el acto, se acercó a Sancho para felicitarle por lo conseguido, y al verle mustio por lo que había perdido, no vaciló en hablarle claramente:

—No os lamentéis, señor. Sabed que vuestros reinos ocupan el centro de Hispania, tienen mar por el norte y allí hay bahías, ensenadas y rías en las que se pueden construir buenos puertos para comerciar con Francia, Inglaterra y los estados imperiales. Por Almería estamos abiertos al Mare Nostrum, y Castilla es el único reino que puede crecer en todas las direcciones.

Abades y obispos habían acogido el reparto con tranquilidad porque sabían que ocurriera lo que ocurriera, ellos tendrían que ejercer de árbitros, y los nuevos monarcas, para ganarse su apoyo, confirmarían sus privilegios como antes había hecho el emperador, e incluso harían muchas donaciones a la Iglesia.

La virtuosa y respetada infanta doña Sancha, hermana mayor del emperador, mujer menuda y vivaracha que era una fuerza de la naturaleza, no tenía motivos de inquietud: las rentas de sus dominios en las Asturias y en Tierra de Campos le permitirían vivir como una princesa, mantener su influencia en la corte y ejercer la caridad entre los pobres.

Don Fernando de Traba había vuelto viejo y achacoso de su aventura de Tierra Santa y sabía que muy pronto tendría que rendir cuentas al Altísimo. Al verle tan consumido, Teresa sintió un golpe de añoranza de su verde Galicia natal y le entraron ganas de volver a Monterroso cuanto antes. Desde su matrimonio, tenía que sufrir las largas ausencias de Nuño, que como alférez del emperador seguía a Alfonso por todos los rincones del reino, mientras ella le esperaba en Herrera, cuidando de sus hijos pequeños Fernando y Álvaro, y atendiendo la hacienda de Nuño, que era considerable, en las tierras del Alto Pisuerga y en los amenos y frondosos valles de las montañas de la Pernía. Sin vivir como una reina, la existencia se le hacía llevadera, porque había sido muy bien recibida en la corte y en la familia Lara, Nuño la dejaba hacer a su manera y la compañía de Cecilia y el buen humor de Teodomira mantenían vivos el acento y los aromas de su Galicia natal.

Cuando se acercó al cardenal para saludarle, Teresa retuvo su blanda mano un instante antes de besarla y quedó hipnotizada con el anillo de los Orsini. A este no se le pasó por alto el gesto y recordó su despertar en Monterroso, con aquella dulce muchachita levantándole de la mano.

—Cuando abrí los ojos «vi un ángel vigoroso que bajaba del cielo envuelto en una nube. Sobre la cabeza tenía el arcoíris, su rostro era como el sol y sus piernas como columnas de fuego. Tenía en la mano un libro abierto». Estáis más hermosa, si cabe, que cuando me sacasteis de la oscuridad y me devolvisteis a la luz y a la vida. ¡Ah, señora mía! Sería maravilloso si alguien como vos nos estuviera esperando en la hora postrera en la puerta del cielo.

—El tiempo no pasa por vos, señor cardenal, ni decrecen vuestra galantería y sentido del humor. ¡Qué gran regalo del cielo fue para nosotros vuestro extravío en los bosques del camino! ¡Qué gran ventana abristeis en la muralla de mi ignorancia para mostrarme los manantiales de la antigua sabiduría! ¡Cómo agradezco lo provechosas que han sido para mí vuestras enseñanzas de entonces! ¡Con cuánto placer recordamos las fabulosas historias que nos contabais! Si no estuvierais tan ocupado con reyes y obispos, ¡qué gran placer sería para nosotros acogeros en nuestro humilde palacio de Herrera por unos días!

—Confiad en la Providencia, doña Teresa —dijo al despedirse Jacinto, reclamado por el emperador y sus hijos—. Estad segura de que nos encontraremos de nuevo algún día y tendré preparadas para vos otras historias dignas de ser contadas.

6

Al comienzo de la primavera, sentados al resguardo del muro del refectorio del monasterio de San Salvador de Cantamuda, situado en un prado de la montaña Pernía, muy cerca del Pisuerga recién nacido, echaban la tarde charlando plácidamente un obispo y un emperador en la huerta conventual.

Raimundo el Chato era un hombre de sencillas costumbres, baja estatura y recia complexión, lo que le daba un cierto aspecto de manzana reineta. Amante del campo y de la caza, apreciaba tanto a los feligreses como a los perros, a los que hablaba como si fueran sus semejantes. Poder invitar a los reyes —sus parientes— a cazar el oso en sus dominios de la montaña le producía una enorme satisfacción, y, además, pensaba obtener unos réditos considerables de aquella iniciativa.

—Como comprobaréis, majestad, hemos organizado una montería nunca vista en estas tierras con los monteros de Castilla y de León en cada orilla del Pisuerga, al mando de sus respectivos reyes, vuestros hijos Sancho y Fernando. Estos montes que nos envuelven son los mejores que habéis en vuestros reinos para la caza del oso. Son más suaves que escarpados y son fáciles de transitar para el hombre. Hay frutales y colmenas en estos frondosos valles y no faltan robles y hayas para proveer a los osos de todo lo que necesitan. Tampoco les faltan grutas donde pasar el invierno encamados —dijo el obispo de Palencia y señor de la Pernía a su primo el emperador, señalando con su báculo a los montes que les circundaban.

—Siguiendo vuestros consejos —replicó don Alfonso—, he venido al oso hasta los confines de mis reinos porque quiero que mis hijos ejerciten su valor en el noble arte de la caza como preparación para la guerra contra los infieles, pero me sentiría muy contrariado si después de llegar hasta estos amenos parajes, no logramos más trofeos que unos cuantos puercos y venados.

—Estad tranquilo, majestad, porque los hombres de las aldeas vecinas, que conocen bien las querencias de las fieras, llevan varios días rondando los montes y han avistado dos osos, muchos guarros y algún venado que otro. Ayer colocamos por la cima de la sierra buenos monteros, cada uno con cuatro canes, y han encendido muchas fogatas para evitar que las fieras escapen por la cordillera.

—Lástima que no goce de vuestra conversación mi primogénito Sancho, porque oyéndoos hablar así del arte de la caza, iría mejor dispuesto que de costumbre a abatir animales salvajes.

—¿No serán la oración y la penitencia las que retienen a nuestro joven Sancho en el convento de Lebanza, mi señor?

—Todo lo contrario. ¡El tálamo, primo, el tálamo! Que está tan deseoso de engendrar al sucesor de la corona que tan pronto llega a sus aposentos requiere con apremio a su esposa doña Blanca. Parece que le place tanto la hija del rey de Navarra como a mí la jovencísima princesa polaca que me ha tocado en suerte disfrutar a mis años y que siempre que se me antoja la encuentro dispuesta a mis requerimientos.

Muy de mañana salieron las partidas de caza del monasterio de San Salvador de Cantamuda y cada uno de los jóvenes reyes emprendió direcciones distintas. Las nieblas que se colaban desde el valle de Campoo se habían sentado a horcajadas en la poderosa mandíbula de la sierra de Peña Labra, mientras esperaban la llegada de la comitiva regia. Sobre la imponente mole de la peña de Tremaya se desperezaba un castillo sacudiendo con sus torreones las brumas de la mañana.

El conde don Manrique Pérez de Lara y sus hermanos don Álvaro y don Nuño cabalgaban al frente de la caravana portando los estandartes reales. Detrás iba, con una sonrisa de oreja a oreja, el obispo don Raimundo. Le seguían de cerca el emperador don Alfonso y su hijo don Sancho con sus pajes y escuderos. Guardando bien las distancias iba el resto de la comitiva portando las tiendas de campaña que en unas horas iban a ser desplegadas en los prados junto al río Pisuerga. Llevaban todo lo necesario para la caza y para el yantar de toda la jornada.

Cuando todo estuvo preparado, el emperador impulsó ambos brazos hacia arriba, e inmediatamente el obispo Raimundo dio los preceptivos toques de bocina que indicaban el comienzo de la cacería.

De repente, el sobrecogedor silencio del valle, en el que solo se oían los cencerros de las vacas y los ladridos de algunos perros inquietos, quedó roto por una estruendosa algarabía que llegaba desde las alturas. Los monteros y sus acompañantes, apostados en las lomas de las colinas y en la cresta de la sierra, empezaron a dar grandes voces, hicieron sonar los cencerros y causaron todo el ruido que pudieron golpeando panderetas y tambores. Pasado un rato, los monteros dieron suelta a los sabuesos, que se adentraron en los montes siguiendo el rastro de las fieras y las alimañas.

Poco a poco y después más atropelladamente, fueron llegando corzos, ciervos y jabalíes, perseguidos por los mastines y podencos, que eran abatidos uno tras otro por peones y caballeros de la armada. Otros habían sido derribados en los montes. La carnicería proseguía sin descanso, aunque todavía no había aparecido el verdadero protagonista, el oso pardo. Sin embargo, los toques de las bocinas alertando de su presencia se escuchaban cercanos, y por los ladridos de los perros se deducía que una de esas fieras se hallaba debajo de las Peñas del Moro, en el borde del monte de la Lomba, algo por encima de donde se encontraba la armada.

Al frente de la misma, don Sancho, con los cabellos erizados por el miedo, sudaba copiosamente. Sabía que no podía defraudar a un padre que le vigilaba en aquella prueba definitiva.

De pronto se oyó un grito: «¡Allá va el oso, allá va el oso!».

Los jadeos y bufidos del animal y el crujir de las ramas anunciaron su aparición. Después se escuchó muy cerca un bramido espeluznante. Finalmente apareció un macho de aspecto imponente que, puesto en pie, desafiaba bramando a sus atacantes. Los alanos, podencos y mastines trataban de hacer presa en sus extremidades, aun a riesgo de sus vidas. El oso daba manotazos a diestro y siniestro para librarse de los canes. Los más osados cayeron destrozados entre las rocas que le servían de atalaya.

El animal, al verse por unos instantes libre del acoso de los perros de presa, saltó de las rocas y emprendió una vertiginosa carrera hacia el río, tratando de alcanzar el robledal que llegaba hasta la escarpadura de la otra orilla, pero en la pradera que le separaba de su objetivo, los mastines hicieron presa en sus patas traseras, lo que permitió a la armada cerrar el paso al plantígrado impidiéndole cruzar el río. Mientras los alanos y los mastines le sujetaban las patas entre las fauces, le cercaron los hermanos Lara, que desde sus caballos le empujaban con las azconas para librarse de los manotazos del animal e impedirle que retrocediera y se soltara.

—¡Ahora, majestad! Atacad ahora... antes de que se nos escape... Es vuestra oportunidad y vuestra gloria —le gritó Manrique con la respiración entrecortada.

Sancho el Deseado, aunque había participado en algunas batallas al lado de su padre el emperador Alfonso, prefería en ellas ocuparse de la logística y de la estrategia antes que enfrascarse en la lucha cuerpo a cuerpo con el enemigo. Mientras el oso bramaba, los perros ladraban y los monteros gritaban y los tres hermanos Lara se las veían y se las deseaban para mantener inmovilizado al animal, Sancho asió el arma con las dos manos y, aprovechando la inmovilidad del oso, dio un paso al frente y la hundió con todas sus fuerzas en el costado de la pieza quedando bañado en su sangre.

El oso se encogió al sentir el arma, se zafó de las azconas y lanzó un manotazo a su agresor, que esquivó milagrosamente gracias a su corta estatura. A continuación, el animal dio un traspiés y cayó de bruces entre estertores.

Una vez que comprobaron que no reaccionaba al ataque de los mastines que le mordían con saña, los escuderos y monteros, después de rematarle con sus jabalinas y espadas, dieron la vuelta a la bestia para que lo contemplara el emperador. Este, que había visto la muerte del oso a una distancia prudencial, se acercó a su hijo para felicitarle por su valentía.

Después de hacer el recuento de los animales abatidos, el emperador, que charlaba animadamente con el obispo y los nobles que le agasajaban, se dirigió al conde Manrique:

—Por cierto, ¿se sabe algo de la montería de mi hijo Fernando en los montes de Lebanza? —le preguntó.

—En la otra parte han cobrado muchas piezas, sobre todo jabalíes, corzos, ciervos y gamos, pero parece que don Fernando se ha distraído del oso y han perdido su pista, con gran enojo del conde Osorio, aunque el rey echa la culpa al conde y a los monteros de haber dejado escapar a la fiera.

Después de cantar los maitines, la comunidad benedictina de Santa María de Piasca, situada a unas cinco leguas de distancia del lugar de la montería, retornaba silenciosa al dormitorio. A la altura de la escalera, el prior Domingo Facundi y el novicio Petrus Albus se salieron de la comitiva para dirigirse al refectorio.

—Comed cuanto gustéis, hermanos, que os espera una dura jornada de camino hasta el convento de Lebanza. Los muchachos están listos desde hace rato —les dijo el cillero al prior y al novicio— y os esperan con las caballerías y los pertrechos en la puerta del convento.

En cuanto salieron a la intemperie al borde de un hayedo plagado de helechos, sintieron el aroma del monte combinado con la fragancia de los prados.

—¡Qué olor tan propio tiene esta tierra nuestra, padre prior! —exclamó el novicio.

—Es cierto, Petrus Albus, pero ya verás de qué modo tan distinto huelen los campos de Castilla cuando el viento dibuja sus olas en los trigales —repuso el prior Facundi—. Allí podrás admirar con cuánta fuerzan brillan las estrellas desde el oriente hasta el poniente siguiendo el camino del señor Santiago. Hacia allá vamos, Petrus. Se ha terminado mi espera. Por fin ha llegado mi hora. El enviado del papa también se ha puesto en camino y debo convencerle para que cumpla la misión que me ha sido encomendada. Afanados como estamos en las cosas de este mundo, no nos damos cuenta de que se acerca el final de los tiempos. ¿No ves que cada día brillan más las estrellas? Bien lo sabía Beato, y lo gritó a los cuatro vientos... aunque se equivocó y sus cálculos no fueron certeros. —Domingo Facundi siguió murmurando, mientras el novicio miraba inútilmente a los cielos tratando de comprobar si las estrellas brillaban con más intensidad que nunca.

No se conocía a ningún fraile en toda Liébana que castigase tanto su cuerpo como lo hacía el prior con ayunos y penitencias. El monje, además de astrólogo y boticario, era un asceta. Largo y enjuto como la Cuaresma, tenía dos mechoncillos de pelo lacio que le resbalaban por la frente como lagartijas. En su picuda cabeza sobresalía una nariz afilada como una guadaña y bailaban dos ojos como de camaleón. Cuando entraba en trance, ponía los ojos en blanco y movía de tal modo el ojo estrábico que podía otear el futuro o escudriñar el pasado.

En cambio, Petrus Albus era más práctico que devoto. Disfrutaba ayudando al prior cuando iban por las lastras y los montes para recolectar plantas medicinales con las que preparaban unas infusiones que eran la delicia de los frailes de Santa María de Piasca.

La dorada luz del amanecer había transfigurado las montañas del fondo, cuyas laderas brillaban como puntas de diamante intentando tocar el cielo para recolectar las estrellas que se consumían al amanecer. Manteles de niebla se aferraban a las faldas de las colinas confundiéndose con las plegarias blancas que salían de los hogares pespunteando las aldeas camufladas entre los hayedos. En pocos instantes, nubes rojas venidas de ninguna parte se apoderaron por sorpresa de la cordillera y se hicieron fuertes en ella.

Los dos muchachos que acompañaban al prior y al novicio caminaban en silencio detrás de los religiosos. Ambos habían sido abandonados a la caridad del monasterio y se habían criado a la buena de Dios al socaire de sus muros. Fructuoso, que aparentaba tener dieciséis años, andaba siempre entre piedras y andamios; y Juan, que podía haber cumplido los doce, hacía de ayudante de Fructuoso cuando no pastoreaba en los puertos el rebaño de la comunidad. Iba tras ellos un perrillo vagabundo llamado Chito, y llevaban a hombros las herramientas de trabajo, pero les costaba seguir el paso de los clérigos, que iban a lomos de mulas. Más que el esfuerzo, les mantenía callados la impresión de que estaban ante la aventura de sus vidas, esa que iba a empezar en las villas de la meseta.

En el monasterio de Lebanza, convertido por unos días en gineceo regio, se habían alojado todas las mujeres y niños de la corte. Habían aprovechado la montería para salir a respirar los límpidos aires de las montañas de Pernía. Todas estaban bajo el mando de la infanta doña Sancha, hermana del emperador y señora de la Tierra de Campos, mujer limosnera, juiciosa y prudente, que desplegaba toda su energía en los conventos que caían bajo su jurisdicción, al igual que hacía cuando estaba en la corte, donde ocupaba el espacio que había dejado a su muerte la reina Berenguela, que había sido esposa de don Alfonso.

En la montería cuidaba de dos frágiles criaturas, su sobrina la princesa Estefanía, hermana de Sancho y Fernando, y la reina Riquilda, poco más que una niña que llevaba en brazos al pequeño príncipe don Fernando, medio hermano de la princesa, y que estaba radiante de alegría porque era una de las pocas veces que salía a disfrutar a las praderas de la montaña.

El obispo Raimundo había enviado la víspera unos mensajeros al monasterio de Lebanza para informar a la reina doña Blanca de que su esposo don Sancho había podido con el oso. Aquella mañana, las damas de la corte habían salido del convento para celebrar una comida campestre en una pradera inclinada donde los centenarios robles de ambas orillas escondían entre su follaje una cascada partida por una roca.

Teresa, que conocía muy bien aquellos valles donde nacía el Pisuerga, charlaba animadamente con la reina doña Blanca y con Constanza, y como es frecuente entre amigas que llevaban tiempo sin verse, recapitulaban sobre sus vidas de casadas.

—Todos los hombres son iguales, al principio de la relación se preocupan un poco, pero se cansan enseguida y entonces vienen los desplantes y los engaños. Acuérdate de Mateo, que enseguida se llevó a la ingenua de Cecilia a la buhardilla y le hizo esa criatura. Luego, si te he visto, no me acuerdo —dijo Constanza con aspereza, echando una mirada al rincón del prado donde la aludida vigilaba a su pequeño Mateo y a Fernando y Álvaro, los dos hijos de Teresa, que trataban a de atrapar renacuajos en un remanso del torrente.

Doña Blanca, la mujer de don Sancho, que sabía por Teresa lo ocurrido en Santiago, se fijó detenidamente en Cecilia, que vigilaba las andanzas de los niños.

—Los hijos son lo que importa —dijo con fervor—. Son nuestra razón de ser, y si no que nos lo pregunten a las reinas, que solo nos casan para eso sin pedirnos permiso ni consentimiento... —Dándose cuenta de que quizás había hablado demasiado, la reina se calló y se le ensombreció el gesto, como siempre que caía en la cuenta de que transcurrían los meses y el tan ansiado hijo y heredero al trono de Castilla no acababa de llegar.

Instantes después, los caminantes de Piasca, que pasaban por el camino que dominaba el río desde la otra orilla, se sorprendieron de que hubiera un numeroso grupo de mujeres y niños primorosamente vestidos que jugaban y cantaban junto a los lirios y margaritas de la pradera. Movido por la curiosidad, el novicio Petrus Albus propuso al prior hacer un alto en el camino. Los dos hermanos les ayudaron a descender de las cabalgaduras, sacaron un poco de comida de las alforjas y se dispusieron a dar buena cuenta de las viandas debajo de un roble cerca de unos avellanos. En el convento ladraban los mastines, las mulas estaban inquietas y el perrillo también ladraba.

—Calla, Chito —ordenó Fructuoso, lanzando un trozo de pan al perro mientras con un afilado cuchillo se entretenía en labrar adornos en la vara que utilizaba como ayuda para caminar.

Juan, entretanto, contemplaba con envidia a los niños que jugaban a la otra orilla del río a la espera de que Teodomira y Cecilia sacaran la comida de las cestas de mimbre y la distribuyeran por los manteles que habían desplegado sobre las flores.

Domingo Facundi se puso en pie, hizo como que levitaba, levantó las manos al cielo y, con los ojos en blanco, recitó unos versículos del Apocalipsis: «Después vi otra bestia que subía del país, tenía dos cuernos como de cordero, pero hablaba como un dragón».

Entonces resonó en el monte el espantoso berrido de un animal que rondaba por las cercanías. Antes de que les diera tiempo a reaccionar, los caminantes lebaniegos vieron aterrorizados que un oso pardo de descomunal tamaño atravesaba el camino y descendía hacia la cascada, justo enfrente del lugar donde los niños pescaban los renacuajos.

Los pequeños gritaron espantados y Teresa echó a correr despavorida en busca de sus retoños, que estaban muy cerca del oso. Solo doña Sancha mantenía la calma y trataba de evitar la desbandada para emprender con todo el grupo una rápida retirada hacia el puente que les separaba del vecino convento.

Chito, el chucho que acompañaba a los canteros, salió disparado para hacer frente al oso y tras él fue corriendo Juan llevando una estaca en la mano, mientras su hermano Fructuoso trataba de armar a toda prisa una jabalina de caza. Más arriba, el prior Domingo Facundi, arrodillado entre los helechos, se abrazó al códice de Beato y pidió un milagro al santo. Sin embargo, el novicio Petrus Albus no sabía si salir corriendo hacia la abadía, esconderse entre los avellanos o subirse a un roble.

Mientras tanto, en las campas de San Salvador de Cantamuda, el obispo Raimundo y don Nuño habían organizado unos festejos para solaz de los lugareños.

Hasta el campamento real habían sido transportados los venados, jabalíes y corzos abatidos durante la cacería, a la espera de ser descuartizados y repartidos entre los aldeanos. En carne viva, ocupando un lugar de honor, despellejado como Marsias por Apolo o San Andrés en su cruz, humanoide y gigantesco, pendía el oso abrazando los montes y prados que habían sido su hogar hasta entonces.

En las fogatas se preparaban calderetas y corría generoso el vino de la abadía. Animados por la caza del oso, los monteros y los lugareños comían, bebían y cantaban junto con los escuderos y los soldados. El emperador estaba eufórico y ensalzaba a voces la valentía de su hijo Sancho.

No todos se divertían, porque Fernando de León, que no había logrado cobrarse el oso que le correspondía, estaba de un humor de perros. Le flanqueaba con gesto contrariado Fernán de Castro, su mano derecha en las lides de caza, mientras el conde Osorio, que había organizado la cacería de Fernando ya en tierras de León, estaba distante y como ensimismado. Se notaba bien a las claras que no participaban de la fiesta general.

—No había otro oso en los montes de Lebanza. Y si alguien ha dicho o sostiene lo contrario, miente —voceaba enojado don Fernando—. ¿Verdad que no había oso en los montes de Lebanza, don Fernán?

—De haberlo habido estaría ahí afuera desollado —respondió con voz metálica, sin mover apenas los labios, el esposo de Constanza, que era como un tronco de la cabeza a los pies. Tenía un rostro impenetrable como un nabo, en el que se incrustaban unos ojos que siempre miraban por el rabillo y solo se movían veloces cuando era para fulminar. La orejas pegadas al cogote. Labios gruesos y sensuales escondidos bajo una nariz achatada. Hombros poderosos y cuerpo achaparrado.

—¿Acaso oísteis su berrido? —preguntó el príncipe.

—Nadie escuchó berrido alguno —respondió el aludido.

—¿Vio u oyó al oso el señor conde Osorio? —preguntó el rey don Fernando, fulminando con la mirada al viejo conde, que estaba sentado a su lado—. Como me traiciones y me dejes por mentiroso, haré que te maten —mascculló entre dientes el hijo del emperador.

—De haber habido alguno, con un rey tan valeroso y prudente al mando, ¿le habríamos dejado escapar con vida?

El emperador, contrariado por la arrogancia de su hijo Fernando y harto del interrogatorio a que sometía a nobles y caballeros, se levantó de su asiento para proponer un brindis y dar un giro a la conversación.

—Nobles condes y caballeros. Amigos míos. Hemos de agradecer su hospitalidad a mi primo Raimundo, señor de estos hermosos y dulces parajes, brindando por... —interrumpió su discurso a causa del alboroto que empezó a alzarse en el exterior de la tienda real. Todos se sorprendieron cuando, sin ser invitado, entró corriendo un fraile totalmente descompuesto.

—¡Qué desgracia, señores! —gritó—. ¡Ha aparecido un oso por los prados de Lebanza y está atacando a las damas y a los niños de vuestra familia!

Aquella noticia cayó como un rayo en medio de la celebración. El joven rey don Fernando no sabía dónde meterse. El emperador lo fulminó con la mirada mientras repetía en voz baja, como un autómata: «¡Insensato, insensato, insensato!». Fernando, viendo que todas las miradas estaban clavadas en él, salió corriendo, saltó sobre su caballo y se dirigió al galope tendido hacia Lebanza, seguido de Fernán de Castro y sus hermanos.

—Sigámosle —dijo el conde Manrique a los asistentes—. Salgamos los caballeros con nuestras espadas y el resto que venga detrás con las armas y los perros. Que todo se haga ordenadamente. De nada sirve una desbandada.

El joven rey don Fernando, que era un jinete formidable, había tomado la delantera al resto de los caballeros y cabalgaba al galope tendido hacia las praderas de la abadía, dando por perdido el reino de León. Estaba abochornado por haber hecho el ridículo ante toda la corte y dispuesto a matar al oso, que era claramente el que se le había escapado, o morir en el empeño. Sus pensamientos vagaban de su hermana Estefanía al pequeño don Fernando y de su tía doña Sancha a la dulce Teresa, cuyos amorosos cuidados no había conseguido olvidar a pesar del tiempo trascurrido.

7

Recogido por Juan en el monte, Chito era un perro muy ágil y muy listo, superviviente de muchos lances de la caza. Siempre acompañaba al muchacho cuando este subía con el rebaño a los puertos de montaña. No era la primera vez que se las veía con un oso. Por los jadeos del animal sabía que estaba cansado y, sobre todo, sediento. Lo hostigaba ladrándole insistentemente, aunque manteniéndose a una distancia prudencial.

El oso, que había llegado hasta al borde del río, se detuvo un instante lanzando un gruñido amenazador al chucho que tenía a sus espaldas. El perro se alejó corriendo, y en un santiamén pasó hacia la otra orilla saltando de piedra en piedra por encima de la cascada sin dejar de ladrar al plantígrado, que se dispuso a saciar su sed, sin perder de vista al can.

Fructuoso había armado la jabalina colocando su cuchillo en un rebaje que a tal efecto tenía la vara y lo sujetó con una correa, como solía hacer cuando perseguía animales por el monte. Tan pronto como tuvo preparada el arma, salió corriendo para colocarse de modo que el oso quedara entre Juan y él. Mientras tanto, Chito pasaba a uno u otro lado del torrente, tratando de llevar la batalla al entorno de la cascada, donde la bestia se movía con más torpeza.

La anciana infanta doña Sancha, que con un solo golpe de vista había comprendido la intención de los dos hermanos, organizó una ordenada retirada de las madres y sus criaturas hacia la abadía. Teresa y Cecilia, ayudadas por Constanza, se hicieron cargo de los más pequeños, pero la delicada infanta Estefanía, que corría con dificultad, tropezó y cayó. Menos mal que Teodomira estaba cerca... La tomó entre sus brazos y la llevó en volandas hasta el monasterio. En el camino se cruzaron con los mastines, que habían salido corriendo para hacer frente al invasor.

Teresa y Cecilia, en cuanto vieron que doña Sancha y Teodomira cruzaban el puente hacia el convento con las mujeres y los niños, se volvieron sobre sus pasos para ver en qué paraba la lucha entre la fiera y los dos muchachos. Junto a ellas venían los criados del convento con lanzas y algunos frailes con horcas.

El oso, hostigado de nuevo por Chito, dudaba entre beber en el río o atacar al chucho mientras los jóvenes canteros se acercaban cada uno por su lado. Chito no daba tregua y se aproximaba temerariamente al enorme animal mientras este avanzaba por el río hacia donde estaba Juan.

—¡Atácalo, Fructuoso, que nos mata a mí y al perro, que nos mata a mí y al perro! —gritaba Juan cuando veía que el oso se revolvía y lanzaba terribles zarpazos al perrillo, que saltaba entre las piedras del río tratando de evitar que el plantígrado se aproximara al muchacho.

Entonces llegaron los mastines, que se lanzaron inmediatamente al agua para hacer presa en las patas del oso. En el momento en que este se giraba para repeler el ataque de los perros de presa, Fructuoso, viendo a su hermano Juan en peligro, echó a correr ladera abajo hacia el animal y, cuando estaba como a siete pasos de distancia, frenó en seco y arrojó el arma con todas sus fuerzas con tal fortuna que la jabalina, entrando por un ojo, traspasó la cabeza de la bestia. Tan concentrado y absorto estaba el cantero viendo volar la jabalina por el aire y acertar de lleno al animal que no tuvo tiempo de frenar en su carrera y resbaló en un pedrusco de la ribera precipitándose en el torrente donde se golpeó la cabeza con una roca.

Chito y Juan, sin esperar a comprobar si el oso estaba muerto, bajaron corriendo para socorrer a Fructuoso. El prior Domingo Facundi, que no había dejado de rezar a San Beato para que hiciera un milagro, levantó las manos al cielo, pero el novicio Petrus Albus, en cuanto vio que Fructuoso necesitaba ayuda, bajó corriendo hasta el río. También acudieron Teresa y Cecilia, saltando sobre los manteles y entre las cestas de comida, para ayudar en lo que hiciera falta.

Entre todos sacaron del agua a Fructuoso, malherido e inconsciente, y le depositaron en la pradera para atenderle. Sintieron gran alivio al darse cuenta de que respiraba, aunque sangraba por la herida de la cabeza. Para que Teresa pudiera taponarla, Cecilia trajo corriendo manteles de la pradera.

Mientras el prior le examinaba, Albus, que palpaba la pierna del muchacho, se giró hacia las damas.

—Está atontado del golpe que se dio en la cabeza, pero ya veréis como enseguida se espabila. Bueno es él para quedarse dormido al lado de tanta hermosura —explicó, poniéndose colorado—. Lo peor es lo de la pierna. Es posible que se la haya roto cuando lanzó la jabalina. Si no hay un buen médico que se la entablille, se queda cojo para los restos.

—El Señor no lo permita —dijo Cecilia—. Que este valiente muchacho no se merece andar con muletas.

—Ya verás como termina corriendo detrás de ti dentro de poco —replicó Teresa.

Justo cuando terminaron de vendar a Fructuoso, llegó a Lebanza el rey Fernando, que estaba a punto de reventar al caballo. Al poco le alcanzaron los hermanos Castro con Fernán a la cabeza. El monasterio quedaba a su izquierda, cerrando el embudo de un bucólico valle que parecía situado en el lugar donde se acababa el mundo. Cuando el joven rey cruzó el puente, respiró aliviado, porque a pesar del alboroto no encontró ninguna huella de la temida carnicería. Y a lo lejos distinguió a Teresa y Cecilia tratando de reanimar a un desconocido. Descabalgó de un salto y se dirigió hacia ellas para informarse de lo sucedido, pero viendo el bulto de un gran animal en el río, pasó de largo ignorando también a Chito, que le ladraba insistentemente. Se acercó cuanto pudo al plantígrado, que se desangraba con el asta de la jabalina asomando por un ojo mientras un cuchillo le salía por detrás de la oreja. Examinó pormenorizadamente el vientre de la bestia y dijo en voz alta a los allí presentes.

—¡Podéis ver todos que era una osa! Yo tenía toda la razón del mundo.

«Este Fernando es incorregible, prefiere interesarse por una bestia antes que por nosotras o por el muchacho que ha arriesgado su vida para salvar a sus familiares», dijo para sus adentros Teresa viéndole merodear en derredor del animal.

Cuando, acompañado de sus hermanos, llegó don Nuño, abrazó a sus hijos y preguntó por su esposa a doña Sancha.

—Teresa se volvió con Cecilia para ayudar a los muchachos que combatían al oso —respondió la infanta con un gesto de gran preocupación.

—Válgame Dios, esas cosas son para los hombres, y a ser posible a caballo. —Y dirigiéndose a don Sancho, que no se separaba de doña Blanca, le pidió—: Señor, mi mujer está en grave peligro, vayamos a socorrerla.

El prior Domingo Facundi, subido sobre una roca, levantó el códice milagroso al cielo cuando divisó al grupo de caballeros que se acercaban portando la enseña regia.

—El muchacho ha matado a la bestia, pero ha sido un milagro de Beato. ¡Ha sido un milagro de Beato! —voceaba.

Descabalgaron a toda prisa y Nuño fue corriendo para fundirse en un abrazo con Teresa. Era lo que le faltaba a Fernando, que, fuera de sí y desencajado, gritaba a su hermano Sancho y a los Lara desde el borde del agua, ante el asombro de la concurrencia, que cada vez era más numerosa.

—Es una osa. Y andabais diciendo que se me había escapado el oso. El que se atreva a llamarme mentiroso tendrá que vérselas con mi espada.

Don Sancho, que estaba furioso por la insensatez que había demostrado su hermano, fue retenido por Manrique y Nuño mientras gritaba fuera de sí:

—¡Este insensato, que pretende sentarse en el trono de León y se esconde detrás de los caballeros, ha dejado escapar con vida a un oso que a punto ha estado de acabar con nuestra familia!

—Yo mato osos a ciegas si los sujetan los caballeros. Y a ti, si te pones por delante. ¡Enano cobarde! —replicó Fernando a gritos, asomando la cabeza por encima de los hermanos Castro.

—O retiras tus repugnantes insultos o tendrás que vértelas conmigo en el prado.

—Vamos allá sin demora.

Laras y Castros habían sacado sus espadas y estaban también a punto de verse arrastrados en la pelea.

Cuando dos reyes disputan, todo el mundo se calla. Hasta Chito y los mastines guardaban silencio. La concurrencia, cada vez más nutrida, de los que querían ver al oso y enterarse de lo que había sucedido, asistía estupefacta a la trifulca entre los hijos del emperador. Solo Teresa, Cecilia y Petrus Albus se ocupaban del herido. El resto hizo un pasillo a los reyes y a los caballeros que les acompañaban.

—El duelo puede esperar —dijo el conde Manrique, que temiendo lo irremediable, trató de ganar tiempo para que se enfriara la sangre de los jóvenes herederos—, porque es de justicia honrar como se merece al muchacho que ha abatido al oso y mostrarle nuestro agradecimiento por haber salvado las vidas de nuestras mujeres e hijos. Supongo, además, que mis señores querrán saber, antes de iniciar el combate, cómo se las ha ingeniado el muchacho.

El prior Domingo Facundi, encantado de poder explicar el milagro desde lo alto de la roca ante aquel auditorio tan principal, levantó al cielo el códice de Beato y dijo:

—Antes del amanecer, salimos de Piasca yo, que soy el prior, y el novicio Petrus Albus, que me acompaña. Con nosotros venían el perro, este muchacho, que yace malherido en el suelo, y su hermano Juan, aquí presente.

El conde don Manrique quería que el clérigo alargase su relato hasta que llegara el emperador y obligara a sellar la paz entre sus herederos.

—Disculpad que os interrumpa, ¿cómo se llama el muchacho que yace en el suelo?

—Le pusimos Fructuoso cuando le encontramos en una cesta al pie de un ciruelo en la huerta del convento. No le íbamos a poner Ciruelo de nombre. ¿No les parece a sus señorías?

Rieron todos la gracia del prior. Lo hizo hasta el propio muchacho, que, aunque tenía fuertes dolores en la pierna y en la cabeza, estaba encantado de ser el centro de todas las miradas, sobre todo de las de Cecilia, a cuya mano se agarraba como si le fuera en ello la vida.

El fraile estaba contando que se dirigían a Sahagún para entregar al enviado del papa un libro de Beato destinado al sumo pontífice y el origen milagroso del códice, justo cuando llegó el obispo Raimundo acompañado por el conde Osorio.

—... salvando incontables obstáculos, el monje Paulus Dómini llegó, por indicación divina, desde Siria hasta las montañas lebaniegas acompañado por su criado y un ángel. Cuando encontraron a Beato haciendo penitencia en una pequeña ermita en lo alto de una montaña, abrió un cofre que contenía el brazo de la cruz de Cristo, doce púas de la corona de espinas, un frasquito de leche de la Virgen María y otras muchas reliquias, y dijo: «Estas reliquias te entrego para que con ellas y la pericia de tus amanuenses confecciones un libro santo que alerte a los fieles cristianos de que el fin de los tiempos se acerca».

Fernando, al que aburría el relato del clérigo, seguía estando muy nervioso y, aunque Sancho ya se había sosegado y se le veía tranquilo, el conde Manrique se impacientaba porque el emperador no llegaba.

Don Alfonso se había demorado unos instantes en el puente abrazando a Riquilda y a su pequeño y llorando como un niño, pero dado lo curioso del lance y su gran afición a la caza, no pudo aguantar su impaciencia y quiso averiguar lo ocurrido.

Al igual que las aguas del mar Rojo se abrieron para dar paso a Moisés y al pueblo que le seguía, cuando llegó el emperador, se separó la multitud que escuchaba el relato del prior de Piasca. A un lado, como si de una premonición se tratara, quedó Sancho el Deseado con los tres hermanos

Lara; y al otro, don Fernando, con los otros tres hermanos Castro.

Domingo Facundi seguía tan ensimismado y absorto en el relato que ni se apercibió de la llegada del emperador.

—Entonces vi otra bestia que subía del país, tenía dos cuernos como de cordero, pero hablaba como un dragón... Ese muchacho que venía conmigo lanzó la jabalina contra el animal; el apóstol Santiago le puso alas y Beato de Liébana guio el vuelo del arma para que entrara por el ojo de la bestia y taladrara su cabeza... Y el mar se tiñó de rojo.

—Mientras el médico examina las heridas del chico, coged por los cuernos al dragón y sacadlo del agua para que el emperador lo examine y vea el milagro con sus propios ojos —intervino el conde Manrique con sorna.

Al emperador ya se le había pasado el enojo, y una vez que estuvo el animal tendido en la pradera, se dio cuenta de que el oso tenía algo de la bestia apocalíptica, pero como viera que su hijo Fernando, ante la evidencia de su fiasco, no sabía dónde meterse, se conmovió en lo más profundo de su corazón.

—Tenía razón mi hijo el rey don Fernando —dijo—, y lo ha aclarado todo este santo monje. Este animal que yace a mis pies con dos cuernos de cordero no es un oso. Es un dragón. El mismo dragón que vio este padre de la Iglesia. Y la Iglesia no se equivoca. ¿Estoy en lo cierto, padre?

—Así lo dice San Juan en el Apocalipsis y así lo afirma ahora su majestad. Si un humilde prior de Piasca osara contradecir a tan grandes autoridades, sería tenido por loco.

—Todos vosotros sois testigos de que esta bestia es un dragón, porque así lo afirma la Iglesia. Quien a partir de ahora diga lo contrario será castigado como se merece. Lo juro por lo más sagrado. Y lo juráis todos vosotros conmigo —dijo el emperador, y después de que todos juraron, añadió—: ¡Haced una pira y prendedle fuego a la bestia, y cuando no quede nada de ella, aventad su ceniza en el monte!

Fructuoso no salía de su asombro, y tampoco Juan. Ni Teresa ni Cecilia ni la infanta doña Sancha entendían nada de lo que estaba pasando, si acaso temían que el emperador no estuviera en sus cabales.

—Os habéis vuelto locos, Nuño. ¿A quién se le ocurre quemar a un oso? El pellejo, al menos, tenía que haber sido para estos pobres muchachos —susurró Teresa.

—El emperador ha preferido ser tenido por bromista o por loco antes de que su hijo sea considerado un insensato.

—Nadie en su sano juicio se lo va a creer —afirmó Teresa.

—¿Qué importa lo que creamos si sabemos a qué atenernos una vez que hemos comprobado que el emperador sostiene a Fernando como rey de León, haga lo que haga?

—Si los herederos casi se matan por un oso, ¿qué no harán por un reino?

—No quiero ni pensarlo —apuntó Nuño—; menos mal que Manrique fue capaz de enfriar los ánimos porque si no, nos habríamos matado entre nosotros.

—Por cierto, ¿por qué estaban todos los hermanos Castro en la montería de Fernando si ellos son castellanos? —preguntó Teresa.

—Porque Osorio sabe que Sancho les detesta y no les quería consigo en esta montería. Los Castro se burlaban de él y le llamaban cobarde cuando era niño y estaba al cuidado de don Gutierre. Además, el rey lo pasa muy mal en la caza y no les quiere de ayudantes ni de espectadores. Como se dan cuenta de que en Castilla no van a tener mucho protagonismo porque Sancho confía ciegamente en Manrique, se están acercando a Fernando; saben que necesita a sujetos como ellos. Que le rían las gracias y le sigan la corriente. Nada que ver con el rigor de tu padre, que le llevó con prudencia durante tantos años y le ha hecho parecer mucho más sensato y maduro de lo que es en realidad.

—Tendréis que guardar las formas entre vosotros y los de Castro para que no llegue la sangre al río, porque mucho me temo que esta cacería solo es el principio de otras mucho más cruentas —concluyó Teresa cuando Nuño se retiraba ya para acompañar al emperador y a sus hijos.

Como si ella hubiese adivinado lo que iba a suceder a continuación, Fernán de Castro se acercó a Fructuoso para intimidarle y burlarse de él, porque no podía soportar que los hubiera dejado en evidencia ante la corte.

—¡Muchacho! ¿Pensabas que te iban a regalar la piel del oso y después te armarían caballero? Los osos son para los reyes. Ya has oído al emperador y al fraile. Si quieres conservar tu pellejo, no presumas de haber matado a un oso en Lebanza. Que en estos reinos todo se sabe.

Teresa escuchó la amenaza y miró con desprecio al de Castro.

—Nunca pensé que fueras tan envidioso como malvado y miserable. ¡Cómo te atreves a amenazar y burlarte de este muchacho indefenso, cuyo único delito ha sido jugarse la vida para salvar las nuestras! Eso es indigno de un caballero.

—Da gracias a que solo eres una pobre mujer y familia de los reyes, porque, si fueras un caballero, pagarías ahora mismo con tu sangre los insultos que acabas de proferir. Por mucho menos de lo que tú me has dicho hay mucha gente criando malvas. Así que guárdate de mí de ahora en adelante, porque los Castro ni olvidamos ni perdonamos.

Fuera de quicio, Fernán había desenvainado la espada y se disponía a acabar con Chito, que no había parado de ladrarle desde que se acercó a Fructuoso, pero no le quedó más remedio que contenerse cuando oyó que la infanta doña Sancha le gritaba desde la pradera:

—¡Alto ahí, señor de Castro! Y contened los ímpetus si sois un caballero. No carguéis contra ese pobre perrillo valiente, que ha hecho más por los niños con sus ladridos que muchos cazadores con sus lanzas y espadas. Que vos y los otros estabais ausentes de Lebanza cuando más os necesitábamos.

—Te mataré, maldito chucho del diablo. La próxima vez que nos veamos te cortaré la cabeza. Lo juro. A mí no me llama cobarde una infanta por tu culpa. Aunque sea hermana del emperador.

El prior Domingo Facundi y Petrus Albus realizaron el resto de su viaje todavía conmocionados por la dramática cacería de la que se habían convertido en insospechados protagonistas. Al llegar a San Zoilo de Carrión, al cabo de dos días, coincidieron con el obispo Raimundo. Este acompañaba al rey don Sancho, que pasaba unos días con su esposa doña Blanca reponiéndose en el monasterio del susto de la montería.

—Su reverencia contó en Lebanza que querían hacer llegar al Santo Padre el libro de Beato. Gran hombre ese Beato y maravillosos los códices que salieron de su *scriptorium*. No hay monasterio ni catedral que no aspire a tener uno de ellos en su biblioteca —dijo el obispo Raimundo a Facundi.

—El único libro con *Los comentarios al Apocalipsis* que quedaba en Liébana es el que traigo conmigo. Es una reliquia milagrosa.

El rey Sancho el Deseado, al igual que su hermano Fernando y todos los fieles cristianos, creía firmemente en la virtud milagrosa de las reliquias.

—¿Qué le recomendaríais a un rey para conseguir que Beato le concediera una dádiva? —preguntó con gran interés.

—Lo más importante es desearlo de todo corazón, hacer las oraciones y los sacrificios oportunos y, como ofrenda, realizar una obra memorable para mayor gloria del santo —replicó el prior de Piasca sin dudarlo un momento.

—Decidme qué obra sería digna del santo Beato.

—Una abadía como la de Sahagún en los montes de Liébana que exhibiera la cruz de Cristo, la más santa de las reliquias.

—¿Tenéis allí la cruz entera?

—Tenemos un brazo de ella, pero podríamos conseguir el resto.

—Pongo a Dios y al obispo Raimundo por testigos de que si se cumplen mis deseos, vos seréis nombrado abad y os asignaré recursos suficientes para realizar esa abadía que soñáis. Y para cumplir mis juramentos pongo mi vida en manos del Altísimo.

—Entonces, os juro por Nuestro Señor, por su madre Santa María la Virgen y por todos los santos del cielo que dentro de siete meses nacerá el niño que tanto deseáis vos y la reina doña Blanca —dijo Facundi, ante el asombro del rey, que no había dicho una palabra del asunto del heredero.

—Paso porque sea sietemesino, pero debéis asegurarme que crecerá lo suficiente para que, cuando alcance la mayoría de edad, sea más alto que su tío el rey don Fernando.

Inmediatamente, Domingo Facundi se abrazó al libro, cayó de rodillas, puso los ojos en blanco y empezó a recitar una letanía de oraciones que solo él conocía.

—Tomad en vuestras augustas manos este códice santo, que es un gran relicario y que siempre ha estado a la vera del *lignum crucis*. Tenedlo en medio cuando os ayuntéis y apretadlo con fuerza cuando caiga la semilla sobre la tierra fértil, y no dudéis un solo instante de que dará fruto en la fecha prometida.

Aquel día llovió y escampó, volvió a llover y a escampar, la tierra se humedeció y el aire se volvió transparente. Y por la noche hubo una inacabable lluvia de estrellas mientras Sancho el Deseado y doña Blanca de Navarra, abrazados al códice, se agitaban frenéticamente yaciendo sobre una piel de oso dispuesta en el suelo junto a la chimenea, con la sana intención de engendrar un niño que engrandeciera el reino, fuera el martillo de los infieles y el orgullo de la cristiandad.

El obispo Raimundo, que había sido puesto por testigo, conocía los propósitos de Domingo Facundi y sabía lo que acontecía en el tálamo de don Sancho, a la vista del fulgor que exhibía la bóveda celeste, se dijo para sus adentros: «A ver si este fraile de Piasca no está tan loco como parece y tiene poderes milagrosos... porque si de todo esto sale un heredero, podremos decir que tendrá a los cielos de su parte».

A la mañana siguiente, el rey don Sancho, que había interpretado el alarde de los cielos como una señal inequívoca de que los conjuros de Facundi serían efectivos, hizo llamar al fraile.

—En la seguridad de que los cielos escuchan vuestras oraciones y atienden vuestros deseos —le dijo mientras le entregaba el códice—, os devuelvo vuestra santa reliquia y con ella os doy mi palabra de que cumpliré mi juramento.

Pocos días más tarde, llegó a Carrión el cardenal Jacinto. Durante su cena en privado con don Raimundo, después de repasar los conflictos entre cabildos y monasterios y las peleas entre monarcas, el enviado papal escuchó con mucha curiosidad el relato que le hacía el obispo de la accidentada montería de los hijos del emperador y de los sucesos milagrosos que había protagonizado el prior Domingo Facundi.

—Pensé que llegaba el fin del mundo cuando contemplé la otra noche un gran desorden en el firmamento, pero no alcanzo a ver de dónde le vienen al fraile los poderes que tiene para hacer fecundos los vientres de las reinas, remover las estrellas de los cielos y, sobre todo, ¿qué demonios hacía ese sujeto en la montería regia? —señaló Jacinto.

—Fue una coincidencia. El fraile bajaba de las montañas y venía a vuestro encuentro para entregaros un códice de Beato de Liébana como regalo para su santidad, y os está esperando en este monasterio.

—Eso me inquieta más todavía, porque ¿cómo pudo saber el fraile de mi venida, si esta ha sido una decisión de última hora?

—Preguntádselo vos mismo haciendo que venga a vuestra presencia.

Jacinto, tan pronto como vio a aquel sujeto estirado y de mirada flamígera, sintió mucha inquietud y se puso en guardia.

—¿Qué motivos tenéis para pedirme que entregue este santo libro al papa, padre prior de Piasca?

—He visto que las tierras de la cristiandad serán ocupadas por los infieles y los templos del Señor verán esparcidos por el suelo sus altares y reliquias. La espada, el hambre, la peste y las bestias asolarán el mundo entero. La ciudad que conquistó el mundo caerá, esta vez para siempre. Cuando este libro santo caiga en manos de los nuevos vándalos y lo destruyan, llegará el fin de los tiempos. Para evitarlo, deberá tenerlo a resguardo el Santo Padre. Os lo entrego para que pueda detener la catástrofe que se avecina.

—No comprendemos el motivo por el que este pequeño libro tiene tanto valor o poder y cómo ha llegado hasta vos —intervino el obispo Raimundo.

El fraile, viendo el interés que mostraban sus eminencias, contó con toda clase de pormenores la historia del monje sirio Paulus Dómini, su encuentro con Beato de Liébana y las reliquias que portaba para hacer el códice santo.

Los prelados no se perdían gesto ni palabra del prior de Piasca:

—El criado que le servía repartió plumas del ángel que les acompañaba entre los copistas de Beato —prosiguió Facundi—. Estos trabajaron sin descanso seis días y seis noches y no tomaron otro alimento que el maná que bajaba del cielo. El azul celeste purísimo de sus pinturas procede del manto que llevaba la Virgen el día de la Anunciación y el color rojo, del vino de la última cena. El oro proviene de la ofrenda de los Reyes Magos, y el verde intenso, de las aceitunas del monte de los Olivos...

—¿Pedís algo a cambio de entregar un libro tan valioso? —preguntó el cardenal.

—Que el papa venga peregrinando a Compostela e inste al apóstol a montar de nuevo en su caballo como en Clavijo, encabezando las filas de los ejércitos cristianos para que recupere por el occidente lo que se está perdiendo por el oriente.

—No es fácil que el papa se levante de la cátedra de Pedro para vestirse de peregrino y menos aún que se ponga al frente de los cruzados. ¿Es que acaso no hay obispos y reyes suficientes a los que encomendar estos menesteres? —dijo Jacinto muy serio—. Dejaremos en el monasterio de San Facundo de Sahagún el santo códice, no vaya a ser que os lo roben los ladrones que asaltan caminos o lo destroce un oso cuando atraveséis un tupido bosque.

El fraile se retiró y Jacinto y el obispo se quedaron a solas.

—El libro es extraordinario, pero ¿qué hacemos con el prior? —preguntó Jacinto perplejo.

—Yo solo puedo deciros que este hombre tiene fama de profeta.

—Puede que lo sea, pero a mí me parece que es un farsante, un crédulo o está rematadamente loco. Creo que tendría que estar defendiendo con la espada el castillo de Calatrava, pero me conformo con que se recoja en el monasterio de Sahagún para evitar que ande matando osos por los montes o poniendo códices milagrosos en el vientre de las reinas para que engendren herederos.

Al llegar al monasterio de Sahagún, después de dos jornadas de camino, Jacinto y su cortejo fueron recibidos con gran boato por el abad Domingo, que cedió de inmediato su palacio al enviado del papa. Este le hizo saber enseguida que habían traído con ellos un tesoro de valor incalculable.

Queriendo zanjar rápidamente un asunto que le desasosegaba, el cardenal dejó a un lado la retórica y se dirigió al abad con un breve e inapelable parlamento:

—Reverendísimo abad de San Facundo, os hago entrega de este libro santo y milagroso para que en este monasterio se guarde y custodie hasta que el papa de Roma venga peregrinando a Santiago para hacer lo que le pide el prior Facundi. Hasta que esto ocurra, estará el libro encerrado bajo llave en la estancia del tesoro, bajo la responsabilidad del abad de turno. Es nuestra voluntad —añadió—, y por tanto la del papa, que el prior Domingo Facundi se recoja cuanto antes dentro de los muros de este pontificio monasterio de San Facundo. También le exhortamos a que desde ahora trabaje en las cocinas y condimente los manjares que más gusten y conforten a los monjes, a los peregrinos y a los pobres que acuden al monasterio para recibir el alimento que les es negado extramuros.

8

La hazaña de los muchachos había impresionado de tal modo al emperador don Alfonso que siguió los consejos de su hermana doña Sancha, y encargó directamente a su médico entablillar la pierna del herido, y a Nuño Pérez de Lara le urgió a facilitar un trabajo a los dos hermanos para que se ganaran el sustento honradamente, a ser posible lejos de la corte. En pago a sus diez años como alférez regio y para que se dedicara enteramente al servicio del rey Sancho, el emperador también otorgó al menor de los hermanos Lara los gobiernos de Herrera y de Avia, en las feraces vegas del Pisuerga, no lejos de Aguilar de Campoo, donde también tenían los Lara una torre.

Hasta esta villa se dirigieron Teresa, su familia y criados; no había un lugar más apropiado para el cuidado y restablecimiento del muchacho que el cenobio de Santa María, situado extramuros de Aguilar de Campoo, al abrigo de un risco formidable que le proveía de caudalosas aguas cristalinas. Atardecía cuando llegó la comitiva de Teresa y los canteros capitaneada por el conde Osorio. Llevaban en unas parihuelas al herido, del que no se separaba su «hermano» Juan. Le dejaban en el convento porque el vecino castillo —gobernado por el conde Osorio—, situado en lo alto de un cerro, era de difícil acceso y estaba lleno de recodos y escaleras y, sobre todo, porque Teresa temía que la posible llegada de Fernán de Castro, en el momento en que el príncipe don Fernando retornara a su corte de León, pudiera causar problemas al muchacho.

Aunque era el abad Andrés quien gobernaba desde hacía algunos años la comunidad de clérigos, el cenobio era propiedad del rey, de la familia Lara y también del conde Osorio, que había enterrado en dicho monasterio a uno de sus hijos, fallecido de pequeño cuando él era gobernador del castillo, por lo que dejó una renta para que los monjes dijeran misas a perpetuidad por su eterno descanso. Aparte de estar acogido a sagrado, la amena huerta y el socaire de los muros eran lo más adecuado para el restablecimiento del muchacho.

Cumpliendo el mandato de Teresa, Cecilia, acompañada de su hijo Mateo, bajaba del castillo por la mañana y se encaminaba de buena gana hacia el convento para interesarse por el estado de salud del convaleciente. Su presencia hizo que Fructuoso olvidara pronto los sucesos de Lebanza. El mozo no había recibido nunca atenciones de mujer, y como Cecilia se las prodigaba con mucha frecuencia, las jabalinas que le lanzaba Cupido durante las visitas de aquella le entraron por el ojo derecho y se le clavaron en el corazón. Mientras el pequeño Mateo jugaba con el perro Chito, Cecilia conversaba con Fructuoso, que no sabía cómo comportarse ante aquella joven madre, algo mayor que él, tan pulcra y aseada, tan hermosa y dignamente vestida que no se parecía a ninguna de las mujeres que había visto en su vida. Lo único que le entristecía era que siempre que venía a verle le hablaba de Mateo, el padre de su hijo, que trabajaba en la catedral de Compostela.

Como don Nuño Pérez de Lara estaba ausente porque iba en el séquito del rey don Sancho que se dirigía a Nájera con doña Blanca, Teresa, en cuanto tuvo noticia por boca de Constanza de que Fernán de Castro pensaba recalar en el castillo de Aguilar con su gente para hacer un alto en el camino hacia sus dominios en Castrogeriz, se despidió del conde Osorio y de su hija.

—Dadme guardias, que ahora mismo me marcho a Herrera con mi hijo. También me llevo a Teodomira con su nieto y al resto de la servidumbre. Dejo con vosotros a Cecilia para que se ocupe del herido y de su hermano con ayuda de los frailes, nuestros hermanos y servidores. Cumplo con ello la encomienda que el emperador hizo a mi marido. Procurad, amigos míos, que ni a ellos ni a mi querida Cecilia nada les falte ni les ocurra.

—¿Es que no estás a gusto en este castillo, Teresa? —preguntó Constanza mientras su padre guardaba un preocupado silencio.

—Depende de quién lo habite. Sabéis que prefiero estar a gusto en una humilde choza que vivir inquieta y desasosegada en una suntuosa fortaleza.

Constanza se dio cuenta de que ya quedaba muy poco de la amistad con su antigua compañera de Monterroso. Su matrimonio con Fernán de Castro, enconado adversario de Nuño de Lara, las había distanciado quizás para siempre.

Justo cuando Fernán penetraba en el castillo, al mando de un grupo de leales caballeros que le seguían como perros a todas partes, Teresa, al frente de una pequeña comitiva, marchaba hacia el sur atravesando el puente sobre el río Pisuerga, con prisas para llegar a Herrera antes de que anocheciera. Cuando estaba al otro lado del río, que bajaba muy crecido en ese momento del año, se volvió para divisar allá arriba la silueta de la fortaleza, recortada sobre un cielo cargado de negros presagios. Azotaba su rostro un gélido viento procedente del otro lado de la sierra. Festoneado por la chopera del río, el monasterio, emplazado en una llanada extramuros de la villa, provisto de espadaña y torre, y defendido por una robusta cerca, parecía un centinela dormido haciendo guardia a poniente de la población, junto al imponente risco que lo protegía.

Cecilia habría preferido quedarse en el monasterio viviendo entre la servidumbre que respirar el aire enrarecido que impregnaba el castillo desde la llegada del esposo de Constanza. Esta achacaba el mal humor de Fernán a la ausencia de descendencia, y se sentía culpable por ello. El conde Osorio no soportaba a su yerno y para huir de él se encerraba en sus aposentos o se iba a pescar truchas a las riberas del Pisuerga, muy arrepentido de la mala elección del esposo de su hija.

Una noche de aquellas, pasada la madrugada, Fernán subió al castillo, entró en la alcoba de su esposa, se metió en la cama, se pegó a ella y empezó a sobarle los pechos sin ningún tipo de preámbulos.

—¿Qué quieres a estas horas, hombre de Dios?

—Qué va a ser. Que me calientes un poco... que estoy helado de frío.

—Apestas a vino.

—Pero he olido tu cuerpo y me han entrado ganas de hacerlo.

—¿Y tiene que ser ahora? Precisamente ahora que acababa de coger el sueño. Me he pasado las horas esperando a que llegaras, muerta de miedo por si te había pasado algo o te habías metido en alguna pelea...

—No me vengas con lo de siempre y ponte de espaldas que ya sabes que me gusta hacerlo como los perros.

La joven pensó para sus adentros: «Resignación, Constanza, resignación, y Dios quiera que esta vez haya suerte. A ver si por fin me deja ya preñada de una vez y se olvida de mí por una temporada».

Pero Fernán no estaba en su mejor día, y después de algunas violentas acometidas iniciales, se fue aflojando progresivamente para escarnio suyo y asombro de su esposa, que no entendía nada de lo que le ocurría a aquel frustrado semental. Pero eso no era lo peor, porque, a medida que el miembro menguaba, su soberbia y su cólera crecían. Después de dar un empujón a Constanza para apartarla, saltó como un jabalí del tálamo.

—La culpa es tuya, que no pones nada de tu parte —dijo enfurecido—. Y ahora te quedas ahí parada como una difunta. Tenías que haberte metido monja. Estás muerta. ¡Pánfila, más que pánfila! —Y aunque ella ni siquiera pestañeaba para no ponerlo peor, le propinó una sonora bofetada—. Otras echan una mano en estas circunstancias —exclamó.

Tras estas enigmáticas palabras, se vistió de mala manera y, dando un sonoro portazo, salió de la habitación como alma que lleva el diablo.

«A saber adónde va a estas horas ese animal —se dijo Constanza llorando—. ¡Señor, Señor, cuándo acabará este calvario!».

Cuando Fernán salió de la habitación se dejó guiar por la furia que le llevó como un lazarillo hasta los aposentos de

Teresa, que estaban al lado de poniente del castillo. Necesitaba resarcirse del fracaso y nadie mejor que Cecilia, la doncella de la condesa, para vengarse de los insultos de aquella y, de paso, castigar la frialdad de su esposa.

Intentó abrir la puerta sigilosamente para pillarla desprevenida, pero la muchacha había tomado la precaución de cerrar con una tranca, visto lo cual el de Castro urdió una estratagema y llamó a la puerta insistentemente hasta que se oyó la voz de la muchacha al otro lado.

—¿Quién llama a estas horas?

—Me pide Constanza que vengas a ayudarnos, que el conde se está desangrando y se muere sin remisión. Yo tengo que bajar a la villa a buscar al presbítero para darle la extremaunción.

Cecilia, que estaba en un gran aprieto porque dudaba de las palabras de aquel hombre, se resistía a retirar la tranca de cierre, pero pensó que nunca se perdonaría ni le perdonarían no haber salido a socorrer a un moribundo en el caso de que lo que el de Castro decía fuera cierto. Y aunque le tenía verdadero pavor, se dispuso a abrir con cautela. Entonces, el intruso dio un empujón a la puerta, le tapó la boca con su manaza de oso y la llevó en volandas al interior del aposento. Inmediatamente la tiró al suelo junto a la chimenea y, sin darle tiempo a levantarse, se quitó el jubón que llevaba y después de rasgarle la camisa de dormir se abalanzó sobre ella.

—Puedes gritar lo que quieras, que a este lado del castillo no te oyen ni las almenas.

El de Castro no esperaba encontrar mucha más resistencia de la que ofrecían las sirvientas en semejantes ocasiones, pero Cecilia se retorcía como una serpiente y mordía como un perro de presa al violador, que aunque era fuerte como un toro, estaba mermado de fuerzas por la borrachera.

—Ah, maldita, hija de puta, puta, puta como la madre que te parió. No te resistías de esta manera. Bien que te espatarrabas cuando te hicieron el hijo. Cacho cabrona. Estate quieta que te mato. —Y empezó a darle de bofetadas.

Para su contento, el infame se dio cuenta de que cuanto más se resistía la muchacha más le crecía la virilidad y este pensamiento le distrajo lo suficiente como para dar tiempo a Cecilia para agarrar un trozo de leño de la chimenea y darle un golpe en la cabeza.

«Otras echan una mano en estas circunstancias».

Estas enigmáticas palabras que Fernán había dicho cuando escapó enfurecido de la habitación eran mazazos en la cabeza de Constanza, mortificándola más aún que el escarnio y la vejación que había tenido que soportar hacía unos minutos.

Confundida por los celos sobrevenidos, Constanza se acordó de pronto de Cecilia.

—La muy gazmoña, siempre añorando a Mateo y haciendo ascos a los hombres, y me la estará jugando con mi marido...

Y sin pensarlo dos veces, encendió un hachón de cera y salió temblando de ansiedad y de miedo caminando en pos de Fernán por los tenebrosos corredores del castillo.

Un sudor frío le rezumaba por todos los poros del cuerpo mientras el corazón latía a un ritmo desaforado en medio de la oscuridad. Estaba tan nerviosa y ofuscada que se perdió por los lóbregos pasillos del castillo, pero los gritos de una mujer pidiendo socorro la guiaron en la dirección que buscaba.

La puerta del aposento estaba abierta. El hachón de Constanza iluminaba una escena terrorífica que proyectaba las sombras sobre la pared. Cecilia, tendida en el suelo, atacaba a Fernán con un leño y este, que exhibía un príapo amenazador, golpeaba a Cecilia con el puño y la hacía caer en el suelo conmocionada. El de Castro se disponía a consumar su fechoría sin darse cuenta de que, a sus espaldas, su esposa, horrorizada, estaba siendo espectadora del intento de violación. Al inclinarse Constanza, la ardiente cera cayó en chorretones sobre la espalda del agresor que, pensando que era atacado por un espectro, huyó despavorido del aposento, se vistió de mala manera, despertó a sus leales y salió galopando del castillo camino de sus posesiones de Castrogeriz en tierras burgalesas.

Fructuoso mejoraba a pasos agigantados. Del golpe de la cabeza solo le quedaba la cicatriz y, apoyado en unas muletas, caminaba por el convento acompañado de su hermano Juan, que le servía de lazarillo. Pero la inexplicable ausencia de Cecilia durante los últimos días le tenía triste e inquieto. Hablaba solo repasando mentalmente las visitas anteriores y nada de lo que él había dicho o hecho justificaba un hipotético enfado de la muchacha.

—No te hagas ilusiones, que no se ha hecho la miel para la boca del asno. A ver si te crees que una mujer como ella va a interesarse por un cojo que no tiene donde caerse muerto —le decía su hermano Juan.

La muchacha no bajaba al monasterio porque estaba desfigurada y le daba vergüenza presentarse con ese aspecto al convento. ¿Qué pensaría de ella el abad Andrés? ¿Cómo le iba a explicar a Fructuoso y a Juan lo que había ocurrido en el castillo? Pero no podía negar que le gustaba estar con el chico, porque, además de recordarle a Mateo, tenía algo que escondían su torpeza y sus silencios. Y, sobre todo, estaba en deuda con él porque había salvado la vida a su hijo.

Constanza estaba desolada y avergonzada, y el conde Osorio indeciso porque, aunque estaba abochornado, no veía solución a tamaña afrenta.

—En mala hora se me ocurrió buscarte a ese animal por esposo. Un día te mata, hija mía, te mata. Era nuestra responsabilidad cuidar de Cecilia. Ahora ha afrentado a toda la familia Lara, nuestros amigos de siempre. ¿Qué explicación les daremos?

—Tened por seguro que Cecilia no dirá nada. Sabe de sobra que pondría las cosas peor, porque don Nuño tendría que retar a Fernán.

—¿Y yo qué hago? ¿Dónde queda mi honor? No me queda más remedio que hacerlo yo y dejar el resultado en manos de Dios —continuó el conde.

—Eso ni se os ocurra, padre. Ya sabéis cómo las gasta. A las primeras de cambio os mata. Y si por un milagro ocurre lo contrario, me quedo viuda. De luto de todas formas. ¡Por Dios, quitaos esa idea de la cabeza si es que la tenéis!

En esto estaban padre e hija cuando llegó Cecilia.

—Llevo una semana sin bajar al convento —les dijo—, y no quiero que los frailes supongan que nos hemos desentendido de los muchachos ni que estos piensen que los hemos abandonado a su suerte. Si no os causa mucha molestia, os rogaría que os enteraseis del estado de la pierna del mayor.

—Me ocuparé yo mismo. Ahora pido que ensillen mi caballo y me presento en el monasterio.

La repentina llegada del conde Osorio con un médico, acompañado por el abad Andrés, para interesarse por su estado puso fin a las cavilaciones de Fructuoso, que se sintió muy honrado por la visita de tan ilustres personajes. Estuvo a punto de dar saltos de júbilo cuando el conde dijo que Cecilia volvería pronto a visitarle y el médico comprobó que los huesos estaban en su sitio.

—Entonces, ¿no voy a quedarme cojo?

—Si todo sigue como hasta ahora, vas a salir de aquí dando brincos como las cabras.

El conde Osorio, como copropietario del monasterio, aprovechó la visita para hacer una inspección del cenobio, porque no parecía que en aquel recinto hubiera orden ni disciplina.

—Se nota que este lugar necesita reparaciones urgentes. ¿A qué esperáis, padre abad?

—Los labriegos no pagan las rentas que nos deben... Y la gente ya no dice misas en el convento por los difuntos. Las encargan en la parroquia.

—No me diréis que las buenas gentes de Aguilar han perdido de repente la devoción.

—A los santos que tenemos ya no les reza nadie.

Aquella desidia y relajación confirmaron al conde la necesidad de reformar el monasterio y la comunidad de clérigos. «Necesitamos jóvenes monjes franceses de Bernardo o de Norberto, porque estos ya no están por la labor. Pero ¿qué hacemos con estos y con sus familias?», concluyó para sí el conde Osorio.

No quiso marcharse sin pasar a la iglesia para rezar delante del sepulcro de su hijo Rodrigo y se quedó varios minutos en silencio. Sus pensamientos vagaban por los últimos sucesos acaecidos en el castillo, lo que acabó de apenarle por completo.

—Ahora tendría una edad parecida a la tuya —le dijo a Fructuoso, que estaba a su lado—, pero Dios se lo llevó al poco de nacer. Mientras estuvo con nosotros llenó la casa de felicidad. Yo pensaba que llegaría a ser conde algún día y que sería el báculo de mi vejez. Pero la vida es así de injusta y de nada sirve lamentarse ante Dios. Tenemos que acatar su divina voluntad. Aunque este dolor no se cura.

Recuperada la tranquilidad, Cecilia bajó de nuevo al convento, y al comprobar que Fructuoso estaba restablecido, al cabo de unos días se despidió de los Osorio y se marchó a Herrera, con el perro Chito y los muchachos, para reunirse con su señora. Cuando llegaron, les esperaba Teresa con un hallazgo sorprendente.

—¡Venid corriendo a verlo! Es extraordinario. Acabamos de lavarlo —gritó la condesa cuando les vio llegar a lo lejos—. ¡Menuda sorpresa!

Los canteros y Chito se quedaron junto a ella contemplando el objeto que habían descubierto los criados al hacer una zanja y que parecía ser la cabeza y el torso de un varón de luenga barba. Cecilia, seguida por Chito, había ido a buscar a su hijo Mateo y a su madre Teodomira.

En Herrera había restos antiguos por todas partes. La torre-palacio de Teresa y Nuño formaba parte de una edificación antigua, y cada vez que se acometían obras aparecían restos de cerámica. Juan y Fructuoso, con ayuda de algunos criados de la finca, estuvieron varios días extrayendo fragmentos de mármol que después lavaron cuidadosamente. Hasta Chito colaboró en la búsqueda sacando de un montón de escombros una moneda. Cuando aparecieron las cuatro esquinas de un sepulcro, detuvieron los trabajos y celebraron un ágape para saborear el hallazgo. A medida que iban casando los fragmentos, Fructuoso los unía hábilmente con yeso. De este modo iban recomponiendo las caras del sepulcro. En la principal colocaron al personaje barbado al que hacían compañía seis figuras encajadas en unos arquitos de medio punto separados por columnillas. Todos eran de aspecto noble y distinguido, estaban de pie e iban vestidos con ropajes similares a los de los apóstoles de las arquetas bizantinas.

—¡Cuánto le gustaría dibujar este sepulcro a Mateo! —exclamó Cecilia cuando el trabajo estuvo casi terminado.

—Deja en paz a Mateo y estate a lo tuyo, que me parece a mí que a él no le interesan para nada nuestros asuntos —contestó Teresa—. A saber dónde anda a estas alturas. ¿Por qué no lo dibujas tú misma? Por la hechura, me recuerda al sepulcro que hay en la abadía de Husillos, que está entero y como nuevo. ¡Qué pena que este se encuentre tan roto! —aventuró Teresa.

—El que labró este sepulcro tiene que haber sido un gran artífice. Los rostros son todos distintos. Supongo que cuando lo hicieron eran perfectamente reconocibles. Fijaos en las vestimentas de los personajes —indicó Cecilia.

—Parece que habéis sacado las figuras del agua con las ropas pegadas al cuerpo. ¿Os dais cuenta con qué gracia han hecho la caída de los ropajes y el fruncido de las telas? —señaló Teresa.

—Esto es mucho más bonito de hacer que picar piedras o sacarlas de la cantera. Yo sé sacar piedras de la cantera con cuñas. Y también carearlas. Pero crear algo parecido a esto me parece imposible —admitió Fructuoso.

—Es que hay que saber dibujar muy bien para poder acometer una obra semejante y haber tenido buenos maestros, buena mano y muchas ganas de aprender —sentenció Teresa.

—Y, sobre todo, mucha paciencia y constancia. Hay que practicar, practicar y practicar si se quiere llegar a alguna parte —apostilló Cecilia, y añadió—: Nosotras pintábamos con la aguja sobre la tela, pero los canteros tenéis que hacer bordados en la piedra. ¡Aprended a dibujar cuanto antes, si queréis dejar de ser unos simples canteros y llegar a ser unos buenos escultores! Pero no os preocupéis. Que con voluntad y paciencia todo se aprende y trabajando las soluciones llegan.

Cecilia y Fructuoso pusieron en el dibujo todo su empeño, pero mientras a la joven se le daba maravillosamente, los avances del cantero eran lentos y tenía que hacer grandes esfuerzos para trazar algo que fuera reconocible. Estaban en este trabajo entre risas y bromas, cuando entró un criado apresuradamente, se acercó a la condesa y cuchicheó algo a su oído.

—Se está muriendo mi padre —dijo, repentinamente blanca como un espectro—, y tengo que darme mucha prisa si quiero llegar a tiempo para verle con vida. Iremos juntos hasta Carrión, donde os dejaré en San Zoilo —continuó, dirigiéndose a los canteros—, que yo seguiré con Cecilia hasta Monterroso y Sobrado.

A Cecilia le dio un vuelco el corazón pensando que iba a regresar a Galicia y que quizás podría encontrar a Mateo. Pero, sobre todo, le apenaba la situación de Teresa. Todos sabían que el conde de Traba había vuelto de Tierra Santa consumido y que había buscado refugio entre los nobles muros del monasterio en cuya refundación había puesto sus últimos sueños y esperanzas.

Teresa dispuso que Teodomira se quedara al cuidado de sus dos hijos, Fernando y Álvaro, y de Mateo, el niño de Cecilia.

—Me habría gustado acompañaros para cuidar al señor conde en sus últimas horas, pero si acaso pregunta por esta humilde servidora, dile que rezo por él a diario —le dijo la dueña a su hija al despedirse.

9

A su llegada a Carrión, Juan y Fructuoso se quedaron anonadados al ver la grandiosidad de la iglesia. En el templo resplandecía la ornamentación benedictina acorde con el ceremonial cluniacense. Nunca en su vida habían visto nada semejante.

Como contrapunto al canto gregoriano, llegaba desde el claustro el repique de los punteros y la música de los cinceles de los canteros que labraban los capiteles. Después de los oficios religiosos, mientras los mozos de Piasca se quedaban admirando las pinturas de los muros y de las bóvedas que cubrían las tres naves, Teresa rogó encarecidamente al prior Pedro que acomodara a los muchachos en la obra.

Aquella noche, Fructuoso se acostó pensando que quizás no volvería a ver a Cecilia, pues se temía que la muchacha se quedara a vivir con Mateo, y como no podía conciliar el sueño, se quedó repasando con Juan todo lo que habían visto y vivido desde que salieron de Liébana. Ante los dos muchachos se abría un mundo que nunca hubieran osado ni imaginar cuando vivían en Piasca.

Siguiendo por el Camino de Santiago, Teresa y Cecilia hicieron el recorrido entre Carrión y León a caballo en tres jornadas. Enterado el rey Fernando de la llegada sin previo aviso de la condesa, ordenó que la llevaran a su presencia.

—¿Desde cuándo mi prima Teresa viene a la corte de León y no visita a su rey? —le espetó tan pronto como fue introducida en la sala de audiencias.

—Déjate de bromas, Fernando. De sobra sabes el motivo de mi viaje.

—Fui yo quien les dijo a los monjes de Sobrado que fueran a Herrera para darte la noticia, sabía que estabas allí. Verás que me intereso por ti.

—Mucho te lo agradezco. También me alegra ver que estás más calmado que la última vez que nos vimos, en Lebanza, cuando lo del oso.

—El dragón, que ya sabes que mi padre el emperador prohibió mencionar la palabra oso.

—Solo recuerdo el altercado con tu hermano, que a punto estuvo de terminar en desgracia.

—Ya sabes que los asuntos de guerra y caza excitan a los caballeros, lo mismo que las mujeres hermosas les hacen perder la cabeza, incluso a los reyes...

—Si malo es perder la cabeza, peor es perder los modales.

—Dejemos el ayer y hablemos del pasado y del futuro. Me diste cariño y protección cuando más lo necesitaba e incluso me diste tu cuerpo generosamente...

—Era muy joven y no sabía muy bien lo que hacía —respondió Teresa ruborizándose.

—Nunca he sido tan feliz como contigo en Monterroso. No he conocido a ninguna mujer como tú y me tengo que consolar con los recuerdos de entonces. —El rey se sentó junto a ella, y a Teresa le pareció sentir el calor de antaño, cuando el príncipe niño se metía en su lecho.

—Te conozco, Fernando. Si me has mandado llamar es que andas tramando alguna de las tuyas.

—Te he llamado porque quiero que seas la reina de León.

—¡Vaya! Veo que has cambiado de opinión desde Monterroso. Entonces me pediste que fuera tu concubina.

—Es que yo era muy niño y no sabía lo que decía.

—Pero ahora eres un rey y tendrías que saber lo que significa lo que dices. Sabes que estoy casada y que me debo a un marido al que quiero y respeto —contestó Teresa con una firmeza impostada, dirigida sobre todo a convencerse ella misma de lo que decía.

—No me has dejado terminar. Decía que podrías ser reina de León si te quedaras viuda.

—Estás loco. ¿Cómo se te ocurre pensar en que muera Nuño, que no solo es mi marido, sino que es uno de los más fieles servidores de tu padre? Se te notan las amistades que frecuentas en las monterías.

—Él es un guerrero, y su vida azarosa —continuó Fernando sibilinamente.

—¿Y para esto me has mandado llamar? ¿Por quién me tomas? ¿Es que no vas a cambiar? ¿Es eso lo que aprendiste con mi padre, que es un caballero de los pies a la cabeza?

—En su juventud también hizo de las suyas, ¿o te olvidas de que fue amante de mi tía Teresa a pesar de que estaba casado?

—Tu tía Teresa era mi madre. Tú eres rey de León y tienes que servir de ejemplo a tus súbditos, y yo tengo que honrar a mi marido y cuidar de los hijos que Dios quiera darme.

—Tú eres una reina, Teresa, y lo pareces. Solo te falta la corona y yo te la estoy ofreciendo.

—¿Para eso me has hecho traer a tu presencia?

—Por el placer de verte y de hablar un rato contigo y ofrecerte escolta hasta Galicia. Con eso me conformo para mantener vivo el fuego de tu recuerdo en mi corazón.

Teresa estaba halagada por aquellas sentidas palabras del rey de León, pero tenía miedo de que la pasión de Fernando, de ser cierta, tuviera funestas consecuencias para Nuño. Por eso le dijo con voz dulce y una sonrisa acariciadora:

—Sabes de sobra que aunque enviudara, la Iglesia no permite los matrimonios entre familiares, pero es muy hermoso lo que me dices y te lo agradezco sinceramente. Sin embargo, tienes que garantizarme que no le van a tocar ni un pelo a mi marido. Jamás me casaría contigo si Nuño muriera por tu culpa.

Desenvainó Fernando la espada y besó la cruceta de la empuñadura.

—Te juro que eso no ocurrirá. ¿Ves qué fácil? Ya tienes lo que querías.

Teresa conocía tan bien a Fernando como para saber que el juramento era una simple formalidad, porque tan pronto como ella abandonara el castillo, se le habría olvidado aquel compromiso. «Pero en la vida nunca se sabe...», se dijo.

Después de una breve estancia en Monterroso, donde les confirmaron que su padre todavía tenía un hililllo de vida, la condesa y Cecilia se dirigieron a Sobrado esperando llegar a tiempo de acompañar a don Fernando de Traba en la hora decisiva.

Arribaron al atardecer y encontraron que, a pesar de lo avanzado del día, todavía se trabajaba en las obras de los ábsides de la nueva iglesia que estaban levantando según los esquemas de sobriedad, claridad y limpieza que había impuesto Bernardo de Claraval en todas las edificaciones de su orden. Les sorprendió que varios alarifes moros estuvieran labrando y colocando sillares para las partes más sagradas de un templo cristiano y que hicieran su trabajo con gran precisión y esmero, siguiendo las instrucciones de un monje aparejador que trabajaba con ellos.

—Si no me equivoco, vos debéis de ser familia de nuestro benefactor —les dijo un fraile francés, bajando del andamio con sorprendente agilidad—. El conde estará dormido o rezando, pero se encuentra muy débil —les informó, acompañándoles hasta la sencilla celda que le habían acondicionado en una capilla de la iglesia antigua por encargo de Veremundo, el hermano del conde.

—Dios mío, cómo ha adelgazado mi padre... —dijo Teresa, impresionada ante el saco de huesos en que se había convertido aquel fiero guerrero.

—Es que en los últimos tiempos se ha dado sin mesura a ayunos y penitencias porque dice que quiere llevar su cruz, que si grandes habían sido sus pecados, mayores debían ser sus reparaciones. Y menos mal que le quitamos los flagelos y le prohibimos los cilicios, porque quería igualarse a Nuestro Señor en el dolor y el sufrimiento, y eso ya es pecado de soberbia —dijo Veremundo muy compungido.

—¿Eres tú, Teresa? —susurró el conde, que había vuelto en sí al oír las voces—. Ya no esperaba tu llegada, porque no merezco este consuelo de última hora que Dios me envía.

—Estoy aquí, padre, he venido con Cecilia, que me ha servido de compañía y alivio a lo largo de todo el viaje.

—¿Está Cecilia contigo?

—Había querido dejarme sola con vos por respeto y prudencia, pero le he pedido que me acompañe, porque siempre os ha tenido una veneración especial.

—Acércate, Cecilia. ¿Cómo está Teodomira, tu madre? Dile que tiene que perdonarme por lo que hice y por cómo lo hice. Y por lo que debí hacer y no hice. Y ahora, déjanos solos. Tengo que confesarme con Teresa y confiarle algunos secretos que no puedo llevarme a la tumba.

Cuando la muchacha, triste e impresionada, salió de la celda, el conde estuvo un rato hablando en voz baja con Teresa, que le escuchaba con enorme atención. Al final se llevó la mano al corazón e hizo un esfuerzo por incorporarse, pero solo pudo girar un poco la cabeza hacia el lado donde estaba su hija.

—¿Y a ti te casamos bien, hija mía? ¿Te trata bien el adusto castellano que te busqué de marido? ¿Te quiere bien y te respeta?

—Yo creo que sí, padre, pero es tan parco en palabras que no se atreve a decírmelo.

—Tengo que darte un consejo, porque los caballeros somos gentes de la guerra. Y en la guerra se mata y se muere. Si algo le pasa al castellano, vuelve con tus hijos a Galicia. Aunque he dejado mucho a este monasterio para que prospere sin aprietos, más os he dejado a los hijos para que afrontéis con tranquilidad los avatares de la vida. —El anciano se quedó un rato silencioso como si recordara algo—. Mi vida ha sido agitada y los tiempos inciertos —dijo al fin—. Guerras de nunca acabar. Abortar conspiraciones. Sofocar motines. Sufrir asedios. Fundar monasterios. Defender y ensanchar nuestro patrimonio. Emprender peregrinaciones. Eso ha sido esta vida mía que está acabada... No he sabido estar con mis hijos y apenas si conozco a alguno de mis nietos

—Padre. El rey don Fernando me ha ofrecido ser la reina de León.

—Ese mozo es impulsivo y caprichoso. También un poco atolondrado, y está celoso de su hermano sin ningún motivo. A mí me ocurría algo parecido cuando era de su edad.

Al conde se le notaba mucho la fatiga y le costaba respirar.

—Dejadlo ya, padre, que os estamos cansando demasiado.

Pero el conde no le hizo caso y continuó con una voz apenas audible:

—Solo debes aceptar casarte con Fernando si algún día te quedaras viuda, pero la dispensa no creo que ni el mismo cardenal Jacinto pudiese concederla. Y sin ella deberás soportar la maldición de la Iglesia, y no vale la pena. Eso sí, que no se le ocurra a Fernando matar a Nuño para dejarte viuda, ni tú se lo consientas. Eso lo tienes que evitar a toda costa si no quieres pasar toda la eternidad en el infierno. —El conde guardó silencio un rato y luego pidió—: Dejadme descansar un poco, que estoy siendo devorado por la fatiga.

Al ver Teresa que su padre tenía la respiración entrecortada, fue a llamar a Cecilia y a Veremundo, que se acercaron corriendo acompañados por el abad justo en el momento en que, gastando las últimas fuerzas que le quedaban, el anciano hizo un último ruego.

—Perdona mis pecados, Señor, porque en tus manos encomiendo mi espíritu.

—Ha muerto como un santo —dijo Veremundo conmovido—. Yo también entregaré mi cuerpo para su reposo eterno en este monasterio y haré las mandas necesarias para que estos monjes digan misas a perpetuidad para la salvación de mi alma.

Y mientras esto decía Veremundo, con las manos levantadas al cielo, los monjes rezaban los responsos correspondientes y Teresa y Cecilia lloraban abrazadas; Teresa por la muerte de su padre y Cecilia conmovida por las lágrimas de Teresa.

Sepultado don Fernando Pérez de Traba y una vez que resolvieron los asuntos más urgentes derivados de su testamento, Teresa y Cecilia regresaron a Herrera.

—Hija mía, te encuentro cambiada. No sé de qué manera, pero cambiada. ¿Cómo fue lo de Mateo? —exclamó Teodomira, nada más ver a su hija.

—Madre, ha sucedido algo que no me esperaba —la atajó Cecilia.

—¡No me tengas en ascuas, hija!

—Poco antes de morir, el conde don Fernando me preguntó por vos, citándoos por vuestro nombre.

—¿A sus años se acordaba de mi nombre?

—Se acordaba perfectamente. Y delante de la señora Teresa me dijo que teníais que perdonarle.

—¿Perdonarle yo a él? ¿Por qué motivo? Siempre me trató con mucho respeto.

—Vos sabréis. Él dijo que por lo que os hizo y por cómo os lo hizo. Y por lo que él debió hacer y no hizo —dijo Cecilia.

—Eso es un trabalenguas. El hombre ya no estaría en sus cabales de tanto peregrinar de un lado para otro...

—De la cabeza estaba perfectamente.

—¿Y no dijo nada más, el *pobriño*?

—Le dijo a doña Teresa que yo era su hermana.

—¡Jeeesús! ¿En serio?

—Os lo juro por Dios, que nos ha de juzgar.

—Pues ya era hora de que lo dijera. Mira que ha tardado años en atreverse.

—¿Por qué no me lo dijisteis vos cuando yo os lo preguntaba?

—Yo bien que lo sentía, pero ni podía ni quería decírtelo.

—¿Pero por qué, por qué? —preguntó Cecilia con enfado.

—No podía decirte que era tu padre porque fue lo que acordamos él y yo para que te quedaras conmigo en la casa y recibieras buena educación en ella. Y no quería porque, de haberlo dicho, se te podía haber subido a la cabeza saberlo, no habrías sabido comportarte y habrías terminado por perder los modales.

—¿Y vos cómo os sentíais?

—Pues me tenía que adaptar. A otras les fue peor. La vida no es fácil para los de abajo y menos si somos mujeres.

—¿Pensabais decirme que el conde era mi padre una vez que se hubiera muerto?

—Tal vez sí, tal vez no. Pero nunca mientras estuviéramos al servicio de su hija.

Se hizo un largo silencio que ninguna se atrevía a romper.

—¿Y eso fue todo? —preguntó Teodomira por fin.

—¿Qué queréis decir?

—Que si no dijo más antes de morirse.

—Le dijo a doña Teresa que había que dar a Dios lo que es de Dios y al césar lo que es del césar.

—¿Y no concretó cuánto?

—También le dijo que me había tenido en cuenta en las capitulaciones del testamento para que nada nos faltara mientras viviéramos.

—¿Se dijo ante testigos? Que uno se muere y luego se olvida de todo, quiero decir, que todo se olvida —apuntó Teodomira.

—Estaba la señora con el abad de Sobrado y don Veremundo, y este nos describió después con todo detalle las rentas y propiedades que nos había legado su hermano, porque las tenía todas en la cabeza.

—Menos mal que estaba también la señora, porque una vez que mete uno la cabeza en el convento, como hará don Veremundo, la cabeza y todo lo demás se quedan en el convento para que los frailes le digan misas, que ya ha habido muchos pleitos de las familias que se quedaron sin nada. Pero don Veremundo es un hombre cabal y muy religioso, y no podrá contradecir a su hermano por miedo a ir al infierno. Esperemos que viva lo suficiente, por si tenemos que llevarle como testigo.

—¿Creéis que lo necesitaremos?

—Pueden impugnar otros familiares el testamento alegando locura de viejo. Las familias se matan por las herencias, empezando por los reyes, que siempre están en guerra por ese motivo —explicó Teodomira.

—¿Qué pensáis que debemos hacer ahora?

—Lo de siempre. Obedecer, callar y esperar. Si las cosas son como dices, ya habrá tiempo para todo. A no ser que ordene otra cosa la señora Teresa.

—Pero si es mi hermana.

—Eso lo dices tú, pero no tienes ninguna prueba. Tenemos que ser muy prudentes y que todo siga como hasta ahora. Cuando esté en tu mano la herencia, ya veremos. Que no se puede vender la piel del oso antes de matarlo, y aunque lo mates a lo mejor te lo queman. Mira lo que les pasó a los muchachos en Lebanza. Que se quedaron sin el pellejo del oso y casi pierden el suyo por salvarnos. En la vida, hija mía, nunca se puede cantar victoria y da más gusto subir que bajar. Sobre todo cuando se sube con esfuerzo y se conquista lo que se tiene, y encima se disfruta. Eso pasa porque se crece. Lo más duro es tener que bajar, porque cuando encoges se sufren muchas vergüenzas y penalidades. No hay más que ver en qué poco se quedan los hombres cuando llegan a viejos o a los reyes cuando pierden la corona o el reino. Así que hazme caso, que yo tengo ya mucho visto. De momento, basta ya de palabrerías, que hay mucha labor esperando. Así que tú y yo vamos seguir como si aquí no hubiera pasado nada.

—No podemos, madre, porque sí ha pasado y mucho. Por fin sé quién era él. Sé muy bien cómo lo he vivido yo, pero quiero saber cómo lo vivisteis vos.

—Los jóvenes queréis saberlo todo. Esas cosas que me preguntas yo no sé cómo decirlas. No me salen las palabras y, además, me da mucha vergüenza.

—Explicaos como mejor podáis, que ya veréis como os entiendo.

—Tenías una madre con techo y trabajo que te daba todo lo que podía ofrecerte en esas circunstancias. Había tiempos en que, por guerras, lluvias o sequías, las madres no podían dar alimento a sus hijos y los pobres se quedaban en los huesos o se morían de hambre. La comida nunca les falta a los señores y algo les llega a los servidores. Yo no te comparaba con nadie ni tenía envidia de ninguna otra mujer. Hay que saber esperar, y lo que tenía que pasar pasó. No nos ha ido tan mal siendo prudentes y teniendo paciencia. Pues entonces, ¿qué mal hacemos esperando un poco a ver cómo termina todo este asunto?

—Eso mismo es lo que yo pienso, pero vos lo habéis dicho mucho mejor que yo. Quiero explicarlo tan bien, que al final no encuentro las palabras que necesito.

—Supongo que ya lo habrás hablado con la señora...

—Hablamos largo y tendido en Monterroso y quedamos en que, por ahora, todo tenía que seguir como siempre.

—¿Y tú me preguntas todas estas interioridades y no me dices nada de Mateo, con lo que me gustaba para ti este muchacho?

—No hay nada nuevo que decir, madre, Mateo no estaba. Andaba de viaje por Francia visitando catedrales.

Tercera parte

El reino sin rey

(León y Castilla, 1155 – 1158)

10

El hielo de las torres del castillo estalló como fuegos de artificio aquella helada mañana del 11 de noviembre de 1155 cuando sonó el clarinazo triunfal. Los tañidos de las campanas de Soria agitaron los álamos del Duero, que alfombraron las riberas del río con monedas de oro. Las más impetuosas bailaban en los remansos celebrando el nacimiento del heredero de la corona de Castilla.

—Se llamará Alfonso, como su abuelo el emperador, y pido a Dios que le dé tanta fuerza y salud como la que yo necesito. Confío en que algún día, que espero lejano, gobierne con prudencia y sabiduría sobre un reino acrecentado y pacificado —dijo Sancho el Deseado. Y luego añadió para sus adentros—: Y si es posible, que le saque un palmo de estatura a mi hermano Fernando.

—El parto ha sido trabajoso y la reina doña Blanca ha perdido mucha sangre. Va a necesitar tiempo y la ayuda de Dios para recuperarse —informó el médico.

—¿Corre peligro su vida? —preguntó el rey al médico.

—Lo correría si siguiera perdiendo sangre o vinieren a su encuentro esas malditas fiebres puerperales.

—Que se den generosas limosnas a las iglesias de Soria y de Nájera y díganse misas todos los domingos por la salud de mi querida Blanca hasta que esté libre de todo peligro.

«¡Todos los domingos! Me había olvidado completamente de Domingo Facundi y del libro santo que nos prestó en Carrión para conjurar la esterilidad que nos amenazaba —se dijo el rey con remordimientos—. Adivinó que sería sietemesino y juré ante Dios Todopoderoso que levantaríamos en Liébana un gran monasterio en memoria del santo Beato».

—¿Pero en verdad ese niño tan hermoso puede ser sietemesino? —preguntó al médico.

—Yo no conozco ningún caso semejante, y a primera vista no lo parece, pero puede haber acontecido un milagro.

Aquella misma mañana otoñal, a muchas leguas de distancia de Soria, sin que nadie las volteara, tocaron a gloria las campanas del monasterio de Sahagún. Domingo Facundi había estado rabioso como un perro todo el día en las cocinas del monasterio. Al monje de Piasca le repugnaban el olor a nabos, la grasa de los pucheros, el detritus de la cocina y que hubiera sobras en las mesas del refectorio.

Desde que se viera privado de su cargo de prior y destinado a tan humildes menesteres por designio de Jacinto, se había convertido en un saco de resentimiento. Su soberbia se había trocado en ira y no descartaba convertirse en brazo ejecutor de la cólera de Dios, haciendo que un rayo justiciero cayera sobre todos aquellos que se opusieran a sus proyectos. Por eso, al escuchar las campanas tocando a gloria sin que nadie las volteara, echó cuentas y levantó un puño al cielo.

—El rey tiene ya al heredero que deseaba, ahora le toca a Beato tener el templo que se merece. ¡Ay de ti, don Sancho, si olvidas el juramento que hiciste en Carrión! ¡Tienes nueve meses de plazo para empezar a cumplirlo! Si no lo haces, tu esposa morirá sin remedio. Y no será la primera, porque las desgracias se abatirán sobre tu familia y las de tus consejeros.

A los pocos días del nacimiento del heredero, don Sancho el Deseado estaba reunido en el castillo de Soria con los obispos y nobles que, a pesar de la copiosa nevada caída durante los días precedentes, se habían desplazado hasta la ciudad del Duero para celebrar la presentación del pequeño.

—Señores obispos, abades y nobles caballeros. Disculpad la ausencia de su majestad la reina doña Blanca, pero el parto no ha estado exento de dificultades y, aunque los médicos que la atienden me aseguran que no corre peligro su vida, no está en condiciones de presentar al heredero legítimo del reino de Castilla. Hemos querido que sea mi amada tía, la infanta doña Sancha, quien, en ausencia de la reina, presencie vuestro juramento de fidelidad.

Las campanas tocaban al unísono en las iglesias de Soria, pero habían perdido buena parte de la alegría con que tañeron cuando nació el heredero hacía tan solo cuatro semanas. Los álamos estaban mustios y ya no les quedaban hojas que derramar en las mansas aguas del río Duero. Un sudario blanco como la pálida faz de la reina cubría los tejados de la villa y la barbacana del castillo en cuya torre del homenaje se celebraba la presentación del recién nacido.

—Es un niño muy hermoso y muy grande —dijo la infanta—. Y ha salido al Cid Campeador, que era su tatarabuelo por la parte de su madre. —Mostró al príncipe Alfonso para que lo comprobaran tanto don Sancho como el grupo de nobles, algunos de los cuales habían estado en Lebanza, y no se habían vuelto a ver desde entonces. Esa casualidad propició que volvieran a recordar lo sucedido en la cacería y Sancho les explicara el compromiso que había adquirido con Facundi si este conseguía de los cielos la fecundidad de la reina.

—Este niño no es sietemesino porque lo digo yo. No hay más que cogerle en brazos para comprobarlo. Así que no se hable más del asunto, y el fraile de Piasca que diga misa. Se habrá equivocado la reina con las cuentas —zanjó doña Sancha—. No se te ocurra hacer otro convento en las montañas lebaniegas, porque ni hace falta ni querrán los benedictinos de Sahagún. Además, allí saldrá mucho más caro que los de Castilla por culpa de los desmontes. Lo que ahora toca es defender Almería, que ya habrá tiempo de hacer conventos en tierras de moros. —La infanta hizo un enérgico gesto con la boca y apretó al niño contra su pecho.

—El libro de Beato es extraordinario, pero el fraile no parece estar en sus cabales. Al menos eso opina el cardenal Jacinto, que lo ha confinado en San Facundo de Sahagún porque quería que el papa encabezara nuestros ejércitos. Por si acaso, andémonos con cuidado y que no llegue al lebaniego por arte del diablo lo que aquí se ha dicho, que tiene poderes y nos puede lanzar maldiciones —dijo el obispo Raimundo—. Pero tiene toda la razón su alteza doña Sancha.

Fue de la misma opinión Nuño Pérez de Lara, así como los condes Osorio y Manrique. Sin embargo, Fernán de Castro guardó silencio y exhibió una enigmática sonrisa.

—Estáis en lo cierto. No podemos perder Almería de ninguna manera. Es nuestra puerta al mar del levante y una pieza clave para nuestra defensa y abastecimiento. El califa aprieta desde Marrakech y sabemos que está preparando un gran ejército para cruzar el estrecho. Aunque el rey Lobo sigue muy fuerte en Murcia y supone un apoyo muy notable para la retaguardia de Almería, si los otros reyezuelos moros se rinden o se ponen bajo la protección del califa, nos quedamos solos frente a sus ejércitos. De ser así, nos será muy difícil retener la plaza de Almería, y también otras como Úbeda y Baeza, cuyos habitantes son moros en su mayoría —dijo Manrique de Lara con cara de gran preocupación mientras doña Sancha asentía con la cabeza.

Durante las semanas siguientes, el rey don Sancho, que se acercaba a Soria siempre que podía para estar junto a doña Blanca y el recién nacido, temía no poder contar con la ayuda de su hermano Fernando para aguantar las embestidas de los almohades sobre el reino de Toledo. Por otro lado, estaba seriamente preocupado, porque todo lo que ganaba el niño en hermosura y fortaleza lo perdía su madre por culpa de las fiebres que la estaban matando.

—Estás muy silencioso, Sancho. ¿En qué piensas? —preguntó la reina.

—Mirando al cielo en estas noches sin luna he tenido la impresión de que nunca han brillado tanto las estrellas —contestó él para distraerla.

—Brillarán mucho las estrellas del cielo, esposo, pero siento que la mía se está apagando lentamente. Esto no mejora, Sancho, al contrario. Cada día que pasa me encuentro más débil. Esta fiebre que me tiene postrada es como una llama que consume el aceite de mi vida. ¿Qué podemos hacer para poner remedio a esta situación, esposo mío?

—Miro al cielo a diario pidiendo clemencia, pero tengo la sensación de que se está desplomando sobre mis hombros. ¿Te acuerdas del libro milagroso que retuvimos entre nosotros cuando engendramos al niño?

—¡Cómo podría olvidar aquel dichoso momento! Pero no veo qué relación puede tener el brillo de las estrellas con el libro santo.

—El monje que nos prestó el libro me recuerda con ello que debo construir el monasterio que le prometí.

—¿Lo harías para salvarme?

—Lo haré cuando herede mi reino. Ahora mismo no está en mi mano.

—Cuando heredes el reino será demasiado tarde. El emperador no está ahora para monasterios. Tiene la cabeza en Almería.

Doña Blanca lanzó un largo suspiro.

—Ojalá estuviera aquí Teresa. De todas las dueñas de la corte, ella era la que me inspiraba más confianza. Sancho, si me pasa algo, hacedla llamar, que se ocupe ella de mi niño...

—Shhhh, Blanca... Cálmate, que no vas a morir.

Blanca cerró los ojos y estuvo un largo rato en silencio hasta que se quedó profundamente dormida. Sancho aprovechó el silencio para repasar sus años de matrimonio con aquella niña que le habían entregado como esposa y que ahora retiraban de su vida cuando tanto tenían que hacer juntos. Al cabo de un rato la enferma despertó.

—Solo te pido una cosa, Sancho —susurró débilmente—. Cuida bien a nuestro hijo, porque he tenido un sueño terrible. Soñaba que había un cantero tallando lo que yo iba soñando en la tapa de un hermoso sepulcro. Yo estaba en la cama durmiendo y un ángel se llevaba a un niño en los brazos mientras tú gritabas. ¡Devolvedle el alma a mi esposa! Pero también estaban los soldados de Herodes degollando a los inocentes y tú clamabas: «A mi hijo no le matéis, que no tiene la culpa de nada». Al ver que el rey Salomón amenazaba con partir al niño por la mitad, y como no sabías si detener al ángel que se llevaba al niño, quitar la espada al soldado de Herodes o convencer al rey Salomón de que no cortara por la mitad al pequeño, sufrías un desvanecimiento y te tenían que sostener para que no te derrumbaras.

—No te alarmes, Blanca, solo es un sueño.

—Yo soñaba que el cantero hacía un sepulcro con una reina dormida dentro. ¿Sabes lo que soñaba la reina del sepulcro? ¿Sabes lo que soñaba? Que estaba mirando al cielo en una noche sin luna viendo como se apagaban las estrellas. Una tras otra. Hazme caso, porque no podemos escapar de los designios del Altísimo. Esta es mi última voluntad. Quiero que encargues un sepulcro que cuente mi sueño y dile al cantero que se dé mucha prisa porque mi estrella declina. Mi sarcófago te recordará que tienes que cuidar de mi niño para que no le corten la cabeza los soldados de Herodes.

La infanta doña Sancha, tras acudir a la presentación y al bautizo del hijo de Sancho el Deseado, hizo una breve escala en Silos, pasó el invierno y la primavera en su abadía de Covarrubias, mitigó los sofocos del verano en el palacio real y en el castillo de Burgos, y antes de volver a sus tierras del infantado de Tierra de Campos, hizo un alto en Carrión a mediados de agosto, acompañada por la infanta doña Estefanía, antes de dirigirse con ella a la corte de León.

Cuál no sería su sorpresa cuando, al llegar a la puerta del monasterio de San Zoilo, vio que el perro Chito salía a su encuentro moviendo la cola y dando saltos de alegría. Después se pegó a su saya y empezó a hacer carantoñas.

—Vaya, vaya. ¡Qué sorpresa! ¿A quién nos encontramos aquí? Al perrillo valiente que se las tuvo tiesas con el oso en Lebanza y nos facilitó la retirada. Ahora se alegra de vernos. ¿Has perdido a tus dueños, precioso?

Como la infanta viera que el chucho le tomaba la delantera, dejó a Estefanía con el abad y siguió al perrillo hasta que llegaron al claustro donde Chito saltó sobre Fructuoso.

—¡Muchacho, nunca habría podido reconocerte si no llega a ser por este perrillo tuyo! —exclamó la anciana—. ¡Vaya, vaya! Así que trabajando en este claustro. ¡Menuda suerte que tenéis! Anda, camina delante de mí, que vea si te ha quedado algo de cojera. ¿Acaso has perdido a tu hermano, que no lo veo por ninguna parte? ¡Como yo me entere de que os dan mal trato en esta obra se va a enterar el prior de quién es doña Sancha! ¿Tienes un buen maestro que te enseñe algo de provecho o te tienen todo el día picando piedra y sacando escombros?

Hablaba con tanta rapidez que el muchacho no tenía tiempo de responderle.

—¿Estás asustado o te ha comido la lengua el gato?

Menos mal que llegó Juan con una jarra de agua, que cortésmente le ofreció a la infanta.

—Señora, si queréis, bebed vos antes que mi hermano, que este es capaz de dejaros la jarra llena de babas.

—Qué buena idea, porque ya lo necesitaba, que se me ha secado la boca de tanto hablar con un mudo.

Después de dar un buen trago de la jarra, dejó por unos momentos a los muchachos refrescándose y, acompañada por el maestro de la obra, se entretuvo charlando con los canteros e interesándose por las tareas que cada uno estaba realizando.

—Este claustro me recuerda un poco al que acabo de ver en el monasterio de Silos, que también está cubierto de artesonado de madera. Pero aquí todavía vais por la mitad.

—Esperamos tenerlo cubierto antes de que llegue el invierno. Llevamos muy avanzada la labra de los capiteles.

—¿Esta piedra tan hermosa de dónde proviene?

—De las montañas del norte. Nos la traen de las canteras de Villaescusa y Becerril. No hay ninguna como ella para la labra —explicó el maestro—. La llaman la piedra de Dios porque cuando se saca de la cantera se trabaja como si fuese escayola, pero pasado un tiempo a la intemperie, se produce el milagro y endurece rápidamente.

—Pero encarecerá la obra el transportarla desde tan lejos.

—Es que es la mejor que hay para hacer filigranas.

—Qué manía con las filigranas. ¿Por qué no hacéis capiteles vegetales tan sencillos como los cistercienses?

—Cada uno tiene su estilo. Nosotros hacemos lo que nos mandan los benedictinos, y si los hiciéramos todos parejos, este claustro no luciría tanto como el de Silos.

—Seguid con lo vuestro, pero mirad a ver si les puede enseñar bien el oficio a esos muchachos, que los pobres, aunque huérfanos, son de buen corazón y se merecen todo lo que se haga por ellos. Hacedlo por Nuestro Señor, que también se preocupaba por los pequeñuelos y es obligación de todo buen cristiano enseñar al que no sabe —dijo doña Sancha al despedirse del maestro.

El cansancio doblaba la espalda de los artífices y las sombras de la tarde se habían apoderado del claustro. Fructuoso y Juan no se atrevían a moverse de su sitio. La infanta se acercó a ellos con su llaneza habitual.

—Venid conmigo un ratito al locutorio —les dijo—, que allí hablaremos sin que nos molesten. No habréis dicho a nadie lo del oso, ¿verdad? Así me gusta. No hay que presumir nunca de las hazañas para que no nos humillen, que hay gente muy envidiosa en todas partes. Tened paciencia y estad siempre con los ojos bien abiertos, que todo llega en esta vida. Y ahora, contadme. ¿Qué ha sido de vosotros desde que salisteis de Lebanza hasta que llegasteis aquí?

De repente, un toque de campana se coló en la conversación y dejó en suspenso a la infanta. Era un toque bastante conocido y frecuente, monótono y lento como una melodía de solo dos notas que sonaban como martillazos de herrero que golpearan un yunque con desgana. Don. Dan. Don. Dan. Una y otra vez, cada vez más alto y cada vez más triste. Poco a poco se fueron callando los cinceles de los escultores y las mazas de los picapedreros, y el silencio y las sombras se adueñaron del claustro. Un velo negro se extendió por el cielo, pero no descargó la tormenta. Los obreros descubrieron sus cabezas, bajaron la vista y abandonaron sus quehaceres para salir a la calle. Doña Sancha se santiguó repetidamente: «¿Por qué, Dios mío, por qué a ella? Ahora que tanto la necesitábamos», se repetía. Hacía pucheros como queriendo llorar, pero las lágrimas no acudían a rescatarla del agobio que sentía.

—¡Qué destino tan triste el de la reina doña Blanca! —dijo finalmente—. ¡Cinco años esperando un hijo y ni siquiera ha tenido tiempo de tenerle entre los brazos! ¡Qué va a ser del niño y de mi sobrino Sancho! Tan joven y ya viudo. Ahora solo queda decir muchas misas para que Dios tenga a la reina en su gloria cuanto antes y hacer un buen sepulcro para que su memoria perdure durante mucho tiempo.

No solo tocaban a muerto las campanas de Carrión sin que nadie las estuviera tañendo. También lo hacían las de Soria y Nájera, las de Aguilar y las de Lebanza, las de Piasca y las de Santo Toribio de Liébana, y para desgracia de Facundi, también tocaban a muerto las campanas de San Facundo de Sahagún.

—Nueve meses. Han pasado nueve meses y Sancho ha olvidado su juramento. Dios no ha movido un dedo para salvarle la vida. Se ha hecho su voluntad. Eso significa que quiere un gran monasterio en las montañas y que yo sea la mano ejecutora. ¡Ay de ti, Sancho, si no cumples tu juramento ¡No podrás escapar de la cólera de Dios! —clamaba Facundi, arrodillado en uno de los ábsides de San Facundo, mesándose los cabellos que como lagartijas le corrían por la frente.

Caía mansamente la tarde en Toledo aquel tórrido final de agosto de 1157. No era el mejor sitio del reino para pasar el verano, pero en la capital del Tajo se esperaba el regreso victorioso del emperador y sus huestes llevaban ya un tiempo intentando librar a la ciudad de Almería del cerco al que estaba sometida por los almohades.

La jovencísima reina Riquilda se entretenía viendo caminar a su hija Sancha a trompicones, mientras el pequeño don Alfonso, primogénito de don Sancho, gateaba detrás de su tía bajo la atenta mirada de Cecilia y de Teresa. Cumpliendo los deseos de su señora, el rey Sancho había encomendado a la esposa de su fiel don Nuño el cuidado del príncipe y ella había acogido aquel honor y semejante responsabilidad con discreción y ternura.

Las damas estaban muy a gusto en el alcázar, disfrutando del contraste que había entre la vida bucólica de Herrera y el bullicio de aquella ciudad llena de vida y en la que sus mercados eran un espectáculo cotidiano. Les fascinaban los estanques de los jardines moros, las lujosas dependencias que les rodeaban y, sobre todo, los baños árabes que tenían a todas horas a su disposición.

Desde el mirador de la cámara regia, Riquilda, acompañada por Teresa, se entretenía con unas labores de bordados y contemplaba el perfil incomparable de aquella ciudad cuya quebrada silueta se recortaba contra un cielo perforado por las torres y los minaretes. A la esposa del emperador le admiraba la tenacidad con que el astro moribundo se abrazaba a una bufanda de bucles color bermellón que le escoltaban en el final de su periplo por aquel inigualable escenario.

El murmullo de la ciudad, que llegaba hasta lo alto del alcázar envuelto en los aromas de las especias, se quebró cuando las campanas de la mezquita-catedral, colocadas en los minaretes, convocaron a los cristianos para alabar al Dios Padre, a su Hijo Jesucristo y también al Espíritu Santo. Después de un obligado silencio, desde el minarete de la mezquita provisional, el almuédano pregonó unos versículos del profeta Mahoma proclamando a los cuatro vientos la grandeza de Alá, Dios único de los creyentes. Poco después, el rabino de la sinagoga leyó a sus fervorosos fieles las hazañas del rey David derrotando a los filisteos.

—¡Qué distinta es esta Hispania de mi lejana Polonia! —dijo la joven Riquilda, deslumbrada por la luz toledana de aquel fantástico atardecer—. ¡Y qué buen sitio para criar a mis hijos sería, si no fuera por esas guerras que no cesan...!

—¡Qué raro! Se acaba de poner el sol y otra vez vuelven a la carga las campanas de la mezquita, ¿no las oye su majestad? —se extrañó Teresa.

Don. Dan... Don. Dan. Una y otra vez, cada vez más alto, cada vez más ronco y cada vez más triste.

—No es normal volver a tocar a estas horas, señora. Bajo corriendo al patio para enterarme de lo que pasa —dijo Teresa.

—Venid corriendo, señora, que ha vuelto nuestro señor de la guerra —oyó que voceaba un criado.

Por el patio del alcázar iba entrando la triste comitiva de guerreros heridos y derrotados, cubiertos de polvo y desaliento.

—Lo que tenía que pasar, pasó —fue lo único que dijo don Nuño, sudoroso y sin aliento. Llegaba descompuesto como nunca le había visto su mujer desde que le conocía. Se notaba que había cabalgado durante días sin apenas comer ni dormir.

No dijo una palabra más, porque ni podía ni su esposa necesitaba más explicaciones, que bastante habían hablado entre ellos acerca de lo arriesgado de aquella expedición a Almería.

—¡Agua, por el amor de Dios, traedme agua que muero de sed y de cansancio! ¡Que alguien se haga cargo de ese pobre caballo! ¡Id a buscar al deán de la catedral que yo no puedo con mi alma! —pidió Nuño, con la voz empastada y la boca reseca, instantes antes de tumbarse de mala manera en un banco del patio. Bebió la jarra de un trago y ordenó—: Traed un cántaro de agua y tirádmelo por encima de la cabeza...

Mientras se lo traían, se quedó tumbado con los brazos colgando a cada lado del banco.

—En una de estas te quedas en el campo de batalla y me dejas viuda, marido, si es que no te me mueres por el camino. ¡Qué sino el nuestro, toda la vida esperando que regreses de la guerra y cuando lo haces siempre llegas destrozado! —se lamentaba Teresa, refrescándole suavemente la cara y el cuello con un paño mojado.

Había gran agitación cuando apareció en el patio la reina Riquilda con su hija en brazos. Acababa de llegar el deán acompañado por varios canónigos y, casi a la vez, el alcaide y un grupo de caballeros y notables toledanos. Nuño se puso en pie.

—¡Caballeros! —dijo en voz alta y solemne—. Me ha encargado el rey don Sancho preparar de inmediato los funerales del emperador don Alfonso y quiere que se celebren con toda solemnidad.

Teresa, que llegaba al encuentro de la reina, oyó que esta musitaba a punto de desmayarse:

—¡Ay, Sancha, hija mía! ¿Quién va a cuidar de nosotras?

Pasaban las horas y Teresa no veía la manera de despejar el patio de la muchedumbre que se había congregado al enterarse de las fatídicas nuevas. Canónigos y rabinos, abades y muecines se mezclaban con hidalgos y caballeros, comerciantes y artesanos. El suceso de la muerte del emperador había descargado sobre la ciudad como una tormenta de verano y la falta de noticias fiables hacía que los rumores más disparatados fueran tenidos por ciertos, sembrando la incertidumbre entre los toledanos que subían en romería al alcázar y bajaban en pequeños grupos meneando la cabeza.

Aunque Nuño había cambiado de vestimenta y trataba de tranquilizar a los visitantes diciendo que apenas había habido combates y que la muerte del emperador se debió al calor y los achaques propios de su edad, nadie se lo creía, porque lo que decía su boca lo desmentían las apariencias, ya que su cara desencajada denotaba una derrota inapelable.

Pasada la madrugada, después de atender como pudo la avidez de información de los visitantes, Nuño consiguió por fin meterse en la cama, donde le esperaba Teresa.

—Lo que tenía que pasar, pasó —volvió a repetir.

—Anda, duérmete y descansa todo lo que te haga falta. —Teresa no sabía cómo tranquilizar a su marido, al que notaba más furioso que abatido—. Ya me contarás los detalles mañana...

—A lo mejor te interesa saber que el desgraciado de Fernando no esperó a que se enfriara el cadáver de su padre y, sin despedirse de nadie, salió volando para León —le espetó Nuño—. Ya debe de estar llegando a Salamanca si no se ha caído del caballo. No le esperes para los funerales, que a ese lo único que le interesa es que le pongan cuanto antes la corona en la cabeza, que no se fía ni de su padre, aunque esté muerto. Lo digo porque es primo tuyo y siempre os habíais tenido mucha ley...

Teresa sabía por experiencia que cuando Nuño volvía necesitaba a alguien a quien llevar la contraria para descargar en él su malhumor.

—Duérmete, Nuño —replicó ella—, y deja de decir tonterías, que entiendo que estás muy cansado y no piensas bien lo que dices. Yo no espero a Fernando ni para los funerales ni para nada, así que no me metas a mí en las disputas de los monarcas.

—He tenido que venir yo con la lengua fuera, y era a él a quien le correspondía presentarse en Toledo para dar explicaciones y preparar las exequias de su padre, que bastante tiene el rey Sancho con presidir el cortejo fúnebre y conducir ordenadamente a las tropas en la retirada.

—Venga, Nuño, déjalo ya, que te vas a desvelar y lo que has pasado hoy no es nada comparado con lo que nos espera mañana.

—Ya lo sé, pero me temo mucho que no vamos a poder contar con el reino de León de ahora en adelante. Y entonces en poco tiempo tendremos a los moros sitiando Calatrava. Y si Calatrava sucumbe, estarán a las puertas de Toledo con ayuda de Fernando.

—Eso es mucho suponer.

—Ya lo veremos, Teresa, ya lo veremos, que muerto el emperador, ¡a saber qué puede pasar! Fernando no quedó nada contento en el Concilio de Valladolid. Y a la primera ocasión que encuentre, intentará recuperar para sí los Campos Góticos por la fuerza, aunque tenga que aliarse con el diablo.

«Mucha conversación es esta para la hora que es y lo cansado que está. Algo más quiere este hombre...», pensó Teresa e hizo ademán de marcharse. Pero Nuño reaccionó de inmediato:

—Por cierto, ¿qué es lo que más te interesaba saber?

—Pues, ¿qué pasó con Almería?, ¿cómo murió el emperador? Pero déjalo para mañana, que no estás de humor y tienes que estar muerto de sueño y de cansancio.

—Te lo cuento. Almería estaba casi perdida, y a los defensores solo les quedaba la alcazaba. Cuando ya no podían aguantar el asedio, negociaron la rendición a cambio de que los infieles respetaran sus vidas. Llegamos demasiado tarde. Y además, ¡aquel calor! No he visto otra cosa en mi vida. Aquello era el infierno. La vuelta fue un espanto. Nos achicharrábamos por el día y no descansábamos por la noche. Faltaba el agua, y mientras el emperador se moría, los infieles nos hostigaban. Como veíamos que se ahogaba, paramos en Fresneda a la sombra de unas encinas y nos dijo con un hililllo de voz: «¡Deteneos, que no quiero seguir! ¡Sacadme de la silla, refrescadme y dejad que me dé un poco el aire!». Luego llamó a sus hijos y les pidió: «Descansaremos un poco y después llevadme a Galicia, que quiero bañarme en el mar». Y se quedó como dormido.

También Nuño se quedó dormido, o eso pensó Teresa hasta que intentó salir caminando de puntillas tratando de no hacer ruido. Al oír el chirrido de los goznes de la puerta, le oyó decir:

—No te vayas, que falta lo más importante. Necesito que me des calor, que tengo mucho frío.

—¿Con este calor que hace en Toledo en agosto...? ¿Pero tú no estabas enfadado?

—Sabes tú bien que cuando hablo y hablo se me pasa.

—¿A pesar de este bochorno? Mejor lo dejamos para mañana.

—Mañana vete a saber...

11

Domingo Facundi, rebajado por el legado pontificio de su condición de prior a responsable de las cocinas del monasterio de Sahagún, dio en pensar que era el brazo ejecutor de los designios de Dios. No tenía escapatoria, porque Beato se le aparecía frecuentemente en sueños.

—Sancho tiene que cumplir lo que juró —le recordaba—. ¡Dios lo quiere, Domingo, Dios lo quiere! La cruz de Cristo, la más santa de las reliquias, merece ser venerada en un templo tan majestuoso como el de Compostela. Tú eres el elegido, ¡Domingo! Esta es tu cruz y tu gloria. Si no lo logras, sufrirás las penas de infierno.

Facundi sabía que para llevar a cabo semejante empresa tenía que emprender el camino de la santidad, se entregaba de tal modo a los ayunos y flagelaciones que andaba en los puros huesos, y si se sostenía en pie, era más por el peso de los hábitos que por la fuerza de sus piernas. La angustia infinita que lo asfixiaba, un pavoroso miedo al infierno que le erizaba los cabellos y aquellos sofocos que le robaban el aire le tenían en constante desvelo.

Como en las portadas de las iglesias que tan bien conocía, y tal y como estaba escrito y dibujado en el santo libro de Beato, se veía atravesado por los cuernos de la bestia, encadenado a la rueda por el demonio y condenado a las llamas del infierno por toda la eternidad. «Para siempre, para siempre, para siempre. Por los siglos de los siglos», se lamentaba Facundi día y noche.

Sabiéndose el primero de los condenados, empezó a considerarse como el último de los mortales. Donde había cólera y soberbia aparecieron la mansedumbre y la humildad. Al interminable discurso rencoroso y vengativo le sucedió el saber escuchar. De este modo, la necesidad de vivir sirviendo a sus prójimos le fue llevando por el camino de la perfección y de la santidad.

Donde primero se notó su cambio de actitud fue en el refectorio. El que la comida fuera parca no significaba que tuviera que resultar insípida, por ello Facundi se esmeró todo lo que pudo para que las viandas estuvieran en su punto y se acompañaran con las salsas y condimentos apropiados para cada estación del año. Los aliños estaban a la orden del día y los platos era más variados y sazonados. Con la buena mesa mejoraron el humor y la puntualidad de los monjes y bajaron los roces y disputas que en toda comunidad reducida se producen con harta frecuencia.

Se hizo famosa su habilidad en el uso de las plantas aromáticas y medicinales. Con ellas y otras que solo él conocía, preparaba infusiones especiales para cada fraile, de acuerdo con su dolencia. Pronto se advirtió que en la comunidad mejoraban las digestiones, desaparecían las varices, no se hablaba ya de jaquecas y el sueño de los monjes era mucho más placentero que antes. Con ello consiguió que la pobreza no se notara, la castidad fuera más llevadera y que la obediencia fuera consecuencia de la mansedumbre.

«Los caminos del Señor son inescrutables», pensaba el atormentado Facundi, viendo que con solo aplicarse a hacer sus tareas lo mejor que sabía se habían enderezado de tal manera las conductas de los monjes que el monasterio de Sahagún era tenido como modelo de observancia por el papa para el resto de los monasterios benedictinos de todo el mundo.

Sin embargo, el de Piasca no se beneficiaba de los remedios que preparaba para los otros, porque se negaba todo disfrute, y por ello ni gustaba de los manjares que elaboraba ni tomaba infusiones de su propia agua bendita ni se deleitaba con el ambiente perfumado que reinaba en la iglesia de San Benito, en la de San Tirso y en el resto de los templos de Sahagún, donde la fragancia del olor a nardo que emanaba del interior de los santuarios se repartía por las calles colindantes atrayendo a los fieles a los oficios divinos.

No es de extrañar que en unos pocos meses se extendiera por el monasterio y por la ciudad de Sahagún su fama de milagrero, de visionario y de santo, ante el asombro de Petrus Albus, que, conociéndole de antiguo, no acababa de creerse semejante conversión.

Pero el monje iba a encontrarse muy pronto en una peligrosa encrucijada. Por el monasterio había corrido la voz de que el mismísimo rey don Sancho de Castilla se acercaba a Sahagún con corte y ejército después de haber tomado por la fuerza algunas aldeas cercanas que disputaba con su hermano Fernando, rey de León, pues su legítima pertenencia no había quedado clara en la partición del emperador durante el Concilio de Valladolid.

La muerte de su ayo y educador, Fernando Pérez de Traba, había privado al joven rey de León del más sabio y prudente de sus consejeros, y dejándose llevar de su impetuoso temperamento y contraviniendo las recomendaciones del emperador, había retirado gobiernos y privilegios de las manos de nobles tan importantes como el conde Osorio y los dos Poncios, el de Cabrera y el de Minerva que, desprovistos de autoridad y de acuerdo con los usos de la época, se marcharon del reino de León y, después de quejarse amargamente ante el rey Sancho de Castilla del trato recibido, se pusieron con sus caballeros a su servicio.

El rey don Sancho, que acampaba con su ejército en territorio castellano en las afueras de Sahagún, había enviado una embajada a León para invitar a su hermano a un encuentro que resolviera ambos conflictos, el de los castillos y el de los nobles.

—Ha llegado don Nuño Pérez de Lara para acompañaros hasta San Facundo de Sahagún, donde os espera vuestro hermano para ofreceros la paz —anunció el canciller a don Fernando.

—Que espere hasta que me dé la gana recibirle —replicó el impetuoso monarca y, mirando a los presentes, añadió—: Hay que ver las ínfulas de mi hermanito. Acaba de robarme un puñado de villas que me dio mi padre y viene con su ejército a ofrecerme la paz. Y dice que me está esperando en Sahagún. Y tiene que ser ahora mismo. ¿Habéis oído?

Todos los presentes guardaban silencio esperando que después de echar los demonios y desahogarse, pudieran discutir con el rey don Fernando la decisión a tomar.

—Majestad, don Nuño sigue esperando en el salón de al lado y vuestro hermano lo hace en San Facundo de Sahagún. Si está con el ejército y nosotros desguarnecidos, os conviene que no venga a buscaros a León para llevaros a Sahagún por la fuerza y entregaros los hábitos benedictinos. Pero si acudís a la cita, a lo mejor se conforma con que beséis su mano ofreciéndole vasallaje y se vuelve por donde ha venido. Está ensillado vuestro caballo y siempre hay en el camino alguno más esperando. Bueno sería que nos pusiéramos cuanto antes en marcha.

Cuando por fin se dignó recibir al impaciente don Nuño y le confirmó que aceptaba la invitación, al rey don Fernando le brillaban maliciosamente los ojos pensando en la sorpresa que le iba a dar a su hermano cuando lo viera llegar a su encuentro mucho antes de lo que se esperaba.

Entretanto, Fernán de Castro, que era uno de los principales caballeros de Castilla y aportaba sus mesnadas al ejército del rey castellano don Sancho, entró en el pobrero y pidió que llamaran a Facundi. Este reconoció de inmediato al guerrero que acompañaba al rey Fernando y quiso matar a Chito en Lebanza.

—¿En qué puede servir este humilde cocinero a su señoría? —se limitó a preguntar con prudencia.

—Vos sois el fraile valiente que mató un dragón en Lebanza. ¿Estoy en lo cierto?

—Eso fue hace muchos años. Ya casi no me acuerdo. Ahora solo soy un esclavo del Señor.

—Un esclavo lleno de fe que quiere levantar un gran monasterio en las montañas de Liébana para adorar la cruz de Cristo. ¿O acaso me equivoco? —preguntó Fernán.

—Decís verdad, porque Dios lo quiere, pero parece que el rey de Castilla no puede.

—Hay dos reyes en este reino. Uno quiere, pero no puede, porque Liébana no le pertenece, y otro ni quiere ni puede porque sus nobles no le dejan. Solo hace falta juntar querencia y pertenencia.

—¿Habéis venido únicamente para enseñarme un trabalenguas? —preguntó Facundi.

—¡Exactamente! Pero también para deciros que la solución está en los cangrejos. El emperador dividió el reino entre sus hijos y separó los ríos, las montañas y los campos de su reino. Los cangrejos corren hacia atrás. El rey don Fernando es muy devoto y hace todo lo que le pide la Iglesia, y al rey don Sancho le gustan los cangrejos de vuestros arroyos. ¿Por qué no le servís unos suculentos cangrejos para que se entretenga mientras llega su hermano Fernando para discutir sobre las lindes de sus reinos y de paso hacéis que se cumpla la voluntad de Dios? —dijo Fernán, exhibiendo un sonrisa diabólica antes de darse media vuelta.

Facundi se quedó pensativo en un rincón del claustro. La noche anterior había vuelto Beato a su sueño. Todavía oía sus admoniciones: «¡Dios lo quiere, Domingo, Dios lo quiere!».

—Petrus, ve en busca de cangrejos al arroyo, que le gustan mucho a su majestad. Mientras, yo voy preparando una salsa picante —ordenó el fraile nada más volver a la cocina. Después se santiguó y dijo—: ¡Hágase tu voluntad así en la tierra como en el cielo!

—Nunca he probado semejantes delicias en ningún monasterio. ¿Desde cuándo se esmeran tanto los monjes de San Facundo en presentar y preparar de este modo estos suculentos cangrejos? —exclamó el rey don Sancho complacido cuando terminó el refrigerio.

—Desde que tenemos nuevo cocinero —respondió el abad.

—Nos encantaría conocerle para alabar su esmero si lo permite la regla de San Benito. Por lo que tengo entendido, el oficio de la cocina no es del gusto de los frailes.

—Este nuestro no está en ella por gusto, pero sí por obediencia, porque apenas come de lo que guisa y solo de pan se alimenta.

Facundi, que se había refugiado en la huerta con el pretexto de buscar unas plantas medicinales, se asustó cuando llegó el abad a buscarle. Vista la resistencia que ofrecía el monje, el abad le conminó en nombre de la santa obediencia a seguirle hasta el refectorio.

—Este es el fraile que se ocupa de la cocina y prepara los manjares, pero es tanta su humildad que he tenido que traerle a rastras desde la huerta. Levantad la cabeza y haced una reverencia al rey —dijo el abad de San Facundo.

Cuando el rey don Sancho vio a aquel fraile estirado y flamígero y con unos ojos como de sabueso que de puro tristes se arrastraban por el suelo, sintió que un escalofrío le recorría la columna.

—Así que ahora el prior Domingo Facundi ha cambiado el libro de Beato por las hierbas medicinales y el priorato de Piasca por la cocina de San Facundo —dijo el monarca con un estremecimiento.

—Santa obediencia, mi señor. Estoy aquí para aceptar lo que el Señor quiera enviarme y para servir a su majestad en lo que guste.

—Sabed que ya he cumplido mi parte del compromiso y el invierno pasado hice donación a Piasca de la villa de Yevas *pro anima mea*, y a Santa María de Lebanza un soto junto al río Pisuerga para que dijeran misas a perpetuidad por la salvación de mi alma... Y ahora disculpadme, señores, que siento la fatiga del viaje y el peso del refrigerio...

Viendo el médico que Sancho estaba desencajado, se dispuso a acompañarle por si necesitaba de sus servicios.

—Me ha revuelto el fraile, tengo que vomitar, tengo que vomitar enseguida.

—Estad tranquilo, mi señor, que las plantas que llevaba el fraile eran berros, albahaca, hierbabuena, menta, un poco de ajenjo y una rama de romero.

A pesar de los esfuerzos de su médico por tranquilizarle, nada más llegar al palacio del abad, Sancho, pálido y sudoroso, vomitó todo lo que había comido, se enjuagó la boca y se quedó dormido.

Fernando, que había salido de León como una flecha y al poco había rebasado a Nuño dejándole a sus espaldas como una mota de polvo, cabalgaba a sus anchas por la infinita llanura leonesa, que era lo que más le gustaba en la vida. Fundirse completamente con el caballo y galopar hacia adelante sin obstáculos a la vista. Siempre que conseguía el ritmo y la atmósfera adecuada, resonaba en su cabeza la dulce voz de Teresa susurrándole como una sirena: «Tienes que moverte al mismo ritmo que el caballo, bailar con el caballo, columpiarte con el caballo, disfrutar con el caballo, notar que al caballo le gusta cómo lo haces».

Cuando el joven rey de León llegó a Sahagún, tan sucio estaba por el polvo del camino y el sudor de la frenética cabalgada que no fue reconocido por los soldados que hacían guardia a la puerta de la muralla del monasterio hasta que hizo su aparición, junto al de Nuño, el cortejo que había perdido por el camino. El alboroto que siguió a su llegada despertó a su hermano y le dio suficiente tiempo para asearse, vestirse como correspondía a su rango y salir al encuentro del rey de León.

—Pero hombre, Fernando, adónde vas con ese aspecto, pareces huido de la justicia.

—Eran tantas las ganas que tenía mi caballo de verte que no he podido sujetarle, por más que le azotaba con la fusta para que se sosegara.

Entre bromas y veras y entre risas y chanzas resolvieron sus diferencias en un encuentro que se preveía tirante, dejando para los diplomáticos los flecos del tratado de paz cuando se levantaron de la mesa. Comieron hasta que se hartaron y corrió el vino de la bodega del convento en abundancia. Ayudado por siete frailes, se ocupó del servicio Petrus Albus, quien junto con el copero real tuvo que probar de todos los platos y bebidas. En aquel banquete memorable sirvieron cangrejos en salsa picante a discreción, sopa de pan con ajo y jamón en salazón, morcillas de carne y piñones, mollejas de cordero con cebolla caramelizada, aparte de perniles de lechal y truchas frescas del arroyo conventual. Y para terminar, queso con membrillo y un licor benedictino con hidromiel y jalea real especialidad de Facundi. El licor gustó tanto al monarca que Fernán recomendó al copero del rey hacerse con un pellejo del mismo para que lo llevara consigo.

Comió mucho y de todo Fernando, que después de la galopada traía un hambre canina, y comió poco Sancho, porque era menudo y de poco comer.

Los dos reyes habían quedado completamente satisfechos con el tratado. Fernando porque, sin necesidad de jurar vasallaje, obtenía la devolución de las villas que había ocupado su hermano. Y Sancho porque Fernando reponía en sus cargos a los notables descontentos. Pero lo más importante del encuentro fue que ambos aceptaron la propuesta de Fernán de Castro de declararse herederos el uno al otro en ausencia de descendientes legítimos en caso de muerte. De este modo, quedaría unido de nuevo lo que el emperador Alfonso había dividido en Valladolid. El acuerdo obligaba igualmente a las dos siguientes generaciones.

No solo pactaron sobre lo que les correspondía, sino que acordaron repartirse Portugal y las conquistas que hicieran en el futuro de las ricas tierras de los sarracenos.

—Lo mejor de la comida han sido los cangrejos —le dijo Fernando a su hermano al despedirse—. Cuando estaba en Monterroso nos los ponían a menudo y al que más le gustaban era al cardenal Jacinto, que se comía los más gordos y a mí no me dejaba ni meter la mano en la bandeja.

—A ver si sientas cabeza, larguirucho, no sea que en una de estas se te caiga la corona.

—Sentaré cabeza cuando vea que me llegas a la cintura.

Después de que los hermanos se despidieran, se acercó don Manrique al rey Sancho para felicitarle.

—Lo habéis conseguido, señor. En los pocos meses que lleváis reinando hemos hecho las paces con los reinos de Aragón y Navarra, y lo que parecía más difícil, firmado un tratado de paz con el rey de León. Y como el abad Raimundo de Fitero ha fundado la orden que asegura la defensa de Calatrava, podemos tener la seguridad de que hoy hemos colocado la piedra angular de un reinado victorioso.

«Tiene razón Fernán de Castro —iba pensando Fernando camino de León mientras miraba distraídamente el brazo que sujetaba la brida—, si se muere el niño de Sancho, los tronos de Castilla y del reino de Toledo tendrán que ser para mí, de acuerdo con el tratado. Y si el niño sobrevive, tendrá que ser mi vasallo». Entonces, tuvo un golpe de memoria y recordó el enérgico gesto del cardenal Jacinto frenando su mano que se abalanzaba sobre los cangrejos.

«¡Qué rabia me dio cuando me sujetó el brazo! Pero el conde don Fernando y Teresa me miraron y tuve que contenerme», se dijo.

Y con el recuerdo del gesto le vinieron a la memoria las palabras de Jacinto en Monterroso: «Escucha, hijo mío, y nunca olvides el consejo que voy a darte para cuando ciñas sobre tus sienes la corona de León y de Galicia. Cuando sirvan a todos los comensales una fuente de cangrejos, aunque por tu mayor rango te corresponda elegir, ten contención y sujeta tus instintos...».

—Sooo, para caballooooo, paaara, que el cabrón de mi hermano acaba de envenenarme con los cangrejos. Sooo, para, para... Y yo me los he comido como un imbécil, pequeños y grandes, con patas y sin patas, cojos y con muletas. ¿Seré imbécil? Mira que me lo había dicho Jacinto con conocimiento de causa, porque los cardenales saben más que el diablo de pócimas y venenos.

Sin pensárselo dos veces, se tiró en marcha del caballo y en medio del camino metió los dedos en la boca para provocarse el vómito que expulsara de su cuerpo los cangrejos y todas las exquisiteces que había preparado especialmente para ellos el fraile cocinero, Domingo Facundi, y había servido su ayudante, Petrus Albus.

12

Sancho salió de Burgos en los últimos días de junio en dirección a Cuéllar; en julio estaba en Segovia y allí se sintió enfermo. A finales de mes llegó a Toledo. Se le había hecho un nudo en el estómago, se hinchaba y no evacuaba ni por arriba ni por abajo.

Nada más llegar al alcázar, pálido y sudoroso, vomitó todo lo que llevaba dentro y todo lo que se le había atragantado durante la vida. Primero llegaron las contracciones y las arcadas, y a continuación fueron saliendo los dolores, los fracasos y las frustraciones. El sufrimiento por la muerte de su esposa Blanca en lo mejor de la vida; el miedo y el asco que pasó cuando tuvo que matar al oso; el favoritismo de su padre hacia su hermano Fernando porque era más decidido; los menosprecios de este por su baja estatura; el robo de la mitad del reino en el Concilio de Valladolid; la pérdida de Almería, de Úbeda y de Baeza; los días interminables y grises, alejado de la familia, en casa de don Gutierre de Castro, su ayo de Castrogeriz; el maltrato de los sobrinos de aquel, especialmente de Fernán, que le pegaba y le llamaba cobarde; la desaparición de su madre a la que apenas había conocido. Después, vomitó todo lo que había comido durante los últimos días. Los únicos que no salieron fueron los cangrejos, que se quedaron mordiéndole las tripas.

«¿Cómo podía guardar tanta basura en su cuerpo menudo?», se preguntó el médico, viendo el charco de inmundicias al borde del banco donde Sancho se sentía morir.

El pequeño heredero Alfonso, que todavía no había cumplido tres años, ya estaba en el alcázar cuando el rey llegó a Toledo.

En el edificio reinaba una agitación inusitada que aumentaba con el paso de los días y con el agravamiento de la enfermedad del rey. Los lloros, las carreras, los sofocos y la agitación de los familiares y de la servidumbre, y la presencia de los obispos y los nobles no podían pasarle desapercibidos, y el niño se daba cuenta de la gravedad de su padre.

Por más que intentaran alejarle del rey, aprovechaba cualquier descuido del anciano don Gutierre, su ayo nutricio, para colarse en la habitación donde se encontraba el enfermo, procurando encontrar el rincón más adecuado para pasar desapercibido, cosa sencilla para él, porque la presencia de tantos notables en las cercanías de la alcoba originaba un barullo considerable. Con un rey a punto de morir y un heredero que no había cumplido tres años, no era de extrañar que todos ellos estuvieran preocupados por su futuro y el de sus familias.

Como el conde don Manrique viera que comenzaban los posicionamientos y las intrigas palaciegas, hizo salir al notario real Martín Peláez para que tranquilizara a los allí presentes. Un silencio expectante invadía el salón contiguo a la alcoba real cuando el fedatario afirmó que el rey había dispuesto que don Gutierre continuara ocupándose de la educación y la tutela del niño, Manrique sería el regente y, hasta que Alfonso fuera mayor de edad y asumiera todos los poderes, los nobles mantendrían sus castillos y gobiernos.

«Se ha quedado quieto y ya no respira, igual que cuando murieron el gato Yusuf y el caballo Atila», se dijo el rey-niño para sus adentros poco después de que su padre Sancho diese los últimos estertores.

El murmullo de alivio y satisfacción por las disposiciones del rey, que a todos contentaban, llegó hasta el aposento de don Sancho, en el que únicamente Alfonso, olvidado por todos, acompañaba a su padre que murió con veinticinco años, el último día de agosto, un año después de que lo hiciera su padre y tan solo tres meses después de hacer las paces en Sahagún con su hermano Fernando.

Cuando la habitación se llenó de gente, el pequeño ya no pudo ver nada. Lloraban las plañideras mientras los familiares, clérigos, nobles, caballeros y servidores entraban y salían continuamente de la cámara. Unos le daban la espalda o cuchicheaban, otros le miraban con curiosidad y muchos se lamentaban, pero al rey don Sancho nadie le decía una palabra.

—Ya pueden abrir la ventana, que corra un poco el aire, que falta nos hace. Aquí huele mal y hace un calor sofocante —ordenó el mayordomo.

El pequeño Alfonso, aprovechándose de que toda la atención estaba puesta en el difunto, sin que nadie lo advirtiese, se subió a la silla que habían utilizado para abrir la ventana, trepó hasta la poyata y, a espaldas del vacío y a una gran altura sobre el foso de la fortaleza, se escondió entre la cortina y los postigos que acababan de abrir.

Desde su privilegiado observatorio se daba cuenta de que todo había cambiado alrededor de su padre. Le asombraba que el rey estuviese quieto, muy quieto, como si nada de lo que ocurría en la estancia le importara, porque ya no mandaba nada, ni decía nada, ni pedía nada, ni necesitaba nada. Ahora su padre era un mueble como la silla por la que acababa de trepar.

En el momento en que llegó el capellán con los obispos y toda la habitación se llenó de gente rezando, decidió acompañar a su padre adonde quiera que lo llevaran.

—¡Hemos perdido al rey!

—¡Hemos perdido al rey, tenéis que ayudarme a encontrarlo! —clamaba desconsolado el anciano don Gutierre interrumpiendo el responso que oficiaban los obispos ante el cuerpo sin vida del difunto don Sancho, mientras las campanas pregonaban el duelo desde todas las iglesias de la ciudad.

«Pobre don Gutierre, se le ha ido definitivamente la cabeza. ¡Cómo se ve lo mucho que quería a mi sobrino!», pensó Raimundo sin hacerle el menor caso.

—Ayudadme, el rey ha desaparecido —gritaba don Gutierre con la cara desencajada a los nobles que se encontró en la antesala.

—¿Qué estáis diciendo?

—Se me debió de escapar cuando estaba hablando el notario en la antesala. Recuerdo que hasta ese momento lo tenía conmigo de la mano.

—¿Al rey don Sancho? —preguntó don Nuño, pensando que chocheaba.

—¡Qué tontería decís! ¡Al rey Sancho no! ¡Al rey niño, a don Alfonso! ¿A quién iba a ser si no? —explicó don Gutierre enfadado.

—No andará muy lejos, pero hay que encontrarle cuanto antes —dijo Manrique que, viendo que don Gutierre estaba hecho un manojo de nervios, encargó al mayordomo Fernando Pérez buscar inmediatamente al niño y traerlo a su presencia lo más pronto posible—. Registrad una por una todas las estancias, las alcobas, los roperos, los baúles... lo que haga falta.

El mayordomo, desolado y con las manos vacías, regresó al cabo de media hora, después de recorrer con la servidumbre las estancias a las que habitualmente tenía acceso el niño.

—Nadie le ha visto y por más que se le ha buscado no aparece por ninguna parte. Como si se lo hubiera tragado la tierra —dijo.

—El niño no puede haber desaparecido. Hay que buscar por todo el alcázar y, si hace falta, ponedlo todo patas arriba. Colocad centinelas y cerrad las puertas para que nadie salga del recinto. Y si no aparece, cerrad también las puertas de la ciudad —ordenó Manrique, que ya actuaba como regente—. ¡Nuño, acompaña al alférez Gómez y disponed de las fuerzas y del personal necesario para registrarlo todo de forma sistemática! Hay que recorrer todos los espacios, incluidas las torres y las almenas, los estanques, el foso y la barbacana... y también los aljibes y los baños. Que se registre todo... hasta los bajos de los tejados. ¡Buscad en las caballerizas y en los pajares, removed el heno! Hay que encontrarlo antes de que anochezca —gritaba Manrique, tratando de no perder la calma.

Se hizo de noche y no había ni el menor rastro del niño-rey.

Con don Sancho recién fallecido y el pequeño desaparecido, la inquietud crecía imparable a medida que pasaba el tiempo. Todos sabían que si no aparecía o le encontraban muerto, el reino pasaría inmediatamente a manos de Fernando de León, lo que ponía en peligro los gobiernos y castillos de los hombres de confianza del Deseado.

«¡Don Alfonso! ¡Don Alfonso!», era lo único que se escuchaba en todas partes.

De repente, se escuchó el grito de Teresa que provenía del aposento donde reposaba el difunto.

Nada más enterarse de la desaparición del niño, Teresa, que ejercía el papel de camarera del rey y conocía los lugares por los que transitaba, había empezado, con la ayuda de Cecilia, una búsqueda sistemática desde los aposentos del pequeño, hasta los salones regios, pasando por el taller de bordados, la capilla y la armería. Inspeccionaba con particular detenimiento aquellos sitios donde le gustaba ocultarse en sus juegos infantiles. No olvidaban mirar en arcones y roperos, y también detrás de las puertas y debajo de las camas repitiendo algunos recorridos por si estaba jugando a esconderse.

—Solo nos falta el aposento del rey —dijo Cecilia cuando estaban a punto de desesperar.

—Le hemos visto alguna vez cogido de la mano de su padre —respondió Teresa.

—Me extrañaría que permaneciera allí, porque hace un rato estuvieron los obispos rezando los responsos, pero tendríamos que mirar de todas formas.

Cuando entraron en la cámara regia se dieron cuenta con asombro de la soledad del difunto, porque todo el mundo en el alcázar buscaba afanosamente al heredero.

Mientras Cecilia miraba detrás de las cortinas, Teresa, que se había agachado para ver si estaba debajo de la cama, divisó un bulto.

—Acércame una candela corriendo —pidió—, que no sé si es el niño o el perro. —Cecilia posó la luminaria en el suelo y

Teresa, a pesar de que estaba en avanzado estado de gestación, se tumbó para ver mejor. Al comprobar que era don Alfonso, gritó con todas sus fuerzas—: ¡Está aquí, señores, el niño está aquí! ¡Está aquí el pobrecito! ¡Venid todos a verlo!

El espectáculo era conmovedor. Debajo de la cama estaba el rey don Alfonso profundamente dormido a la sombra del árbol marchito de su padre, con la cabeza apoyada en el brazo como un pastorcillo, ajeno por completo a las enormes responsabilidades que acababan de caer sobre sus hombros infantiles. Probablemente soñaba con las ovejitas, porque estaba replegado sobre sí mismo como un ovillo de lana.

Cuando el alcázar quedó en silencio y los nervios que habían inundado todos los rincones se habían remansado, Nuño y Teresa, a altas horas de la noche, seguían hablando del suceso para explicarse lo que había ocurrido y la situación en que se encontraba el reino con un rey que todavía no había cumplido tres años. Nuño tenía en Teresa a su mejor confidente. Su hermano Manrique, que era el cabeza de familia, había coincidido muchas veces con el conde de Traba y admiraba la valentía, la lealtad y la clarividencia del padre de Teresa. Suponiendo que, aparte de su hermosura evidente y la esmerada educación que había recibido, estuviera adornada de las virtudes de su padre, había concertado su matrimonio con Nuño para que este encontrara en ella la consejera que necesitaba para compensar sus carencias.

—¿Qué asunto tan importante le ocupaba a don Gutierre como para desentenderse de la criatura? —preguntó Teresa.

—Se ve que prestaba más atención a lo que decía el notario que al cuidado del niño.

—Así que ya se conocen las últimas voluntades. ¡Qué pronto!

—No quedaba otro remedio. La incertidumbre no es buena consejera. Empezaba a haber alboroto.

—¿Cómo ha quedado la cosa?

—Lo que tenía que pasar, pasó, Teresa. El rey estaba medio muerto y ya no podía hablar. Se acercaron Manrique, Gutierre y el notario y le preguntaron: «¿Lo dejamos todo tal como está?». El rey levantó la mano como diciendo: «¡Haced lo que os parezca!» —explicó Nuño.

—¿Y qué más? —quiso saber Teresa.

—Pues eso, al niño se lo llevará don Gutierre a Castrogeriz y mi hermano Manrique se ocupará de la regencia, que es lo que importa. Porque el que gobierna tiene la sartén por el mango.

—Pero don Gutierre ya está viejo y no tiene descendencia. ¿Con quién va a jugar ese niño? No es lo mismo el apuesto caballero don Gutierre que crio a Sancho hace veinticinco años que el hombre cansado que es hoy en día. Mira el alboroto que ha organizado por desentenderse del niño para atender a sus asuntos.

—Los hijos de los reyes tienen que salir del palacio cuanto antes. Es la costumbre —señaló Nuño.

—Con un anciano, no. A no ser que sea su abuelo.

—También era viejo tu padre y teníais a Fernando.

—No compares, que me insultas. Mi padre era el conde Fernández de Traba, señor de Galicia. Casado en segundas nupcias con una reina. Cuando estaba Fernando con nosotros la casa estaba llena de vida y teníamos médico y educadores y muchos caballeros a nuestro servicio. Hasta mi padre admiraba a don Gutierre de Castro, porque había armado a más de quinientos caballeros y era un gran maestro en los usos de la caballería. Eso fue durante la juventud del emperador. Yo no había nacido siquiera. Pero ahora vive de los recuerdos.

—No se lo íbamos a entregar a su tío Fernando, que es el familiar más cercano.

—Si Fernando se hace con el niño, se quedará con el reino de Toledo e incluso el de Castilla. —Al callar Nuño, arrepentido de lo inadecuado de la comparación, Teresa añadió—: Dices que el que gobierna tiene la sartén por el mango, pero te equivocas.

—¿No me digas?

—Mira, Nuño, donde está el rey está el poder. Los Lara podéis gobernar durante un tiempo, pero ¿crees que los sobrinos de don Gutierre se van a quedar de brazos cruzados?

—Los únicos que cuentan son los hijos de Rodrigo el Calvo: Fernán, Álvaro, Pedro y Gutierre.

—O sea que si se muere, enferma o renuncia don Gutierre, el rey queda en manos de Fernán, que es el mayor. ¿O es que se lo va a quitar tu hermano? Parece mentira que un jugador consumado de ajedrez como Manrique no se haya dado cuenta de lo que podría suponer una pieza como el rey en manos de un sujeto como Fernán. Y además, un rey niño debe tener mucha presencia pública. La gente querrá verle acompañando al regente. ¿Vais a ir a Castrogeriz a buscarle cada vez que se le necesite? ¿Qué haréis si don Gutierre no os lo deja? ¡En buen lío os habéis metido!

—El tablero estaba como estaba.

—Aunque creáis lo contrario, jugáis con negras. Y no os olvidéis de que, si el niño muere por uno u otro motivo, el reino de Castilla será del rey de León, según lo acordado en Sahagún. Tú fuiste a buscarle para que firmara.

—Conoces bien a Fernando, se crio contigo en Monterroso. ¿Le crees capaz de matar al niño?

—Fernando no creo, pero, si cae en manos de Fernán de Castro, el niño puede enfermar o tener un accidente. —Tras tantos años en la corte, Teresa se hacía pocas ilusiones sobre el futuro de un rey tan chico. Y le sublevaba la poca iniciativa que habían tenido los Lara para defenderlo. La pobre reina doña Blanca a buen seguro que se estaría revolviendo en su sepulcro.

—¿Propones que le quitemos el niño al viejo? Eso sería la guerra con los Castro. ¡Qué más quisiera el rey de León! Y nos tomarían por usurpadores.

—Si es lo que ha decidido Manrique, no se hable más del asunto, pero no olvides lo que te he dicho: el que tiene al rey en sus manos tiene el poder.

—Pero yo quiero tener en mis brazos a mi reina. —A pesar de que Teresa estaba embarazada, el deseo que despertaba en Nuño no había amainado un ápice.

—Dame las gracias porque yo he tenido hoy a tu rey en mis brazos, que si no le llego a encontrar, estaríais buscándole todavía. ¡Comparar a don Gutierre con mi padre...! Un hombre valiente que murió como un santo, un caballero que estuvo con Bernardo de Claraval en Francia y peregrinó dos veces a Tierra Santa... —Y recordando al hombre que tenía una gran cicatriz en la frente, se quedó dormida.

Aquella noche soñó que estaba en el castillo de Monterroso junto a Cecilia echando de comer a unas pollitas. Mientras aquellas picoteaban el grano discutiendo acaloradamente, se acercó un gallo fanfarrón de plumas relucientes que lucía una maravillosa cresta de oro y pedrería. El gallo se encaramó de un salto en el caballo de madera que montaba, desplegó en el aire el abanico de su capa de terciopelo rojo, empezó a acorralar a las pollitas para seleccionar a la más adecuada para la cópula y se escondió con ella bajo su roja capa.

Al poco vieron asustadas que una multitud de cangrejos rojos salían del cascarón y devoraban poco a poco al gallo fanfarrón. Sobre la capa roja del rey había una pollita recién nacida que piaba desconsoladamente. El cardenal Jacinto levantaba la pollita del suelo y se la entregaba a la infanta doña Sancha diciendo: «Cuidadla con esmero antes de que salga volando por los aires».

Teresa se despertó sobresaltada. Estaba empapada de sudor y le faltaba la respiración. Aquel sueño le pareció una funesta premonición.

Pasó un buen rato dándole vueltas a la cabeza intentando descifrar el significado de la pesadilla. Recordó la escena de los cangrejos en Monterroso, y como no paraba de revolverse, no pudiendo aguantar la desazón que la consumía, terminó por despertar a don Nuño.

—Creo que alguien quiso matar al rey don Sancho.

—Sabes de sobra que, desde niño, Sancho fue delicado y enfermizo, siempre anduvo mal de las tripas y, a menudo, vomitaba lo que comía. Solo le calmaba un licor con hidromiel, pero cuando lo tomaba en demasía le daba dolor de cabeza, como yo voy a tener mañana si no me dejas descansar en condiciones. Así que duérmete pronto y déjate de adivinaciones.

—No me podré dormir porque he tenido un sueño horroroso. Me ha dado mucho miedo porque se acerca el parto de la criatura.

—No tienes por qué preocuparte porque tú traes los niños al mundo con mucha facilidad.

—En el sueño que he tenido, las cosas se tuercen por culpa de los cangrejos.

—Los sueños... los sueños... ¡Si hiciéramos caso a los sueños... no iríamos nunca a la guerra...! —susurró Nuño entre dientes, y se quedó dormido.

Durante los meses que le quedaban de embarazo, la imagen triste y macilenta de la reina Blanca no se le iba a Teresa de la cabeza. Fueron unos días terribles por el miedo a perder al niño, o la vida, en un parto que había estado precedido por aquel inquietante sueño premonitorio que se repetía con mucha frecuencia.

Como se temía Teresa, el parto fue mucho más doloroso y complicado que los anteriores, pero, para su consuelo, Nuño llegó de Algeciras pocos días antes de que pariera. Al llegar la hora crucial, fue asistida por una experimentada comadrona a la que acompañaban Cecilia y Teodomira.

Teresa estaba rota cuando por fin expulsó a la criatura. Tan exhausta acabó que no tenía fuerzas para abrir los ojos. Primero sintió unos momentos de gran agitación y azotes cada vez más fuertes. Y la voz de Teodomira que decía: «Hala, hala, hala, mi niña, hala, venga, venga, respira, respira...», y luego se hizo el silencio y escuchó el llanto de Cecilia y de su madre.

Teresa tenía la fiebre muy alta y había perdido el sentido del tiempo. Cuando despertó y recuperó la consciencia, oyó llorar a una criatura entre sueños. Agitó una campanilla y enseguida entraron Cecilia y Teodomira acompañando a la infanta doña Sancha que traía en brazos una niña recién nacida.

—Creía que había muerto al nacer. ¡Qué alegría más grande! ¡Dejádmela para que la vea! —exclamó Teresa, que tomó la niña consigo—. Esta criatura tiene frío —dijo—. Voy a ayudarla a entrar en calor. Enseguida os la devuelvo.

Las tres mujeres se quedaron mirándola entre el alivio y la lástima mientras Teresa acercaba a su seno a la recién nacida que, débil como un gatito, buscaba su pecho con los ojos cerrados.

—Teodomira —pidió la condesa en un susurro mientras la niña empezaba a mamar con avidez—, tú tienes que decirme la verdad...

—Yo... señora... yo no... —La dueña estaba hecha un manojo de nervios, miraba de reojo a doña Sancha y se retorcía las manos, incapaz de articular palabra, porque tendida en aquel lecho, pálida y dolorida, Teresa le imponía un enorme respeto.

—Acaban de entregármela. —Doña Sancha tomó la palabra y el mando de la situación—. A la madre no hubo modo de salvarla. Había perdido demasiada sangre. Pensamos... pensamos... —La anciana se detuvo, pues no sabía cómo seguir.

Teresa no las oía y si las oía no las escuchaba, porque abrazó a la niña contra su pecho y se quedó dormida con ella.

—Es una niña muy buena —dijo cuando la pequeña la despertó porque empezó a llorar—. Buscad inmediatamente un ama de cría que se haga cargo de ella. Como ha resucitado como Lázaro, le pondremos por nombre María, que seguro que se dedica a la vida contemplativa.

En aquel momento entró Nuño, que se llevó una gran alegría cuando vio que su mujer tenía a la niña junto a ella y estaba prácticamente recuperada.

—Murió su madre cuando ella nació —le explicó Teresa—. Estaba esperando a que vinieras para ver si nos la quedamos.

13

El niño Alfonso, como nuevo rey, tenía que ser presentado oficialmente ante la corte y recibir el juramento de fidelidad de nobles y obispos; además, iba a cumplir tres años en noviembre y era una buena ocasión para probar la disposición y buena fe de don Gutierre y, de paso, comprobar el estado en que se encontraba el pequeño.

Acompañado de su medio hermano García García de Aza, el regente don Manrique se acercó a la villa de Castrogeriz con un grupo de obispos y nobles, entre los que destacaba don Raimundo de Palencia por su parentesco directo con el niño-rey, para recoger al pequeño y llevarlo a Burgos a la solemne ceremonia de su presentación.

Todos tenían en la mente la patética imagen del niño dormido debajo de la cama en la que estaba todavía su padre de cuerpo presente, cuando divisaron el castillo de Castrogeriz destacándose en lo alto de un cerro a cuyos pies se desplegaba la villa abrigando el Camino de Santiago con sendas hileras de casas. Tan arrimadas estaban las unas a las otras que a duras penas los comerciantes y los peregrinos podían dejar el paso libre para que cruzara la comitiva de nobles y clérigos que se dirigía a la fortaleza.

—El reyecito es todo un hombre, y muy curioso. No parece que tenga tres años, todo le interesa, todo lo pregunta y todo le gusta, sobre todo los animales —dijo el anciano don Gutierre con las manos temblorosas—. Y le encanta andar a caballo, pero a mí ya me cuesta.

—Seguro que habéis conseguido que esté maduro para acompañarnos en actos oficiales por las capitales de nuestros reinos —dijo Manrique, adulando al anciano.

—Podéis comprobar por vosotros mismos lo bien que sabe comportarse. Él sabe que es el rey y le gusta ejercer, a su manera, claro —contestó satisfecho don Gutierre.

—Ardemos en deseos de verle de nuevo —dijo Manrique.

—Venid conmigo, que está presto a concederos audiencia y os espera en el salón de la torre.

Don Alfonso, sentado en un sencillo trono de madera elevado sobre una grada realzada por una alfombra, tenía los pies apoyados en un escabel.

—Majestad, su excelencia don Manrique, regente del reino, que junto a obispos y nobles vienen a cumplimentaros y felicitaros por vuestro cumpleaños y a rendiros pleitesía —dijo en voz alta don Gutierre, con el ademán rígido y la frente levantada.

—Pasad, señores míos, que me siento muy honrado de vuestra visita. ¿Verdad que la cuesta para subir al castillo es muy empinada para los caballos? —dijo el rey-niño con gesto confiado, y volviéndose hacia el anciano, le preguntó en un aparte—: ¿Lo he hecho bien, don Gutierre?

Rieron de buena gana todos los presentes y prorrumpieron en un sentido aplauso.

A continuación, le fueron entregando uno a uno el presente que le traían y a todos les agradeció haber venido desde tan lejos para traerle los regalos. Cuando hubo saludado a todos, se puso en pie y dijo solemnemente:

—Muchas gracias por haber venido, y ya podéis retiraros, señores, y cuando volváis a visitarme no os olvidéis de traerme un conejito. Y no os caigáis ninguno del caballo cuando bajéis la cuesta del castillo.

Salieron todos de la audiencia haciéndose lenguas del aplomo y la naturalidad con que había participado en la audiencia y felicitaron al anciano don Gutierre por su excelente trabajo.

—Con este niño lo tengo fácil, es muy dócil y lo hace todo sin esforzarse. Su difunto padre tenía mala salud y era más encogido.

—Decidme con confianza, don Gutierre, ¿cómo es posible que no os fatigue a vuestra edad andar día y noche corriendo tras una criatura con la energía de don Alfonso? Los niños crecen, y cada día que pasa se hace más trabajoso atenderlos e incluso seguirlos —dijo el obispo Raimundo.

—Eso es lo que yo me pregunto, ¿qué voy hacer cuando me haga viejo?

—¿Y por qué no le encomendáis la tutela a vuestro pariente don García, aquí presente, y os descargáis de tanta responsabilidad como ha recaído sobre vuestros hombros, que al menor descuido, al niño puede ocurrirle un percance? Recordad el mal rato que pasasteis cuando se os escapó en el alcázar, que casi nos mata a todos del susto —observó Juan, arzobispo de Toledo.

—No me lo recuerde su eminencia. Que allí me empezaron los temblores —reconoció el anciano.

—Yo me haría cargo del rey de mil amores y os lo devolvería siempre que lo demandaseis para permitiros disfrutar del honor y del placer de su compañía —dijo don García García de Aza, con gran satisfacción de Manrique.

—Yo no diría que no. Que el invierno se acerca y amenaza ser duro. Y hay días que ya no puedo ni con mi alma, y los niños también necesitan otras alegrías que las que podemos darles los viejos como yo.

Don Gutierre Fernández de Castro no fue sincero del todo, porque le habría gustado seguir siendo ayo del rey, pero estaba muy molesto con su sobrino Fernán porque, antes de morir, el rey Sancho le había reprochado los malos tratos a que le habían sometido sus sobrinos durante su infancia. Además, conocía perfectamente sus enredos animando al rey de León a reclamar la tutela del niño haciendo valer su parentesco.

Todos los presentes alabaron su generosidad y altura de miras antes de salir del castillo llevando con ellos al niño.

Al cabo de unos meses, don García se quejaba constantemente ante su medio hermano Manrique de los gastos que le originaba la educación del rey.

—Escucha, Manrique. Si seguimos a este paso, este niño me lleva a la ruina. De sobra sabes que mis posesiones producen rentas muy discretas y que mantener la corte de un rey, por pequeña que sea, requiere sumas cuantiosas de las que no puedo disponer.

—El honor de ser ayo de un rey no puede ser gratis. No puedes pretender cobrar como servicio lo que te cobras en primacía. ¿O te parece pequeña distinción que seas el primero de los nobles y caballeros del reino?

—Malamente puedo disfrutar de semejante honor si es a costa de mi menguada fortuna.

—El honor y la fortuna pueden residir en tu familia, que es la nuestra, porque si accedes a cederme la tutela del rey, nombraremos a tu hijo Pedro mayordomo del reino y por ello responsable de su hacienda. Como sabes lo que esto significa, supongo que no necesitas más explicaciones.

—No ignoras que Fernán y sus hermanos se enfurecieron con don Gutierre cuando delegó en mi persona la educación y crianza del rey. Dijeron que era una maniobra tuya para gobernar a tu capricho, incumpliendo el reparto de poder que hizo don Sancho antes de morir.

—Sabes que me encargó a mí personalmente la regencia porque era su hombre de confianza y a don Gutierre la tutela del niño porque ya la estaba ejerciendo.

—Cada uno ve las cosas según sus intereses, pero si crees que es como dices, hazte cargo de su educación y crianza, pero atente a las consecuencias. Ya sabes que si Fernán se pone de acuerdo con el rey de León, os puede causar muchos quebraderos de cabeza.

Don Manrique, después de hacer la presentación del rey en la ciudad de Burgos, decidió trasladar a Alfonso lo más lejos posible del reino de León, en el extremo oriental del reino de Castilla, cerca de la frontera con Aragón. Por eso lo dejaron bajo custodia en la parroquia de Santa Cruz de Soria, ciudad bien amurallada, nombrando responsable de su educación al obispo Cerebruno.

El regente quiso revestir el acto de entrega del rey a la ciudad de la máxima solemnidad. Eligió la sala del concejo soriano porque en este se hallaban representados todos los caballeros de los linajes de la ciudad. También habían sido invitados los eclesiásticos, los ricoshombres, infanzones y los artesanos y comerciantes más importantes. Junto al regente estaban sus hermanos Nuño y Álvaro, su medio hermano don García y su hijo don Pedro, al que acababan de nombrar mayordomo.

En medio de una gran expectación, el obispo don Cerebruno tomó la palabra:

—En esta antigua y muy noble ciudad de Soria nació hace cuatro años don Alfonso, heredero de la corona de Castilla. Dentro de sus muros, los caballeros, siguiendo el ejemplo de los álamos del río, se yerguen fuertes y derechos mirando al cielo, tanto en los gélidos días del invierno como en las suaves jornadas de la primavera. Por ello hemos pensado que no hay ningún otro lugar mejor en el reino para que nuestro rey crezca sano y fuerte siguiendo vuestro ejemplo de hidalguía y de nobleza.

Un murmullo de satisfacción corroboró la sintonía de los asistentes con las palabras del prelado, que cedió la palabra al regente don Manrique.

—¡Caballeros, en esta tierra joven y prometedora, roturada con el arado del esfuerzo, florecerán el día de mañana las virtudes que sembraréis durante los años venideros. Para ello os entrego al rey sano, libre y lleno de ilusión y de esperanza.

Puestos todos en pie, juraron los caballeros sorianos lealtad y fidelidad al rey poniendo a Dios por testigo.

Sin que nadie se lo pidiera, el rey se levantó de su trono.

—Ahora me toca a mí. ¡Señores! Que sepáis que me gusta mucho la nieve y el frío no me da miedo porque tenéis mucha leña para encender las chimeneas. Espero que me enseñéis a montar bien a caballo, a luchar con las espadas y a jugar al ajedrez. Y ya que me han traído hasta aquí, me gustaría mucho quedarme una temporada y que no me lleve siempre don Manrique de un lado para otro.

Los asistentes rieron satisfechos las sinceras palabras del rey.

También dejaron de ir de un lado para otro Teresa, ya repuesta del parto, y Cecilia, que descargadas de los cuidados del rey y para no ver a sus hijos afectados por el conflicto entre su familia y los de Castro se retiraron a las zonas del Alto Pisuerga donde gobernaba Nuño y era muy fuerte la familia Lara. Estaban muy a gusto en Herrera, dedicadas al cuidado de sus hijos y a la atención de la hacienda de Nuño. Este, cuando no andaba de correrías en tierra de moros o acompañaba a Manrique por el reino, se escapaba a sus posesiones para dedicarse a la cetrería en el torcal de las Tuerces, una ciudad encantada cerca de Aguilar de Campoo que Teresa llamaba «Villaescusa», porque allí se desembarazaba Nuño de todos los engorros que conllevaba atender sus propiedades.

Cecilia, viendo que en aquella zona se construían templos por todas partes, recordó sus conversaciones con Teresa en Monterroso y decidió que era hora de realizar una idea que le llevaba rondando en la cabeza durante muchos años.

—Recordarás que ya te hablé de ello cuando murió nuestro padre.

—Perfectamente. Me dijiste que querías aplicar todo lo que habías aprendido, primero en Monterroso, en el taller de bordados, donde eras la mejor de todas nosotras; después en Santiago, con Mateo —un estremecimiento de emoción recorrió el rostro de Cecilia cuando su hermana Teresa le recordó la que había sido la mejor época de su vida—; y por último, durante todos estos años en los que con tanta generosidad me has acompañado, sobre todo en Toledo.

—Teresa, quiero empezar a organizar un taller para elaborar códices, arquetas de reliquias y vestimentas religiosas. Creo que ha llegado el momento y para ello... necesitaría disponer de las rentas de la herencia de nuestro padre.

—Estoy de acuerdo, porque tienes todo lo que hace falta: manos, talento, preparación, y además te gusta y sabes organizarte. Mientras vienen o no vienen las rentas, cuenta con la ayuda que necesites. Te puedo anticipar lo que precises. O si te parece bien, podemos ir a medias en el negocio, aunque creo que es mejor que me tengas como clienta que como socia. Que tal y como están las cosas, hay que alhajar muchas iglesias y conventos para tener de nuestra parte a los curas y a los monjes y no digamos a los obispos. Así que busca un local apropiado y ponte manos a la obra.

—Me gustaría instalarme en Aguilar.

—Creo que es un buen sitio.

—Si no te parece mal, y aunque te agradezco mucho tu ayuda, viajaré a Galicia lo antes posible para ver de cuánto puedo disponer para el futuro negocio.

—De buena gana me iría contigo, pero tengo que ocuparme de la educación de nuestros hijos. Por eso hemos traído a Herrera a los mostenses de San Norberto. A ver si termina el abad Miguel su sesión con los niños y nos dice cómo van.

Aunque Nuño y Teresa eran muy favorables de la reforma cisterciense de San Bernardo, habían recibido a los mostenses en Herrera, pues eran conscientes de que en aquel rincón lejano del reino, tan retirado y montañoso, se necesitaban predicadores y educadores, y en eso la mejor orden era la de los mostenses. Los primeros a los que había que educar era a los clérigos de Santa María para que se alejaran de los vicios de la codicia, de la lujuria y la molicia.

Las dos damas estaban esperando al abad Miguel en el zaguán de la torre, pero en su lugar se presentó Chito anunciando la llegada de Juan y Fructuoso, que habían hecho un alto en el camino porque volvían de la cantera de Becerril, después de pasar una temporada extrayendo piedra para transportarla en viajes sucesivos hasta el monasterio de San Zoilo.

—Nos hemos llevado una gran alegría cuando nos han informado vuestros criados de que habíais vuelto a vivir en Herrera. Aquí estaréis a salvo porque hay bastante agitación por allá abajo.

—¿Qué tal os va en San Zoilo? ¿Os enseña algo el maestro? —preguntó Teresa.

—Todo han sido buenas palabras, pero los mejores trabajos los realizan sus parientes. A nosotros nos encomiendan los más duros y peligrosos. Ya han acabado el claustro y están rehaciendo la sala capitular y el refectorio.

—Deberíais llevar protección, porque últimamente algunos desalmados se dedican a asaltar los caminos y se producen numerosos robos y saqueos —apuntó Cecilia.

—¿Quién se va a meter con unos pobres canteros que solo llevan piedras labradas en una carreta?

Fructuoso deseaba estar un rato a solas con Cecilia, pero en aquel momento llegó el abad Miguel, que intervino en la conversación.

—Yo también tengo que ir a Carrión, pero lo dejaré para mañana porque debo tratar asuntos urgentes con la señora.

Los canteros reemprendieron el viaje después de despedirse de Cecilia y de Teresa con harto dolor de su corazón.

—A vuestros hijos, Fernando y Álvaro, les vendría bien una larga temporada de tranquilidad en Herrera —señaló el abad, conversando con las dos mujeres—. Se les nota dispersos de tanto ir de un lado para otro. Les hace falta orden y disciplina. Tienen buenas maneras y ganas de aprender. Álvaro todavía es muy pequeño y se dedica a jugar. A Fernando le aburren la gramática y la retórica, pero gusta de la aritmética, aunque no entiende la geometría tanto como Mateo, que tiene muy buena mano para el dibujo. A todos les agrada la historia sagrada, los hechos de armas y las leyendas de la Antigüedad. Se nota que vos se las relatáis con frecuencia. En lo que respecta a la lectura y la escritura, dejan mucho que desear, pero tienen que aprender cuanto antes. Sería bueno que don Nuño os dejara reposar una buena temporada porque la educación necesita pausa y sosiego y llevar una vida sin sobresaltos.

Teresa asentía con la cabeza, pero el abad tenía la suya en otra parte.

—Necesitaríamos hablar con don Nuño para que conozca la situación de nuestra comunidad —continuó el religioso—, que por mucho que pongamos de nuestra parte no prospera donde estamos.

—Ya sabe vuestra reverencia que a don Nuño apenas le vemos. Pero contadnos lo que acontece porque somos sus mejores valedoras.

Hizo mal Teresa invitando al abad mostense a que les relatara la situación del convento, porque se pasó mucho tiempo desgranando detalladamente todos los inconvenientes que tenía el lugar elegido para desarrollar una verdadera vida monástica, empezando por su distancia de la población, la esterilidad del terreno, la mala orientación, la escasez de agua, los caminos estrechos y deficientes y un sinfín de inconvenientes añadidos.

—Muy mal me lo pone su reverencia. Porque eso que me contáis no tiene solución. Tendremos que pensar en otro lugar más adecuado. ¿Dónde podremos encontrarlo?

—En Aguilar de Campoo. Vos conocéis el monasterio de Santa María perfectamente. Está en el mejor sitio de toda la montaña, solo lo ocupan seis clérigos viviendo a sus anchas y, para más inri, es propiedad de vuestros familiares.

—¿Se avendrían a recibiros con ellos?

—Para eso tendrían que aceptar ser reformados, pero no quieren oír hablar de orden y disciplina, y mucho menos de obediencia y celibato.

—Alguna solución encontraremos, aunque no sea de hoy para mañana. ¿Os parece que aprovechemos la cena para estudiar el mejor modo de hacerlo sin coacciones ni violencia?

A esas horas anochecía también para los canteros, que salían de un frondoso robledal, no muy distante de Castrogeriz, teniendo Osorno a la vista. Para su sorpresa, se toparon con un grupo de caballeros que hacían un alto en el camino dejando a los caballos pastar a sus anchas en las lindes del monte. Mientras los dos jóvenes hacían cábalas para saber si aquella era una milicia de los Lara o de los Castro, Chito se había adelantado para comprobarlo.

—Mirad a quién tenemos aquí, a mi viejo enemigo de Lebanza, que todavía me guarda rencor —exclamó Fernán de Castro, que comandaba aquella hueste y había reconocido al perrillo—. ¿Habéis visto cómo me ladra? Se nota que este chucho del diablo es del partido de los Lara, pero no sabe que se ha metido en la boca del lobo.

Juan y Fructuoso dejaron descansar a los bueyes y se fueron acercando poco a poco para averiguar el signo de aquella milicia.

—Estamos perdidos como nos reconozcan, son los Castro y está don Fernán al frente —dijo Fructuoso.

—Pues parece que Chito ya ha reconocido al caballero.

—¡Eh, vosotros, acercaos, no os quedéis ahí parados! ¿O es que tenéis más miedo que vuestro perro? —gritó Fernán con aquella voz que sonaba como martillazos en yunque de herrero.

Los dos canteros se fueron aproximando lentamente.

—Caballeros, tengo el gusto de presentaros a dos valientes muchachos que mataron un dragón en Lebanza. ¿O me equivoco?

La soldadesca prorrumpió en una risotada y se fueron acercando todos porque veían que Fernán estaba de buen humor, y sabían que tenían garantizada la diversión.

—¿No es bien cierto que matasteis un dragón en Lebanza?

—Si el emperador dijo que lo era, nosotros no osaremos contradecirle —respondió Fructuoso.

—Pero parecía un oso, ¿no es cierto?

Juan pensó que Fernán estaba de buenas y solo quería divertir un poco a su tropa y decidió que lo mejor era seguirle la corriente, por eso respondió gesticulando como los juglares.

—Solo lo parecía, pero ya se sabe que los dragones son muy astutos y se disfrazan de lo que les conviene.

La tropa rio con ganas, viendo que allí había un cómico valiente dispuesto representar el papel de tonto en aquella comedia.

—Si era un dragón, ¿por qué no os abrasó echando fuego por la boca cuando vio que queríais matarlo? —preguntó Fernán agarrando por el cuello a Chito que estaba distraído mirando a su dueño.

—Eso. Eso. ¿Por qué no echó fuego por la boca? —preguntaron los soldados.

—Os lo diré cuando soltéis al perro.

—O contestáis ahora mismo o lo estrangulo —chilló Fernán.

—Los dragones no son tontos —repuso Juan, tras pensárselo un instante—. Estábamos en un monte y el bicho sabía que si nos echaba fuego por la boca, nos abrasaba, pero incendiaba el monte y él también se chamuscaba. Así puso sus esperanzas en que la jabalina se partiera al chocar contra sus escamas.

Al ver Fernán que Juan encontraba respuesta para todo y se estaba ganando la simpatía de los soldados, le dio un giro al interrogatorio.

—Hay que estar muy loco o ser muy valiente para enfrentarse a un dragón a cuerpo limpio —dijo, apretando el cuello de Chito—. ¿No es cierto, muchacho?

Juan, que comprendió que era él mismo el que se estaba enfrentando a un dragón a cuerpo limpio, cambió el tono.

—Ni locos ni valientes, señor de Castro —respondió completamente en serio—. Esas cosas no se piensan cuando hay niños y mujeres en peligro y entre ellas vuestra esposa, doña Constanza.

«Ibas muy bien Juan, lo estabas haciendo estupendamente, pero has caído en la trampa que te ha tendido el de Castro», pensó Fructuoso descorazonado.

—¿Cómo sabes lo de doña Constanza?

—Porque me enteré de que es la hija del conde Osorio cuando estuvimos en Aguilar.

—Así que eres un protegido de los señores de Lara. ¿No llevaréis armas en esa carreta?

—Llevamos piedras para el monasterio de San Zoilo. Vos mismo podréis comprobarlo.

—Aquí el que manda soy yo. ¡Mata al perro, idiota! Mátale ahora mismo con tu cuchillo.

—Lo siento, señor. No puedo matar a mi perro. Es como un hermano para mí.

—Si no matas a tu perro, tendrás que matar a tu acompañante.

—Tampoco puedo hacerlo, porque también es hermano mío —contestó Juan con todo el aplomo del mundo.

—Si no matas al perro, mataré yo mismo a tu acompañante.

Juan había conseguido sacar de quicio a Fernán y esas cosas se pagan caras. El de Castro, sin soltar al perro del cuello, desenvainó la espada y se fue derecho a por Fructuoso dispuesto a quitarle la vida.

—¡Ya basta, Fernán! Cálmate —le dijeron sus hermanos Pedro y Gutierre, sujetándole el brazo—. Si quieres matar al perro, hazlo tú mismo, que ese muchacho es muy terco y, si mató un oso, no va a dar su brazo a torcer. Ya sabes cómo son los lebaniegos.

Como si le hubieran dado una orden, Fernán cogió a Chito por las orejas.

—Te lo anuncié bien claro en Lebanza —le dijo—: «La próxima vez que nos veamos te cortaré la cabeza. A mí no me llama cobarde una infanta por tu culpa. Aunque sea hermana del emperador». —Y de un tajo le separó el cuerpo de la cabeza que tenía suspendida de las orejas—. Habrás visto que Fernán siempre cumple sus amenazas, chucho del demonio —escupió antes de arrojar la cabeza de Chito al suelo—. La fiesta no ha terminado —murmuró amenazadoramente, dirigiéndose a los canteros que contemplaban la escena estupefactos—. Sacad la carreta del camino y acompañadnos, que vamos a comprobar si es verdad que solo lleváis piedras y si sois tan generosos como para invitarnos a cenar.

Ayudados por los soldados que la empujaban cuando encallaba, alejaron la carreta bordeando el monte y se metieron en una vaguada.

—Desuncid los bueyes y atad a cada traidor a un árbol mirando hacia nosotros y lo suficientemente fuerte para que no escapen —ordenó Fernán a los soldados. Una vez que estuvieron bien atados, continuó—: Volcad el carro y convertidlo en leña, que vamos a hacer una fogata para la cena que se avecina. Esparcid las piedras y sujetadme los bueyes por los cuernos, que hoy tenemos buena carne para cenar.

—¡No lo hagáis, que los bueyes son de los frailes de San Zoilo y cometeréis sacrilegio! —gritó Juan entre las carcajadas de la soldadesca.

—La culpa es de vuestros hermanos, que no quisieron matar al chucho. Esperamos que sepáis perdonarnos el sacrilegio que vamos a cometer —dijo Fernán a los bueyes, acariciándoles la testuz antes de cortarles la yugular.

Comieron a hinchapellejo, bebieron a discreción y cantaron hasta aburrirse; después apagaron la fogata y se dispusieron a abandonar el campo de batalla.

—Ya nos hemos divertido bastante, Fernán. No irás a dejarlos atados a un árbol. Les pueden devorar las alimañas. Por mucho que griten desde el camino no se les oye —dijeron sus hermanos.

—Ojo por ojo y diente por diente. ¿No dice eso la Biblia? Los de Lara nos quitaron al rey, y no contentos con ello, se reparten los cargos, nos queman lo que es nuestro, saquean nuestros pueblos y matan nuestros ganados. Que sepan Manrique y sus hermanos que devolveremos todos sus golpes y, si no lo entienden, iremos también a por ellos.

Al día siguiente pasó por allí el abad Miguel camino de Carrión montado en una mula y acompañado por criado. Divisó a los buitres revoloteando en círculos por encima de su cabeza. Sin bajarse de las mulas, estuvieron inspeccionando por los alrededores hasta que encontraron la cabeza de Chito que estaba siendo picoteada por un buitre.

—Válgame Dios. Han degollado al perro de los canteros y a ellos puede haberles ocurrido lo mismo.

Enseguida descubrieron que las rodadas se desviaban hacia la derecha bordeando el robledal. Cuando Juan y Fructuoso, perdida toda esperanza, les vieron llegar, empezaron a gritar.

—¡Socorrednos, por el amor de Dios, que estamos a punto de perecer devorados por los buitres! Han sido los de Castro para vengarse. Pero también han pasado de largo muchos viajeros. La mayor parte ni siquiera nos oían, pero otros en cuanto nos divisaban escapaban corriendo. Llevadnos a Carrión, que tenemos que dar explicaciones a los frailes. No vaya a ser que piensen que nos hemos escapado con los bueyes y con la piedra.

Cuando, maltrechos y doloridos, auxiliados por el abad Miguel y su criado, llegaron por fin ante el prior de San Zoilo, la sorpresa que se llevaron tras contar su penosa aventura fue mayúscula.

—Este monasterio no puede interponerse en las confrontaciones terrenales, salvo que afecten a la fe y a la religión.

Solo rezar para que terminen cuanto antes. Porque es el pueblo el que sufre con las disputas entre los poderosos. Tampoco podemos poner en peligro nuestras reses. Tal y como están las cosas, sin posibilidad de recuperar la piedra que traíais, no nos queda más remedio que suspender las obras del monasterio. Tendréis que buscar trabajo en otra parte.

Claramente, su enemigo era demasiado poderoso. Juan y Fructuoso volvieron a Herrera con el abad Miguel y contaron a Teresa punto por punto lo ocurrido.

—Es mejor que no le digamos nada a Nuño cuando venga, porque estas cosas pueden traer desgracias mayores —dijo Teresa cuando supo lo ocurrido—. Aquí ya no podéis hacer nada. Cecilia quiere acercarse a Galicia. Acompañadla hasta Sahagún, que seguro que Petrus Albus y Facundi os echarán una mano. Decid también que vais de parte nuestra. Podéis ir tranquilos y confiados, porque el monasterio de San Facundo es muy rico y seguro que tiene trabajo para vosotros.

Cuando Nuño, que volvía de Villaescusa hacia Herrera con el halconero, acompañado por sus fieles caballeros después de haber pasado unos días disfrutando de su pasión por la cetrería, se topó de sopetón con el abad Miguel, no encontró el modo de zafarse de él porque ambos iban por el mismo camino, aunque en dirección contraria.

—¡Cómo me alegro de veros, don Nuño! ¿Qué tal se ha dado la caza?

—De caza vengo, sí. Pero estos días se ha dado mal, muy mal —mintió el noble, que tenía pocas ganas de conversación—. Aunque eso poco importa, porque el lobo está haciendo mucho daño a mis rebaños y supongo que también a los de vuestro convento.

—A nosotros también nos han matado algunas ovejas, pero eso no es nada comparado con las que se lleva el diablo, porque, como bien sabéis, nuestro monasterio está en un lugar tan inhóspito y apartado que eso nos impide llegar a tiempo de salvar a las almas de los pecadores —dijo el fraile con mucho misterio al ver que don Nuño se le escapaba.

—Me extraña que mi mujer no me haya advertido de las almas que se lleva el diablo por nuestra culpa, padre Miguel —replicó Nuño con sorna—. Supongo que estará muy preocupada por ese motivo.

—Y también por la educación de vuestros hijos, señor, y por la mejora de las costumbres, la formación de los clérigos, la atención a los pobres y la salvación de las almas, que es para lo que nos habéis traído a esas montañas de Castilla. Por cierto, andad con tiento y guardaos cuanto podáis porque han atacado en Osorno a los canteros, han matado al perro y se han comido a los bueyes.

—¿Los lobos?

—Efectivamente, los lobos de Fernán de Castro, con él al frente de la manada. No me quedaba más remedio que decíroslo, para evitar males mayores.

—Será la última vez que lo haga ese maldito lobo. Pronto llegará su hora.

Aunque Nuño trataba de disimular su cólera, nada más verle cruzar la cerca de la casa-palacio, Teresa se apercibió de que venía malhumorado.

—No ha habido suerte hoy, ¿verdad, Nuño? No traes buena cara.

—Creo que anda suelta por ahí una manada de lobos furiosos que puede hacer mucho daño a nuestros ganados. Tengo que ver urgentemente al mayordomo para que me informe de quién guarda los rebaños y dónde pastan las cabañas de vacuno y las yeguadas para tomar cartas en el asunto inmediatamente.

Teresa se retiró temiendo que su marido se quedara rumiando una respuesta a las provocaciones de Fernán, y no quería ni pensar en sus consecuencias. Se encomendó a Dios, guardó silencio y decidió redoblar sus oraciones.

14

En el monasterio de San Facundo de Sahagún seguía Domingo Facundi. Desde la muerte del rey Sancho, los toques a difunto no dejaron de sonar en su cabeza. Y sonaban más lentos desde que, a finales de febrero de 1159, falleciera la anciana infanta doña Sancha, que tanto se había opuesto a la construcción del monasterio lebaniego que había prometido Sancho.

El abad, temeroso de que Facundi muriera de consunción o por aquella locura que le torturaba, privando al monasterio de tan extraordinario cocinero, decidió encargar al hermano Petrus Albus que fuera su lazarillo y le convenciera de que cesara en los ayunos y espaciara sus penitencias. Con el acuerdo de toda la comunidad, resolvió liberarles a ambos de la disciplina monástica. Para ello les acondicionaron un palomar que había sobre la sacristía de una vieja ermita adosada al pobrero, cerca de la cocina y justo enfrente de la cilla.

—Aprovechad, hermano, vuestro paso por la cocina, la botica y la bodega para descifrar los secretos culinarios de fray Domingo, de modo que, si algo le ocurre, no se pierdan para el convento. Dios os dará la recompensa y la comunidad sabrá cómo agradecéroslo —le dijo el abad a Petrus Albus, apretándole las manos.

Justo el día que cumplía cuatro años don Alfonso y era celebrado por obispos y nobles, Facundi y Petrus Albus se encontraban en la ermita rezando sus oraciones tras haber recogido la cocina poco después de la cena. Era noche cerrada y en medio de un vendaval descargaba una tormenta formidable.

—¿No oyes las campanas, Petrus? No han callado en todo el día —dijo Facundi, interrumpiendo los rezos.

—No oigo nada, padre. Deben de sonar por el viento.

—Abre la puerta del pobrero, Petrus, que tenemos una visita importante.

—¿Quién va a venir a estas horas en esta noche de perros, padre Domingo?

—No me llames padre, que no soy digno de tal nombre, y haz lo que te digo, que están a punto de llegar.

—Estos malditos escrúpulos le tienen sorbido el seso —murmuró el fraile mientras se dirigía a la puerta—, y lo peor de todo es que este hombre termina contagiándome la locura.

Como Petrus esperaba, no vio a nadie a la intemperie; pero cuando se disponía a cerrar, le deslumbró el fogonazo de un relámpago seguido de un trueno tremendo, señal de que el rayo había caído en las inmediaciones. Pero lo que más le asustó fueron los tres encapuchados que aparecieron de súbito delante de la puerta.

—Por el amor de Dios, hermano —le rogaron—, dadnos cobijo, que con esta tormenta no podemos ir a ninguna parte.

Petrus, anonadado, no pudo articular palabra.

—Petrus Albus, Petrus Albus —oyó decir a Facundi—, cuándo aprenderás a obedecer de un vez por todas. Es la señal que esperaba. No les tengas a la puerta, que han llegado con el rayo enviados por el cielo.

—¡Petrus! ¡Es Petrus! ¿No nos conoces? —exclamaron los visitantes ante el silencio del fraile, que no se había repuesto del susto.

Iluminada desde abajo por una candela, apareció detrás de Petrus la cabeza rapada de Facundi.

—Yo os conozco desde que llegasteis a Liébana en vida de Beato —anunció—. Y habéis vuelto. Tú eres Paulus Dómini, el monje sirio, que llegas con tu criado acompañado por el ángel. Bien que os recuerdo. Después vi otra bestia que subía del país, tenía dos cuernos como de cordero, pero hablaba como un dragón... Matasteis a la bestia y el mar se tiñó de rojo. Os envían para salvarme y mi corazón da saltos de júbilo. Pasad rápido, que sois bienvenidos a esta humilde morada terrenal —dijo Facundi alborozado, mientras Petrus, que había reconocido a Fructuoso y a Juan, giraba el dedo índice alrededor de la sien, dándoles a entender que Facundi estaba loco de remate y que debían seguirle la corriente.

—Atiza la chimenea, Petrus, que se sequen nuestros huéspedes, mientras Paulus me acompaña a la sacristía, que nos llaman las campanas a oración.

—Juan, Juan, cómo me alegro de verte, cuánto has crecido desde que salimos de Piasca —dijo Petrus Albus—. Y vos sois doña Cecilia, el ángel que cuidó a Fructuoso cuando le sacamos del río después de matar al dragón. ¿No es cierto? Con esos hábitos de fraile no podía reconoceros. ¿Qué os ha traído por Sahagún a estas horas tan intempestivas?

—Estoy de paso hacia Galicia para arreglar unos asuntos de mi familia y peregrinar a Santiago. Los hábitos nos han protegido de las tropelías que se perpetran en Castilla a diario, y aprovechando que ya no tienen trabajo en Carrión, la condesa ha pedido a Juan y a Fructuoso que me acompañen hasta Sahagún, por ver si aquí se pueden ganar el jornal. Hemos llegado muy tarde por culpa de la tormenta. No queremos causaros molestias, pero necesitamos pasar la noche a cubierto en alguna parte, que la hospedería está cerrada. Hemos llamado a vuestra puerta porque el humo todavía sale de la chimenea...

Cecilia, que había comprobado que Facundi había enloquecido y la confundía con un ángel, se ofreció a Petrus para actuar como si lo fuera, si con esto ayudaba a mitigar sus tormentos.

—Me gustaría tener un aparte con vos para descargar mi conciencia si el negocio no os molesta —dijo Facundi a la mujer cuando regresó, y tomándole de la mano, la condujo hasta la ermita—. ¿Cómo os llaman en el cielo? —preguntó Facundi.

—Mi nombre es Música.

—Pero los ángeles no tienen sexo.

—La música es femenina.

—Viendo vuestra sonrisa luminosa y la belleza de vuestro rostro, no tengo duda de ello.

—Vos sois un santo varón. Aunque Beato es de la opinión que os excedéis en los ayunos y las penitencias.

—No sabéis lo que me conforta que os hayan enviado para decírmelo. Me contaba entre los réprobos y atisbo la puerta de la esperanza.

—¿Tan grandes son vuestros pecados que no los repara la penitencia?

—Mi maldición es un veneno que fulmina a los poderosos. Ha matado a doña Blanca y al rey don Sancho y hace poco a la infanta doña Sancha. Y como el Señor no deje sin efecto mis maldiciones, otros muchos morirán. Pero no me atrevo a pronunciar su nombre para no anticipar su desgracia.

—¿Deseáis el daño de los que aún no han sido golpeados?

—Rezo para que nada malo les ocurra ni a ellos ni a sus familiares.

—Esta noche estaré con Beato, y dad por seguro que la maldición quedará sin efecto y vuestra condena cancelada.

Cuando Facundi volvió con Cecilia de la capilla estaba transfigurado.

—Hoy es un gran día, Petrus, hay esperanza de salvación para mi alma. Mañana lo sabremos a buen seguro. Me ha prometido Música que intercederá ante Beato. Celebremos con un ágape mi posible salida del infierno. Anda corriendo a la cocina y trae lo mejor que encuentres para obsequiar a nuestros invitados.

En unos minutos Petrus Albus regresó con una cesta llena de viandas, pan blanco, morcillas, cecina, membrillo, queso de cabra, unos racimos de uvas y una jarra de vino.

Petrus estaba tan asombrado del apetito con que comía Facundi como este del donaire con que lo hacía Cecilia. Y no pudo reprimir la duda que le asaltaba.

—Acabo de enterarme de que algunos ángeles tiene sexo y ahora veo que también tienen apetito. ¿Cómo puede ser eso si son espíritus puros? —preguntó Facundi.

Viendo la belleza de Cecilia, la sola mención del sexo de los ángeles encendió el ánimo de Petrus, que se atrevió a intervenir:

—Ya lo dicen las Sagradas Escrituras, padre, un ángel luchó con Jacob durante el camino y otro acompañó a los discípulos de Emaús. Es la forma que tienen los espíritus de acercarse a los mortales. La creación consiste en convertir la idea en forma a partir del dibujo o la escritura, y la forma en materia, bien sea en la escultura o en la arquitectura, en la poesía o en la música. Creo que fue Platón el que dijo...

—Petrus Albus, Petrus Albus, ¿cuántas veces tengo que repetirte que no te metas en disquisiciones teológicas ni filosóficas porque ni estas ni las astronómicas competen a los ignorantes, que el noviciado es tiempo de obediencia y también de castidad? Deja ya de decir sandeces y calienta el agua en un puchero que preparo unas tisanas para celebrar la llegada de tan señalados embajadores. Y no se te olvide arrojar bolitas felices al fuego, que en este sitio tan cerrado no se respira el aroma que los ángeles se merecen.

—¡Qué bien se está en este lugar! —dijo Cecilia—. La tierra tiene lugares maravillosos, pero en ninguno se está tan a gusto como en esta ermita. Sobre todo con esta tormenta.

La joven se sentía contenta con el reencuentro y agradecida por la hospitalidad de los frailes, y empezó a cantar su felicidad. Su voz llenó de armonía el espacio de la ermita. Las llamas de la chimenea bailaban al conjuro de su voz. Las miradas de todos se iluminaron, y Facundi estaba a punto de levitar.

—Ahora veo tus alas, Música —exclamó—, en tu sonrisa, tu rostro límpido y luminoso bajo la corona de laurel que lo perfuma y el cuerpo feliz que se entrevera en las ramas del cielo prometido. —Los aplausos de los presentes sonrojaron de tal modo al fraile, que con la voz entrecortada por la emoción, añadió—: Ya está bien por hoy. Bueno sería que nos tomáramos un descanso, que pronto tocarán a maitines. —Y se quedó dormido como un bendito casi sin tiempo de caer en el lecho de paja que le había preparado Petrus Albus en el altillo del palomar.

Fructuoso ardía de amor por Cecilia desde el momento en que la había visto por vez primera. Ahora se encontraba muy cerca de su cuerpo, pero lejos de su espíritu, porque en aquel lugar era un ángel venido del cielo. Nunca la había tenido tan cerca... y tan lejos. Podía acariciar su respiración y casi sentía los pausados latidos de su corazón. Pero le eran ajenos porque todavía palpitaban en él los recuerdos de Mateo que la llamaban desde Galicia, y aquella noche tormentosa no era ella quien lo abrazaba, sino un sentimiento de infinita soledad. En cambio, a Petrus Albus, que pensaba en el sexo de los ángeles, le hervía la sangre, porque creía equivocadamente que se iba a repetir la escena del torrente, pero ahora con Cecilia curando a Fructuoso las heridas del corazón. Y Juan se había dormido envidiando y compadeciendo a su hermano, sabiendo que, con suerte o sin ella, no pegaría ojo durante toda la noche.

Grande fue la sorpresa y la alegría de la comunidad benedictina de Sahagún a la mañana siguiente viendo a Domingo Facundi, después de muchas semanas de ausencia, acudir puntualmente a cantar los maitines con la alegría pintada en el rostro.

«Veremos lo que le dura», pensaba el padre abad cuando le vio caminar silencioso y apresurado hacia la ermita, ansioso por saber el resultado de las gestiones de Música ante Beato, porque de ellas dependía el veredicto del juicio del último día. Pero al llegar, solo encontró a Petrus y a Juan cariacontecidos calentando la parva colación del desayuno y esperando con la mesa preparada.

—¿Dónde están Paulus Dómini y Música? —preguntó acongojado.

—Todavía no han vuelto y deben de estar saliendo del cielo, porque últimamente no han dado señales de vida —respondió Petrus Albus.

Cuando por fin salió de la sacristía Fructuoso, ojeroso y con cara de no haber dormido, el monje corrió a su encuentro.

—¿Dónde está Música? —preguntó.

—Debe de andar por las nubes —dijo Fructuoso adusto.

Instantes después apareció Cecilia, iluminada por una sonrisa seráfica.

—No hay más que ver la cara de dicha que trae Música para saber que ha regresado del cielo. Estoy seguro de que

Beato ha dado oídos a mis súplicas, y por fin me ha sido otorgado el perdón.

—El perdón sí, pero con cuatro condiciones —dijo Cecilia.

—Seguro que más llevaderas que la angustia que me consumía.

—Deben cesar las penitencias y los ayunos. Tendréis que peregrinar a Santiago para que el apóstol os perdone vuestro pecado. Os prohibimos revelar a otras personas nuestra procedencia. Y finalmente, deberéis facilitarnos el libre acceso al *scriptorium.*

A Domingo Facundi le faltó tiempo para encontrarse con el abad.

—Tenéis nuestro permiso, pero cuidad de que vuestros huéspedes no hurten el libro santo de Beato, que es nuestra mejor reliquia y la joya de este cenobio —le recomendó el abad, que esperaba la llegada de personas de alto rango en los próximos días y temía que se encontraran el monasterio desordenado a causa de las obras.

Cecilia decidió quedarse unos días en Sahagún para consultar la espléndida biblioteca de San Zoilo, pues allí se custodiaban manuscritos de los que podría sacar ideas para su taller de ornamentos y realizar a pequeña escala copias tan fidedignas como expresivas de los modelos que Juan y Fructuoso iban a necesitar en el futuro. Oculta en su hábito de fraile, pasaba allí el día desde el alba hasta el atardecer, copiando motivos entre el resto de los monjes y algunos viajeros que, como ella, acudían al monasterio atraídos por los tesoros de su *scriptorium.*

Una gélida mañana, cerca ya de la Navidad, Cecilia reparó en uno de aquellos viajeros que acababa de llegar y escuchaba con interés las explicaciones del bibliotecario delante de los armarios de los dibujos de arquitectura. En ese momento, la joven fue traspasada por una revelación inesperada, y estuvo a punto de sufrir un desmayo.

«¡Válgame Dios, que es él! ¡Es él! ¡Mateo está aquí!». Como no sabía dónde meterse, reaccionó como un caracol encogiéndose sudorosa dentro de los hábitos de monje con el rostro encendido, los ojos llenos de lágrimas de emoción y el corazón latiendo aceleradamente. «¡Ay, Mateo de mi vida, que ha sido siempre la tuya, te he estado esperando diez años como Penélope, y apareces ahora de repente. ¿Y ahora qué hago si es posible que ya se haya olvidado de mí por completo?».

Pálida y temblorosa, salió de la biblioteca y, trastabillando, fue a las obras donde estaban trabajando los canteros.

—No os lo vais a creer, pero el maestro Mateo está en estos momentos en el monasterio.

—¿Quién te lo ha dicho? —preguntó Fructuoso.

—Le he visto yo misma en la biblioteca, pero no me ha reconocido y yo no le dicho ni media palabra.

La sorpresa de Fructuoso fue casi tan grande como su contrariedad. De repente, el maestro lejano e invisible se había convertido en un ser de carne y hueso que habitaba en la hospedería conventual y se pasaba las horas en la biblioteca ante la ansiosa mirada de Cecilia.

Las consecuencias de la presencia de Mateo no se hicieron esperar. Fructuoso se puso de un humor de perros, y Juan, que se daba cuenta de ello, trató de hacerle ver el lado positivo del asunto.

—No me digas que encima de estar celoso de Mateo te vas a enfadar conmigo y con Cecilia. Estarías loco de remate. Lo mejor que puedes hacer es poner los pies en la tierra cuanto antes, que las mujeres como Cecilia no se han hecho para nosotros. Lo sabes desde el principio.

—Lo sé, pero no puedo remediarlo. Ayer me había hecho muchas ilusiones y hoy estoy en el infierno.

—Anteayer estábamos en el infierno atados a un árbol esperando que nos comieran los lobos o los buitres. Da gracias a seguir vivo, ponte a trabajar y quédate en la tierra. Que de momento no pasamos hambre. —Al ver que Fructuoso estaba pensativo y no le contestaba, Juan añadió—: Ahora hay que pensar en el futuro. No nos queda otra. Entierra tu corazón y aprovecha la oportunidad de conocer a Mateo. Podemos invitarle a cenar un día de estos. Haremos que se esmere Petrus Albus en la cocina.

Mateo estaba tan absorto en la biblioteca que paseaba como un autómata. En esos instantes vagaba por un mundo que inventaba en su cabeza buscando la respuesta a los enormes problemas que tenía que resolver para acabar su catedral. Por supuesto, era incapaz de ver a Cecilia, que, sentada detrás de él, pasaba temblorosa las páginas de un códice, sin saber qué hacer o qué decir.

Estaban solos en la biblioteca, pero la penumbra y el hábito benedictino ocultaban a la mujer dentro de un denso silencio. Simulaba leer el libro de Abelardo mientras lo observaba de reojo. De repente, el estallido de un rayo iluminó la biblioteca y a continuación un trueno formidable golpeó la torre de San Tirso y se refugió en el claustro de San Facundo, rebotando en todas las estancias del monasterio. A Cecilia no le dio tiempo a recuperarse del susto y sujetar los latidos del corazón cuando Mateo, que la había tomado por ayudante del bibliotecario, abandonó su pupitre y ensimismado se encaminaba hacia ella tratando de encajar el enorme rompecabezas que era el Pórtico de la Gloria.

Las sensaciones sacudían a la joven como el trueno que todavía resonaba en su cabeza, y en su corazón reverberaban los recuerdos de la buhardilla de Compostela. Las manos prodigiosas de Mateo. Sus caricias y sus abrazos. El corazón y el miedo al unísono. El mismo temor y nuevas dudas: ¿y si lo perdía para siempre? ¿Y si la esperanza de volver a estar juntos chocaba de nuevo contra el muro de su vocación? ¿Y si ya no la amaba?

Mientras Cecilia le miraba fijamente, esperando que la reconociera y en sus ojos brillara un resplandor de ternura, o el eco de una pasión, el maestro llegaba buscando soluciones a sus problemas con la catedral en los legajos de la biblioteca.

Cuando estaba delante de su pupitre, ella se dio cuenta de que la miraba, pero no la reconocía. «Y yo no he dejado ni un día de pensar en él», se decía mordiéndose los labios para contener las lágrimas. El silencio pesaba como el plomo.

—¡Mateo! —se atrevió a susurrar al fin. Nada—. ¡Mateo! —chistó. Nada—. ¡Mateo! —gritó sin poder contenerse—. ¡Mateo! —Una y otra vez—. ¡Mateo! —Y luego claramente a los cuatro vientos—: ¡Mateo, que soy yo, Cecilia! —Las lágrimas irrumpieron con una fuerza incontenible.

¿La estaba escuchando? Mateo no sabía en qué mundo se hallaba. Entrecerraba los ojos para entender. Se le notaba el esfuerzo que hacía sosteniendo en una mano las páginas dispersas con apuntes del pórtico medio proyectado mientras que con la otra mano levantaba la tapa del sarcófago en el que descansaba intacta la imagen dormida de Cecilia. Esta comprendió que no entendía nada de lo que estaba pasando y para ayudarle se echó hacia atrás la capucha y se soltó la cabellera. En ese instante, un relámpago iluminó su mirada y Mateo, entornando la vista, buscó en el fondo de su ser los destellos de los recuerdos que disiparan definitivamente su ceguera.

«Me reconoce, por fin me reconoce, señal de que no me ha olvidado del todo», se dijo Cecilia, viendo que él había logrado descorrer las cortinas de niebla que velaban su memoria.

Mateo balbuceaba su nombre y lo acariciaba entre sus labios.

—¿Cecilia? Pe... pero si eres Cecilia. Cecilia... La que tenía siempre una sonrisa de ángel. Que viniste a Santiago con el rey don Fernando. Estás igual.

¿Pero por qué no la abrazaba? ¿Por qué no le decía que también la echaba de menos y soñaba con ella? Cecilia se hacía pregunta tras pregunta. Todo sucedía a la vez, cada segundo era una eternidad y la impaciencia la devoraba.

—Pero por qué... ¿Por qué te fuiste de Compostela?

—Tú no me pediste que me quedara contigo, y hace cinco años pasé por Compostela solo para verte, pero me dijeron que andabas por Francia.

—Yo. Yo... —balbuceó. Mateo; no sabía qué decir, pero al final continuó—: Éramos muy jóvenes, Cecilia, y han pasado muchos años y muchas cosas.

—Entre ellas un hijo.

Mateó se quedó mudo.

—¿De aquella vez? —preguntó al fin.

—De aquella vez y de las tantas otras que la siguieron.

Se hizo otro silencio.

—¿Y qué nombre le pusiste?

—Mateo. —Cecilia hizo una pausa, y añadió—: Como el evangelista.

—Hiciste bien. —Mateo examinaba a la mujer enérgica y decidida que tenía delante mirándole directamente a los ojos y la comparaba con la muchacha tímida e insegura que se le había entregado en Santiago—. Es curioso —le dijo—, estás prácticamente igual que antes, pero has cambiado mucho desde entonces.

—Tú también has cambiado mucho. Se te notan las preocupaciones.

—Y los años.

—¿Te has acordado de mí alguna vez en este tiempo? —interrumpió ella.

—¿Por qué me preguntas eso a estas alturas?

—Porque yo, yo sí, yo te he seguido queriendo durante todos estos años. Y nunca he dejado de pensar en ti un solo día.

Mateo se acercó un poco más, pero Cecilia retrocedió.

—Al principio no te ibas de mi pensamiento. Sobre todo cuando entraba en la estancia del tesoro de Gelmírez. Pasaba muchos ratos acariciando el Códice Calixtino con el eco de tu voz en mi alma y el de tus suspiros en las bóvedas de la sala. Pero no sabía nada de ti y... bueno, ya sabes... la distancia, los problemas que tiene acabar una catedral como la de Santiago, con desniveles que son difíciles de resolver. ¡Todo es tan complicado! El rey no termina de decidirse y al cabildo no acaban de convencerle las soluciones que yo propongo. Pero supongo que saldré por alguna parte.

—De eso estoy segura, no hay más que ver la pasión y el ímpetu que pones en lo que te interesa.

Cecilia se dio cuenta de que tenía delante al Mateo creativo, reflexivo y calculador, pero si pusiera la misma pasión en conquistarla que la que dedicaba a componer el pórtico, quizás podrían recomenzar lo que dejaron a medias, que para eso la vida les había permitido reencontrarse; pero todavía no sabía si él tenía algún obstáculo que se lo impidiera.

—¿Estás casado?

—¿Para qué lo quieres saber?

—Por si tienes otros hijos —le aclaró Cecilia con mucha frialdad.

—Tres.

—Cuatro si cuentas el nuestro, ¿verdad?

Quizás algún día llegaría a conocerlo. El niño había heredado el don de su padre, era evidente: el talento para el dibujo y la cabeza despierta. Era muy curioso y en más de una ocasión tenía la cabeza en las nubes o por otros mundos. Cecilia estaba segura de que estaría orgulloso de él si le conociera.

—Él sabe quién eres y lo que haces. Se alegrará de saber que te he visto y que estás bien.

Cecilia hizo acopio de fuerzas. Sabía que el futuro de su hijo podía depender de trabajar con su padre. Era conveniente dejar las cosas de modo que pudiera encontrarse con él en Santiago algún día. Tenían mucho que decirse todavía, pero ella tendría que buscar valor para hacerlo. Habían pasado diez años, aunque ahora ella necesitaba tiempo y sostener su corazón quizás mutilado para siempre. El padre Anselmo andaba otra vez por el fondo de la biblioteca. Cecilia se cubrió enseguida con la capucha y cogió la pizarrita para escribirle un mensaje a Mateo: «ESTÁS INVITADO A CENAR ESTA NOCHE EN LA ERMITA QUE HAY JUNTO A LA COCINA. NO LO OLVIDES».

Petrus Albus estaba preparando los platos más exquisitos para un convidado muy especial. El maestro de la catedral de Santiago cenaría con ellos esa misma noche. No podía contárselo a nadie, pero quizás una persona tan ilustre apreciara su cocina mejor que muchos otros. En cuanto Fructuoso oyó hablar de cenar con Mateo, su gesto de contrariedad no pasó inadvertido para un observador atento como Juan.

—Hazme caso, hermanito, en cuanto sientas los celos piensa que estás atado a un árbol y que eres tú la cena los lobos, ya verás como espabilas. Pero, mientras tanto, échame una mano, que vamos a dejar esta ermita más reluciente que una arqueta de reliquias.

Mateo acudió puntualmente a la cita y disimuló su decepción como pudo cuando comprobó que había más comensales esperándole. Cecilia lo notó enseguida, se sonrió para sus adentros y luego se dispuso a presentarlo.

—Al maestro no hace falta que nos lo presentes —dijo Juan exultante—, que nos sabemos su vida y milagros de memoria, porque Cecilia siempre está diciendo que si esto lo haría mejor Mateo, que si de aquello el que más sabe es Mateo o qué contento se pondría Mateo si viera lo otro.

—Pues temo defraudaros, porque yo no sé nada de nada, ni siquiera hacer catedrales. Solo estoy acabando lo que otros han proyectado.

—Eso mismo me pasa a mí —intervino Petrus Albus—, que solo sé cocinar lo que me enseñó el prior Domingo Facundi, pero os lo estáis comiendo sin daros cuenta de que os estoy envenenando.

Se fueron sucediendo los mejores cangrejos del arroyo conventual recién capturados, sopa de pollo, trucha, riñones al vino y tostadas con miel. Mateo les contó que las ciudades que él había recorrido eran cada vez más grandes y necesitaban templos capaces de reunir a toda la población, y para ello tenían que aumentar la anchura de las naves.

—Hasta ahora, para cubrir los edificios, hemos utilizado arcos de medio punto y las pesadas bóvedas de cañón que dan unos empujes enormes y no permiten naves de gran anchura, pero si los arcos son apuntados y las bóvedas de crucería, ya no hace falta que los muros sostengan el peso de las bóvedas y la cubierta, porque bastan los contrafuertes y los pilares para lograrlo. Como los empujes son menores las naves son mucho más altas y más anchas. Y entre contrafuerte y contrafuerte colocan enormes vidrieras. Por ellas entra el sol a raudales llenando los templos de luz multicolor. Parece increíble, pero en la iglesia de San Dionisio de París las bóvedas tan arriba parece que no pesan, el tiempo se detiene y te sientes arrebatado, porque te da la sensación de estar en el otro mundo.

A falta de una buena maqueta de madera, hizo una sirviéndose de las manos para explicarse mejor. Puso una a continuación de la otra, las ahuecó todo lo que pudo y estiró sus largos dedos apoyándolos en la punta a modo de contrafuertes y contó que las vidrieras ocupaban el espacio entre los dedos.

—Entonces la catedral de Santiago se ha quedado antigua —observó Cecilia.

—En cierto modo sí, pero, como tú sabes, es una basílica de peregrinación de naves muy largas. Es lo adecuado para ordenar la fila de peregrinos que la recorren a diario. Además, dispone de una galería sobre las laterales en la que pueden reposar o dormir los peregrinos que lo necesiten. Pero catedrales como las de Burgos, León o Palencia tendrán que ser demolidas si las ciudades que las albergan siguen creciendo como hasta ahora, porque ya se están quedando pequeñas.

—Si la mayor parte del trabajo la hacen los emplomadores y los vidrieros, ¿qué pintamos los canteros y los escultores? —preguntó Fructuoso.

—Lo mismo que ahora o más, porque los edificios serán mucho más amplios y grandes que los actuales y habrá que cuadrar y ajustar muy bien las piedras para evitar los desplomes. Hay mucha tracería en los ventanales, mucho capitel que esculpir y muchas portadas que decorar.

—Solo querrán capiteles vegetales y geométricos —apuntó Fructuoso, que era el más pesimista ese día.

—Eso habrá que verlo. En estas nuevas catedrales la riqueza se manifestará en la amplitud del espacio y en los vitrales, pero tarde o temprano necesitarán ornamentar las enormes fachadas; también las portadas, que llenaremos de santos; y quién sabe si se pondrán adornos en el borde de los tejados o en las linternas de los cimborrios. Trabajo no ha de faltar. Lo que se necesitarán serán buenos maestros canteros y escultores, si es eso lo que os preocupa.

—¿No necesitaréis canteros en Compostela? Porque nosotros vamos a donde haga falta —preguntó Juan con descaro, tras engullir tres tostadas con miel de golpe.

—Piedra y canteros sobran en Galicia, lo que falta es dinero e ideas. Y es eso lo que me ha traído hasta Sahagún.

Petrus Albus estaba feliz viendo cómo se habían celebrado sus manjares. Juan se veía en Compostela de ayudante del maestro y Fructuoso daba a Cecilia por perdida definitivamente. Mateo, que había prestado atención a cada uno de sus movimientos, al principio por curiosidad y luego por celos, se dio cuenta de que Fructuoso estaba enamorado de Cecilia, tan evidente era el malestar del artífice.

—¿Habitáis todos en este recinto? —preguntó sin poder reprimirse.

—Ahora somos pocos y está esto bastante silencioso, pero cuando estaba con nosotros el prior Domingo Facundi y le sonaban las campanas en la cabeza, esto parecía la mezquita de Toledo. Pero vos podéis quedaros a dormir si os place. Estaríamos muy orgullosos de que aceptarais nuestra invitación. Aunque tendríais que dormir en el altillo de la cocina porque la sacristía ya está ocupada —indicó Petrus Albus con tono malévolo a pesar de que Juan le hacía señas negativas con la cabeza.

—A un invitado se le ofrece la mejor estancia de la casa. Por mí puede quedarse en la sacristía si lo desea. Es más, le aconsejaría que se quedara —dijo Cecilia maliciosamente, mirando la cara que ponían Fructuoso y Mateo con toda intención. Calló un instante que a Fructuoso se le hizo eterno y añadió—: Yo le dejaré mi sitio de mil amores, porque me puedo instalar en cualquier rincón del eremitorio.

—Hoy ha sido para mí un día inolvidable —dijo Mateo, poniéndose en pie para retirarse a la hospedería conventual—. He tenido la fortuna de reencontrarme con Cecilia después de tantos años de ausencia. Habéis obsequiado mi paladar con esta maravillosa cena y he disfrutado con regocijo de una sobremesa sumamente provechosa y entretenida. Espero que volvamos a vernos antes de mi retorno a Compostela. Allí os espero para corresponder como se merece a tantas atenciones como he recibido.

Al día siguiente todo eran carreras en San Facundo de Sahagún. Acababa de llegar el rey de León para comer con un grupo de caballeros en el monasterio.

Petrus Albus, como depositario de los secretos de Facundi, trató de superar a su maestro preparando salsas, condimentos y las mejores infusiones para satisfacer el refinado paladar de don Fernando y sus acompañantes.

Cuando iba a servirse la cena, el rey mandó llamar al autor de aquellas delicias para que las fuera probando una a una antes de que le fueran servidas a los comensales.

«¡Válgame Dios! Mira a quién tenemos aquí con el rey. A ver si pego la oreja y me entero de lo que se traen entre manos, que viniendo tan pocos y tan en secreto, no puede ser nada bueno. Y a ese individuo malencarado le conozco», pensó Petrus Albus al distinguir entre los comensales al de Castro.

Como la cena era copiosa y las salsas numerosas, Petrus Albus estuvo entrando y saliendo de la sala varias veces a lo largo de la noche. Durante los ratos que estaba dentro, haciéndose el distraído, procuraba enterarse del motivo que les había traído hasta Sahagún.

—¿A que no sabéis quién estaba con el rey de León en la cena y me ha hecho probar antes que nadie las bebidas y los platos que le hemos servido? No sé si os acordaréis de él, pero yo le he reconocido a la primera —dijo Petrus Albus, bastante bebido, cuando llegó al eremitorio ya bien entrada la noche.

—Tiene que ser muy importante para que nos despiertes a horas tan intempestivas —aventuró Cecilia.

—Uno que estaba en Lebanza cuando casi se pegan los reyes.

—Había muchos caballeros. Anda, dilo ya, no estamos para adivinanzas —replicó ella.

—Es el caballero que amenazó a Fructuoso y quería acabar con Chito cuando matamos al oso, y que si no llega a ser por la infanta doña Sancha, le habría matado entonces.

—Es Fernán de Castro, el marido de Constanza —aseguró Cecilia.

—A saber la que andan tramando —dijo Fructuoso.

—Hablaban de vasallaje, de juramentos, de fidelidades y mayordomos... y de recuperar la tutela del rey, pero lo decían de tal forma que yo no les entendía. Pero, pero... y ahí viene lo más gordo. Cuando estaban más relajados y confiados, yo le oí decir al rey de León: «Si me consigues el reino de Toledo, yo te concederé la mano de mi hermana Estefanía y pasarás a formar parte de la casa real de León», y no sé cuántas dignidades más le ofreció.

—¡Por el amor de Dios, Petrus! —exclamó Cecilia alterada—. Olvida todo lo que has oído y guárdalo en una tumba, que puede costarte la vida. Con ese animal no valen bromas. Y si no me crees, que te cuenten ellos lo que hizo con Chito.

A Cecilia se le quitaron las ganas de viajar a Galicia después del decepcionante encuentro con Mateo, sobre todo al saber que estaba casado y con hijos, y de enterarse de la conspiración de Fernán y el rey de León.

—Me tengo que volver a Herrera. Teresa tiene que saber lo que pretenden el rey y Fernán. —A continuación, dirigiéndose a los lebaniegos, les pidió—: Vosotros dos, no salgáis de la ermita hasta que se vayan, porque sabéis por experiencia que estáis en peligro de muerte si se entera Fernán de que os alojáis en este monasterio.

—Ya es la tercera vez que nos dejas —dijo Juan.

—Quedáis en buenas manos y estad seguros de que volveremos a encontrarnos, porque el Camino de Santiago es como una gran calle de ida y vuelta. Aquí tenéis todos los dibujos que he podido copiar en estos días. Es un gran tesoro para vosotros, ya que en ellos encontraréis todos los modelos que os hacen falta para, con mucha práctica, ser los mejores escultores de Castilla.

—Hazme caso, Cecilia, ponte hábito de fraile y viaja con un grupo de peregrinos, estarás más protegida y pasarás desapercibida. No vaya a ser que te tropieces con Fernán, que el diablo está en todas partes —le aconsejó Fructuoso, que había recuperado la sonrisa al enterarse de que Mateo y ella se iban cada uno por su lado.

15

En la sala principal de Herrera, don Nuño, iracundo, maldecía mientras su esposa le contemplaba impotente.

—Después de lo que ha contado Cecilia, estoy convencido de que Fernán tuvo mucho que ver en la muerte de Sancho —dijo el conde—. Sabemos de buena fuente que ahora está en Villabrágima con la corte de León conspirando con Fernando contra nosotros y contra el rey, y volverá a Castilla para reunir a sus seguidores y esbirros y preparar una sublevación o alguna fechoría de las suyas.

—Hazme caso, ¡no vayas! De esa cabalgada no va a salir nada bueno —le dijo Teresa a Nuño, que se había levantado antes de que amaneciera para tender una emboscada a Fernán de Castro.

—Lo ha sabido el conde Osorio, que tiene informadores cerca del rey. Cada uno de nosotros irá con unos pocos hombres. Osorio saldrá desde Aguilar. Álvaro Gutiérrez con su hermano Rodrigo desde Palencia. Y yo con los míos desde Carrión. Sorprenderemos a Fernán regresando hacia Dueñas y le daremos un escarmiento. Sin Fernán, los Castro no son nada. No solo porque sea el mayor de todos. Es el más listo, el más intrigante, el más ambicioso y el más bruto. Pero también, el más decidido y el que más arrojo tiene.

—Y el más feo con diferencia —añadió Teresa—. Asusta. ¿Cómo habrá podido Constanza casarse con semejante animal?

Teresa se daba cuenta de que Nuño tenía muy buena información, aunque eso le hacía desconfiar de la aventura de su marido.

—¿Y si se resiste...?

—Si se resiste, mejor que mejor. Pues acabamos con él y problema resuelto. Muerto el perro, se acabó la rabia.

—Ese perro le va a dar muchos mordiscos a tu familia. He tenido un sueño espantoso. Y estabas tú en la estacada. Después de sacarte del río, te he visto desollado en una cruz de San Andrés. Y había otras dos cruces. En una estaba el conde Osorio y en la otra tu hermano Manrique. ¡Dios mío, qué sueño tan horrible! Y lo peor de todo es que en medio del sueño estaba el prior de Piasca rezando responsos por Osorio y por ti. Es el demonio. Lo sabe todo. Seguro que tuvo algo que ver en la muerte del rey Sancho... Estaba en Sahagún esos días. Está en todas partes... Con ese ojo que todo lo mira, todo lo apunta, todo lo recuerda...

Las noticias de la derrota de las huestes de Nuño llegaron a Carrión de modo confuso. Al conde Osorio todos le dieron por muerto porque habían visto a su yerno pisotearle con el caballo y escupir sobre su cadáver. Había muchas bajas entre los expedicionarios, entre ellas algunos nobles. La reducida tropa que comandaba Nuño había caído por sorpresa en una emboscada quedando completamente destrozada. Y Fernán de Castro, aprovechando la desbandada de sus rivales, había hecho muchos prisioneros.

Cuando la mala nueva llegó hasta Herrera, no le dijeron directamente a Teresa que Nuño había muerto en la refriega, pero ella se temió lo peor por los gestos de condolencia que hizo el caballero que venía a avisar de la derrota.

—Ha sido a traición. Una emboscada. Eran muchos. Había leoneses. Algunos han dicho que vieron a don Nuño caer a un arroyo atravesado por una lanza. Pero otros dicen que se trataba de su hermano Álvaro. Lo que sí es seguro es que al conde Osorio le mató su yerno después de derribarlo del caballo.

Inmediatamente, Teresa pidió que le ensillaran su mejor caballo y, cogiendo unas pocas provisiones para el viaje, emprendió inmediatamente camino hacia Villabrágima, donde podía encontrar todavía a Fernando con su corte. Cruzaba ensimismada los verdes campos ondulados de la Tierra de Campos y negros presagios la acompañaban durante el recorrido a través de las llanuras infinitas de Castilla. Bandadas de grajos sobrevolaban el camino. Los cielos enlutados amenazaban tormenta.

Cabalgaba repasando su vida con Nuño desde que se desposaran a toda prisa en Compostela por la urgencia de su padre de casarla antes de viajar a Tierra Santa. El corazón le latía con fuerza galopando con angustia y congoja. De repente, se sintió viuda, una viuda de guerra, joven, como tantas otras que había visto en su vida. Frías lágrimas de rocío resbalaban por sus mejillas. ¿Le quería de verdad o se dejaba querer? Sentía que nunca le había querido tanto como ahora que acababa de perderle. Amor de ausencia. Miedo a estar sola y también a que nadie la protegiera a ella y a los hijos. Los más pequeños no se acordarían de su padre. Y lo que era peor, los sentimientos de culpa cabalgaban a su grupa. Si hubiera sido suficientemente elocuente para convencerle de que no saliera. Si le hubiera tratado con más cariño. Si no le hubiera rechazado bastantes veces cuando mendigaba el débito conyugal. Si hubiera sido más comprensiva con su afición a la cetrería...

Una tenue lucecilla iluminó su corazón y la confortó con una brisa de esperanza.

—Espero que Fernando haya cumplido su palabra de no matarle y Nuño esté vivo todavía.

Nada más llegar a su destino pidió que la llevaran inmediatamente a presencia del rey.

—Mira por dónde, se presenta mi prima y señora doña Teresa ante el rey de León, sin previo aviso. ¡Dejadnos solos, señores, que parece que tenemos que tratar delicados asuntos de familia, y esas cosas llevan su tiempo!

Teresa echó un rápido vistazo a los acompañantes del rey y se sintió desolada, porque, muerta hacía poco la anciana infanta doña Sancha, no había ninguna mujer influyente y de su confianza entre los ocupantes de la tienda regia. Al verse sola frente a frente con Fernando, una vez que los nobles y caballeros se marcharon, Teresa se dirigió airadamente a su primo, que permanecía sentado en unos cojines al modo de los reyes moros.

—¿Dónde está Nuño? —le espetó—. He venido a buscarle y a llevármelo conmigo.

—Estás preciosa. Te han sentado bien la cabalgada y el sofoco. Y las ropas pegadas al cuerpo.

—Comprenderás que hoy no estoy para galanterías de mal gusto. Haz el favor de decirme dónde tienes a Nuño. Quiero verle inmediatamente.

—Puedes registrar la tienda, a ver si lo encuentras en alguna parte y así podemos jugar al escondite.

—Sabrás que han matado al conde Osorio...

—El muy estúpido se metió solito en la boca del lobo. Primero abandonó mi reino y se fue con el rey de Castilla. Luego volvió conmigo y, al final, se apuntó al bando enemigo y ha encontrado lo que se merecía. Nunca me quiso bien ni en León ni en Monterroso. Lo sabes perfectamente, y fuiste testigo del trato que me daba cuando me obligaba a montar aquellos horribles caballos. Siempre prefirió a mi hermano porque era más dócil y obediente que yo. Lo siento por su hija Constanza, que no podrá entender lo que ha pasado. Y lo va a tener muy difícil de ahora en adelante. Tendrá que recogerse en un convento, que es el mejor sitio para alejarse de los peligros del mundo.

—Dejemos que, con ayuda de su familia, Constanza resuelva su futuro, porque el de Nuño lo resolvemos entre tú y yo si no has olvidado lo que un día me prometiste.

—Yo no tengo nada que ver con la suerte de Nuño. Su futuro no me compete. ¿Por qué tendría yo que inmiscuirme en las querellas entre los Lara y los Castro? Que ventilen entre ellos sus litigios y que dejen en paz al rey de León, que bastantes problemas tiene en su reino.

—La vida de Nuño depende de ti. Seguro que lo tiene Fernán en sus manos. Y lo consiguió con la ayuda de las tropas que le prestaste.

—¿Quién te ha venido con ese cuento miserable? Yo estaba reunido con mi corte cuando ocurrió la batalla. Hay testigos. —Viendo que Teresa seguía de pie mientras él estaba sentado, le dijo—: Qué descortesía la mía, impropia de un galante caballero. Perdona que no te haya ofrecido asiento.

—Anda, Fernando, déjate de cuentos, que nos conocemos desde que éramos niños. Tú estabas con la corte a tu lado y la mayor parte de tu ejército se lo habías prestado a Fernán para que hiciera el trabajo sucio. ¿No es cierto?

Observó que Fernando sonreía y miraba hacia el techo de la tienda. No sabía si aquello era una buena o una mala señal.

—Si lo tuviera en mis manos, te lo entregaría inmediatamente. Te prometí en Monterroso que haría siempre lo que tú me pidieras. ¿Te acuerdas? Y cuando ibas a ver a tu padre moribundo, juré sobre la cruz de mi espada que, en lo que de mí dependiera, nadie le tocaría un pelo a Nuño, y para tu tranquilidad te diré que he cumplido mi palabra y Nuño sigue con vida.

—O sea, que han cumplido tus órdenes.

—Vas muy lejos, Teresa. Solo han adivinado mis pensamientos.

—Entonces piensa que lo traigan cuanto antes.

—De mí dependía su vida y de los Castro su libertad. Acabada la contienda con la derrota de Nuño, ha empezado a trabajar la diplomacia. Y tú eres la primera embajadora, porque estás negociando conmigo. Lo mejor es empezar por arriba, y por ello, cuando tú y yo lleguemos a una solución satisfactoria para ambas partes, enviaré emisarios a Manrique recomendándole que negocie con Fernán un acuerdo razonable, y entonces los Castro le dejarán en libertad.

—Los Castro harán lo que tú les digas.

—Ellos no son vasallos míos y tienen sus propios intereses.

—Habías dicho que...

—Que si lo tuviera en mis manos... te lo entregaría. Pero no lo tengo. Y la parte que lo tiene también quiere contrapartidas.

— O sea, que tú también quieres contrapartidas. ¿Qué clase de contrapartidas son esas? Cuando eras niño y tenías miedo o frío venías a mi cama buscando cariño y cobijo. Y te quedabas dormido entre mis brazos. Ya has tenido bastantes contrapartidas. ¿O es que las vas a obtener a la fuerza? ¿Tienes frío ahora, Fernando, o acaso tienes miedo?

—Tengo derechos.

—Entonces no se hable más, Fernando. Si tienes derechos, no hay nada que negociar. Como vais a devolver a Nuño con vida, yo tengo que darte lo que me pidas —dijo Teresa desafiante, mirando a los ojos a Fernando, que, incómodo, rehuía su mirada. Después añadió, suavizando el tono—: Cuando venía cabalgando hacia ti solo me imaginaba que me ibas a entregar el cuerpo sin vida de mi marido. Ahora caigo que era a cambio de entregarte el mío. Cuerpo por cuerpo. Esa es la contrapartida que tú quieres. Una nadería, Fernando. No necesitas pedirlo. Lo tienes fácil porque está al alcance de tu mano. ¡Atrévete! Ven a coger tus derechos.

Se acordó del conde de Traba. «Si lo viera mi padre, le mataría ahora mismo», penó. Solo de imaginarse que iba a ser profanada por Fernando se le heló la sangre de tal modo y era tal el rechazo que sentía que todo su cuerpo se contrajo y empezó a tiritar como las hojas de un enebro en invierno. Entonces se puso en pie y empezó a desnudarse con la vista perdida en el infinito. Para no ser cómplice del atropello que se avecinaba, la sangre se ausentó de su cuerpo dejando el aliento en suspenso. Rígida y helada como un estanque cuya superficie estaba a punto de romperse en pedazos, semejaba una estatua que hablaba con la vista perdida en el infinito.

—¿Por qué me voy a quejar por una nimiedad, si solo me pide su generosa majestad que le preste mi cuerpo durante unos instantes a cambio de devolverme a mi marido con vida? ¿Cómo podría negarme a un trueque tan beneficioso para mi familia? Tomadme cuando queráis, mi señor, que soy la más humilde de vuestras esclavas y servidoras —exclamó con un hilillo de voz.

Fernando estaba confuso y desconcertado, contemplando atónito aquella hermosa estatua, desnuda como una Venus inalcanzable. Hacía tanto que la deseaba y ahora podía ser toda suya. Le habría gustado prolongar el juego lo suficiente como para ablandar las defensas de Teresa o que hubiera ofrecido resistencia para tomarla al asalto en el fragor de la pelea, pero ella se le había adelantado y, ante lo inesperado de su reacción, sintió miedo, frío y, sobre todo, vergüenza, tanta que estuvo a punto de desistir de su intentona. Pero pudieron más la lujuria y la soberbia que la lealtad y el honor. De un salto se puso en pie y, como no quería humillarla en demasía, la tomó en brazos como una pluma y la depositó sobre unos cojines en el suelo para poseerla.

Se desnudó rápidamente y arrimó su cuerpo, sudoroso por la humedad y el bochorno, al marmóreo y gélido cuerpo de Teresa que estaba como muerta conteniendo la respiración.

Por fin, después de diez años que se le hicieron eternos, tenía a su merced a aquella mujer que tanto había deseado para hacer uso de sus derechos, sin ningún miramiento ni consideración hacia ella.

—¿Ha quedado satisfecho mi señor? ¿Quiere repetir la ceremonia?

—Anda, vístete y aléjate de mi vista. Haré que te entreguen cuanto antes a Nuño sano y salvo.

—De ninguna manera, mi señor. Bastante tiene Nuño con la derrota como para humillarle con la deshonra. Ese no es el trato que hemos hecho, majestad. Lo tiene que liberar su hermano Manrique negociando con el canalla de Fernán. No pago el rescate yo sola. Que los señores de Lara también tienen que pagar el precio de su impericia o de su irresponsabilidad.

Mientras tanto, Fernán de Castro cabalgaba sediento de vino y rebosante de desprecio.

—¡Victoria, victoria! —voceaba cuando llegó al zaguán de su palacio de Valladolid, ciudad de la que era gobernador—. ¿Dónde te escondes, Constanza, que no sales al encuentro de tu marido que llega triunfante de los campos de batalla? ¿Dónde te metes, cabrona, que no vienes a recibirme con un abrazo? No temas nada de mí, que hoy estoy de buenas. Hemos derrotado completamente a nuestros enemigos y quiero celebrarlo a lo grande contigo. ¿Me oyes? Claro que me estás oyendo, pero no respondes ni sales de tu escondrijo porque me tienes miedo. ¿O acaso te doy asco como siempre que vuelvo a casa? Sal a mi encuentro, gazmoña, que merezco una recompensa por la hazaña que acabo de lograr —gritaba, subiendo eufórico las escaleras de dos en dos para acceder al piso donde se encontraba el aposento de la señora.

Al ver que nadie le respondía, comenzó a llamar a la puerta con tono lastimero.

—Por caridad, esposa mía. Ten piedad de tu marido que viene de la guerra muerto de frío y de cansancio buscando consuelo en los brazos de su fiel esposa. Si te has parapetado detrás de la puerta como la tonta de Cecilia, de nada te va a servir. Esta vez no voy a decir que salgas porque el conde Osorio se desangra y necesitamos ayuda. Porque a lo mejor ya no la necesita. No quiero trancas ni cerrojos en este palacio. Ya sabes que a mí no se me pone nada por delante. ¿Has entendido?

—Prométeme que esta vez no me pegarás y te abro inmediatamente.

—Te prometo que no lo haré nunca más a partir de ahora. Es más, lo juro por Dios y por todos los santos del cielo. Créeme si te digo que nunca en mi vida he hecho un juramento con tantas ganas de cumplirlo. Pero, a cambio, tienes que hacer lo que yo te ordene... Y no se te ocurra hacer ascos o ponerte gazmoña. —En cuanto Constanza le abrió la puerta, se abalanzó sobre ella y la llevó en volandas hasta el tálamo—. Ven acá, hijaputa, cabrona, que te voy a dar lo que mereces. De esta te vas a acordar. Date la vuelta ahora mismo, que te lo voy a hacer como los perros.

Sin más preámbulos, la cabalgó como un poseso, gritando, blasfemando y echando espumarajos por la boca.

—¿Quieres más?

Y como Constanza no contestaba, la acometió de nuevo como un jabalí recién salido de su madriguera.

La mujer no entendía nada de lo que pasaba y aguantaba sin gritar los embates de aquel energúmeno que, por los bufidos que daba, parecía querer expulsar todos los demonios que tenía en el cuerpo y que no había podido sacar en el campo de batalla.

Cuando por fin Fernán dio por terminada entre jadeos aquella brutal exhibición de su pericia amatoria, Constanza, que estaba reventada, se aventuró a preguntarle, temblando de miedo:

—¿Sabes algo de mi padre?

—El conde Osorio está muerto —contestó Fernán, sin mover un músculo de la cara, con aquella voz metálica que sonaba como un cencerro.

—¿Estás seguro? —dijo Constanza, con una voz ahogada entre sollozos.

—Cómo no voy a estar seguro si tuve el honor de matarlo.

—¿Has matado a mi padre con la espada que él mismo te regaló cuando fuiste a pedirle mi mano?

—No merecía el honor de morir por la espada porque era un traidor. Ni él mismo sabía en qué bando estaba. Pero pronto supimos que se había pasado al enemigo. En cuanto le vi emboscado entre los pinos, grité con todas mis fuerzas: «¡A Osorio dejádmelo a mí. A Osorio dejádmelo a mí!». Con la espada lo derribé y lo maté con el caballo.

—¿Cómo has podido, malnacido, canalla?

—Ahora mismo te lo cuento. A medida que lo pisoteaba con el caballo, el muy cabrón no paraba de insultarme, también me llamaba canalla, mal hijo, traidor, desalmado, animal, y no sé cuántas cosas mientras mi cabalgadura le hacía callar para siempre. Creo que hasta después de muerto seguía insultándome. También hemos matado a Álvaro Gutiérrez y hemos hecho prisionero a su hermano Rodrigo. —Hizo una pausa—. Y a Nuño...

—¿Habéis matado a Nuño?

—No me interrumpas. Teníamos que haberlo hecho porque era el cabecilla de la emboscada, pero nos lo prohibió expresamente el rey don Fernando antes de prestarnos sus tropas. «A Nuño lo quiero vivo —nos dijo—, que no se le toque un pelo ni tenga el menor rasguño. Con los demás, haced lo que os plazca». Así que capturamos a Nuño en vez de matarlo, pero ha venido su mujer a suplicar al rey que lo deje en libertad. Me imagino el precio que habrá pagado Teresa. Seguro que Fernando se habrá cobrado en carne la vida de Nuño. Pero lo tenemos nosotros y estamos esperando a que llegue su hermano Manrique a pasar por el aro.

Constanza estaba deshecha y ya no escuchaba la perorata de su marido.

—En estos momentos, los señores de Lara saben con quién se la juegan y se lamen las heridas por la derrota. A partir de ahora, tendremos nosotros todo el poder en Castilla con el apoyo y el permiso del rey de León. Este, cuando consiga el vasallaje de su sobrino el rey Alfonso, es posible que se proclame emperador como su padre. Y si el pequeño no se aviene a lo que le preparamos, habrá que hacerle entrar en razón, a no ser que prefiera desaparecer de la escena. —Como Constanza seguía ensimismada y aterrada por lo que había ocurrido y por lo que flotaba en el aire y guardaba un silencio sepulcral, Fernán añadió—: Y esto no es lo mejor de todo, porque tengo una excelente noticia para ti. Escucha con atención lo que te digo, que parece que estás atontada, y no me gustaría tener que repetírtelo: voy a repudiarte por estéril. Y para que te jodas, te diré que voy a ser cuñado del rey de León. Me ha prometido la mano de su hermana Estefanía. Esa sí que es una dama. Así que voy a emparentar con la familia real. Que a algunas les gusta lo que a otras les asquea. Así que ya puedes ir haciendo los baúles y buscando un convento cuanto antes, que en una semana te marchas de mi casa. Y ahora que lo sabes todo, tienes que beber conmigo para celebrarlo. Baja tú misma a la bodega a por una jarra de buen vino y me la traes con dos vasos.

—¿Con este aspecto? ¿Qué va a pensar la servidumbre?

—Que ya has dejado de ser su señora.

Constanza bajó a la bodega semidesnuda, llenó la jarra de buen vino del país, puso dos vasos en una bandeja y volvió a subir como una autómata al aposento. Fernán la esperaba sentado tranquilamente en el borde de la cama.

—Este es el mejor vino que había. No bebas toda la jarra, que se te puede subir a la cabeza.

Y con un movimiento maquinal levantó la jarra y se la estrelló con todas sus fuerzas en el cráneo diciendo:

—Ahora no me importa que me mates.

Cuarta parte

Un trono en disputa

(León y Castilla, 1160 – 1166)

16

Como consecuencia de las derrotas y de los desórdenes derivados de la lucha entre los partidarios de los Castro y de los Lara, el pequeño rey don Alfonso sufrió la merma de los territorios asignados por el emperador a su padre Sancho en el Concilio de Valladolid. Su tío Fernando se hizo con los Campos Góticos. Sancho, hermano de Blanca —su difunta madre—, amplió Navarra; y Alfonso, casado con Sancha —hermana de su padre—, hizo lo propio desde Aragón.

Allí no pararon las derrotas de los Lara, porque los Castro, que mantenían los gobiernos que les había dejado en Castilla el rey don Sancho al morir, combatían con sus huestes al servicio del rey de León y dos años después del desastre de Lobregal, Fernán se apoderó de Toledo. Para recompensarle, el rey le nombró gobernador de la ciudad y mayordomo del reino de León. Nada más llegar a la ciudad del Tajo, el de Castro se instaló en el alcázar y, viviendo al estilo moro, montó una corte a su servicio.

Mientras dos esclavas les daban masajes en los pies y otras cuatro bailaban y cantaban para entretenerlos, en la cámara regia del alcázar de Toledo, el rey Fernando de León charlaba con su hermana Estefanía, que era hija bastarda del emperador Alfonso y de la condesa Urraca Fernández de Castro. Una cascada de tirabuzones rubios se precipitaba por delante de sus diminutas orejas enmarcando un rostro aniñado y de aspecto enfermizo. Las desgracias se cebaban en ella desde que, siendo niña, una malformación del tobillo la hizo sentirse la más desdichada de las mujeres. Todos los intentos de casar a aquella diminuta criatura de hermosos ojos azules y una mirada lánguida fracasaron porque nadie pensaba que pudiera soportar un embarazo.

—¡Qué bien saben vivir los reyes moros! —Estefanía contemplaba fascinada aquella sala de audiencias en el alcázar, sorbiendo un refresco de limón—. Tienen todo lo que hace falta para ser felices: sedas, perfumes, música, mujeres... No como los reyes cristianos, que estáis todo el día a caballo, guerreando de un lado para otro por un puñado de cerros o tierras de secano —dijo la muchacha a su hermano Fernando, recién estrenado como rey de Toledo.

—Ahora ya no tienes motivo para quejarte. ¿Te falta algo?

—Un buen príncipe para marido, que nuestro padre se murió sin encontrármelo y tú te has olvidado de mí por completo.

—No se hable más del asunto. ¿Qué te parece Fernán de Castro, mi mayordomo y mano derecha? Lo tenemos al lado esperando.

—¿Nuestro primo? Pero si estaba casado con Constanza, y le pegaba a menudo...

—Sería por algo, y ya la ha repudiado. Es justo lo que te hace falta. Tener a tu lado alguien que te proteja.

—Si acepto lo que me propones, ¿le dejarás que me pegue?

—¿Cómo va a golpear a un ángel como tú? Se lo prohibiremos en el contrato matrimonial. Él está de acuerdo y ya le he concedido tu mano. Y no debemos desaprovechar la ocasión. Ahora mismo haré que le llamen.

—No nos dejes solos, que me muero de vergüenza.

Al poco, entró Fernán de Castro vestido a la usanza mora.

—El acuerdo está concluido —anunció el rey—. Trátala con un cuidado exquisito, que Estefanía es frágil como una mariposa. Daos la mano, que por mí sois marido y mujer. Llevad a los baños a la princesa, perfumadla, obsequiadla y vestidla como a una reina —ordenó el rey don Fernando a las esclavas que les servían. Y dirigiéndose a Fernán de Castro le recomendó, haciendo un aparte—: Y no se te ocurra hacer nada sin la debida preparación.

Hasta Atienza, donde se encontraban Teresa y Nuño, llegó la preocupante noticia de la pérdida del reino de Toledo. El regente don Manrique y su hermano Nuño no se esperaban que el rey don Fernando, tras abortar la sublevación de los salmantinos derrotándolos en Valmuza, con la ayuda del de Castro, Fernando penetrara con su ejército en Castilla y, sin encontrar resistencia, se apoderara de Toledo.

Perdido el reino de Toledo, al conde Manrique Pérez de Lara solo le quedaba la regencia del de Castilla, y no se sabía muy bien si la ejercía en nombre de su rey natural o de Fernando de León. Este pretendía ejercer la tutela y educación del pequeño Alfonso por ser el familiar más cercano del huérfano, con el pretexto de evitar la disputa entre los Lara y los Castro que tantas desgracias ocasionaba en Castilla. Sobre el papel seguiría Manrique de regente, pero Fernando ya tenía el reino de Toledo y lo único que le faltaba era que le entregaran al niño.

—Fernando ni se conforma con los Campos Góticos ni con el reino de Toledo. Lo quiere todo porque todo se le ha dado con facilidad, hasta el reino de León, que por nacimiento le correspondía a Sancho. No parará hasta que tenga en sus manos todos los reinos de su padre. Murió su hermano y está aplicando el Tratado de Sahagún como si su sobrino Alfonso no existiera —explicaba Teresa a Nuño en Atienza.

—No tenemos más remedio que llegar a un compromiso con él porque la situación es insostenible y, sin los tributos de Toledo, no hay modo de mantener ni al ejército ni a la corte —dijo Nuño, muy preocupado.

—Fernando viene y va, todo lo quiere resolver de la noche a la mañana. Irá corriendo allá donde la novedad le excite o la urgencia le reclame, y siempre llegará el primero. Hoy estará en Castilla, pero mañana se irá a Galicia dejando las cosas a medias. Le cansa el reposo y le excita el peligro. El esfuerzo prolongado le aburre. Se agita como una tempestad y en un segundo se calma. Lo mismo abraza que amenaza, e igual que le duele una afrenta al poco tiempo la perdona. El peligro está en Fernán de Castro, que trabaja a largo plazo —dijo Teresa.

—Tenemos que pactar con Fernando como sea y ganar tiempo hasta que el niño alcance la mayoría de edad y recupere lo que le pertenece. Pero todavía faltan siete años. Tal como estamos, una eternidad.

—Por el amor del cielo, no dejéis que el niño caiga en sus manos, que estando Fernán de Castro a su lado puede pasar de todo. Después de lo que le hizo a Constanza, no puedo imaginarme a la delicada e ingenua Estefanía con un energúmeno como Fernán jadeando encima de ella. Me da mucha pena Estefanía, porque va a ser muy desdichada. ¿Por qué tenemos que ser siempre las mujeres monedas de cambio? Es injusto que se nos compre y se nos venda como a las esclavas.

Nuño, que esperaba a su hermano en el castillo de Atienza, pasaba el tiempo jugando al ajedrez con don Cerebruno, obispo de Osma, que, aparte de consumado jugador, era preceptor del pequeño rey don Alfonso.

—Decidme, don Cerebruno si os place, vos que tenéis la fortuna de gozar de la compañía de don Alfonso en Soria, ¿cómo es realmente nuestro soberano? —preguntó el conde.

—Es más sensato que los niños de su edad. Se nota por su seriedad que ha estado mucho tiempo con adultos. Los respeta y se hace respetar. Sabe mucho, y lo que no sabe lo pregunta, sobre todo en los asuntos que afectan a su reino. En nuestra ciudad lleva una vida apacible y sobre todo ordenada. Yo me ocupo de educarle en cosas de religión, latines y letras. Los caballeros le ejercitan en las artes de la guerra, y conmigo juega también al ajedrez...

—No me diréis que a un niño tan pequeño le place un juego tan sesudo y se sujeta al tablero con paciencia. A mí me gusta jugar rápido. Detesto la demora por mover las piezas —dijo Nuño.

—Él se sienta en el trono cuando se pone ante el tablero porque sabe que es un juego de reyes. Este juego tan antiguo es el único que depende más del ingenio que del azar, y una vez puesto en marcha es como abanico abriéndose con infinitas posibilidades y cerrándose como una tenaza —explicó don Cerebruno.

—Pero es un arte que nada crea, nada deja, a nada conduce, para nada sirve, como una mesa sin patas o una casa sin paredes. Los que juegan al ajedrez son arquitectos de la nada que construyen un edificio sin muros ni tejado. Es una ciencia que no sirve para nada si a nada le llamamos entretener el ocio. Es como música silenciosa —dijo don Nuño.

—Nadie sabe quién lo inventó y su señoría dice que para nada sirve. Esa es su gran paradoja. Cuando no haya reyes sobre la tierra, sus homólogos de madera o de marfil seguirán reinando y guerreando en las teselas blancas y negras. Cuando estos castillos que nos acogen no defiendan nada, siempre habrá torres vigilando las horizontales y verticales. Cuando los monasterios y las catedrales se yergan silenciosos, siempre habrá abades y obispos peregrinado por las diagonales de los tableros. Y cuando las gentes se hayan olvidado del nombre de los sabios de la Antigüedad, se seguirán preguntando quién fue el ingenioso duende que, para matar su aburrimiento y gastar el tiempo con sus amigos, inventó un juego tan sencillo y divertido que pasa, prácticamente inmutable, de reino a reino y de generación en generación. Decidme, señoría, ¿en qué torneo un niño puede derrotar al más valiente y diestro de los caballeros? ¿O un iletrado al más sabio de los obispos? ¿O un pobre al más rico de los mercaderes? Y todo ello sin levantarse de su asiento.

—¿Y realmente ejercita la mente o más bien la embota? Porque flaco servicio le haríamos a nuestro rey si se aficiona tanto a este juego y gasta más energías en pasear su corona de cuadro en cuadro por los vericuetos del tablero que en recorrer sus reinos de pueblo en pueblo para solaz y consuelo de sus vasallos —replicó don Nuño.

—Con este placentero juego, nuestro pequeño rey ha aprendido cosas tan provechosas como ejercitar la memoria, ordenar la cabeza y tener paciencia o no distraerse —continuó don Cerebruno—. También a hacer acopio de fuerzas. A distinguir lo principal de lo accesorio y prever las consecuencias de sus actos. No es mala cosa saber adivinar las decisiones del contrario ni ganar batallas parciales para vencer al final. Ni tampoco es cosa baladí conocer el terreno y también al rival. Darse cuenta de que no hay enemigo pequeño porque hasta un peón puede lograr tu captura.

»Él sabe ya ser astuto para tender celadas o evitarlas con sentido de la anticipación, y aceptar sacrificios para lograr la victoria o pedir treguas cuando es preferible una salida honrosa que una victoria incierta o una derrota oprobiosa. Y ha aprendido también que, en el tablero, tanto como en la guerra, es muy provechoso ocupar los espacios centrales del territorio para cerrar el paso al enemigo, entretenerlo mientras se preparan ataques en otra parte o dirigir desde ellos operaciones de castigo. Y le ponemos ejemplos traídos a colación muy a propósito, como el caso del castillo de Calatrava, que es una torre enclavada en medio del territorio enemigo.

Cuando por fin llegó don Manrique, don Cerebruno se retiró para dejar a solas a los hermanos y que deliberaran sobre los graves asuntos del estado y sobre la encrucijada en la que se encontraban tanto ellos como el pequeño rey.

—Lo siento, Manrique, creo que te equivocas, al rey hay que comunicarle la verdadera situación de sus reinos. Estás haciendo el simulacro de que gobiernas como regente de don Alfonso y lo tienes medio engañado. Debe saber que, después de la última derrota, Fernando se ha quedado con todo. Además, tiene al partido de los Castro a su favor y muchos años por delante para ocupar todos los reinos. No me digas que no conoces sus intenciones, porque ya en octubre pasado, confirmamos en Burgos documentos en los que se declara rey de los hispanos. ¿Qué es entonces lo que le falta? Hacerse con el niño, y tú se lo vas a entregar.

El conde Manrique de Lara callaba, pensativo, ante los argumentos de su hermano Nuño. El pesimismo reinaba en el ambiente, porque la situación del rey Alfonso era desesperada.

—Esta es la cruda realidad, Nuño. Al cabo de cinco años, hemos perdido la partida. El rey de León se ha apoderado de la totalidad del tablero y ya no nos quedan piezas para hacerle frente.

—Te equivocas, Manrique, nos quedan el rey y muchos peones. El pueblo le quiere. Es verdad que su reino encoge mientras el de Fernando ensancha a su costa, pero tenemos que ganar tiempo para que el pequeño rey recupere todo lo que ha perdido en los años anteriores. De momento, tenemos que mantener a Alfonso en activo; en caso contrario, Castilla desaparecerá del tablero. Él puede morir como su padre y nunca sabremos la causa. Tal como tú lo planteas, perdemos el juego de todos modos. Pero eso no ocurrirá si tenemos al rey con nosotros cuando cumpla los catorce años.

—Yo ya he pactado con don Fernando la entrega de su sobrino porque no me quedaba otro remedio y no tengo medios para impedirlo. Él trae un ejército consigo y no tenemos otro para enfrentarle. Sabes que tanto el niño como nosotros somos prisioneros de su voluntad —señaló Manrique.

—Tú haz lo que te parezca, que algo se nos ocurrirá para conseguir que la entrega del niño discurra de otra manera —dijo don Nuño con una extraña sonrisa.

A Soria llegaron, por un lado, don Nuño y Manrique, y por otro, el cortejo de Fernando. Era tan evidente que las fuerzas de unos y otros estaban descompensadas que todos los habitantes de la ciudad temían por el incierto futuro del pequeño que durante tres años había vivido entre ellos.

Mientras el rey de León se albergaba en el castillo con los honores de rey, el pequeño Alfonso se recogía en un modesto palacio de la parroquia de Santa Cruz y, antes de acostarse, jugaba al ajedrez con don Nuño.

—En la partida de mañana os toca jugar con negras, señor —dijo don Nuño, utilizando símiles del juego que tanto le gustaba al niño para prepararle sin asustarle demasiado.

—Tenemos que echarlo a suertes, es la costumbre.

—La suerte está echada, majestad. Desgraciadamente, esta vez lleváis las de perder, a no ser que intentemos una jugada arriesgada. Vuestro tío Fernando juega con blancas y domina el tablero. Desde la torre del castillo, os tiene en jaque y viene dispuesto a daros mate en una sola jugada.

—Pero tengo conmigo a don Manrique, a los señores de Soria y a mi tío Raimundo, el obispo de Palencia...

—Que puede rezar por vos y poco más.

—¿Tan mal lo veis?

—Lo tenemos muy mal, pero no estamos perdidos si realizamos una jugada arriesgada que sorprenda a nuestro adversario. Tenemos preparado el caballo y hay un puñado de peones dispuestos a entorpecer el avance del rey blanco. Y dos torres bien situadas en el tablero para proteger vuestra retirada.

Aunque el pequeño rey confiaba en don Nuño, estaba desconcertado porque le parecía muy raro todo lo que estaba pasando. Aquella noche soñó que estaba en el castillo donde vagaba en solitario por los corredores, y que de pronto aparecía por el fondo del pasillo un macho cabrío con la barba rala, los cuernos enroscados que ocupaban toda la anchura del corredor y le cerraban el paso. Exhibía una sonrisa diabólica y se relamía de gusto. Un río de babas inundaba el pasillo y hacía imposible la huida.

—Ríndete, muchacho, que te he comido todas las piezas. Estás solo y te voy a dar jaque mate. Entrégate, que no tienes escapatoria.

El niño trató de huir, pero las babas gelatinosas se lo impedían.

Cuando el macho cabrío estaba a punto de darle alcance, se encontró en una enorme habitación en penumbra con una cama en el centro.

—¿Estás en la cama, padre? Levántate y mata al chivo que me persigue.

—No puedo, hijo mío, yo no te puedo ayudar, porque estoy muerto. Salta ahora... salta ahora...

Salió de la cama por el otro lado y, aprovechando el revuelo, subió a la silla sin que nadie se apercibiera de ello y se encaramó a la poyata.

«Pum, pum, pum, pum, pum, pum». El chivo golpeaba la puerta y Alfonso no tenía escapatoria, cerró los ojos y saltó al vacío.

«Pum. Pum. Pum».

Alguien había abierto la puerta y le tenía en los brazos cuando despertó.

—Sois vos, don Nuño. Menos mal que habéis venido a salvarme.

—Esta mañana estaré pendiente de vos en el salón del concejo. Procurad no perderme de vista, por si acaso me necesitáis.

Cuando estaba vestido como soberano que era, llegó el regidor de Soria junto a los representantes más viejos del concejo para acompañarle hasta el palacio donde tendría lugar el encuentro con su tío. En lo alto de la escalera le esperaba el regente. Al llegar arriba, el alcalde se dirigió a don Manrique:

—Libre nos lo encomendasteis y libre os lo devolvemos. Mantened al rey tan libre como nosotros hemos hecho. Ese fue nuestro compromiso y esa es vuestra obligación a partir de ahora.

A pesar de su corta edad, Alfonso se daba perfecta cuenta de la trascendencia del momento. Aquello no era un juego: su futuro y su vida estaban en el aire.

—¿Qué es lo que va a pasar, don Manrique? —preguntó con una firmeza y serenidad que dejaron pasmados a los presentes. Al regente le costó un mundo responderle.

—Vuestro tío, el rey don Fernando, lleva tiempo reclamando vuestra custodia. Nos hemos negado hasta ahora porque creíamos que era lo mejor para vuestra majestad. Pero ahora que habéis crecido un poco, quiere ocuparse también de vuestra educación y crianza. Solo tenéis que besar su mano y rendirle vasallaje. Es un trámite sin importancia...

—Pero yo sigo siendo el rey... y vos estaréis conmigo... ¿no es así, don Manrique? —preguntó el niño alarmado.

—Siempre que lo autorice vuestro tío porque, a partir de ahora, nada podremos hacer sin su permiso.

El niño frunció el ceño, enmudeció y puso cara de contrariedad.

Tan pronto como entraron en el salón plenario, el pequeño Alfonso, en vez de fijarse en el espectacular ornato de la sala, en los pendones y blasones, en los brillantes ropajes o en las pulidas armas de los caballeros, clavó la vista en el personaje que estaba sentado en el trono que presidía la sala y que era el único que no se había puesto en pie cuando el alcalde anunció en voz alta:

—¡Majestad, caballeros! ¡Su majestad el rey don Alfonso, hijo del rey don Sancho y nieto del emperador don Alfonso!

—¡Es el chivo que me perseguía, don Manrique, no me dejéis con mi tío, que tiene su misma barba y no hay más que ver cómo se relame! Se ha sentado en mi trono, el que yo he ocupado todas las veces que me han traído a esta sala. Y a mí me quieren poner en esa sillita que tiene a su lado —decía el pequeño con rabia.

Con la presencia del niño-rey empezaba una larga y tediosa sesión protocolaria plagada de obsequios, discursos y firmas de documentos, en la que Alfonso no contaba para nada porque todo el protagonismo era de su tío Fernando.

—Don Manrique me ha mentido, me ha engañado. Yo siempre he confiado en él. Mentiroso, mentiroso, mentiroso, más que mentiroso, que Dios te va a castigar por engañarme —decía entre dientes el pequeño, mirándole fijamente a la cara—. No quiero que me lleve el chivo, que no quiero y no quiero. Yo no quiero ser vasallo suyo, ni siquiera sobrino. Eres un tramposo, Manrique, y nunca te lo perdonaré.

Como la angustia le devoraba, no paraba de revolverse en su asiento. Tan pronto se levantaba como se sentaba y al poco se retorcía; además, sudaba con aquellas ropas tan apretadas, tenía ganas de orinar, el aire pesado le ahogaba y se pasaba constantemente la mano por la frente porque se estaba empezando a marear.

Los asistentes al acto, aburridos por el tedioso ceremonial, tenían toda su atención puesta en la criatura que les estaba contagiando por momentos su agobio, y pronto empezaron a escucharse rumores que obligaron al alcalde a reclamar silencio repetidas veces.

Cuando el niño prorrumpió en sollozos, el barullo que había en la sala se hizo ensordecedor y obligó a detener el ceremonial porque los asistentes comenzaron a patear en el suelo. Entonces se hizo el silencio y se oyó una voz que decía:

—Por el amor de Dios, dejad salir a este niño a tomar un poco el aire, que no se encuentra bien y tendrá que hacer sus necesidades o a lo mejor tiene hambre.

—Lleváoslo a la parroquia de nuevo para que se tranquilice y dadle algo de comer, que luego iremos a buscarle —dijo don Manrique, que desconociendo lo que tramaba su hermano Nuño, le hizo una seña para que se hiciera cargo del niño. El rey don Fernando, presionado por la concurrencia, había asentido a regañadientes.

El llanto del niño de la mano de Nuño conmovió a los sorianos que se encontraban fuera del concejo esperando la salida de los reyes. A partir de aquel momento, la inquietud y los más diversos rumores se extendieron por la ciudad.

Don Alfonso se tranquilizó después de que don Nuño le tomara de la mano.

—Lo habéis hecho divinamente, majestad. Subid conmigo al caballo y vayamos a la parroquia de Santa Cruz. Os estaré esperando debajo de vuestra ventana.

Enseguida llegaron a sus aposentos, donde los criados se aprestaron a servirles.

—Dad algo de comer a su majestad, que ha sufrido un desvanecimiento, y como necesita descansar, dejadle tranquilo en su alcoba para que repose cuanto necesite —les ordenó don Nuño, y a continuación, cabalgando con naturalidad, se dirigió a la puerta de la muralla.

Don Alfonso, después de comer un trozo de pan con cecina, una manzana y un vaso de leche, fue llevado a su habitación y le dejaron en ella. Tan pronto como se encontró solo, se cambió a toda prisa, abrió la ventana y comprobó con alegría que don Nuño le estaba esperando a lomos de su caballo extramuros de la ciudad.

Era un hermoso día de verano. El campo se extendía generoso desplegando ramilletes de tomillo, romero, manzanilla y espliego en la parda tierra de los cerros de Soria. En el ambiente se respiraba un aire de libertad que mecía las cúspides de los álamos del Duero. Alfonso dejó caer un fardo con la ropa que se acababa de quitar y don Nuño, al tiempo que lo cogía en el aire, le dijo:

—Saltad sin miedo, majestad, que yo os sujeto en mis brazos.

Aunque el niño dudaba, dada la altura a la que se encontraba, se acordó del chivo que le perseguía y se arrojó al vacío, cayendo encima de don Nuño, que le sentó a horcajadas delante de él cubriéndole con su capa.

—Rogad a Dios para que nos tome bajo su protección, que vamos a poner tierra de por medio y el viaje será muy largo. Los días también lo son y antes de que el sol decline estaremos en Atienza.

17

Muy pronto estuvieron en campo abierto galopando por las inmensidades de las tierras de Soria. El aire estaba limpio, el cielo claro y por delante tenían los pedregosos surcos de las tierras secas y las pardas colinas que se orillaban a su paso para facilitarles la escapada..

—¿Tenéis miedo, majestad?

—Qué va, esto es muy divertido. Parece que estamos jugando al pilla pilla.

—Y también al ajedrez, no olvidéis que estamos jugando una partida con el rey vuestro tío. Y que estamos utilizando una estratagema que él no se espera. Cuando se dé cuenta de que os habéis escaqueado, empezará a buscaros por toda la ciudad. —Y como sintiera que el pequeño rey temblaba de la risa, le preguntó—: ¿Qué os pasa, estáis bien?

—Estupendamente.

—Avisadme si os da el sueño. O si necesitáis algo.

—Así lo haré.

Como don Nuño no quería levantar sospechas, mantenía el caballo a un trotecillo sostenido que detrás iba dejando una estela polvorienta que se deshacía entre las zarzas. Las torres de las iglesias les despedían desde la lejanía y los olmos al borde del camino se sucedían velozmente cuando empezaron a galopar.

—Dejad caer la capa sobre los hombros y daos algún respiro.

Mientras los fugitivos iban escapando al trote, la sesión proseguía con la presencia de los representantes de los linajes y de burgueses de Soria, desgranando distintas quejas y peticiones que el rey atendía con cara de impaciencia o aburrimiento.

Como el tiempo pasaba y el niño no daba señales de vida, el rey, sin poder contener su malestar, dijo en voz alta:

—Conde Manrique, este niño come mucho. Mandad a buscarle rápidamente, no vaya a ser que se nos indigeste... a vos y a mí.

Al cabo de un buen rato regresó Manrique con las manos vacías y un gesto de contrariedad. No veía a su hermano Nuño por ninguna parte y temía que le hubiera jugado una mala pasada.

—Siento comunicar a su majestad y a todos los presentes que el niño ha desaparecido sin dejar rastro. Creedme si os digo que estoy profundamente consternado por esta contrariedad.

—Esto es inadmisible. Prometisteis que besaría mi mano en señal de vasallaje y me lo entregaríais en Soria para que me hiciera cargo de su educación y crianza, y ahora me decís que el niño se ha esfumado por arte de magia —bramó el rey, puesto en pie y apretando los puños y los dientes.

En la sala se escuchó un murmullo de desaprobación, porque el concejo había devuelto el niño a Manrique con la promesa de que siguiera tan libre como ellos se lo habían entregado. El alcalde de Soria se levantó de su asiento e increpó a Manrique:

—Señor conde don Manrique, en estas tierras, la palabra de los hombres es un contrato ante Dios; porque de no ser así, el engaño o la mentira ensombrecerían los campos y marchitarían las cosechas, y las tierras que cultivamos se convertirían en desiertos pedregales. ¿Qué comeríamos entonces nosotros y nuestros hijos?

De la calle llegaban voces y la gente entraba y salía de la sala sin que nadie se lo impidiera. El rey don Fernando escuchaba con impaciencia el discurso del regidor soriano, que iba para largo. La crispación era patente en la sala y las voces y gritos que provenían de la calle hicieron temer al monarca un motín como el de Salamanca.

—Abreviad si podéis, señor alcalde, que el tiempo apremia y es momento de carreras y no de floridos discursos. Y vos, don Manrique, corred raudo tras el niño y traedlo y entregádmelo como prometisteis. Juro que os pesará si no hacéis lo que ordeno.

—Prosigo con la venia de su majestad —dijo el alcalde—. En esta misma sala, con estos mismos testigos, nos dijo don Manrique, en presencia del obispo don Cerebruno... —Y se calló de repente porque el alboroto hacía inaudible su perorata.

Siguiendo las órdenes del rey don Fernando, el regente don Manrique, imaginando que Nuño se había escapado con el rey hacia Atienza, siguió el mismo camino con el ánimo de alcanzarle antes de que llegara. Para entonces, los fugitivos habían puesto mucha tierra de por medio y galopaban a sus anchas por los campos sorianos alcanzando en su carrera a lejanos pasajeros y dejando atrás carros, jinetes y arrieros.

—Ya queda menos para Almazán, señor. Allí nos esperan con un caballo de refresco para mí y uno más apropiado para vos.

Alfonso estaba encantando con aquella aventura inesperada, y una vez que tuvo su propia montura, trotaba a sus anchas al lado de don Nuño.

—¿Cuánto tiempo resistiremos al galope?

—No conviene forzar al animal porque todavía nos queda una larga jornada hasta Atienza, pero si todo transcurre como está previsto, cuando oscurezcan los campos, estaremos a seguro en su imponente fortaleza.

—¿Habrán salido a perseguirnos? —preguntó el niño.

—A estas horas ya nos estarán echando en falta. Sería preocupante que vuestro tío Fernando, que es un extraordinario jinete, cabalgara tras nosotros bajo ese sol de justicia. Lo más probable será que esté disputando con don Manrique y haya enviado en pos de nosotros a don Fernán de Castro, y ese me preocupa mucho, porque no se anda con contemplaciones.

—¿De verdad que mi tío mandará a ese caballero para matarnos? ¿Solo por escaparnos?

—Estese tranquilo su majestad, por ahora no se divisa ni una mota de polvo en el camino tras nosotros.

Los fugitivos estuvieron cabalgando sin parar bajo las luengas capas de las nubes secas sin sentir que eran objeto de persecución. Pero al caer la tarde y echar un vistazo en un recodo, don Nuño divisó una sospechosa polvareda en el camino que serpeaba entre las blandas colinas.

Como no quería preocupar al pequeño aceleró la marcha.

—Majestad —exclamó—, con este trote cansino que llevamos se nos va a echar encima la noche. ¿Qué os parece si nos ponemos un rato al galope para evitar que se nos duerman los caballos?

—¿Falta mucho? —preguntó el rey—. Porque voy teniendo necesidad de parar.

—Mirad allá al fondo, majestad, en aquella línea quebrada sobre la chopera está la torre de nuestra salvación. Pero todavía nos queda por recorrer un trecho considerable.

El grupo perseguidor se acercaba inexorablemente y don Nuño aceleraba la carrera, porque no quedaba mucho para alcanzar la meta.

—Parece que nos persiguen, don Nuño —exclamó el rey, que volvió la cabeza al darse cuenta de que su acompañante lo hacía con cierta frecuencia.

—Deben de ser arrieros que van con prisa porque también querrán llegar de día —dijo don Nuño para tranquilizar al rey, porque ya tenían el castillo de Atienza a la vista—. Estamos salvados. A partir de ahora, sabremos defendernos —exclamó el conde con alivio cuando llegaron a la sombra de la fortaleza.

—¡El rey, que llega el rey! —se oyó la voz del centinela—. Que suenen las trompetas para darle la bienvenida... y también las campanas...

—Cerrad las puertas de la muralla. Y que no entre ni salga nadie del castillo sin mi permiso —ordenó don Nuño.

Con las últimas luces del día ya estaban a seguro al abrigo de los muros de la fortaleza de Atienza. A la entrada le esperaban Teresa y Cecilia con un grupo de niños para darle la bienvenida.

—¡Cuántos niños hay en este castillo! ¿Son todos hijos vuestros, don Nuño?

—Bastantes de ellos, pero falto tanto de mi casa por serviros, que cuando vuelvo apenas si distingo los que son míos de los ajenos.

—Tenemos preparado el baño que necesita su majestad y ropa para que podáis vestiros como os corresponde. ¡Niños, saludad al rey y dadle las gracias porque ha venido a quedarse con nosotros honrándonos con su augusta compañía! —dijo Teresa que, a pesar de que el rey no la había reconocido, no podía olvidar que lo había tenido un tiempo a su cuidado durante la enfermedad y después de la muerte de la reina doña Blanca.

No pudo por menos la condesa que admirar el cambio que había experimentado Alfonso. Se notaba que pasaba mucho tiempo haciendo ejercicio al aire libre, porque estaba curtido por el sol y era fuerte y bien proporcionado. Los años pasados en Soria ejerciendo de rey le habían dado un aplomo y una seriedad impropios de los ocho años que iba a cumplir en noviembre.

—Qué rey más pequeñito. Yo creía que los reyes eran mucho mayores. Rey, ¿dónde has dejado la barba? —preguntó la pequeña María.

Rieron todos de buena gana, Alfonso el primero.

—Ya me saldrá cuando sea mayor de edad y no necesite regente.

—Majestad, estos son nuestros hijos Fernando, Álvaro, María y Elvira, y este muchacho es Mateo, que es responsable de atenderos y serviros como os merecéis.

—¿Son todos hijos vuestros, señora?

—Mateo es hijo de mi hermana Cecilia, que va a ser vuestra camarera. El resto son míos y de don Nuño. Vos no os acordáis, pero con Fernando, Álvaro y Mateo estuvisteis de niño.

—Yo no he tenido nunca una familia.

—¿Quieres ser hermanito nuestro? Nos gustaría mucho. Así podríamos jugar a reyes y princesas —propuso María—.

Mis hermanos no quieren jugar conmigo porque dicen que es un juego de mujeres. Tú seguirías siendo el rey y yo sería tu princesa.

—Tú no vas a ser princesa, solo serás monja —intervino Fernando.

—Mamá, ¿quieres tener un hijo que sea rey? Aquí hay uno que ha venido sin madre.

—Si él quiere, lo seré de mil amores. Pero él lo tendría que pedir. —Teresa y los niños lo miraron con ternura.

—A mí no me importaría que me pidierais que fuera hijo vuestro, señora, si eso no os causa molestias —concluyó Alfonso con gesto solemne.

—Justo es lo que yo estaba deseando. Por fin tengo un hijo que sabe jugar al ajedrez —dijo Teresa, abrazando al pequeño rey.

Teresa sentía una compasión infinita por aquel rey en miniatura, que era poco más que una moneda que se jugaban a vida o muerte la familia de su marido y la de los Castro, sus rivales. El maravedí que estos reclamaban daba vueltas en el aire mientras Fernando alargaba la mano para cogerlo al vuelo. Sobre su cabeza refulgía una corona de hojalata y solamente le cubrían las espaldas los jirones de unos reinos que le disputaban sus familiares.

—¿Pero de verdad sabes jugar al ajedrez? —preguntó Fernando—. Es un juego de mayores. ¿Podrías enseñarnos a nosotros?

—Lo primero de todo es conocer bien las piezas y saber cómo hay que moverlas.

—Muy fácil, con las manos —intervino María.

—A qué te metes si las mujeres no juegan —dijo Fernando.

—No hacer nunca trampas. Y luego tener todo el tablero en la cabeza.

La conversación se vio interrumpida por la llegada de don Manrique, acompañado por su hermano Álvaro y unos cuantos caballeros que formaban parte del grupo perseguidor. Manrique estaba hecho una furia. Después de cumplimentar al rey, que puso cara de circunstancias porque no se le había pasado el enfado con el regente, los tres hermanos Lara se reunieron en conciliábulo para acordar la estrategia a seguir en adelante con el rey de León.

—¡Esto no se le hace a un hermano! —gritó el regente—. Podías haberme avisado de que te ibas a escapar con el niño.

—Como eres hombre de honor, no me quedaba otro remedio que engañarte. Si te lo hubiera dicho, no me habrías pedido que sacara al niño de la sala.

—Ni se le hace a un hermano ni puedes montar semejante burla al rey de León. He quedado como un embustero ante él. Le juré entregarle al niño en Soria y le he engañado como a un tonto delante de toda la ciudad.

—A don Fernando dile toda la verdad. Tú se lo ibas a entregar como habías prometido, yo no estaba de acuerdo y todo ha sido una estratagema mía.

—Me dirá que me deje de cuentos y que le entregue el niño, tal y como habíamos convenido.

—Ahora las cosas están de otra manera. Tenemos al niño con nosotros y debemos defenderle hasta la muerte. Como estamos bien atrincherados, si pone sitio al castillo, nosotros resistiremos. Ya verás cómo corren cuando vean rodar los pedruscos por la ladera.

—Pero puede plantear un asedio más largo y tratar de rendirnos por hambre.

—No recuerdo que Fernando haya sometido a asedio durante mucho tiempo a ningún castillo. Lo suyo es llegar como un rayo y atacar por sorpresa. En eso es un maestro. Pero le falta la constancia y el sacrificio que necesita un asedio. Y no puede descuidar las fronteras de su reino.

—Pero yo di palabra al rey de León y estoy obligado a cumplirla —insistió Manrique sin mucha convicción.

—También diste tu palabra a los sorianos de que mantendrías al niño libre de toda servidumbre, y esta mañana estabas dispuesto a entregárselo a su tío atado de pies y manos.

—Razona, Nuño —argumentó Manrique—. Faltan seis años para la mayoría de edad del rey. ¿Sabes lo que son seis años en estas condiciones...? Una eternidad. Estamos derrotados. Volverá a buscar al niño. Está obsesionado con hacerle vasallo suyo, y el paso siguiente es proclamarse emperador como su padre.

Álvaro, que, aunque era el mayor de los tres, había permanecido silencioso, terció en la disputa.

—No te acalores, Manrique, y escucha. No pienses en los seis años que faltan, las cosas hay que hacerlas paso a paso. Lo que importa ahora es que Fernando levante el asedio y se vuelva para León. Pedirá algunas compensaciones. De aquí querrá sacar algo. A cambio de no llevarse al niño, querrá quedarse definitivamente con los Campos Góticos con el pretexto de que son para la infanta Estefanía. Puede que vuelva a por el niño, pero puedes escaquearte otra vez y que ya no esté en Atienza cuando él llegue.

—A Soria no podemos volver. He perdido la confianza del concejo y del pueblo —dijo Manrique amargamente.

—¿Y qué te parece Ávila? Tú eres su gobernador. Tiene una buena muralla. Un concejo muy activo y una milicia concejil aguerrida y valerosa comandada por Sancho Jiménez, que está curtida en multitud de incursiones en tierras de moros.

—El rey de León me retará en duelo apelando a mi honor y no me quedará más remedio que aceptar para no quedar deshonrado —protestó Manrique, pero acabó aceptando la propuesta de su hermano. Más que nada, porque no veía otra salida a una situación que se le antojaba desesperada.

Al cabo de dos días de tensa espera, sonó la trompeta y a continuación la voz del centinela:

—Se aproxima un ejército en formación de combate.

Poco después, plantaron la tienda real en medio del campo y a su alrededor se formó un campamento. Al poco ascendieron la montaña un par de mensajeros.

—Por orden de su majestad, el rey don Fernando, os emplazamos. O nos entregáis inmediatamente a su sobrino o habrá juicio de Dios, porque don Manrique tendrá que batirse con don Fernando al haber cometido perjurio y quedar deshonrado por traidor.

—Ni soy perjuro ni tampoco traidor, porque he cumplido con mi obligación que era servir a mi rey verdadero y evitarle la servidumbre y el vasallaje que querían imponerle contra su voluntad, y como no hay traición ni deshonra, declino recoger el guante.

Un buen rato después, el jefe de la guardia entró a toda prisa en la tienda del rey don Fernando.

—Parece que han cambiado de opinión, majestad, baja un caballero del castillo y trae la enseña de los Lara, pero es muy raro que venga sin lanza ni escudero que le acompañe. Se conoce que viene a parlamentar.

—Hacedle entrar en mi tienda en cuanto llegue y dejadnos solos —dijo don Fernando.

Al rey no le sorprendió ver quién se escondía debajo de aquel disfraz cuando llevaron a Teresa a su presencia.

—Me imaginaba que serías tú. ¿Es que no hay hombres en ese castillo? —preguntó con sorna.

—Los leñadores hacen el camino con el hacha, los labradores hacen el surco con el arado y los guerreros se abren paso con la espada, pero las mujeres lo hacemos con el corazón. Los pleitos de la familia se arreglan en la familia. He decidido bajar por mi cuenta, sin avisar a Nuño ni a sus hermanos de mis intenciones.

—No estuve muy afortunado la última vez que nos vimos —dijo el rey pesaroso.

—Me dijiste que lo olvidara, y lo que pasó se me olvidó por completo cuando salí de tu tienda —mintió Teresa.

—Entregadme a mi sobrino. Soy el hermano de su difunto padre.

—¿Para qué quieres al niño? Si siempre estás de un lado para otro, y además sigues soltero.

—El niño no viviría conmigo; se lo daría a un noble para que lo educara.

—Y van cuatro. El niño de mano en mano. Después de don Gutierre, don García. Y después de don García, don Manrique. ¿A quién le tocaría ahora criar y educar a la criatura? ¿Se lo encomendarías a Fernán, que no tiene descendencia, y tan pronto anda con los moros como con los cristianos? ¿Alguien que ha matado a su suegro te parece un ejemplo para un niño? ¿De qué me estás hablando, Fernando? ¿Ahora que el niño ha encontrado una madre te lo vas a llevar? —preguntó Teresa, que recriminaba al rey como si estuviera en Monterroso. Al ver que Fernando no contestaba y miraba hacia otra parte, prosiguió—: Tu sobrino me ha dicho que necesita una madre y me ha pedido que le adopte como hijo. Como imaginarás, le he respondido que lo seré de mil amores.

—Los futuros reyes se educan fuera de casa. A mí me mandaron con tu padre y no me fue nada mal.

—Porque nos tenías a todos nosotros contigo y te dimos educación y cariño, Fernando, sobre todo cariño. ¿Te acuerdas cuando mi padre se empeñaba en que durmieras solo, aunque reventaras a llorar? Tenías miedo. Mucho miedo.

—Y también mucho frío, que todo estaba húmedo.

—Sería que te meabas en la cama.

—Eso también.

—Necesitabas cariño, Fernando. Por eso me llamabas por las noches. Todavía me acuerdo de tu llamada. Parecía el balido de un corderillo: «Tereeeesa, Tereeeeeeeeesa, veeeen, veeeeen conmigo, que tu padre me da miedo y no me puedo dormir».

—Ya casi no me acuerdo.

—Pues ahora el niño tiene miedo de ti, como tú lo tenías de mi padre. Y sufre de pesadillas por tu culpa.

—¿Cómo?

—Como lo oyes. Te ve como un chivo que le cierra el paso y prefiere tirarse por una ventana antes de que le atrapes. Y ahora vienes tú con un ejército a llevártelo por la fuerza. ¿Te necesita para algo? —Teresa vio que Fernando agachaba la cabeza, y continuó—: A mí sí que me necesita. Para protegerle de su tío. De ti, Fernando, de ti. —Teresa le señaló con el dedo—. Precisa lo mismo que tú cuando tenías su edad. Y si yo te lo di a ti cuando no sabía lo que hacía, ¿cómo no se lo voy a dar a él ahora que sé lo que hago? —El rey bajó la mirada y guardó silencio—. ¿Cuánto tiempo puedes sostener un asedio solo para llevarte a una criatura? ¿Crees que lo iban a consentir los obispos? ¿O que los concejos y las villas se iban a quedar de brazos cruzados? ¿Piensas que puedes estar con tu ejército más de dos meses alejado de León y de Galicia asediando una fortaleza como esta de Atienza? ¿Te imaginas que mi hermano Alfonso no se aprovecharía de la situación para llegar con los portugueses hasta Compostela, y que luego no se quedaría con una buena parte de Galicia? ¿Y supones que los almohades se iban quedar quietos olvidándose de Ledesma y de Ciudad Rodrigo? ¿Piensas que tus nobles y tus obispos ven con buenos ojos que te afanes en Castilla y te desentiendas de sus negocios? —Teresa concluyó con una frase lapidaria—: Anda, Fernando, despierta, que a veces te precipitas. No se puede ir de caza por los montes de tu vecino cuando los jabalíes están a punto de invadir el huerto de tu casa.

—¿Qué propones para salir de este embrollo?

—Busquemos una salida honrosa, que todo es negociable, menos la entrega del niño. Eso es imposible, porque no quiere irse contigo por nada del mundo, y por tu culpa tampoco quiere a Manrique. Y por eso se va a quedar conmigo por un tiempo. Seguirá vigente el Tratado de Sahagún. Dejamos los Campos Góticos para tu hermana Estefanía mientras siga soltera. Manrique sigue de regente y Nuño de tutor, aunque del niño me encargo yo, que para eso soy ahora su madre. Y te aseguro que no permitiré que nadie le utilice como moneda de cambio.

Al percatarse Teresa de que Fernando no ponía inconvenientes a lo que ella le proponía, dio por supuesto que aceptaba y llevó la conversación al terreno personal.

—Hablando de niños y del Tratado de Sahagún. ¿Tú no te piensas casar? Porque no vaya a ocurrirte que seas tú el que te que quedas sin descendencia y dentro de unos años pase tu reino a tu sobrino Alfonso sin que tenga que mover un solo dedo.

—Yo ya te hice una proposición de matrimonio y no me hiciste ni caso.

—Ahí tienes Portugal... Si quieres conquistarlo, empieza por tu prima Urraca, a ver qué dice. Que a lo mejor viene otro más listo que tú y se la lleva. Estás mirando hacia el levante y la solución la tienes a poniente. —Para su sorpresa, Teresa cada vez se encontraba más a gusto, como si hubiera recuperado su antigua confianza con Fernando—. Y si me permites un consejo, en vez de andar asediando castillos fuera de tu reino, acaba de una vez la catedral de Compostela, que allí está enterrado tu padre. Y estarás tú también junto al apóstol, quiera Dios que sea dentro de muchos años. Y déjate de aventuras castellanas, no sea que, como te ocurrió con Salamanca, se te subleven las villas y las ciudades y por haber venido por lana vayas a salir trasquilado.

—De acuerdo —aceptó Fernando. Nunca había sabido resistirse al empuje y vehemencia de Teresa—, pero yo voy a seguir titulándome rey de los hispanos, que para eso soy rey de León. Quédate tú con el niño y procura quitarle el miedo que me tiene. Y los hermanos Lara que me firmen lo pactado. Mañana levantamos el campo y volvemos a León. Que a lo mejor me interesa arreglar los problemas con Portugal de la manera que dices.

18

El pequeño rey Alfonso había seguido los consejos de don Nuño y procuraba poner la mejor cara cuando estaba con el regente don Manrique, entre otras cosas, porque no había muchos contrincantes de su talla para jugar al ajedrez. Además, era el más culto y refinado de todos los nobles de su reino. Pero el de Lara notaba el distanciamiento y así se lo hizo ver a Teresa.

—Por más que lo intento, no consigo ganarme el aprecio del rey. A veces le dejo que me gane al ajedrez, pero creo que se da cuenta, porque me dice que juego distraído y que así no vale.

—Lo tienes muy fácil, Manrique. Si quieres ganarte otra vez la confianza y el afecto del niño, préstale más atención y dedícale todo el tiempo que puedas cuando le tengas contigo. ¡Con las cosas que tú sabes! Cuéntale muchas historias y leyendas, desde la del caballo de Troya hasta la derrota de Roldán en Roncesvalles o la hazaña de Pelayo en Covadonga; y también las victorias del emperador, entre ellas la conquista de Almería en la que participaste junto a mi padre. Háblale del esplendor de Córdoba y de las fuentes de Granada. Relátaselo en primera persona como si tú hubieras estado allí —le recomendó Teresa.

—En Córdoba estuve una vez en una embajada del emperador. Y tu padre y yo intentamos tomarla pocos años después, pero era demasiado grande para ganarla en un asedio —dijo don Manrique.

—Explícale los asedios, las batallas o las retiradas con las piezas de ajedrez, como hace Cerebruno, y así aprenderá la estrategia militar jugando contigo. Procura que los juglares escenifiquen historias para vosotros, incluso le pueden encomendar ciertos papeles y así se ejercita en la lectura, pierde el miedo a hablar en público y desarrolla la memoria que todo rey necesita —dijo Teresa.

—Eso es lo que trato de hacer desde que asumí su crianza. Pero no creas que tengo mucho tiempo para estar con el niño.

—Delega las rutinas en Nuño o en Álvaro, porque el rey es lo más importante... y no olvides que este niño está creciendo en todo muy deprisa, que desde que escapó de Soria y vivió en sus carnes el peligro que corría, ha madurado mucho más de lo que yo me esperaba. Nada que ver con el Fernando que tuvimos en Monterroso; este es el primero en todo y al otro había que llevarle a rastras. Te digo que es un ejemplo para mis hijos, que no solo se los ha ganado, sino que le tienen verdadera devoción. ¡Fíjate que la pequeña María me ha dicho que si no se casa con Alfonso, se mete a monja! ¡Qué ocurrencia con solo cinco años! Y no tiene ninguna otra preocupación en la vida que agradarle y seguirle a donde quiera que vaya.

—¿No crees, Teresa, que sería conveniente llevarle con nosotros a la próxima campaña militar?

—A lo mejor el verano que viene, que ya tendrá casi nueve años. Pero antes de hacerlo, tienes que haber ganado de nuevo su confianza y, si es posible, su afecto. Y tú sabes bien cómo hacerlo. ¿Por qué no le cuentas la historia del Mío Cid, mientras tanto?

—Es una buenísima idea, pero convendría que el resto de los niños y tú misma participarais en el enredo.

Durante unos días estuvieron repartiendo los papeles. Solo Alfonso, que era el Cid, y María, que hacía de doña Jimena, tenían papel fijo. Fernando alternaba los papeles y Cecilia y Teresa cambiaban las voces para completar lo que faltaba, porque Álvaro y Elvira eran muy pequeños y los hijos de Manrique demasiado mayores. Después, el regente les invitó a aprenderse de memoria el nombre del caballo, el lugar de nacimiento y otros muchos pormenores. Para interesarles en el relato, comenzó alabando el carácter milagroso de las espadas del Cid.

—Las dos fueron muy famosas. ¿Recordáis cómo se llamaban? Me prometisteis aprenderos los nombres de memoria.

—La Colada y la Tizona —contestó Alfonso.

—La Tizona estaba en poder de vuestro abuelo el emperador. Es una espada mágica, que solo tiene poderes si el que la porta es digno de ella y es un caballero valiente y de honor probado.

Manrique les explicó que unos nobles envidiosos habían convencido al rey don Alfonso —el que conquistó Toledo— de que el Cid no era un leal caballero.

—Mentían, porque don Rodrigo Díaz de Vivar era un valiente guerrero, amante de su familia, muy buen cristiano, un hombre sacrificado y austero que quería reconciliarse con el rey y lograr el honor con sus hazañas. El Cid «convocó a sus deudos y vasallos, díjoles cómo el rey le mandaba abandonar su tierra dentro del corto plazo de nueve días, y que quería saber quiénes de ellos estaban dispuestos a desterrarse con él y quiénes no». —A continuación Manrique hizo una pausa, se ciñó la espada y alzó la voz:

Y a los que quisieren venir conmigo
que Dios se lo pague.
Y de los que prefieran quedarse aquí
quiero despedirme como amigo.

Como el regente solía estar muy poco tiempo con ellos, declamó con tanta naturalidad haciendo ademán de salir por la puerta que hizo pensar a Alfonso que les dejaba para marcharse. El rey se puso en pie para seguirle:

—Yo quiero ir con vos, don Manrique —dijo—, que el rey tiene que dar ejemplo y estar siempre en cabeza.

—Os lo agradezco mucho, majestad, pero no me marcharé hasta que vea que repetís exactamente lo que yo he dicho y hecho, porque a vos os toca representar el papel del Cid y a mí el de narrador.

Don Alfonso se ciñó la espada, hinchó el pecho y con ademanes caballerescos ahuecó la voz, y haciendo dos papeles a la vez, declamó:

Y a los que vengan conmigo...
que Dios se lo pague.
Y a los que se queden
yo les mandaré al destierro,
que para eso soy el rey Alfonso.

Contuvieron como pudieron la risa Teresa, Cecilia y don Manrique que, sin darse por aludido, continuó como si nada:

Y su primo Alvar Fáñez le contestó:

Teresa y Cecilia cantaron a coro:

Con vos, Cid,
con vos iremos por yermos y poblados,
y no os hemos de faltar mientras tengamos alientos.
En vuestro servicio se nos han de acabar
nuestros caballos y mulas, dinero y vestidos.
Ahora y siempre hemos de ser vuestros leales vasallos.

Don Manrique continuó con el papel de narrador:

Enseguida partió de Vivar, encaminándose a Burgos.
Desiertos y abandonados quedan sus palacios.
Con los ojos llenos de lágrimas,
volvía su cabeza para contemplarlos.
Y vio las puertas abiertas
y los postigos sin candados.
Vacías las perchas donde solían posar
los halcones y los azores mudados.

—No, tío Manrique. Los halcones y los azores son de nuestro padre y están en Herrera, no en Vivar, ¿verdad, mamá? —exclamó María enojada.

—No interrumpáis, hijos, y vamos a cantar un poco más para que prosiga la historia.

¡Oh, Dios, qué buen vasallo si tuviese buen señor!

—Más fuerte, que os oiga yo cuando me vaya —pidió don Manrique, abriendo la puerta. Cuando iba por los corredores para emprender viaje hacia Molina, llegaba a sus oídos la voz del coro:

¡Oh, Dios, qué buen vasallo si tuviese buen señor!

A principios del verano de 1164, mientras el rey don Fernando estaba por tierras de Galicia, Manrique celebró un encuentro con Fernán.

—Debe devolver su señoría el gobierno del castillo de Huete y toda la villa a su legítimo propietario el rey don Alfonso.

—El testamento de don Sancho dice bien claro que todos los nobles y caballeros mantendremos nuestros gobiernos hasta que don Alfonso alcance la mayoría de edad, y faltan todavía cinco años para ello.

—Eso fue la última voluntad de don Sancho, pero Nuestro Señor es muy explícito en el Nuevo Testamento: «Nadie puede servir a dos señores porque aborrecerá a uno y amará al otro». ¿Lo recordáis, señor de Castro? Se os puede aplicar claramente el cuento porque lleváis varios años al servicio del rey don Fernando en un puesto tan importante como el de mayordomo y los gobiernos que retenéis están al servicio del rey don Alfonso, que os reclama su devolución.

—Solo recuerdo que la parábola se refería a que no se podía servir a la vez a Dios y a las riquezas, así que no me aplico el cuento y retengo mis gobiernos hasta el último momento. Y si vos los queréis, tendréis que quitármelos a la fuerza —contestó Fernán, poniendo la mano en el pomo de la espada.

—Menos bravatas, señor de Castro, que las artimañas no acrecientan la honra de los caballeros —replicó don Manrique.

Fernán no respondió pero sonrió malévolamente.

Días más tarde, don Nuño Pérez de Lara entró intempestivamente en los aposentos de su esposa.

—Teresa, prepara al niño, que pronto lo llevaremos a la guerra. Vamos a exigir a Fernán la devolución del gobierno de Huete y conviene que los ocupantes sepan que el rey quiere recuperar la plaza.

—Todavía no os habéis dado cuenta de que Fernán siempre se juega el todo por el todo —observó Teresa.

—El rey quiere ir en la expedición. Ya está bastante crecido y tiene que ver con sus propios ojos lo que son los asedios a los castillos. Pero no te preocupes, que él siempre estará junto a mí y no pienso exponerle a ningún peligro.

El día 11 de julio de 1164 nunca se le olvidaría al rey don Alfonso.

Al caer la tarde avistaron el castillo de Huete asentado sobre un cerro. Visto desde lejos ofrecía un aspecto impresionante.

Las tropas que al mando de don Manrique habían llegado desde Molina, prepararon el campamento y esperaron a las que venían desde Atienza con Nuño y las fuerzas concejiles de Ávila.

El rey, que tenía su tienda plantada en una pequeña elevación, disponía de un estrado entoldado desde el que podía ver con toda comodidad el desarrollo de las operaciones. Estaba muerto de curiosidad y no se perdía detalle de lo que ocurría. A su lado tenía a don Nuño, que le informaba puntualmente del sentido de todo lo que se estaba realizando. El pequeño don Alfonso volvía la cabeza de vez en cuando para contemplar con orgullo la enseña real que ondeaba al viento en la cúspide de su tienda.

—Mirad a don Manrique, majestad, se está acercando a parlamentar con don Fernán de Castro para invitarle a que deponga su actitud y os entregue el gobierno del castillo y de la villa de Huete —explicó don Nuño.

—Lo distingo perfectamente. Va acompañado de muchos caballeros y peones en perfecta formación.

—Ahora pedirá a don Fernán que salga a parlamentar —dijo don Nuño.

—Parece que no sale nadie —observó el rey, al cabo de un rato—. ¿Están desobedeciendo mis órdenes?

—Don Manrique no podrá aguantar mucho tiempo esperando una respuesta que no llega. Con este sol de justicia que cae a plomo, los caballos estarán sedientos y ellos se cocerán dentro de las armaduras —respondió don Nuño—. Supongo que les emplazará y se retirará al campamento.

La respuesta no se hizo esperar. De repente llegó un sonido atronador desde el castillo. Los defensores tocaban los tambores con un ritmo endiablado. Se detenían un momento y a continuación iniciaban otra tamborrada con un ritmo diferente.

—¡Qué cosa tan rara que suenen los tambores! Eso es nuevo para mí. Suelen hacerlo los moros cuando se lanzan al ataque, pero no se usa entre cristianos. Y es como si mandasen señales —se extrañó don Nuño.

—Mirad allí, a nuestra derecha, parece que se acercan tropas y los caballos vienen al galope dispuestos al ataque —señaló el rey.

—Santo cielo, ¡es una trampa! Y Manrique desde su posición no ve lo que se le viene encima —dijo don Nuño, que gritó inmediatamente—: Centineeeeeela, tocad retiraaaaaaaada. Maldita sea, con los tambores tocando a rabiar tan cerca, Manrique no puede escuchar nuestro aviso.

—¿Y ahora qué va a pasar? —preguntó el rey asustado.

—Me temo lo peor —dijo don Nuño.

—Salen caballeros del castillo y toman posiciones delante de don Manrique, ¿verdad? —dijo el rey.

—Lo hacen para llamar su atención y distraerle, de modo que no se fije en los que vienen por el flanco derecho, dispuestos al ataque —observó don Nuño.

—¿Es un ataque a traición? —preguntó Alfonso.

—Muy propio de don Fernán, que no respeta ni leyes ni costumbres.

—Mirad, don Nuño, se adelanta un caballero seguido por unos cuantos y va como una flecha contra don Manrique —señaló el monarca.

—Por el modo en que agacha la cabeza parece el propio don Fernán —conjeturó don Nuño.

—¿Pero no decíais que estaba en el castillo?

—Se habrá descolgado por la noche o habrá enviado a otro con sus enseñas y él se quedó fuera para despistarnos.

A don Manrique no le dio tiempo a reaccionar. Solo acertó a ver a Fernán de Castro que, cabalgando lanza en ristre, se le echaba encima apuntándole directamente al pecho y derribándole al primer golpe. Atravesado por la lanza, el regente cayó al suelo con estrépito.

—Vos... traicionero Fernán... sois artero... pero no buen caballero —acertó a decir—. Me habéis muerto de forma alevosa... y Dios os dará... el merecido castigo... Por este crimen... y otros muchos... penaréis hasta el fin de vuestros días en esta vida y... por siempre... en los infiernos.

—Dios mío, de una sola embestida se han llevado por delante a Manrique y a todos los que le acompañaban y ahora avanzan desde el castillo para acabar con los que quedan —dijo don Nuño.

—Corramos a ayudarlos —pidió don Alfonso.

—Nada podemos hacer por ellos, majestad, solo rezar y ver en qué para la carnicería. Estamos demasiado lejos para intentar socorrerlos. La suerte está echada —dijo don Nuño con amargura.

Al poco cesaron de sonar los tambores y tomó el relevo la corneta de mando ordenando la retirada hacia el castillo. En pocos minutos, los atacantes despejaron el campo de batalla, recogieron a sus muertos y a sus heridos y se retiraron con ellos a la fortaleza.

Aquel ataque relámpago, que había ido directamente a la cabeza, había sido de una eficacia demoledora, y el panorama que ofrecía la campa era desolador. Cuerpos inmóviles esparcidos por todas partes, heridos que se desangraban pidiendo agua, caballos reventados... Y casi al mismo tiempo que el resto de las tropas acudían a socorrerlos, los buitres planeaban por encima del castillo exigiendo su parte del botín en aquella carnicería.

—¡Han muerto a don Manrique! ¡Han muerto a don Manrique! —gritaba un caballero que llegaba al galope hasta la tienda del rey—. ¡Le atravesó Fernán de Castro de una lanzada!

—Atended a los heridos y enterrad a los muertos cuando se pueda. Yo acompañaré a nuestro rey hasta ponerle a salvo y volveré cuanto antes para hacerme cargo del cadáver de mi hermano —dijo don Nuño.

Alfonso, mientras tanto, observaba a los buitres trazando círculos en la vertical del campo de batalla. Los veía revolotear, a la espera de arrojarse sobre los despojos en el momento oportuno, y se quedó pensando que eso era lo que estaba haciendo su tío, revoloteando alrededor del reino de Castilla.

—¿En qué pensáis vos ahora, don Nuño, con tanta tristeza? Seguro que en vuestro hermano don Manrique.

—Lo habéis adivinado, majestad. Su lema era: «Velar se debe la vida de tal suerte que vida quede en la muerte». Recuerdo que, cuando sufríamos una derrota tras otra, solía decirme: «Nuño, no te afanes; recuerda que este mundo es el camino para el otro, que es morada sin pesar».

19

Temerosa de que Nuño fuera la siguiente víctima de Fernán, Teresa animó a su marido, que ya era regente, a mejorar las relaciones entre Alfonso y Fernando y conseguir de este una tregua para esperar tiempos mejores. Para ello, se encomendó al obispo y canciller Raimundo la preparación de un encuentro en el monasterio de Sahagún, emplazado entre los dos reinos y dependiente de Roma.

—El rey don Fernando ha recibido con mucho agrado mi sugerencia de celebrar ese encuentro con su sobrino —dijo el obispo de Palencia a su vuelta de León.

—No tenéis nada que temer, majestad, vuestro tío está desolado por la muerte de don Manrique, que no deseaba en modo alguno, y quiere mostraros su pesar por el desgraciado accidente —argumentó el obispo.

—No fue un accidente, que yo lo vi todo desde mi tienda. Fue un ataque traicionero impropio de un caballero. Mi tío debería mandarle al destierro.

—Es que en la guerra pasan cosas terribles.

—Pues don Manrique me decía que la guerra entre caballeros tiene reglas. Y el honor tiene que estar por encima de todo.

—En el monasterio de San Facundo no valdrán artimañas. Los que allí juegan tienen que comportarse como caballeros, sobre todo si son reyes —concluyó Teresa.

En el presbiterio del templo se habían colocado los tronos de modo que las coronas de ambos reyes estuvieran a la misma altura, para que no se repitiera la afrenta de Soria, en donde al pequeño rey le habían asignado un trono insignificante. Las comitivas contarían con el mismo número de nobles e idéntico séquito de obispos.

La ceremonia se inició con un solemne funeral por el alma de don Manrique oficiado por el abad Domingo, que pronunció unas sentidas palabras y dio el pésame a don Nuño, quien representaba a toda la familia.

A continuación, tocaba el protocolario intercambio de regalos entre monarcas. Don Nuño, en nombre del rey don Alfonso, entregó al rey de León una rica imagen de Santiago apóstol.

La preocupación se extendió por toda la iglesia cuando vieron que don Fernando llevaba la mano a la empuñadura de su espada. En el templo se empezó a escuchar un murmullo de desaprobación y la consternación fue total cuando comenzó a desenvainar lentamente el arma.

Teresa no daba crédito a lo que veía y miró a su marido, que tenía a su lado al canciller Raimundo. Los notaba desconcertados, porque el rey de León se estaba saltando el protocolo pactado. También estaban paralizados los componentes de la curia de don Alfonso. Pero este parecía no enterarse de lo que ocurría porque la espada de su tío le fascinaba. La vaina era de cuero rojo forrada en terciopelo verde y tenía la cruz y la manzana de plata. Después de unos momentos interminables, Fernando sacó lentamente la espada de la vaina, la sostuvo en las manos colocadas con las palmas hacia arriba y se acercó a su sobrino para ofrecérsela.

—¡Pero si es la Tizona! ¡Ya me parecía a mí! Era la mejor espada del Cid Campeador.

La exclamación del niño reverberó en todo el templo y el suspiro de alivio de los pechos se confundió con el clamor de satisfacción que salió de todos los rincones de la basílica.

«Mira que le conozco desde que era niño, y nunca termina de sorprenderme. Fernando es imprevisible y, aunque puede ser tan falso como canalla durante un rato, al pronto cambia de parecer y puede ser generoso y sincero a continuación», se dijo Teresa con una sonrisa de alivio.

—Como justa correspondencia al magnífico presente que me habéis hecho, os hago entrega de esta espada del Cid que estaba en posesión de mi padre el emperador. Ceñidla con orgullo y usadla con prudencia, porque espanta a los que se ponen al alcance de ella y se ablanda cuando la empuñan los que son indignos de llevarla consigo.

Alfonso estaba tan emocionado con aquel precioso regalo de su tío que solo acertó a declamar los versos que le había enseñado don Manrique:

Don Pedro la lanza dejó
y echó mano de la espada.
Fernán González que lo vio
reconoció la Tizona
y, sin esperar el golpe, dijo:
«Vencido estoy».

Cuando se hizo el silencio después de los aplausos, el monarca leonés tomó de nuevo la palabra:

—He visto con agrado que habéis reconocido la espada del Cid nada más verla y eso dice mucho de la educación que habéis recibido del llorado don Manrique. Pero quiero que sepáis que una espada semejante no podrá nunca blandirse contra quien os la entrega, porque ella sola se rompería en mil pedazos.

El banquete de reconciliación fue memorable, porque Domingo Facundi y Petrus Albus se superaron a sí mismos para mostrar la supremacía de la cocina de San Facundo sobre las del resto de los monasterios. Pero Alfonso, que no se separaba un instante de la Tizona, pidió a su tío Raimundo que se sentara junto a él; como seguía teniendo miedo a que le envenenaran, solo comía del plato del obispo y únicamente bebió agua de su copa. El palentino estaba encantado por la confianza del rey, satisfecho por la excelencia de la comida y eufórico por el éxito del encuentro que él mismo había propiciado.

—No cantéis victoria antes de tiempo, monseñor —le advirtió Teresa—, que aquí se pactó un tratado hace más de seis años y han pasado cosas terribles desde entonces.

En el cortejo de Alfonso, aparte del regente y Teresa, ocupaba un papel muy principal Cecilia, que desde hacía cuatro años no había vuelto a Sahagún y se entretenía repasando una por una las palabras del casual encuentro que había tenido entonces con Mateo y del extravío del padre Domingo Facundi. Viendo las idas y venidas entre la cocina y el refectorio de Petrus Albus le preguntó por el antiguo prior.

—Ahora mismo le busco. ¡Menuda sorpresa se va a llevar cuando os vea!

—¡Pero si es Música! —exclamó el fraile jubiloso—. ¡Cuánto bien me hicisteis vos y los muchachos con el enredo que preparasteis! Peregrinar a Santiago me aclaró la cabeza. No solo me devolvisteis la tranquilidad del espíritu, sino que el apóstol hizo el milagro de disipar el desvarío que se había apoderado de mi entendimiento. ¿Quién soy yo para decidir la vida y la muerte de los hombres? ¿Qué poder me arrogaba para sujetar la voluntad de Dios a mis conveniencias?

Cecilia se llenó de contento viendo lo mucho que había cambiado aquel personaje. Los años y las penitencias le habían sosegado. Incluso había cogido algunas libras de peso que le habían redondeado la cara y quitado algunas arrugas. La paz interior que disfrutaba había moderado de tal forma el desasosiego de otros tiempos, que ya miraba de frente a su interlocutor.

Al ver el claustro prácticamente acabado, preguntó si Juan y Fructuoso seguían en el monasterio.

—Llegáis en el momento oportuno, porque ya están finalizando las tareas que les retenían entre nosotros. Y aquí no pueden aprender más de lo que saben. Estas son algunas de sus primorosas labores —dijo Facundi, señalando los relieves de la esquina del claustro.

—¡Dios mío, es asombroso! Fructuoso me recuerda perfectamente —exclamó Cecilia, admirada, al descubrir un bajorrelieve de la Anunciación con un ángel que era su vivo retrato. No solo se vio halagada en su vanidad, sino que le sorprendió la perfección de su talla. «Esa sonrisa del ángel únicamente se puede esculpir desde el fondo del corazón».

—El hombre vale para este oficio. Tiene mucho talento —explicó Facundi.

—¿Podríais acompañarme al taller donde trabajan para hablar un rato con ellos? —pidió Cecilia.

Facundi asintió e inmediatamente condujo a su «ángel» al taller. Al ver a los canteros, la mujer se dio cuenta de que, con barba, Fructuoso parecía mayor y más seguro de sí mismo. Pero Juan, en cambio, aunque también barbudo, cantaba y silbaba como solía. Se detuvo en seco en medio de su tonadilla al volverse y ver quién entraba por la puerta.

—Ponte de rodillas, hermano, y no te caigas de culo, que ha venido el arcángel San Gabriel a visitarte.

—¡Cecilia! —A Fructuoso se le cayó la herramienta de la mano. Pronto la sorpresa dio paso a una alegría desbordante. Cuánto la había echado de menos. A pesar de la soledad, el trabajo duro y los pesares cotidianos, ni por un momento había logrado olvidarse de ella.

Después de desgranar durante un rato los recuerdos de antaño, los canteros contaron que la lección de Mateo durante aquella lejana cena había despertado de tal modo su interés por conocer los templos de vidrio que se estaban empezando a construir en Francia, que estaban pensando en marchar a aquel país para intentar trabajar en ellos.

—De momento, volvamos al claustro —propuso Facundi, que estaba deseoso de mostrárselo a Cecilia. Pero el obispo Raimundo había tenido la misma idea y había llevado consigo a los distinguidos comensales.

—Veo que habéis hecho la huida a Egipto, Sansón y el león, y la matanza de los inocentes tomando como modelo los minúsculos dibujos que hice en la biblioteca. Y todos los personajes parece que respiran —exclamó Cecilia.

—Lo que se sabe sentir se sabe esculpir. Todos sabemos lo que es el dolor, lo tenemos al alcance de la mano en cada momento, y también la injusticia que clama al cielo, y no hay día que no traiga consigo una pena. Pero ¡ay! —contestó Fructuoso, devorándola con la mirada—, la alegría, cuando nos visita, enseguida se va de nosotros.

Fernando no soportaba que otros fueran el centro de la escena. Cuando estaba de buenas, el niño que había sido salía a la superficie y se mostraba con una frescura y un desenfado que solo los reyes y los locos se podían permitir. Como viera que Teresa se dirigía hacia Cecilia, exclamó:

—¡Vaya, vaya, vaya! Así que tenemos aquí a la amiga de Mateo, la que estaba enamorada... de los códices de Gelmírez. Observo que los canteros y los frailes acuden a ella como las moscas a la miel. Tiene que estar complacida, porque ese ángel que está con la Virgen es su vivo retrato. ¿También te dibujaba así Mateo cuando eras su musa en Compostela?

Teresa vio que Cecilia enrojecía de vergüenza y que Fernando se deslizaba de nuevo imprudentemente por las resbaladizas losas del tejado de la catedral de Santiago.

—No se extrañe su majestad de que mi hermana Cecilia pueda prestar su belleza y su dulzura al arcángel San Gabriel y servir de modelo a los mejores artistas. El recuerdo que en ellos deja les permite esculpirla de memoria. ¿Es cierto lo que digo, Juan?

—El mérito mayor es de doña Cecilia, pero también de mi hermano Fructuoso, que no se le despinta una cara. ¿A quién se parecen la Virgen y San José de este capitel de la huida a Egipto? —preguntó el atrevido cantero, metiendo el dedo en la llaga.

—Son don Nuño y doña Teresa cuando me recogieron en Atienza —respondió regocijado el rey don Alfonso.

Raimundo, que quería devolver el protagonismo al rey de León, terció.

—Veo que el rey don Fernando parece no haber reconocido a los artistas ni a los frailes que les acompañan.

—Llevo un rato pensando que les he visto en alguna parte, sobre todo al fraile. Le recuerdo predicando sobre una piedra, enseñando un libro por encima de la cabeza. Acercaos los cuatro y enseñadme vuestras manos —ordenó.

Teresa estaba en vilo porque no sabía adónde pretendía llegar Fernando con aquella broma.

—Esto es imperdonable, Nuño. Im-per-do-na-ble. Mi padre el emperador os pidió que os ocuparais de ellos y les dierais el premio que se merecían, y en vez de hacerles condes o regalarles un señorío, los habéis tenido castigados durante todos esos años picando piedra y pelando nabos en los conventos de Castilla. ¿Tampoco habéis tenido tiempo en todos estos años de buscar un matrimonio ventajoso a Cecilia, y tendré que hacer yo de casamentero? ¡Si mi padre levantara la cabeza...!

—Todavía estáis a tiempo, majestad —intervino Juan, sin que nadie le diera la palabra—, que para eso sois rey de León, y podéis concedernos a Fructuoso y a mí un señorío en las montañas que lindan con Liébana, a Petrus una abadía y a don Domingo Facundi un obispado donde más le plazca. Que no ibais a encontrar vasallos más fieles que nosotros, ni obispos y abades más santos que ellos.

Al ver Facundi que Juan había desbarrado y Petrus Albus no se podía contener, razonó:

—Tente, Petrus Albus, y no te inmiscuyas tú también en las conversaciones de reyes y obispos, que a Juan su atolondramiento y sus pocos años le hacen tomarse confianzas que nadie le ha dado. La palabra solo se toma cuando os la concedan. Los señoríos son para los señores que saben guardarlos y acrecentarlos con muchos esfuerzos y penalidades. ¿Y qué decir de las grandes abadías? Estas están únicamente al alcance de los reyes, y cuando los clérigos nos afanamos en levantarlas por cualquier medio, nos encaminamos a la locura o a los infiernos, que, al fin y al cabo, son la misma cosa.

Quedaron todos tan admirados de las sabias palabras del monje como antes lo habían estado de las labores de los canteros. Después de despedirse de ellos, los reyes se fueron por donde habían venido y con ellos los obispos y nobles que les seguían a todas partes.

Gracias al encuentro de Sahagún hubo una tregua entre los reinos de León y Castilla. Al cabo de un año, Fernando estaba en Galicia acordando las paces de Lérez con el rey de Portugal. Este se comprometía a retirarse de todos los territorios que había conquistado en Galicia durante las largas estancias de su sobrino en los reinos de Castilla y de Toledo. A cambio de ello, Fernando se casaría con su hija Urraca, tal como le había recomendado Teresa en Atienza. Alfonso, por su parte, completaba en Ávila su educación servido por los mejores caballeros de la ciudad y por el cabildo catedralicio con el obispo Sancho a la cabeza.

—Fue una buena idea traernos al rey a Ávila —explicaba a Teresa su marido, que era gobernador de la ciudad en sustitución del fallecido don Manrique—. Le hemos dado un buen empujón a las obras de la catedral, las murallas se amplían y refuerzan, y de nuevo cantan los cinceles y los punteros en la iglesia de San Vicente. La ciudad crece extramuros porque dentro ya no hay sitio para albergar a las gentes que vienen de todas partes en busca de trabajo al amparo de los fueros de la villa.

—Lo mejor de todo es que el rey está muy presente y se hace querer. Se nota que la gente agradece que honre la ciudad con su presencia —señaló Teresa.

—Pronto cumplirá diez años y esta sería una fecha señalada para celebrar el acontecimiento por todo lo alto —dijo Nuño.

Teresa tuvo un momento de inspiración y se acordó del sarcófago cuyos fragmentos, diez años antes, había encontrado en Herrera y de que en Husillos había otro intacto que era la admiración de los que lo contemplaban.

—¿Serías capaz de traer desde San Pedro de Arlanza las reliquias de los mártires Vicente, Sabina y Cristeta, y devolvérselas a los abulenses?

—Podría recobrarlas si mereciera la pena el esfuerzo —replicó don Nuño.

—Pues ponte a ello cuanto antes, que con la ayuda de nuestros artistas, el rey le hará a la ciudad el regalo que se merece.

—Traigo para vosotros un encargo extraordinario —dijo Teresa a Fructuoso y Juan, a quienes fue a buscar expresamente a Sahagún—. Tenéis que contar tan vivamente la angustiosa huida de los mártires, su persecución y captura por los soldados del cónsul Daciano y su terrible martirio en esta ciudad, que los abulenses y los peregrinos sientan ganas de escupir al cónsul y abominen al emperador Diocleciano. Pero sobre todo, que se compadezcan de Vicente, Sabina y Cristeta, y después imiten sus virtudes y se encomienden a ellos. Tiene que ser como un milagro. Hay que hacer las piezas fuera de la iglesia y montarlas sobre la antigua cripta, para que se puedan venerar las reliquias en el transepto sin estorbar a las obras que faltan desde el crucero hasta la fachada del poniente.

—Como el templo no está acabado, habría que hacer una pequeña basílica dentro de la iglesia —propuso Cecilia, que había acompañado a su hermana y estaba entusiasmada con el reto—. Por el exterior parecería un fastuoso relicario, delicado como una arqueta de oro, esmaltes y marfil. Una envoltura primorosa que narrara las vicisitudes del martirio de los santos abulenses y cobijara el sepulcro con sus reliquias. Yo me ocuparé de pintarlo.

Aquel encargo era el trabajo que necesitaban para que el joven Mateo participara en una obra importante y para que Fructuoso y Juan pudieran darse a conocer ante los obispos y la corte.

—Lo podemos hacer, lo tenemos que hacer y lo vamos a hacer, y... ¡en dos meses! —dijo Cecilia—. No tengo la menor duda, y ahora mismo nos ponemos manos a la obra. Nada más ver vuestros trabajos en el claustro de Sahagún, supe que formabais un equipo extraordinario.

—¿Decías que tenemos que hacerlo en dos meses? —preguntó Fructuoso preocupado.

—No hay más tiempo, porque el 27 de octubre es la onomástica de los tres mártires y se colocarían en el sarcófago las reliquias de sus cuerpos con toda solemnidad. Tenéis que saber que el rey cumple diez años el 11 de noviembre. Pero no os preocupéis, porque mi hijo Mateo y yo haremos rápidamente los bocetos del sarcófago, incluso con medidas.

—Tú todo lo ves muy fácil —dijo Juan—, pero luego... empiezan a complicarse las cosas, dificultades para llegar a la cantera o que la veta no vale, la lluvia dificulta el trabajo o los carros se atascan en el barro...

—Y luego está la pintura y el montaje y todo tiene que ajustar perfectamente —señaló el joven Mateo.

—Está todo previsto. El regente está dispuesto a poner todos los medios a nuestra disposición. Vosotros esculpís las tallas de las figuras con los dibujos que yo os proporciono, yo las pinto con mis ayudantes, hacéis el montaje, le damos los últimos toques de pintura y al final de todo esto seréis admirados por los abulenses, agasajados por el rey y envidiados por todos los escultores de la ciudad. Así que basta de explicaciones, que solo nos hacen perder el tiempo. Pongámonos manos a la obra de inmediato.

—¡No llegamos! —Era la frase que más se escuchaba al cabo de una semana.

Sin embargo, Cecilia no daba ninguna muestra de nerviosismo. Había organizado el trabajo con la ayuda de su hijo, todo había sido medido y dibujado con exactitud y cada una de las labores tenía asignadas las personas que se iban a ocupar de ellas.

Utilizaban dos tipos de piedra. La del esqueleto o armazón interior era más basta, dura y resistente; y la de labra de las figuras era blanca y purísima y de grano mucho más fino, que se trabajaba con mucha facilidad recién extraída de la cantera. Y para ajustar las medidas, habían hecho un sarcófago de madera en el que iban encajando perfectamente las figuras.

Al cabo de dos semanas los trabajos iban retrasados según el plan trazado por Cecilia, pero esta no desmayaba a pesar de que de Juan de Piasca voceaba:

—Aquí va a haber mucho más que tres mártires. Yo me pido el último para los latigazos de don Nuño. El potro de tortura lo dejo para vosotros. ¡Que esto no es una arqueta de marfil, señora mía!

El desánimo cundió cuando Teresa les comunicó que los monjes de Arlanza se resistían a entregar las reliquias poniendo toda clase de impedimentos.

—Con reliquias o sin reliquias hay que acabar —dijo Cecilia—. Ese ha sido nuestro compromiso y de aquí no sale nadie hasta que esté terminado el encargo. Vamos a empezar a pintar las que estén acabadas y en la iglesia repasamos las juntas.

—¿Estará o no estará para el día señalado? —preguntó Teresa angustiada.

—Fructuoso me ha dado su palabra de que lo terminará con tiempo suficiente para pintarlo y con eso me basta —contestó Cecilia para tranquilizarla.

Fructuoso trabajaba con un entusiasmo y una inspiración ilimitados, puesto que, aun manteniendo las distancias porque para él seguía siendo una mujer muy superior en todos los órdenes, los sueños de ser correspondido por ella, acariciados durante tantos años, se habían realizado en Ávila.

Cecilia, que a pesar del olvido de Mateo seguía enamorada del maestro, había accedido a los requerimientos amorosos del escultor, aunque a escondidas, para evitar disgustos a Mateo que tenía mucho apego a su madre.

El día 11 de noviembre de 1165, el rey don Alfonso, que cumplía diez años, presidía la procesión que salió de la catedral y cruzó la puerta de la muralla para dirigirse al vecino templo de San Vicente, que estaba extramuros de la ciudad. Era un día fresco de otoño y los chopos del Adaja estiraban el cuello para no perderse la solemne ceremonia que vislumbraban en la lejanía. Todos los vecinos de Ávila habían salido a la calle para ver el cortejo. La regia comitiva entró por la portada de poniente, que, aunque no tenía colocadas las estatuas de los apóstoles, estaba empezando a engalanarse con los arranques de las arquivoltas.

Teresa se sentía como una reina cuando llegó con don Nuño acompañando al rey don Alfonso. Aunque temía que algo fallara, se tranquilizó al entrar, en medio de nubes de incienso, en un templo alfombrado y cubierto de tapices justo en el momento en que resonaron los cánticos de los niños y los canónigos. Las vestiduras sagradas y los báculos de los obispos y abades de Castilla resplandecían con la luz que se filtraba desde el cimborrio apoyada por infinitas lámparas. Los nobles y los señores, los caballeros y los comerciantes más ricos de Ávila, junto a sus familias, lucían sus joyas y distintivos. Y lo que era más importante, en el lateral de la epístola había un túmulo de considerables dimensiones cubierto con una tela violeta.

Después de una solemne ceremonia religiosa, el rey, flanqueado por el obispo don Sancho y el regente, se acercó al túmulo.

—¿Han podido terminarlo del todo, don Nuño? —preguntó.

—Su majestad puede descorrer el paño y comprobarlo por sí mismo.

En el preciso instante en que retiró la tela que cubría el túmulo, una explosión de color inundó el monumento recién instalado. A la vista de todos los asistentes resucitaron los santos mártires Vicente, Sabina y Cristeta con sus vicisitudes y tormentos. Los apóstoles conversaban animadamente en dos de las esquinas del sepulcro. Los Reyes Magos se apresuraban a llevar las ofrendas al portal. Solo San José miraba para otra parte como si el asunto no fuera con él. Después se escucharon las blasfemias y amenazas de Daciano y los gritos de los soldados con los caballos al galope persiguiendo a los tres hermanos, los alaridos de los mártires cuando eran aplastados por grandes losas de piedra; y agachado en el interior de una hornacina, un compasivo judío colocaba sillares a toda prisa para poder acabar la capilla sepulcral, mientras una serpiente se enroscaba alrededor de su cuerpo.

—Tal como está aquí contada, esta historia la entendemos hasta los niños —dijo el rey. Y dirigiéndose a don Nuño, le preguntó—: ¿Están de verdad aquí dentro los huesos de los mártires?

—Estarán si tenemos fe. La verdad únicamente Dios la puede saber, majestad. Que han pasado mucho tiempo y muchas cosas desde la época de Diocleciano.

Después de que todos contemplaran la historia del martirio hecha piedra, el obispo se subió a un púlpito para dirigir la palabra a los asistentes con un emotivo y vibrante discurso.

—¡Este monumento es un milagro de nuestros santos, pero no será el último! ¡Ellos han vuelto a casa para revivir con nosotros su martirio y resurrección! ¡Hoy es un día memorable para nuestra ciudad y para nuestro rey! Del mismo modo que Ávila ha recuperado sus reliquias, el rey comienza hoy la recuperación de su reino. Los mártires intercederán para que así sea. Este niño que es nuestro monarca ha sufrido martirio como ellos y ha tenido que llevar sobre sus hombros la cruz de la incertidumbre y del sufrimiento. Ha huido a caballo desde Soria como ellos desde Talavera. Y atado al potro de tortura ha visto morir a las puertas de Huete al regente don Manrique, que hasta el año pasado fue nuestro gobernador y era un padre para él.

Don Alfonso, que no se esperaba alusiones tan directas hacia su persona, no podía ocultar su satisfacción y estaba orgulloso de ser tan protagonista como los tres hermanos mártires por los que se celebraba aquella multitudinaria ceremonia.

Al obispo don Sancho se le quebró la voz, carraspeó y viendo que la emoción embargaba también a toda la concurrencia, hizo una pausa para que se sintiera que el silencio era estremecedor y para dar tiempo a que sus feligreses enjugaran las lágrimas que corrían por sus mejillas.

—Gracias a su venida florece la ciudad. Los hombres se ganan el sustento, los huérfanos son acogidos en los hospicios y los enfermos en los hospitales. Y, sobre todo, la palabra de Dios llega a los fieles en las iglesias que construimos para que la fe verdadera ilumine sus vidas y la paz reine en sus corazones. —A continuación, añadió, dirigiéndose directamente al rey—: Estamos seguros, señor, de que vuestro ejemplo de virtud señalará el camino de los buenos cristianos. Rezaremos al Todopoderoso y os ayudaremos con todas nuestras fuerzas para que recuperéis cuanto antes el reino de Toledo que os legó vuestro padre y para que los frutos de vuestro gobierno extiendan el reino de Dios de modo que los infieles se conviertan a nuestra fe. Estamos seguros de que vuestro gobierno será recordado por las generaciones venideras como un reinado de paz y prosperidad.

—Lo hemos conseguido, Teresa. Lo hemos conseguido —cuchicheó Nuño alborozado—. Esto era exactamente lo que necesitábamos y tenemos que celebrarlo tú y yo a solas, como nos merecemos.

—Te prometo hacerlo si me llevas a Toledo y puedo volver a disfrutar de las delicias del alcázar. Pero tendrás que esperar, porque ahora hemos de hacer algo más urgente. ¿No crees que el rey debería saludar a los artífices? —Y se fue en busca de Cecilia y de los canteros para presentarlos al monarca—. Su majestad quiere saludaros personalmente y dirigiros unas palabras —les dijo.

—El sepulcro es muy bonito y está muy bien pintado, y todo el mundo me da las gracias. Estoy muy contento con lo que habéis hecho. Estos trabajos tienen que ser muy entretenidos, ¿verdad?

—Cuando tenemos que sacar la piedra de la cantera, no tanto, majestad. Sobre todo cuando hay ventisca. Y si toca trabajar por las cornisas, se corre bastante peligro. Pero lo peor es cuando llevamos a cabo los trabajos y no nos los pagan, porque no tenemos un señorío y no sabemos hacer otra cosa —dijo Juan entre bromas y veras.

—No hagáis caso a mi tío Fernando, que es muy fácil regalar señoríos cuando el reino no nos pertenece.

20

La recuperación de las reliquias de los mártires cubrió con creces todas las expectativas del regente y llenó de gozo al obispo de Ávila. Había largas colas para contemplar el sepulcro, el templo se llenaba a todas horas y las limosnas eran cuantiosas.

—¡Vaya con los muchachos de Piasca! ¡Quién iba a pensar que iban a hacer con Cecilia semejante prodigio! —dijo don Nuño—. ¿Cómo se te ocurrió lo de traer las reliquias?

—Mi padre decía que el sepulcro del apóstol lo era todo para la ciudad de Compostela.

—Cuentan que ya ha habido algunos milagros a raíz de la vuelta de las reliquias —afirmó Nuño.

—No me extrañaría nada habiendo tanto fervor, ni que cada día que pasa la devoción vaya a mayores. Todas las ciudades necesitan recobrar a sus mártires y ponerse bajo su protección. Vicente, Sabina y Cristeta van a tener muchos devotos —auguró Teresa—. El rey ya se ha dado cuenta de los beneficios que ha traído consigo el sepulcro y no cabe de gozo por ello, pero está impaciente por recuperar el reino de Toledo.

—Todo se andará —dijo Nuño—. Desde la muerte de mi hermano, el muchacho pasa muchas horas urdiendo un plan para hacerse con esa ciudad por sorpresa. Le he asegurado que lo de Huete no volverá a repetirse, porque tomar por la fuerza una ciudad con ese emplazamiento costaría un baño de sangre, habría grandes destrozos y quien lo intentara pondría en contra suya a la población. A la gente le da igual quién le gobierne siempre que prospere, y más en Toledo, que está llena de mahometanos y judíos.

—A mí no me ha dicho cuáles son sus planes, pero me ha pedido que le contemos todo lo que sabemos de la guerra de Troya —dijo Teresa, a quien el niño había tomado por confidente y con quien pasaba largas horas—. Creo que deberías hablar con él.

El regente se apresuró en entrevistarse con el joven monarca, y cuál no sería su asombro cuando comprobó que Alfonso ya tenía una estratagema muy bien urdida.

—No vamos a hacer un caballo de madera a las afueras de Toledo y pretender que lo suban empujando por las empinadas cuestas que dan acceso a la ciudad. Además, no cabría por las puertas. En Toledo es al rey al que le toca hacer de caballo de Troya —dijo.

Don Nuño, viendo el aplomo con el que el pequeño explicaba sus intenciones y la osadía con que se ofrecía para encabezar la recuperación de la ciudad, concretó el modo de ganar aquella partida tan arriesgada.

—La jugada maestra es la que habéis ideado. Meteremos secretamente al rey en la ciudad y una vez dentro, le apoyaremos con peones leales a Manrique, que gobernó allí durante muchos años. Vuestra presencia en el interior será una sorpresa para Fernán. No tiene que ser muy difícil manteneros oculto en un laberinto como Toledo.

»El error de Huete que costó la vida a mi hermano fue que aquello parecía una escaramuza más entre mi familia y la de Castro. He aprendido una cosa muy importante durante vuestra estancia en Ávila y con el regalo del sepulcro de los santos mártires. El pueblo os quiere y esa es un arma formidable. Por eso, antes de dirigirnos a Toledo, viajaremos con toda la corte por las ciudades más importantes del reino para que os conozcan sus habitantes.

—Estaría encantado de poder hacer el recorrido que me proponéis —afirmó el rey.

—La última etapa será Toledo. Entonces no iremos solos, porque vendrán con nosotros todos los obispos y nobles del reino y nos acompañarán también las fuerzas de los concejos que habéis visitado para presionar y distraer al adversario.

Don Nuño dispuso que Teresa, junto con Cecilia, Juan y Fructuoso, prepararan la entrada del rey en Toledo aprovechando los concurridos mercados que se celebraban en el zoco.

—Viajo frecuentemente a Toledo para comprar marfiles, hilos de oro y sedas para las casullas y las arquetas de mi taller. Conozco a muchos comerciantes y también buenos albergues —dijo Cecilia.

—Nada de albergues, que entra y sale mucha gente en ellos —recomendó Teresa—. Es mejor que compréis una vivienda y que viváis como una verdadera familia. De las obras que se ocupen Juan y Fructuoso, lo que dará sensación de normalidad. Pero el rey no puede ir de inmediato, porque gentes venidas de Ávila pueden reconocerle. Saldrá en el momento justo —puntualizó Teresa—, y eso lo decidirá don Nuño cuando sea más oportuno.

Don Alfonso se despidió de ellos para realizar su periplo por el reino. Salió de Ávila con la corte en la primavera de 1166. En Segovia fue recibido por el concejo, dedicó varios días a realizar diversas obras de caridad, visitar huérfanos y enfermos en hospitales. Estuvo en contacto directo con el pueblo en desfiles, audiencias y ceremonias religiosas, también recorrió las parroquias, visitó las plazas y acudió a los mercados. Lo mismo hizo en Valladolid y Palencia. Arribó a Burgos en abril. En mayo estuvo en Nájera y de allí partió en junio hacia Soria, donde le recibieron con grandes muestras de afecto porque todavía se comentaba con regocijo la burla que le había hecho al rey de León escapando de sus manos.

—¡Qué distintas son las cosas ahora, don Nuño! —dijo el rey cuando iban camino de Atienza. Entonces huíamos solos y ahora la corte y el ejército nos acompañan.

—Hicimos una jugada arriesgada porque lo teníamos todo perdido. Pero como muy bien habéis dicho, ahora tenemos el tablero bien repleto y el rey blanco está dispuesto a encabezar la partida más importante.

En Atienza les acogieron en el mismo castillo de entonces. A Alfonso le habría gustado que le estuviera esperando Teresa, pero ella se encontraba en Illescas, a las puertas de Toledo, preparando la entrada del rey en la capital, gobernada a su antojo por Fernán de Castro.

Cecilia y los lebaniegos habían salido, con el beneplácito de Teresa, a mediados de junio en dirección a Toledo, donde después de pagar el portazgo entraron sin problema. Tras hospedarse en un albergue, salieron a buscar una casa, entre la plaza del zoco y la puerta del Sol. Enseguida encontraron una con patio interior que garantizaba la necesaria intimidad. Estaba junto a la muralla y disponía de una empinada escalera que daba acceso a la azotea. Desde esta se divisaba la campiña toledana y el camino de Illescas.

—El asunto tiene dificultades, pero la responsabilidad es de don Nuño y él, junto con el obispo, tiene que mover peones y caballeros y preparar la sublevación popular que corresponde encabezar a Esteban Illán, que para eso fue regidor —dijo Fructuoso. Él y Juan habían aceptado con entusiasmo su papel en la conjura, por lealtad al rey, pero también, en el caso del mayor de los canteros, por estar junto a Cecilia y tener la posibilidad de ayudarla y, si se daba el caso, impresionarla.

—Nos hemos metido en la boca del lobo. ¿Crees tú que Fernán no está al corriente de la que se prepara? —preguntó Cecilia con un deje de angustia en la voz.

—Deja de preocuparte por lo que pueda pasar. Hagamos las cosas como se han planeado, vayamos paso a paso y ya verás como todo sale a pedir de boca —la tranquilizó el cantero satisfecho, porque después del desengaño de Cecilia con Mateo en Sahagún no había vuelto a mencionar al maestro y en Toledo tendrían que pasar mucho tiempo juntos en la intimidad de la casa dando rienda suelta a sus instintos. De la misma opinión era Cecilia, que veía que los años pasaban a toda prisa y se llevaban volando los sueños de la juventud.

Mientras Fructuoso evaluaba los arreglos que necesitaba el edificio y proyectaba un puentecillo para pasar sin peligro de la casa hasta la muralla, Juan y Cecilia se dirigieron al zoco para encargar los enseres necesarios para hacer habitable la casa y de paso curiosear por las tiendas de alfombras, telas, tapices y localizar a la familia que transportara al rey desde Illescas al interior de la ciudad.

—El mejor almacén es el del judío Nicodemo —les informaron—. No tiene pérdida, tomad el primer corredor a la derecha y enseguida veréis una tienda de alfombras; preguntad por él a su hija Raquel la Fermosa o a alguna de sus hermanas, que irán a buscarle de inmediato.

Enseguida dieron con el negocio. Raquel la Fermosa era inconfundible. Juan se quedó boquiabierto y fue incapaz de articular palabra. En su vida había visto una criatura de belleza semejante.

—¿Sois vos Raquel, la hija de Nicodemo? —preguntó Cecilia.

La muchacha, de unos catorce años, que era utilizada como reclamo por su padre y ya estaba acostumbrada al pasmo de los clientes y de los curiosos, se volvió hacia el interior de la tienda.

—Salid un momento, padre, que preguntan por vos. Deben de ser portugueses.

—Pregúntales qué quieren —se oyó ronca y carrasposa una voz desde el almacén.

—¿Dónde podríamos encontrar alfombras para una casa y género diverso para confeccionar ornamentos litúrgicos? —inquirió en voz alta Cecilia para que le oyera.

Al momento apareció el dueño del negocio, tan cargado de hombros que parecía sostener sobre ellos todo el comercio de la ciudad y sus preocupaciones fueran la causa de aquella mirada distraída, como de filósofo. Si no fuera porque la muchacha le había llamado padre, nadie diría que aquel hombre de aspecto insignificante era el progenitor de semejante belleza.

—Perdonad a esta hija mía, que la tienen aburrida los curiosos que vienen a contemplarla y se desentienden de la mercancía. Pasad al interior, que tendré mucho gusto de serviros como merecéis —dijo Nicodemo, ante el disgusto de Juan, que prefería quedarse fuera contemplando a la Venus judía.

—Sois muy amable, pero no vemos en vuestro comercio lo que buscamos —dijo Cecilia.

—Nicodemo sabrá dónde encontrarlo y os lo servirá en poco tiempo y a buen precio.

—Se agradece el interés que ponéis en atendernos —afirmó Cecilia.

—No nos queda otro remedio. Aquí ha bajado mucho el negocio, y menos mal que la infanta doña Estefanía está cambiando el ornato del alcázar y nos encarga sedas y alfombras de vez en cuando, pero Toledo ha decaído mucho desde que salió la corte, y el comercio se está poniendo tan difícil que yo mismo he tenido que despedir a los criados y me tengo que valer con mis hijas. Pero ¡qué cabeza la mía! Tomad asiento si os place y decidme qué es lo que más os urge.

—Tenemos que confeccionar los ornamentos litúrgicos para una iglesia que está a punto de acabarse no lejos de Toledo. Necesitaríamos ricas telas de Damasco, sedas de distintos colores, tejidos de fino lino, hilos de plata... de seda... y también de oro para bordados —enumeró Cecilia, mientras Nicodemo, calculaba mentalmente el monto de la operación y repasaba los posibles proveedores de la rica mercancía.

—¿Se trata de una iglesia aislada o de un monasterio?

—Empezaremos por la iglesia, el monasterio llegará a continuación. Pero tendrían que servirlo pronto, y quizás necesitemos ayuda para utilizar las telas más adecuadas. No es lo mismo la Cuaresma que Pascua florida, ni Adviento que Navidad.

—Las manos de mis hijas son tan hábiles para los bordados como hermosos sus rostros para los curiosos.

—Tendrían que quedarse durante unos días en Illescas para preparar el trabajo.

—Como quien dice, a la puerta de casa —puntualizó el comerciante, y luego añadió con voz grave y ampulosa—: Estad segura, señora mía, de que Nicodemo os solucionará el grave problema que os ha traído hasta Toledo.

—Pues yo os digo, señor Nicodemo, que si cumplís lo que prometéis, este negocio será, antes de lo que imagináis, uno de los más prósperos de la ciudad... porque necesitamos también bastantes tapices y alfombras. Todos persas y de los mejores.

—Pero el transporte tiene que correr por vuestra cuenta. ¿No os parece justo?

—Tanto el de ida como el vuelta, señor Nicodemo.

Mientras Fructuoso y Juan ponían la casa a punto y empezaban a preparar el puente, Nicodemo se afanaba en juntar la totalidad de la mercancía, una vez que Cecilia le abonó lo estipulado, incluido el coste del transporte.

A finales de julio salieron de madrugada en dirección a Illescas. Cecilia cabalgaba a lomos de una yegua, y en carretas iban la mercancía y la mujer y las seis hijas de Nicodemo. Entre todas resplandecía por su belleza Raquel la Fermosa, ignorante de que aquel viaje cambiaría su vida por completo.

Teresa, que les esperaba en Illescas, había reservado para ellas una casa próxima a la iglesia. Una vez descargada la mercancía y después que hubo aposentado a la familia de Nicodemo, habló con Cecilia para organizar el viaje de vuelta.

—Todo está preparado. Fructuoso y Juan tienen a punto el puente para pasar de la casa a la muralla, y se va a quedar en Illescas una hija de Nicodemo. El rey ocupará su lugar vestido de mujer y nadie notará la diferencia.

HA LLEGADO EL CABALLO DE TROYA

Este escueto mensaje enviado por Teresa tranquilizó definitivamente a don Nuño, que ya había llegado con la corte a la vecina Maqueda, donde hicieron un alto para esperar a las fuerzas concejiles que venían desde Ávila y avanzar sobre Toledo en el momento más oportuno.

Toda la operación podía fracasar si el rey de León venía rápidamente en auxilio de Fernán y atacaba por sorpresa desde el oeste. Pero era casi imposible que acudiera, porque estaba cerca de Portugal sitiando la plaza de Alcántara para arrebatársela a los almohades, como sabía Nuño a través de sus espías.

En cuanto a Alfonso, a la emoción de partir a la conquista de Toledo, con el riesgo que suponía meterse en la guarida del monstruo que había matado a Manrique, se sumaba el terremoto que en su corazón de adolescente había provocado el traicionero flechazo que le había lanzado Cupido en cuanto llegó a Illescas y conoció a las hijas de Nicodemo... mejor dicho, en cuanto su mirada se cruzó con la de la hermosa Raquel.

En Illescas apenas hubo tiempo para nada más que las presentaciones, pues el tiempo apremiaba y tenían que afrontar la parte más peligrosa del plan: la entrada en Toledo. Al poco rato de emprender aquel viaje memorable, Alfonso se quedó dormido junto a Cecilia, camuflado entre las muchachas y arrullado por el traqueteo de las ruedas del carromato y por las canciones de las hijas de Nicodemo. En el horizonte se recortaba la silueta quebrada de Troya con los torreones del alcázar ayudando a los minaretes de la mezquita-catedral a dibujar el quebrado perfil de la ciudad del Tajo.

El pequeño rey despertó sobresaltado cuando les dieron el alto y se detuvo la carreta.

—Soy la mujer de Nicodemo, que vuelvo con mis hijas de llevar un encargo a Illescas. Salimos hace tres días y estamos de vuelta, y no tenemos que pagar el portazgo porque somos vecinos de Toledo.

—¿Judíos todos?

—Así lo ha dispuesto el Señor.

Cecilia tenía el corazón encogido y temía más el nerviosismo del rey a que alguna de las hijas de Nicodemo pudiera delatarles. Y su preocupación llegó al extremo cuando un guardián se acercó a ellas.

—¿Esas dos por qué no bajan? —preguntó con tono desabrido.

—Mi niña ha enfermado durante el viaje y no puede con su alma.

Respiró aliviada cuando vio que el guardián les hacía un gesto con la mano para que entraran en la ciudad.

Teresa le había rogado encarecidamente que bajo ningún concepto pusieran en riesgo la seguridad del rey. Pudo ser una sugestión, pero a Cecilia le pareció que había muchos soldados recorriendo la muralla y también por la calle. Y como no quería ir sola con el niño hasta la casa donde les esperaban los lebaniegos, pidió a la mujer de Nicodemo el favor de que la albergaran con su hija durante unos días hasta que tuvieran su casa disponible.

Tanto Nicodemo como su esposa e hijas estaban encantados de hospedar en su casa a gentes tan principales, a juzgar por la cantidad y calidad de sus compras, que habían hecho de una sola vez, y sobre todo porque habían pagado por anticipado.

—No faltaba más —dijeron al unísono mujer y marido, complacidos de hacer un favor a esa mujer que ni siquiera había regateado el precio de la compra—. Tenemos una pequeña alcoba para vuesa merced, las chicas se aprietan un poco y Esther puede dormir perfectamente con ellas.

—Vuestras hijas son muy amables, señora —dijo el rey—. No podemos rechazar una invitación tan generosa. ¿Verdad, madre? He comprobado que cantan hermosas canciones y me gustaría que me las enseñaran.

No se hicieron de rogar; Raquel tomó entre sus manos un salterio y acompañada por sus hermanas cantó esta canción, que dejó embelesado al muchacho y perpleja a Cecilia:

Morena me llaman, yo blanca nací
de pasear galana, mi color perdí.
Morena me llama el hijo del rey,
si otra vez me llama, yo me voy con él.
De aquellas ventanicas me arrojan flechas,
si son de amores, vengan derechas.

Las sirenas estuvieron cantando mucho rato, antes y después de la cena, con gran contento para el rey, que no quitaba ojo a Raquel la Fermosa, la cual le correspondía con zalameras miradas.

—Pórtate bien, hija mía —le dijo Cecilia cuando se retiraba a su alcoba—. Que se note la educación que te hemos dado. Que todos tenemos puestas en ti nuestras máximas esperanzas.

Puede que fuera casualidad, pero el rey y la Fermosa coincidieron en uno de los jergones extremos colocados directamente sobre el suelo.

«Esta sí que es una buena aventura», se dijo Alfonso para sus adentros, viendo a las muchachas quitarse la camisa a la luz de las candelas.

Cuando se hizo la oscuridad, continuaron las risas y los cuchicheos.

—¿Cómo te llamas? —preguntó Raquel al oído del rey chico.

—De sobra lo sabes. ¡Me llamo Esther!

—¿Cómo te llamas de verdad? —insistió Raquel.

—¿Por qué me lo preguntas?

—Porque eres un muchacho —dijo Raquel.

—Pues es mentira, soy una muchacha.

—¿Me dejas que lo compruebe?

—Espero que no te atrevas a intentarlo.

Él solo había dicho «Espero que no...», y ella ya había hecho todas las averiguaciones que necesitaba.

—No estás circuncidado. ¿Cómo te llamas de verdad? —dijo ella.

Él iba a contestar: «Pronto lo sabrás», pero le interrumpió una de las hermanas.

—¡A callar, que no me dejáis dormir y tengo mucho sueño, que he tenido que cargar yo con casi todo el trabajo... como siempre!

—Date la vuelta con cuidado y no molestes a mi hermana —susurró Raquel, y añadió—: ¿Sabes dar besos?

—¿Y tú?

—Ahora mismo te enseño —dijo ella.

Mientras ella le besaba en la boca, él no permanecía de brazos cruzados.

—¡Tienes las tetas duras y suaves, y plumas entre las piernas! ¡Eres muy mayor!

—¿No te gusto?

—¡A callar y a dormir de una vez! ¿Cuántas veces tengo que repetirlo? —dijo la voz de siempre.

—No corre una brizna de aire y con este calor no hay quien duerma —respondió Raquel.

—Pues a callar de todas formas —ordenó la hermana gruñona.

Raquel y el rey chico obedecieron en lo de callar, pero tardaron mucho en dormir porque entre besos, caricias y exploraciones pasaron en vela buena parte de la noche. Se durmieron abrazados cuando bajó un poco la temperatura y ya faltaba poco para que amaneciera.

Al día siguiente, empezaron a sonar insistentemente las campanas de Toledo como si se tratara de un día de fiesta. Cecilia, asustada porque era la señal convenida, subió en busca del rey y se alarmó sobremanera al ver la cara de sueño y los bostezos que daba el muchacho y la picardía con que miraba y sonreía a Raquel. Su breve paso por el gineceo de Nicodemo le había puesto en contacto con una realidad embriagadora. Aquellos primeros besos, aquellos suspiros tan sentidos y aquellos dulces sofocos habían despertado la primavera en su cuerpo y la pasión de su alma con una violencia difícil de controlar.

«Este niño corre más peligro en la cama que en la calle», pensó Cecilia, que le arrastraba por el brazo tratando de levantarle del lecho.

—Vamos enseguida a casa con tu padre, que estoy segura de que estará impaciente por vernos. —Y como viera que se hacía el remolón, añadió—: Que ya suenan las campanas, está la calle alborotada y están los obispos y los peones de Esteban Illán preparados para jugar la partida.

Cuando llegaron a la puerta no solo volteaban las campanas de la mezquita-catedral, también daban la bienvenida todas las de los conventos y las iglesias y la gente corría por las calles.

—Ay, Dios mío, que se nos hace tarde y no llegamos a tiempo, corramos a casa, que Fructuoso y Juan estarán hechos un manojo de nervios —dijo Cecilia.

Entonces se oyó a un hombre que gritaba:

—El ejército del rey está a las puertas de la ciudad.

—¿Dónde os habíais metido? —preguntó Fructuoso descompuesto—. Pensábamos que os había ocurrido algo. —Tanto Juan como él se habían colocado la indumentaria de los soldados—. Cambiaos inmediatamente, señor, y subid corriendo con nosotros a la azotea, que ya hemos confeccionado la enseña real y tenemos que pasar con ella a la torre de la muralla.

Las campanas no paraban de tocar porque eran volteadas cada vez más rápidamente y en la calle aumentaba el tumulto por momentos. Había grupos de gente por todas partes, a pesar de que muchos de ellos no sabían lo que estaba pasando.

—Suelta la maroma, Juan —dijo Fructuoso cuando llegaron a la azotea.

—No puedo, se ha enredado. Sube a ayudarme.

Después de unos momentos de mucho nerviosismo, lograron soltar el enganche y bajaron lentamente el puente hasta que tocó el borde de la muralla. Cruzó corriendo Fructuoso con un venablo en la mano, y dando la mano al rey, pasó enseguida Juan con la enseña real enrollada. Inmediatamente echaron a correr hacia la torre gritando a los soldados, que estaban paralizados por la sorpresa.

—¡Paso al rey! ¡Paso al rey!

Subieron las escaleras de la torre a la carrera y cuando llegaron arriba, Fructuoso cogió por la cintura al muchacho y lo encaramó sobre sus hombros. Juan desplegó la enseña real y la entregó al rey cogida por el asta.

Se hizo el silencio a ambos lados de la muralla cuando el pequeño rey se puso de pie sobre los hombros del cantero. Este le sujetaba las piernas con las manos. Don Alfonso empezó a agitar la bandera sobre su cabeza y a gritar junto a Fructuoso y Juan:

—Abrid las puertas de la muralla en nombre del rey.

—Abrid las puertas de la muralla en nombre del rey.

El mismo clamor se escuchó a ambos lados de la muralla.

—Abrid las puertas de la muralla en nombre del rey.

—Abrid las puertas de la muralla en nombre del rey.

Los guardianes, rodeados por cientos de vecinos, obedecieron la orden del monarca, dejaron el paso libre y se unieron a las milicias que venían con don Nuño. Después pasaron los obispos y los nobles. Con ellos entraba Teresa respirando aliviada, porque había vivido el acontecimiento con el corazón en un puño.

El judío Nicodemo, su mujer Susana y Raquel y sus hermanas subieron a la azotea como muchos toledanos para ver lo que estaba ocurriendo. Cuando Raquel vio al rey agitar la bandera, gritó:

—¡Está allí arriba, es él! Esther.

—¿Quién? —preguntó Nicodemo.

—Quién va a ser, el rey don Alfonso, que ayer durmió en nuestra casa.

—No puede ser, era una muchacha —dijo Susana.

—Pero ahora es el rey por arte de magia y nos está saludando.

El pequeño rey don Alfonso había dirigido la vista a la multitud y, por una de esas casualidades de la vida, posó su mirada en una familia judía que estaba subida en la azotea de la casa contemplando el espectáculo.

—¡Nos está saludando a nosotras, el rey nos está saludando a nosotras! —gritaba Raquel alborozada.

—Esta muchacha está mal de la cabeza —dijo Nicodemo.

Enseguida se corrió por toda la ciudad la voz de que el rey había aparecido milagrosamente encima de la muralla. Las campanas tocaban a gloria. Todo el mundo quería ver al monarca. El entusiasmo de la multitud era inenarrable y las gentes cantaban enfervorizadas. Los vítores y los gritos de «¡Milagro! ¡Milagro!» se sucedían constantemente. Teresa y Cecilia no podían contener las lágrimas de alegría. Nuño pensaba en su difunto hermano Manrique. El joven Alfonso se olvidó por un momento de Raquel, porque no daba crédito a lo que veía y rebosaba de satisfacción. Iba casi en volandas, flanqueado por el regente don Nuño y por el arzobispo de Toledo, y protegido por los soldados que se abrían paso a duras penas en medio de una muchedumbre enfervorizada que les flanqueaba el camino hacia la mezquita-catedral. Allí celebraron un solemne tedeum para agradecer al Altísimo su ayuda en la recuperación de la ciudad.

—Esta vez hemos ganado la partida, majestad, gracias a vuestra idea de entrar en Toledo escondido en el caballo de Troya —dijo el regente don Nuño en presencia de Cecilia y de Teresa a la salida del templo.

—Aquiles estaba dormido en los brazos de la más hermosa de las hijas de Licomedes cuando llegó Ulises con Diomedes a buscarle. Menos mal que las campanas nos sacaron del apuro, que por poco perdemos la partida. ¿No es cierto, mi señor? —dijo Cecilia.

—Eso fue en Troya, pero ahora estamos en Toledo. ¿Qué día es hoy? —preguntó el rey.

—El 26 de agosto de 1166 —respondió don Nuño.

—Este será para mí un día inolvidable —sentenció el monarca—. Ha sido el más feliz de mi vida.

Fernán de Castro, viendo que todo estaba perdido, dejó a Estefanía en manos de las esclavas y, aprovechando la confusión reinante, escapó a toda prisa con sus leales hacia el castillo de Huete.

Quinta parte

La reina en la sombra

(León y Castilla, 1166 – 1169)

21

El joven rey era consciente de que la recuperación de Toledo suponía un extraordinario refuerzo de su autoridad. Había pasado de la obediencia a tomar la iniciativa y con su osadía se ganó la admiración de los eclesiásticos, el respeto de los nobles y el cariño del pueblo. Con astucia había recuperado el poder y con audacia había descubierto el amor.

—Ahora estamos mucho mejor, ¿verdad, don Nuño? —dijo, satisfecho, nada más sentarse en el trono del salón real del alcázar—. ¿Y a partir de ahora qué? —preguntó impaciente.

—Es muy cierto, majestad, como diría mi pobre hermano Manrique: ahora jugamos con blancas y llevamos la iniciativa. A partir de este momento los tributos del reino de Toledo llenarán las arcas de su majestad y con ellos podremos sostener los ejércitos, mejorar los puertos y la flota del norte, y recompensar a los que nos han ayudado en los momentos difíciles.

—No debemos olvidar al obispo Cerebruno, que siempre estuvo a mi lado en Soria.

—Premiaremos sus servicios haciéndole arzobispo de Toledo. Esta diócesis es muy importante porque tiene una larguísima frontera con al-Ándalus y vendrán contra ella las embestidas de los almohades.

—¿Qué hacemos para ganar la partida?

—Tener cabeza y paciencia, porque llevará mucho tiempo recuperar lo que os han quitado vuestros tíos de Navarra y Aragón, y los Campos Góticos, que retiene vuestro tío Fernando.

—Os olvidáis de que tengo clavada la espina de Huete, que está en manos de Fernán contra mi voluntad.

—Será lo primero que hagamos cuando el de Castro ande con vuestro tío Fernando guerreando contra su suegro en la frontera de Portugal.

Alfonso se dio cuenta enseguida de que aquella ciudad era un sitio agradable para vivir con la corte. Tenía un invierno mucho más suave que las gélidas mesetas del norte. Asimismo, la proximidad de al-Ándalus, la confluencia de culturas, el gran número de sabios, filósofos, médicos, escritores y poetas que había entre sus pobladores hacía que la populosa Toledo fuera, junto con Córdoba, la ciudad más importante de Hispania.

Pero los asuntos del gobierno no consiguieron borrar de la memoria del rey el recuerdo de Raquel. Subido en los torreones del alcázar, recorría con la mirada las azoteas de la ciudad intentando localizar el domicilio de su amada.

Aquella mezcla de poder y de pasión que le estalló de repente al rey entre las manos cambió por completo las prioridades del joven monarca. Resueltos los asuntos urgentes, el rey estaba impaciente por encontrarse de nuevo con Raquel y por ello buscó a Teresa.

—¿No creéis, señora mía, que estamos siendo bastante ingratos con aquellos que favorecieron nuestra entrada en esta ciudad? —le preguntó.

—Habéis sido muy generoso, señor, lleváis un mes entero sin parar de hacer mercedes, conceder honores y generosas dádivas a quienes os han ayudado en esta hora decisiva.

—Me refiero a la familia judía a quienes engañamos con nuestro disfraz. De haber salido mal la aventura, habrían pagado con su hacienda o con su vida nuestra osadía.

—Su majestad tiene toda la razón, pero eso tiene fácil arreglo. Decidnos qué mercedes pensáis hacerles y el regente se las hará llegar por un servidor nuestro.

—Creo que no me habéis entendido. Me habéis dicho muchas veces que amor con amor se paga y no con regalos y olvido. Creo que es de justicia hacerles una visita de cumplido para agradecerles la hospitalidad con que nos acogieron y pedirles disculpas por no advertirles del peligro que corrieron sin saberlo.

—De haberles advertido se habría perdido la discreción necesaria para llevar a buen término vuestra entrada en la capital.

—Lo uno no quita lo otro —replicó el rey.

—Disponed vos la forma más discreta de acudir a la casa para que no se produzca un gran alboroto en la judería —recomendó Teresa.

—En cuanto anochezca, me disfrazo de muchacha y me acerco acompañado de Cecilia y Fructuoso, y, si quiere, que venga Juan —dijo Alfonso.

—¿No sería mejor esperar a que mi esposo el regente regrese de Ávila?

—Puede tardar semanas y este asunto no admite dilación —objetó el monarca.

—Si esa es vuestra voluntad, llamaremos a Cecilia para preparar con ella la visita.

—Iremos sin avisar, quiero ver la sorpresa que se llevan —dijo el rey.

«Vaya con el jovencito, pone tanta determinación y tiene tanta urgencia que no puede esperar a que esté aquí don Nuño para acompañarle», pensaba Teresa mientras salía el rey del alcázar acompañado por Cecilia y los de Piasca.

Juan tomó enseguida la delantera porque estaba tan impaciente como el rey por llegar cuanto antes al gineceo de Nicodemo.

—Ya casi estamos, majestad. La casa se encuentra a la vuelta de la esquina.

Llamaron a la puerta tres veces hasta que oyeron voces desde el interior.

—No se molesta a estas horas. Tenemos la tienda cerrada —se oyó decir al judío.

—Tened la bondad de abrir, señor Nicodemo. Somos los padres de Esther y venimos a... —empezó Cecilia.

—¿Pero cómo no nos han avisado los señores? Está la casa patas arriba. Esperad un poco en el patio. Enseguida venimos a buscaros —se apresuró a contestar Nicodemo—. ¿A qué debemos el honor de esta visita? —preguntó, cuando por fin abrió la puerta.

—Queríamos agradeceros todo lo que habéis hecho por nosotros —señaló Cecilia.

Todas las miradas estaban clavadas en la visitante. Nadie de la familia se había creído que Esther fuera el muchacho que enarbolaba la enseña real en la torre de la muralla. Solo Raquel sonreía maliciosamente.

—Tenéis que perdonarnos por el engaño que os hemos tendido. Ni ellos son mis padres ni tampoco son comerciantes. Yo soy huérfano y tenía que entrar en Toledo y recuperar lo que es mío. Y ya lo he conseguido, gracias a que me trajisteis con vos en el carromato —dijo Alfonso.

—Tuvimos que hacer todo eso por razones muy poderosas —explicó Cecilia avergonzada.

Todo el encanto y naturalidad de aquella numerosa familia desapareció de repente. Allí no había risas ni canciones y todo era rigidez y envaramiento. No solo no habían visto a un rey de cerca en su vida, sino que ni siquiera un cristiano notable había entrado jamás en la casa y no sabían cómo comportarse.

El único que estaba a gusto era Juan, que, viendo tantas bellezas juntas, no sabía a cuál elegir de entre ellas.

«Me quedaré con la mayor, que los mozos de Toledo no se atreven con tanta hermosura», se dijo para sus adentros.

El rey estaba encantado en aquella casa con tantas mujeres hermosas. En modo alguno quería volver al alcázar sin estar un rato a solas con Raquel. Y lo mismo pensaba Juan de Susana, la hermana mayor de la Fermosa.

—Es muy tarde, y tendréis que acostaros —intervino Cecilia—. Pero no me cabe la menor duda de que tendremos numerosas ocasiones para encontrarnos de nuevo en el alcázar, donde tenemos que hacer muchos arreglos, y estoy segura de que vamos a necesitar de vuestros servicios y mercancías durante una buena temporada.

—No sabéis el honor y la merced que nos hace su majestad con su visita a esta humilde morada, puesto que vos pagasteis por adelantado y con creces el precio de la mercancía. Nosotros y nuestras hijas esperamos anhelantes vuestra llamada para serviros.

Eso era exactamente lo que todos querían escuchar, unos por el negocio del comercio y otros por el negocio del amor. Y con la promesa de encontrarse de nuevo, se despidieron efusivamente después de hacer Nicodemo y familia grandes reverencias al rey y a sus acompañantes.

Alfonso había dejado de ir de un lado para otro del reino y disfrutaba de una prolongada estancia en la corte toledana, pero pasaban los días, las obras del alcázar no comenzaban y, como tenía el corazón enamorado, la espera de la amada se le hacía insoportable, y por eso se dirigió de nuevo a Teresa.

—Señora, se acerca el 11 de noviembre y ese día cumpliré once años. ¿Qué podríamos hacer para festejarlo?

—Creo que será de justicia celebrar una solemne ceremonia en la catedral, agradeciendo al Señor sus favores ayudándonos a superar las adversidades y poniendo en manos de vuestra majestad el reino de Toledo. Después, daremos una recepción en el alcázar con los embajadores y la corte al completo.

—Eso es muy importante, pero por la tarde me gustaría celebrarlo con vuestros hijos y los hijos de los caballeros que nos sirven en el alcázar, y no sería mala idea agradecer su apoyo a las gentes de Toledo invitando a algunos niños cristianos, moros y judíos a festejar conmigo —contestó el rey.

Después de celebrar el acontecimiento con la participación de numerosos juglares, bailarinas y saltimbanquis y de que los niños interpretaran canciones, Alfonso les invitó a realizar un recorrido por los jardines y las fuentes. A la primera ocasión favorable se escabulló con Raquel que había sido la muchacha escogida en representación de los niños judíos.

—Te enseñaré Toledo desde mi ventana —dijo el muchacho, entrando en una estancia en penumbra. Era la misma habitación en la que hacía ocho años había acompañado a su padre en el último trance de su vida mientras los notables se repartían los gobiernos del reino.

—¿Duerme mi señor en esta habitación tan grande?

—Aquí dormía mi abuelo el emperador, aquí dormía mi padre el rey don Sancho y ahora me toca dormir a mí.

—¿Y no os da miedo dormir solo en un sitio tan... triste?

—Al principio estaba un poco atemorizado, pero ya me voy acostumbrando. Yo no puedo decir que tengo miedo porque todo el mundo me perdería el respeto.

—¿Cómo podéis acostumbraros a dormir solo en ese lugar tan horrible? Si yo tuviera que hacerlo, me moriría en la primera noche. Es mucho mejor dormir en el suelo acompañada de mis hermanas que en esta habitación desoladora llena de polvo y de muebles.

—Yo también duermo en el suelo cuando voy de caza con mis caballeros.

—¿Por qué me habéis traído hasta aquí?

—Quería estar a solas contigo...

—Estábamos mucho mejor con el resto de los niños o a oscuras en mi casa con mis hermanas. Aquí me falta el aire y me agobia este ambiente tan cargado y tan oscuro.

—Subamos a la ventana para que me indiquéis dónde está vuestra casa y os pueda mandar señales con un espejo.

Alfonso, que no recordaba ni remotamente lo que había hecho para esconderse el día que murió su padre, cogió instintivamente una silla y abrazó a Raquel para ayudarla a encaramarse hasta la poyata de la ventana. La muchacha no acertaba a subir y él aprovechaba para no separarse de su cuerpo.

Cuando estuvieron arriba y abrió los postigos, la ciudad de Toledo se presentó rendida a sus pies.

—¡Qué bien se ve desde aquí arriba, y qué grande y quebrada es! Se pierde la vista en las callejuelas —exclamó Raquel asombrada—. Lástima que tengáis la ventana cerrada y tan alta, porque podríais entreteneros viendo ir y venir a la gente todo el día.

—Cuando quiero, pongo la silla y me subo, pero suelo ir a contemplarla desde el mirador o desde el adarve.

—Pero no es lo mismo que desde la cama —dijo Raquel.

—¿Quieres que vayamos un rato a la cama?

—¿No decíais que queríais ver dónde está mi casa para hacerme señales? —preguntó la muchacha—. Me parece que va a ser imposible. Está al lado del mercado, cerca de la sinagoga, pero no acierto a distinguirla.

—Para que yo sepa dónde vives, puedes poner en la azotea una tela roja y otra azul. Yo estaré atento en la torre más alta y te haré señales tan pronto como te localice —dijo el rey.

—Escondámonos detrás de la cortina, que parece que os están llamando.

Casi al mismo tiempo, se abrió la puerta y se oyeron pasos sigilosos. Alguien había entrado en la habitación y estaba mirando debajo de la cama

—¡Don Alfonso! ¡Majestad! ¿Estáis aquí? Llevo todo el rato buscándoos. No os escondáis otra vez..., que así no juego. Que siempre me estáis asustando y este sitio me da miedo.

Después de un breve silencio se alejaron los pasos, cerraron la puerta y se hizo el silencio de nuevo.

—¿Quién era esa niña? —preguntó Raquel, sin salir de la cortina.

—Era María, una hija del regente, que me tiene mucha afición y siempre me sigue a todas partes.

—¿Cuántos años tiene?

—Creo que siete.

—Yo tengo casi el doble.

—Ya lo noto —dijo el rey, abrazándose a su cuerpo.

—Yo también lo noto, señor, pero creo que lo más prudente es volver con el grupo de niños que, al igual que María, muchos os estarán echando de menos —recomendó Raquel, soltándose del abrazo del rey y saltando a la silla y de la silla al suelo.

Mientras salían de la habitación, Alfonso la obligó a detenerse un momento.

—Procura venir a menudo con tu padre o tus hermanas cuando empecemos a reformar el alcázar, que yo encontraré la forma de que nos veamos a solas. Ahora, cruza el salón grande y hallarás enseguida al resto de los invitados.

Los días que siguieron al cumpleaños, el rey subía a la torre con cualquier pretexto y se pasaba mucho tiempo tratando de localizar desplegada en alguna azotea la tela roja junto a la tela azul, pero para su desgracia las había de todos los colores por la mañana y por la tarde. Pero un día que llovía a cántaros vio las telas convenidas en una azotea. Alfonso bajó corriendo en busca de la enseña real, subió a toda prisa y empezó a ondearla rítmicamente. Casi se cae de la ventana cuando vio que Raquel hacía lo mismo con las telas, como habían acordado. Así estuvieron, calándose hasta los huesos, hasta que se cansaron.

22

Mientras duraron las obras, fueron bastante frecuentes las visitas de Raquel al alcázar para entregar las compras o ayudar a sus hermanas. Alfonso, más interesado por las visitas de la amada que por las reformas, procuraba que las llegadas de la muchacha coincidieran con las ausencias de don Nuño y de Teresa para gozar de compañía.

Raquel sabía que Juan se interesaba por Susana y que ella podía ser su mejor confidente.

—¿Crees que no me había dado cuenta de cómo te miraba el pobre metido en aquellas ropas de mujer en Illescas? ¿Y que no parasteis de hablar y de moveros cuando durmió en nuestra casa? Juan tampoco es que haya disimulado demasiado. Le vi las intenciones nada más llegar. Y creo su hermano vendrá pronto a hablar con nuestro padre y pedirme en matrimonio —dijo Susana.

—Tú lo tienes fácil. Os casáis y a tener hijos sin mayor preocupación, pero yo... ¿dónde me meto?

—Tú le amas, ¿no es cierto?

—¿Cómo le voy a decir que no al rey? Pero es muy joven todavía. Sé que se muere por verme a menudo, por tenerme entre sus brazos y que necesita mi amor.

—Yo creo que también empieza a necesitar tu cuerpo, que el muchacho es muy precoz. Menuda suerte la tuya, ser amada por el rey. Aunque no me extraña nada, porque eres la muchacha más hermosa que conozco y es lógico que se haya enamorado perdidamente de ti. Pero ándate con cuidado, que los reyes son muy caprichosos. Hoy te quiero con locura, y mañana, si te he visto no me acuerdo. Sobre todo, si te tiene segura.

—Me ha prometido amor eterno.

—Eso dicen todos los hombres hasta que consiguen lo que buscan. Pero no te hagas ilusiones, que nunca se casará contigo. Como mucho, como mucho, puede hacerte su concubina. Pero no creo que le dejen ni eso, porque eres judía y eso los cristianos... y menos los reyes.

—El rey Alfonso, el que se apoderó de Toledo, se casó o se llevó de concubina a Zaida, que era musulmana —señaló Raquel.

—Sí, pero Zaida era una princesa que se quedó viuda y el rey tenía un compromiso con su marido, y tú no eres princesa ni eres musulmana. Eres judía como yo, y además plebeya.

—También era judía Esther y se casó con el rey Asuero —rebatió Raquel.

—Asuero era pagano y tenía un harén lleno de mujeres y eran otros tiempos. Pero Alfonso es cristiano y el papa no le dejará tener un harén.

—Tiene que haber una solución. Algo se nos tiene que ocurrir. Tenemos tiempo por delante —dijo Raquel.

—Yo te entiendo, Raquel, tiene que ser maravilloso que un rey se enamore de ti, esté pendiente de si necesitas algo o sueñe contigo. Pero es poco más que un niño y tiene al regente por encima, y a los nobles y a los obispos. Lo casarán con una princesa, porque la primera obligación de los reyes es tener hijos que les sucedan.

—¿Qué harías en mi lugar, Susana?

—Estar con el rey más a menudo y darle lo que necesita.

—Eso lo ves muy fácil, pero está prisionero en el alcázar.

—Pues que se escape con Juan y venga a la casa de Cecilia. Es lo que hacemos Juan y yo de vez en cuando. Yo me aprovecharía todo lo que pudiera. Procuraría que me hiciera rica, me daría la buena vida y cuando se cansara de mí... pues que me buscara un marido de muy buena posición.

A Raquel le faltó tiempo para seguir el consejo de su pícara hermana y decirle al rey que podían verse más a menudo en casa de Cecilia y de Fructuoso. Y pocos días después, el monarca, aprovechando que don Nuño andaba otra vez por Ávila y Cecilia estaba en Illescas con Fructuoso reparando y alhajando la iglesia, se escapó con Juan del alcázar a primeras horas de la noche. En la casa les esperaban Susana y Raquel.

Alfonso no era el único que estaba a gusto en la corte de Toledo. Al igual que su prima Estefanía, Teresa disfrutaba de las estancias moras del alcázar, que llevaba tantos años sin pisar, especialmente los jardines y los baños, y como no podía ser de otra manera, le gustaban las telas de seda, los perfumes y los ungüentos y, sobre todo, el esmerado servicio de las cautivas y de los criados.

El regente don Nuño llegó de tierras abulenses mucho antes de lo previsto. Nada más entrar en el alcázar se acordó de las palabras de Teresa en Ávila: «Te prometo que si me llevas a Toledo y puedo volver a disfrutar de las delicias del alcázar...». Se acercó sin avisar a los baños y, después de hacer una señal de silencio a las cautivas moras que estaban dando un masaje a Teresa mientras dormitaba en uno de los lechos, tomó el frasco del ungüento y empezó a acariciarle la espalda.

—¿Pero qué está pasando aquí? —dijo Teresa, volviéndose rápidamente al notar las manos, callosas y recias de empuñar la espada—. ¡Nuño! Me has asustado. ¿Cuándo has llegado? ¿Cómo te atreves a entrar sin mi permiso?

—Me prometiste superar a la bella Elena, y a fe mía que estás a punto de lograrlo.

Este cumplido, imposible en boca del adusto caballero castellano, parco en palabras y en obras, pero que siempre que volvía suplicaba el débito como un mendigo, ablandó por completo las resistencias de Teresa.

—¿Lo dices en serio? ¿Estás seguro de que dije lo de la bella Elena? Yo ya ni me acordaba.

—Yo sí que me acuerdo, y no sabes cuánto he esperado este momento —susurró Nuño.

—Anda, tomate un baño y quítate toda la porquería que traes a cuestas y luego hablamos, pero ahora deja a las cautivas que sigan con su trabajo, que estos ungüentos hacen maravillas en mi cuerpo. Y vete calentando el agua, que a lo mejor te hago una visita dentro de un rato.

Cuando Nuño ya desesperaba, Teresa se presentó en los baños, se quitó el albornoz y se metió con su marido en la pileta grande.

—El sinvergüenza de Fernán de Castro sí que sabía vivir. A ese sí que le gustaba este alcázar de Toledo. Lástima que el abuelo del emperador destruyera una parte del palacio para ampliar el castillo. Me imagino cómo sería este oasis en medio de la ciudad con el esplendor de la corte de Al-Mamún... —dijo Nuño mientras se acercaba a su mujer que, aunque ya tenía treinta años y cuatro hijos, conservaba todo el esplendor de su belleza.

Una vez que se aproximaron los cuerpos y las manos sintieron la sedosa calidez de la piel suavizada por el agua, sabiéndose encadenados el uno al otro y, sin embargo, dispuestos a disfrutar de una experiencia inédita, al no sentirse prisioneros de ninguna clase de obligación o sometimiento, notaron una cercanía como nunca habían tenido desde que se casaron. Como si se encontrara con él por primera vez en la vida, al notar el roce de la piel de Nuño en la suya, a Teresa se le puso la carne de gallina. Cerró los ojos para saborear mejor aquellas sensaciones tan nuevas para ella y se dispuso a gozar todo lo que pudiera de aquella ocasión tan alejada de la rutina, al igual que los capullos cuando, pasado el invierno, se abren al reclamo de la primavera.

—Despacio, Nuño, sin prisas. Deja que el ansia fluya y el agua prolongue el deseo, que la vida es corta y este momento eterno nos pertenece. Que se ha despertado mi cuerpo y quiere ser uno mismo contigo —murmuraba Teresa mordiéndose los labios, y luego añadió en voz queda—: Esto tiene que ser pecado, Nuño. Seguro que los infieles van todos al infierno, porque estos deleites no nos están permitidos a los mortales en este valle de lágrimas.

—Da gracias a que ellos gustan de estos placeres a menudo, porque por ser tan amigos de su disfrute les entra la molicie y la pereza y eso nos permite a los cristianos ir recuperando lo que nos quitaron en tiempos de don Rodrigo.

—Bueno, Nuño, pero ya que estamos aquí, vamos a aprovecharnos un poquito de su refinamiento, que luego te tocará andar con la corte de castillo en castillo por los polvorientos caminos del reino —dijo Teresa suspirando.

—No conviene que el rey don Alfonso abuse de estas comodidades, que a lo mejor se nos duerme en los laureles, se afloja y se nos pierde. Por cierto, ¿dónde está el rey, que no ha salido a recibirme? —preguntó Nuño, repentinamente alarmado.

—Últimamente se preocupa mucho por las obras y no hace más que preguntar a Juan y a Fructuoso por los detalles, pero esta noche no le he visto —respondió Teresa contrariada, y añadió—: Aplícate a nuestras obras, que estas son amores... que me parece que te me estás escapando.

—Espérame aquí un momento y no te me vayas, que voy a ver si lo localizan —dijo el regente, saliendo del baño.

—Ay, Nuño, Nuño. Has perdido tu oportunidad. Para una vez que estábamos tan a gusto, disfrutando como Dios manda... sin prisas ni agobios... ni niños alrededor.

Al poco volvió Nuño descompuesto.

—¡Teresa, el rey ha desaparecido otra vez!

Un relámpago de intuición cruzó por la mente de Teresa... Las obras. Cecilia... Fructuoso... el judío Nicomedes... Susana... Raquel...

—¡Raquel! ¡Raquel la Fermosa! Ay, Nuño, que el rey se habrá escapado con Raquel. Estará con Juan y Susana aprovechando que Cecilia y Fructuoso están en Illescas... Tú estabas en Ávila y a mí se me fue el santo al cielo.

—Sal corriendo del agua y vayamos rápidamente en su busca. Pero sin armar alboroto, no vaya a ser que se entere la servidumbre y mañana no se hable de otra cosa en Toledo —pidió don Nuño.

Para entonces ya se encontraban Alfonso y Raquel solos y a sus anchas para dar rienda suelta a sus deseos.

—¡No me lo puedo creer! ¡No me lo puedo creer! —repetía el rey—. Cuánto trabajo ha costado. Me parecía imposible que pudiéramos estar un rato a solas.

—Pues yo estoy un poco asustada.

—¿De qué tienes miedo? —dijo el rey.

—De todo un poco. De que se entere mi padre. De que se dé cuenta doña Cecilia.

—Juan me ha jurado que no dirá una palabra de lo nuestro. Y que ha venido con tu hermana. No tienes nada que temer —la tranquilizó el monarca.

—Es que sois muy joven todavía.

—Más joven era la otra vez cuando me diste aquellos ardientes besos.

—Entonces estábamos jugando y no sabía que erais el rey, pero ahora que lo sé, la cosa es diferente. Me da mucha vergüenza.

—Pues para mí no ha cambiado nada, te amaré mientras viva.

—¿Estaríais dispuesto a casaros conmigo?

Aquella pregunta no se la esperaba el muchacho. Él era el rey y sabía de sobra que su obligación era casarse con una mujer de sangre real y engendrar un heredero para la corona. No dejaría el trono por nada del mundo. Por tanto, no podía decir que sí, porque mentiría a su amada y tampoco podía responder que no, por ser judía y plebeya. Por eso se quedó callado, triste y pensativo.

—Lo habéis dicho todo con vuestro silencio. Ya sabía que eráis valeroso, pero también sois noble y honesto. Solo os pido que lo seáis siempre conmigo. Para lo bueno y para lo malo tenéis que prometer decirme siempre la verdad. —Al ver Raquel que Alfonso tenía encharcados los ojos, sintió una ternura maternal y la compasión ablandó sus defensas—. No tenéis que estar afligido, mi señor —dijo—, soy vuestra esclava más leal. Tomadme en vuestros brazos y amadme cuanto queráis.

Al poco de comenzar con las caricias y los abrazos oyeron golpes en la puerta.

—¿Quién puede ser a estas horas? —preguntó Alfonso.

—¡Será Cecilia que vuelve antes de tiempo! —aventuró Raquel.

—Quédate aquí y no te muevas —dijo el muchacho, empuñando la espada—. Voy a salir a ver de qué se trata.

—¡Abrid, majestad! Soy Teresa, que vengo a buscaros con don Nuño.

La imagen que ofrecía el pequeño rey a la luz de la candela cuando abrió poco a poco la puerta oscilaba entre lo cómico y lo patético. Llevaba un camisón por armadura y una espada en la mano.

—¡Señor! —dijo don Nuño sin inmutarse—. Cuando os sorprendan en un aprieto, lo primero es ponerse la cota de malla y después se agarra la espada.

—Juan está arriba con Susana. Raquel no tiene la culpa. Todo ha sido idea mía —respondió Alfonso abochornado.

—Vestíos inmediatamente, majestad, y volved al alcázar cuanto antes con nosotros. No es prudente que alguien os eche en falta y corra la voz de vuestra aventura por toda la ciudad. Sería perjudicial para vos y, sobre todo, para la señora. El insensato de Juan llevará a las muchachas a casa de Nicodemo inmediatamente.

Una vez que hicieron acto de presencia en el alcázar, don Nuño indicó al rey la conveniencia de retirarse discretamente a sus aposentos y de no darle mayor importancia al asunto.

—Háblame de la muchacha —le pidió a Teresa cuando los esposos volvieron a quedarse solos—, y cuenta todo lo que sepas de esta insensata aventura.

—Es una de las hijas de Nicodemo. Ha estado varias veces aquí con su padre y, si la hubieras visto, te habría llamado la atención. La llaman Raquel la Fermosa y es una criatura sugerente de ojos verdes inmensos enmarcados por unas larguísimas pestañas que se abren como abanicos de seda negra bajo unas cejas perfectamente dibujadas. Tiene jugosos labios rojos adornados por una sonrisa seductora y una cabellera ondulada de pelo negrísimo. Me he fijado en su piel, que es tersa y delicada como la de un niño recién nacido. Todo ello en concordancia con un cuerpo esbelto y proporcionado que promete ofrecer todos los placeres imaginables al afortunado mortal que la posea. Esa mujer es más peligrosa que Dalila, puede derribar las columnas del templo con una sonrisa.

Teresa se quedó pensando un momento recordando los felices tiempos de Monterroso cuando ella tenía la edad y la hermosura de Raquel, y venía Fernando a su cama buscando algo más que cobijo.

—¿En qué piensas, Teresa? —preguntó Nuño.

—Estaba dándole vueltas al asunto. Espero que no sea más que una chiquillada... y que la cosa no vaya a mayores —afirmó sin mucha convicción, porque sabía que un amor temprano, agarrado como la hiedra al corazón, es capaz de demoler un edificio construido con mucho tesón y paciencia.

—No es ninguna chiquillada; andando una judía tan hermosa por medio, este es un asunto muy delicado y tenemos que tomar medidas inmediatamente. De momento, hay que alejar discretamente a la muchacha de Toledo. Pero si vemos que al rey no se le pasa el antojo, tendremos que buscarle una esposa lo antes posible. Y a ella también un marido, y por su bien... que se olvide del rey para siempre —señaló el regente don Nuño, arrugando el entrecejo y dando un puñetazo en la mesa. Después de un largo silencio, añadió—: No podemos tirar por la ventana el esfuerzo que hemos hecho durante todos estos años. Ahora que las cosas empezaban a enderezarse. No permitiremos que se distraiga de lo que verdaderamente nos importa: recuperar todo el reino y además acrecentarlo. Ahora es tiempo de sacrificios y no de placeres.

—Debes tener un poco de paciencia, Nuño. El rey es todavía muy joven, solo es cuestión de que encuentre su rumbo. Últimamente ha tenido muchas emociones y es natural que se haya desorientado un poco —adujo Teresa.

—De desorientado nada, y de estratega todo. Que nada más llegar le echó el ojo a la muchacha más hermosa de Toledo. Déjate de pamplinas y de sentimentalismos, que de nada sirven para la guerra. No podemos aflojar la disciplina que, si se tuerce ahora, se tuerce para siempre —la contradijo Nuño.

—Tenemos que encontrar algo que le ilusione de nuevo. Que monte mucho a caballo. Regálale el mejor alazán que encuentres en el reino o que le traigan uno de Córdoba. Sacadle una temporada de caza con azores, que cambie de ambiente y de vida. Que florece la primavera y es tiempo de andar por el campo... —propuso Teresa.

—Todo eso está muy bien, pero hay que cortar por lo sano y actuar de inmediato —resolvió Nuño—. ¡Cuanto más se demore el asunto, más difícil será controlarlo! Creo que tenemos que desterrar a todos los que estaban con el rey en la casa.

—No olvides que Juan y Fructuoso se jugaron la vida hace poco por Alfonso. Pienso que no debes ser tan tajante. Hay que actuar con diplomacia e inteligencia.

—¿Qué se hace en un caso como este estando en juego la honra del rey de Castilla?

—Haciendo que el destierro parezca un premio. Estamos en deuda con Cecilia y Fructuoso por su valiente participación en la recuperación de Toledo. ¿Por qué no les damos una heredad con casa en Aguilar junto al río Pisuerga para que instalen su taller de ornamentos? Y otra a Juan para que se lleve con él a Susana, cosa que hará de mil amores. Podrían encargarse de arreglar el convento de Santa María para panteón de la familia y de paso solucionar el traslado de los mostenses desde Herrera hasta Aguilar.

—¿Te estoy hablando de sacar a Raquel de Toledo y me vienes con traslados de monjes?

—Todo lo que propongo sería con la condición de que Raquel se fuera con Susana. En cuanto a lo otro, ¿no estamos haciendo constantemente donaciones a abades, priores y obispos para sus iglesias y monasterios y se pagan los servicios a los caballeros con esta moneda? Recuerda lo que nos dijo Fernando cuando vio las manos de los canteros y afirmó que se merecían un señorío por haber salvado a los niños y mujeres de su familia.

—Lo decía para burlarse de nosotros —respondió Nuño, que pensaba que no era tan mala la idea de Teresa, porque también le gustaba el emplazamiento de Aguilar. Sabía que la capital de Campoo era una plaza muy bien defendida por el castillo, la muralla y el río. En sus proximidades había pastizales para sus caballos y en las sierras prados para los ganados. También había buenos montes para la caza tanto de osos como de jabalíes y venados. Y sobre todo muchas liebres, conejos y perdices para ejercitarse en su gran pasión, que era la cetrería.

—Ni tú ni yo vamos a dedicarnos a vigilar su destierro, pero ya que nos ponemos a dar premios, hagamos conde a mi hermano Álvaro y de paso le nombraremos gobernador del castillo de Aguilar, para que vigile a la judía. Al abad Miguel le daremos heredades para que con sus rentas sufrague las obras del monasterio de Santa María. Y los monjes seculares que lo habitan deben aceptar el rigor de la disciplina premostratense si no quieren sufrir las consecuencias de su resistencia a ser reformados.

Cuando Teresa le contó el plan de Nuño, Cecilia se puso muy contenta porque podría instalar en Aguilar sus talleres de ornamentos religiosos y ocuparse de preparar el porvenir de Mateo. Por fin Fructuoso podría ser el maestro de una obra de importancia, y Juan, por su parte, no cabía en sí de gozo porque se había salido con la suya casándose con la hermosa Susana.

Para las hijas de Nicodemo aquel desplazamiento al norte era un verdadero destierro. Comparada con la agitada y cosmopolita Toledo, Aguilar de Campoo era una pequeña población amurallada perdida en las montañas del norte. Raquel sentía que le hubieran arrancado de los brazos del rey y que no iba a poder soportar separarse del bullicio de la tienda y el calor de su familia.

Quedaba en Toledo el rey don Alfonso que, una vez más, se sentía desamparado. Sin apenas haberla disfrutado y sin poder ofrecer resistencia por su parte, se veía obligado a desprenderse de su primer amor.

Cuando Cecilia fue a despedirse de él, se echó en sus brazos llorando como solo pueden llorar los amantes separados a la fuerza.

—Os lleváis mi corazón, mi sinvivir y mi dicha. ¡Os la entrego a vos, señora, y a nadie más! Cuidad vos a mi Raquel como si de mí se tratara. ¡Guardadla como a una reina y protegedla como a una hija para que nada malo le suceda! ¡Habladle mucho de mí y procurad que no me olvide... que yo nunca la voy a olvidar mientras viva!

Cecilia se sentía culpable de todo lo sucedido y pensaba: «Ay, Señor, quién me mandaría a mí quedarme con él aquella noche en casa de Nicodemo y después dejarle dormir en el gineceo. Esta muchacha es como Elena. Llevará a la ruina a todos los que se enamoren de ella. Os olvidaréis, majestad, os olvidaréis. Nada es más intenso que el primer amor, y nada tan pasajero». Tampoco podía contener las lágrimas viendo el intenso sufrimiento del muchacho, que le recordaba punto por punto su breve pero intensa relación con Mateo en Compostela, y la llama del amor y de la esperanza que había guardado en su pecho durante tantos años de ardiente espera.

«¿Acaso se les olvida algo a los amantes? Vaya que sí se les olvida, sobre todo a los hombres —se decía—. Si no que se lo pregunten al maestro Mateo, que también lloraba cuando nos despedimos en Santiago y le costó reconocerme cuando nos encontramos en Sahagún. Pero no le voy a decir estas cosas al pobre niño, porque acabamos de destetarle cuando estaba empezando a mamar».

23

Aunque habían pasado trece años desde que llegó con la pierna rota, a Fructuoso no se le había olvidado ningún rincón del monasterio de Santa María. Todos, especialmente la huerta, estaban impregnados del recuerdo de Cecilia. Entonces era tan inalcanzable como una diosa, pero ahora que disfrutaba de su compañía y parecía que por fin se había olvidado de Mateo, volvía a aquel lugar para renovarlo y ampliarlo.

Aquel pequeño cenobio le había parecido el lugar más entrañable del mundo en su lejana mocedad. Sin embargo, al regresar con Juan después de haber trabajado en obras tan importantes como San Zoilo de Carrión, San Facundo de Sahagún o las más recientes como San Vicente de Ávila y el Alcázar de Toledo, se encontró con un edificio vetusto, inacabado y medio arruinado; desanimado, le dio la sensación de que sería imposible revertir aquel desorden para lograr un monasterio digno del regente del reino y de toda su familia.

El ganado andaba suelto por los patios; niños sucios y desarrapados corrían a sus anchas por el claustro, las mujeres hilaban al sol en la pared del refectorio y no se veía a los clérigos por ninguna parte.

—Para ser un panteón digno de tan noble familia, está claro que este monasterio necesita una reforma en sus fábricas y en sus costumbres —dijo el abad Miguel, que acompañaba a los dos hermanos en aquella visita de reconocimiento.

—Pues, a primera vista, no sabría por dónde empezar. Porque todo está que se cae. ¿No sería mejor tirarlo por completo y empezarlo de nuevo con una traza más clara y espaciosa? —aventuró Fructuoso.

—¡Ya quisiéramos los monjes de Herrera! Pero ¿qué hacemos con esta gente?

—¿Dónde andan los monjes, que no salen a recibirnos? —preguntó el cantero.

—Eso desearíamos saber. Andarán de un lado para otro sin orden ni disciplina. Aquí no se cantan los oficios divinos, apenas si dicen misas... y, como podéis comprobar, solo laboran sus mujeres —dijo amargamente el abad Miguel.

—¿Pero estos frailes no guardan el celibato? —preguntó Juan.

—Ellos son clérigos y no monjes, y aunque pueden administrar los sacramentos, no están sujetos a voto alguno. Dicen que profesan la regla de Agustín, pero la vida monástica no se aprecia por ninguna parte. Parece que entienden que el desorden y la suciedad equivalen a la pobreza. La castidad no hay más que verla en la prole y no se sabe muy bien a quién obedecen. Tampoco quieren yugo que les sujete ni vara que los enderece y por eso se niegan a aceptar la reforma de nuestro padre Norberto. Aquí lo que falta es decoro, ¡decoooro! —exclamó el abad Miguel, enfurecido—. Parece mentira que vivan en la miseria con este magnífico emplazamiento al socaire del risco, con este manantial, que es un río de agua bendita y tiene unos cangrejos que ya quisiera el rey para su mesa y unas truchas dignas de la comida de un obispo. Disponen igualmente de un molino cerca del río y unas huertas muy feraces que producen unas grosellas y unas ciruelas riquíííísimas.

—Lamentarse no resuelve las cosas, padre Miguel. ¿Por dónde empezamos? Porque hay que hacerlo cuanto antes.

—Habrá que intentarlo por el claustro y por la iglesia. Pero don Álvaro tiene que imponer su autoridad y obligarles a que faciliten el trabajo. Me temo que no le harán caso, porque los clérigos ya están hechos a esta vida desordenada y no hay modo de que se vayan con sus familias a otra parte —les explicó el abad Miguel—. Se irían con las debidas compensaciones, por supuesto.

Poco a poco, fueron apareciendo los clérigos del convento. Diferentes en edad, pero iguales en desaliño. Observaban a los visitantes desde lejos y se esfumaban a continuación. El último en llegar fue el abad Andrés, que voceó desde lejos.

—Las visitas se anuncian de antemano, abad Miguel. —Y al reconocer a los lebaniegos, exclamó—: Mira a quién tenemos aquí, el chico de las muletas y su hermano Juan. ¿Qué se os ha perdido por estos pagos? ¿Venís a buscar la piel del oso que os quemaron?

—Venimos a encargarnos de las obras y esperamos contar con vuestra colaboración para acabarlas cuanto antes —respondió Fructuoso.

—¿Y cuándo viene el maestro? —preguntó el abad Andrés, mirando a Juan y Fructuoso displicentemente.

—Lo tiene delante su reverencia y lo ha enviado ex profeso el regente don Nuño Pérez de Lara, condueño de este monasterio —contestó el padre Miguel.

—Sentimos mucho no poder ayudaros. Ya podéis buscar obreros en otra parte, que con atender al monasterio y a las parroquias tenemos bastante trabajo.

—Los obreros corren de nuestra cuenta, pero necesitamos espacio para instalar los talleres —dijo Fructuoso.

—Id a dar una vuelta y comprobaréis que lo tenemos todo ocupado.

La primavera reventaba en los perales y en los manzanos de la huerta. En los floridos endrinos revoloteaban las abejas que tenían las colmenas en las rendijas del muro del refectorio y escapaban volando, fuera del alcance de los visitantes, como los clérigos; lo mismo hacían las truchas que se deslizaban furtivas entre los berros que sobresalían del caudaloso arroyo, mientras suculentos cangrejos se escondían entre las piedras huyendo de los niños que intentaban pescarlos a mano metidos en las gélidas aguas del manantial.

—Nos arreglaremos, padre Miguel. Haremos unas casetas junto a la pared de la huerta. Acabamos de localizar el sitio donde no estorbarán en absoluto. Vamos a buscar operarios y pronto nos pondremos manos a la obra. Este es un lugar perfecto para vivir y para trabajar —dijo Fructuoso algo más animado.

—A mí me lo vais a decir, que sueño con ocupar este monasterio desde que lo visité hace doce años y comprobé el desorden que reinaba.

Al día siguiente, el pregonero de Aguilar, al que acompañaba Juan, voceó por todas las calles y plazuelas que se necesitaban artífices en el monasterio de Santa María. Mientras tanto, Fructuoso, acompañado por el joven Mateo, buscaba las canteras más próximas al cenobio para extraer toda la piedra que se necesitase para la obra.

—Podemos economizar los gastos. Con la piedra del risco del convento sacaremos la cal para hacer los morteros. La piedra arenisca se puede traer de una cantera situada a poniente junto al primer recodo del río. Y nos han informado de que hay una cantera en Becerril similar a la de Villaescusa que proporciona una piedra muy clara que hasta se puede tallar con herramientas de carpintero cuando se saca húmeda de cantera. La llaman la piedra de Dios, porque dicen que es como la arcilla con la que hizo a Adán el Creador —informó el joven Mateo a su madre.

—Con lo que le gusta hacer rizos y arabescos a Juan, estará como loco de contento con una piedra tan blanda —precisó Cecilia.

—Y también Fructuoso. Piensa que si se labra tan fácil como dicen, a lo mejor se puede hacer un taller a pie de cantera para tallar allí mismo las piezas que se necesiten en obra. Se labran in situ, se transportan a medida que se van necesitando y se colocan en la obra cuando llegan. Como hicimos con el sepulcro de los mártires —explicó el joven Mateo.

—¿Cómo os vais a repartir el trabajo?

—Fructuoso dice que él se ocupará de vestir a los cuerpos con los paños mojados, como la Venus que encontramos. A Juan le toca hacer los entrelazos, las arquitecturas y los vegetales; y a mí, de todo un poco, pero también las caras.

—¡Mucho os ha gustado a los hombres la Venus de Avia!

—Por cierto, ¿se sabe si a Raquel se le va pasando el disgusto? ¿Echa de menos al rey?

—Del rey no dice ni media palabra. Echa de menos Toledo y a la familia, sobre todo a las hermanas. Dice que le gustaría trabajar en el taller conmigo porque no quiere ser una carga para Susana y para Juan. La casa parece que le gusta. Se pasa las horas mirando hacia el río haciendo algunas labores y me ha pedido permiso para acercarse a la sinagoga. ¿Por qué me lo preguntas? —dijo Cecilia.

—Porque me da un poco de pena.

—Escucha bien lo que te digo, hijo mío. ¡Ten cuidado con esa mujer, que los judíos son del rey y esa muchacha tiene mucho peligro! Raquel es como Elena de Troya. Llevará a la ruina a todos los que se enamoren de ella. El que se bañe en las lágrimas de sus ojos se ahogará en el lago de las desdichas.

Raquel vivía con Juan y Susana en una casa con vistas al río, cercana a la torre de la familia Lara que Teresa había cedido a su hermana Cecilia. Esta explicó a las dos hermanas los pormenores de la villa desde la azotea de la casa-torre de los Lara.

—No consigo situar la nuestra —le dijo Raquel a Susana.

—¿Ves aquella a la derecha de los ábsides de la iglesia junto a la puerta del puente de Villaescusa con una huerta al levante? Pues está muy cerca de la sinagoga.

—¿Por qué no subimos al castillo, madre? —propuso Mateo—, que desde allí se verá la villa como una maqueta.

—Al castillo subiremos otro día. Don Álvaro y doña Mencía nos recibirán encantados. Mientras llega Teresa, tenemos que hacer una limpieza general con Juan y Fructuoso, y levantar planos para que ella decida qué hacer para dejar habitable esta torre.

Tal como había anunciado, Teresa se acercó a Aguilar para reformar a fondo la casa-torre y decidir la índole de las obras que sería necesario acometer para albergar dignamente al rey en el caso de que quisiera visitar la villa, cosa bastante probable. Para ello quería recabar la opinión de Cecilia sobre la distribución y disponer de Mateo y los lebaniegos en tanto no se resolviera el litigio de los clérigos de Santa María, que dificultaba el inicio de las obras en el monasterio.

—Esto es un laberinto. Aquí hay dos casas entrecruzadas —indicó Cecilia.

—Después de vivir en el alcázar de Toledo todo me parece una pocilga. Los castillos que conozco son lóbregos, tristes, húmedos, fríos... y malolientes como esta torre —se lamentaba Teresa—. Más parecen cárceles para esperar la muerte que palacios para disfrutar de la vida. Los hacen nuestros maridos para defenderse de sus enemigos y nos tienen encerradas en ellos como cautivas. Todo el día de arriba para abajo subiendo escaleras. La vida es un valle de lágrimas, pero no hace falta que sean tan abundantes.

—Son mucho mejores los conventos y los monasterios —señaló Cecilia—. ¡Qué maravilla el claustro de Sahagún! ¡Qué magnificencia la del refectorio de San Zoilo! ¿Qué me dices de la sala capitular de Santa María de Valladolid? ¡Y de la biblioteca de Sahagún donde me di de bruces con el padre de Mateo por sorpresa!

—Además, los moros tienen agua corriente por todas partes —añadió Teresa—. Y los calefactorios son una gloria. ¿Te imaginas lo que sería andar por casa siempre con los pies calientes? No hay nada más sencillo que quemar paja para que caliente el aire que circula en una cámara bajo el suelo. Y una buena huerta en cada convento. ¡Los frailes construyen sus cenobios con nuestras donaciones y nosotras vivimos toda la vida en cuevas con nuestros hijos!

—¡Qué razón tienes! Pero siento decirte que en el solar que ocupa esta torre no cabe todo lo que dices, a no ser que invadamos la plaza y el río. Ni siquiera haciéndola nueva desde los cimientos —observó Cecilia—, y llevaría mucho tiempo y dinero.

—Pero por lo menos podemos arreglar un poco lo que tenemos. Casi me conformaría con convertir los corrales en huerta. Alejar las caballerizas y hacer una gloria en los salones y en las alcobas. Y un mirador hacia mediodía para tomar el sol y escuchar a los pájaros. Y que ventilen las estancias, que me agobia el aire enrarecido. Eso no puede costar mucho. ¿Verdad que se puede hacer en poco tiempo? Cecilia, ¿qué harías tú en mi lugar?

—Si convences a don Nuño...

—Se me olvidaba, tendríamos que dejarle una estancia con un armario para los halcones y los azores. Con eso se conformaría. Y ya que estamos, habría que hacerle unos baños con agua caliente, para cuando viene de caza o vuelve de la guerra. Que se aficionó a ellos en el alcázar y los echa mucho de menos en Herrera. Y no nos olvidemos de poner las letrinas cerca de las alcobas. Que lo sepan bien Juan y Fructuoso. Por cierto, ¿dónde andan, que no les he visto en todo este rato?

—Estarán en la casa de al lado dibujando la torre tal como está actualmente. Si quieres, mañana mismo me pongo con Mateo a hacer unos bocetos encajando como buenamente pueda lo que quieres y se lo cuentas a Nuño, si te parece.

—Da igual. Cuando no esté guerreando, saldrá al campo para ver los rebaños y las yeguadas, pero se llevará a los halcones por si acaso y me encargará que me ocupe de las obras.

Mientras en Aguilar Cecilia hablaba con Teresa para acometer la reforma de la torre de los Lara, en Santiago de Compostela, como el tiempo pasaba y las obras progresaban lentamente, el maestro Mateo se lamentaba ante el arzobispo don Pedro Gudesteiz de la falta de recursos para los trabajos de la cripta que serviría de apoyo al pórtico, y en respuesta el prelado alegaba que el rey de León no aportaba los dineros prometidos.

—Que no pase como en el mes de enero, que yo no pude hablar con el rey cuando vino a Compostela. A don Fernando le conozco desde que era un muchacho y yo mismo tuve el honor de enseñarle la catedral cuando vino con el conde de Traba —explicó Mateo.

—El rey siempre viene a Santiago con mucha prisa y poco dinero, incluso a veces se atreve a pedírnoslo prestado a nosotros. Siempre que llega promete y cuando se marcha se olvida.

Mi querido arquitecto impaciente, nadie desea tanto como este arzobispo que avancen más deprisa unas obras que se eternizan —dijo don Pedro.

—Pero el cabildo tiene que permitirme hablar ante el rey. Y rogar al Señor para que me ilumine y brote de mi pecho un torrente de razones que conmueva su corazón.

—No os esforcéis tanto, Mateo, que el corazón se le conmueve fácilmente, lo difícil es convencer a su bolsa. Que la tiene cerrada a cal y canto —respondió el arzobispo.

Mateo se acordó siempre de aquel 23 de febrero de 1168, cuando el rey don Fernando llegó a Compostela como peregrino. Esta vez, el arzobispo le había incluido entre los invitados a una recepción del monarca, y cuál no sería su sorpresa cuando, al poco de iniciarse la ceremonia, vio que el rey se acercaba hacia él, diciendo a grandes voces:

—¿Dónde te escondes, Mateo? ¿Qué asuntos te traes entre manos que no paras? ¿Adónde te llevan tus viajes por el mundo que tienes la catedral manga por hombro? ¿Cuándo piensas acabar de una vez la niña de mis ojos y el templo de mis sueños? ¿O es que vas a ponerte a trabajar al servicio de los francos?

En el gran salón del palacio episcopal se hizo el silencio y Mateo sintió que todas las miradas estaban clavadas en su persona. Ante aquella irrupción del rey que el arquitecto no esperaba, los nervios le jugaron una mala pasada, y agobiado por la vergüenza, no vino en su auxilio la elocuencia que necesitaba.

—Majestad, yo... yo... yo hago lo que puedo con el proyecto... En cuanto a la oooobra... doctores tiene la Iglesia y dicen que no llega...

—¿Qué es lo que no llega, Mateo?

—¿El dinero... del rey?

El monarca puso cara de asombro y se volvió hacia su mayordomo.

—Fernán —voceó—, ¿es cierto lo que dice Mateo que no le llegan los dineros que asigno a la obra? ¿Es que acaso se extravían los marcos por el camino? ¿Acaso se los entregáis a los peregrinos para que puedan volver a sus casas? Atended lo que digo ahora que nadie nos oye. Deseo ver rematada esta catedral antes de que yo muera. Habrá que sacar el dinero a los moros o a los cristianos. Y el dinero que no venga andando como los aldeanos, quiero que venga al galope, acompañado por el notario y el escribano que ahora están conmigo y que dejarán testimonio por escrito de lo que voy a dictarles ante toda mi corte: «Dono y concedo a ti, maestro Mateo, que tienes el primer puesto y la dirección de la obra del mencionado apóstol, cada año y en la mitad mía de la moneda de Santiago, la pensión de dos marcos cada semana, de modo que esta pensión te valga cien maravedíes cada año. Te lo concedo por todo el tiempo de tu vida, para que redunde en la mejoría de la obra de Santiago y de tu propia persona» —dijo el rey con gran solemnidad, y añadió—: Mira, Mateo, firmo y rubrico ante mi notario y confirman todos los que acompañan. ¿Qué más quieres para acabar ya de una vez? Esto es lo único que le dejan hacer al rey sus obispos y consejeros. Documentos y más documentos. Y ahora, basta de dudas y tartamudeos, deja de darle vueltas al proyecto y ponte manos a la obra, que no voy a esperar con los brazos cruzados a que se eternice. Solo te pongo una condición: que hagas algo único y que sea la admiración y la envidia de todos los reyes del mundo. ¿Serás capaz?

—Con la ayuda de Dios. Espero no defraudar la confianza que deposita en mí su majestad —dijo Mateo, haciendo una reverencia.

Aparte de acabar la catedral de Santiago, el rey Fernando de León tenía muchos asuntos pendientes y otras preocupaciones más urgentes reclamaban su atención. Así se lo recordaba su primo, cuñado y mayordomo, Fernán de Castro.

—Estoy seguro de que a estas horas el rey de Portugal está planeando el modo de apoderarse de la capital del reino de Badajoz —dijo el de Castro al rey de León.

—No creo que mi suegro se atreva a ir tan lejos o que piense que soy tan tonto como para no darme cuenta de que su secuaz Sempavor actúa de acuerdo con él para cortar la expansión de mi reino por el sur —respondió don Fernando a su cuñado—. ¿Cómo llevas lo de Huete? Es lo único que te queda del reino de Toledo, si no contamos Zorita, claro.

—No creo que Nuño vuelva a por otra. Espero que haya escarmentado con la muerte de su hermano Manrique y no quiera ser el siguiente.

—Cometiste un gran error. Su muerte causó consternación en todas las cortes de Hispania. Rompiste una ley no escrita que nos salva a los reyes y a vosotros de una muerte alevosa. Apañados estaríamos si esta convención entre caballeros no se respetase. Empezaste con Osorio, te llevaste por delante a Manrique y ahora le toca el turno a Nuño. Se ve que no les perdonas que le quitaran la custodia del niño a tu tío don Gutierre —dijo el rey.

—Se lo tienen bien merecido. Hace ocho años que Nuño estaría criando malvas con Manrique si no te hubieras opuesto a que le liquidara junto a mi suegro en Lobregal. Grave error. El mejor enemigo es el enemigo muerto. Podríamos haberle matado en el encontronazo antes de hacerle prisionero y te habrías ahorrado muchos quebraderos de cabeza. Ahora los reinos de Castilla y de Toledo serían tuyos y te habrías proclamado emperador.

—Había prometido a la prima Teresa preservar su vida si teníamos una refriega, y un rey debe cumplir su palabra —dijo Fernando.

—Alguna satisfacción te daría.

—No hables, que tú no tienes motivo de queja. Te concedí la mano de mi hermana Estefanía y ya la tienes a la pobre contando los días que faltan para darte el hijo que esperabas. En cambio, mi prima Urraca parece que tarda en cumplir con su deber y darme esa satisfacción...

—Yo te voy a dar otra muy buena si me das tu beneplácito. Va a ser un golpe de gracia. Tiene que ver con Gerardo Sempavor —dijo Fernán.

—No me tengas en ascuas, que ardo en deseos de saber lo que tramas.

—Me voy a Sevilla para luego acercarme a Marrakech y ofrecer mis servicios al califa. Alegaré que me has echado de tu servicio quitándome el cargo de mayordomo. A lo mejor me corta la cabeza, pero puede que le interese pagarme una mesnada para atacar a Sempavor por la retaguardia... y luego veremos lo que pasa. El resto es cosa tuya. Podemos montar un simulacro de batalla. Yo me rindo y tú me perdonas. Entre ellos y nosotros pillamos en medio a Sempavor y dejamos a tu suegro con un palmo de narices.

—Me parece una gran idea. Mi suegro no podrá echarme la culpa de que tú te hayas pasado al enemigo. Cuentas con todo mi apoyo para hacer lo que dices, pero... ¿no estarás pensando engañar a tu cuñado?

—¿Y tú tampoco estarás pensando hacerlo con tu suegro?

—De ninguna manera, hemos quedado en que a mi suegro le engañas tú con tus tretas, que yo solo tengo la obligación de hacerle abuelo antes de romper las hostilidades.

—¿Se puede saber a qué vienen esos cuchicheos, que ya nos hemos dado cuenta de que habéis estado un buen rato hablando bajito para que no supiéramos lo que os traéis entre manos? —preguntó Estefanía, entrando en la estancia con la reina Urraca.

Ambas eran de pequeña estatura, tenían un aire de tristeza propio de las mujeres de la familia Raimúndez y vestían de modo muy parecido. De no ser por la cojera de Estefanía que la obligada a caminar encogida, las dos mujeres habrían sido confundidas la una con la otra.

—Le he estado pidiendo consejo a tu hermano sobre el modo de decirte que me voy unos días a Sevilla para arreglar unos asuntos de comercio de mercancías. Pero no te preocupes, querida mía, que haré todo lo posible por acompañarte cuando llegue la hora del parto. Por nada del mundo te dejo sola en esas circunstancias —dijo Fernán a su esposa a la que, para sorpresa de todos los que le conocían, trataba siempre con una inusitada cortesía.

—Puedes ir tranquilo, que si por algún imprevisto te retrasas, tienes a toda la familia cuidando de ella —aseguró la reina Urraca.

24

Durante varios meses, Teresa puso todo su ahínco en supervisar las obras de remodelación de la torre de los Lara para acoger al rey, porque este llevaba un tiempo insistiendo en dedicar unos días al ejercicio de la caza por tierras de Pernía y Campoo y, de paso, conocer los gobiernos del conde Nuño. Pero aunque el regente y su mujer sospechaban que el motivo del viaje era muy otro, accedieron a sus deseos para dar la satisfacción prometida a los aguilarenses, quienes querían solicitar al rey en persona la concesión del primer fuero real a una villa de Castilla.

Por orden del conde don Álvaro Pérez de Lara, y con la ayuda inestimable del obispo de Burgos, todos los clérigos y sus familias habían sido desalojados del monasterio de Santa María la Real. Aunque opusieron mucha resistencia, fueron enviados provisionalmente a las parroquias más cercanas o a las casas de sus parientes.

Mientras tanto, el abad Miguel y los mostenses venidos de Herrera, con ayuda de operarios enviados por el conde bajo la supervisión de su esposa doña Mencía, equipaban a toda prisa las dependencias monásticas para alojar a los obispos y acompañantes que venían con la corte junto al rey.

Por su parte, don Nuño tenía preparada una sorpresa que el rey no se esperaba de ninguna manera.

—Mauricio, mi halconero —le explicó entusiasmado—, ha localizado un nido de halcones peregrinos no lejos de Villaescusa, en una garganta aguas abajo del río Pisuerga, y me ha pedido permiso para capturar un polluelo. Veréis que la mañana está despejada. Si os encontráis con fuerzas y queréis presenciar su captura, mandaré ensillar vuestro caballo inmediatamente y nos acercaremos con vos hasta el lugar donde nos espera su hijo Ramiro. Sacar un polluelo de su nido siempre es un suceso emocionante y no exento de peligro. Parece que tienen cuatro semanas de vida y están a punto de emprender el vuelo. Costará trabajo alimentarlo, pero es una garantía que crezca de la mano de Mauricio. Él sabrá proveerle del alimento necesario y lo adiestrará como es debido para la caza.

Alfonso aceptó encantado porque nunca había asistido a la captura de un ejemplar en su nido. Había visto muchas veces a don Nuño cabalgando airosamente llevando las riendas con la mano izquierda y en la derecha el neblí, pero jamás había presenciado cómo se capturaba una cría en el nido.

—¿Sabéis, majestad? Estos territorios son muy propicios para las aves de caza. Abundan las águilas que dan nombre a la villa de Aguilar, pero también los halcones y los azores, los milanos y los gavilanes. Todos ellos disponen de abundante alimento porque entre las lastras y los ríos abundan las liebres, las perdices, las garzas, los ánades, las grullas y los patos —explicó don Nuño.

Cruzaron un puentecillo del Pisuerga a la altura de Villaescusa y subieron por un vallejo a la cresta de una meseta poblada de gigantescos hongos de piedra que amenazaban con precipitarse sobre la caravana de intrusos. Debajo se agitaba caudaloso el río que, dejando un destello de espuma en cada uno de sus saltos y cabriolas, había horadado un estrecho paso entre los roquedales para encontrar una salida de sus aguas hacia la fértil vega de Herrera.

—Acerquémonos, pero con cuidado, que este lugar es peligroso y está lleno de simas y precipicios.

Cuando llegaron al punto donde les esperaba el hijo del halconero, oyeron gritar a la madre de los polluelos, que salió del nido volando y describió círculos intimidatorios para asustar a los intrusos. Inmediatamente, se hizo visible el muchacho, que se había ocultado entre la maleza en la vertical de la cortadura donde se hallaba el nido.

—¿Dónde está el nido, que yo no lo veo? —preguntó don Alfonso, que junto con don Nuño se había situado al otro lado de la cortadura que formaba un pronunciado ángulo.

—Está encima del reguero blanco de los excrementos, escondido en la oquedad de la cornisa del cortado, medio oculto por el espino. Ahora que no está la madre, bajará Ramiro, porque su padre y los ayudantes están preparados para descolgarle.

—A mí me gustaría bajar también, don Nuño —exclamó el rey—, quizás sea la única oportunidad que tenga en mi vida de coger un polluelo de halcón. Dentro de poco tiempo seré mayor de edad y entonces ya no deberé coger pollos de los nidos.

El regente pensó primero en negarse en redondo a aquel capricho de Alfonso por el peligro que conllevaba, pero sabiendo que tendría que impedir a toda costa su anhelado encuentro con Raquel, intentó disuadirle por las buenas.

—Podríamos descolgaros si no fuera tan arriesgado, majestad, pero cabe la posibilidad de que os ataque la madre de las crías y entonces podríais resbalar y precipitaros en el abismo. Un rey no debe correr riesgos innecesarios.

—¡Don Nuño! Me habéis enseñado que un rey debe estar siempre al servicio de sus súbditos. Si Ramiro pone en riesgo su vida por capturar un neblí para su rey, este debe estar al lado de Ramiro.

Mientras tanto, los pollos, que se daban cuenta del peligro que se cernía sobre ellos, se asomaban al borde del precipicio chillando escandalosamente pidiendo auxilio a su madre.

Don Nuño, que no solía ablandarse, esta vez dudó, y Alfonso, tomando su silencio por asentimiento, marchó decidido en busca del niño.

—¡Esperadme, que yo también bajo! Y me toca bajar el primero, porque soy mayor que Ramiro —declaró, ante la estupefacción de todos los presentes.

—Es mejor que baje Ramiro en primer lugar y así aprenderéis a imitar sus movimientos para bajar y subir sin peligro —le advirtió Mauricio.

Ataron la soga a un enebro y anudaron la punta a un arnés que a modo de chaleco sujetaba al niño que se encaminó decidido hasta el borde del precipicio. Poco a poco, Mauricio y sus ayudantes descolgaron al pequeño Ramiro, de no más de diez años, que empezó a descender balanceándose y dando pequeños saltos desde la roca hasta el vacío portando una cesta en la mano.

Don Nuño tenía la esperanza de que, al ver lo arriesgado de la operación, el rey desistiera de su empeño, pero en cuanto Ramiro puso el pie en el resalto de la roca, Alfonso declaró:

—Ahora me toca a mí bajar. Yo agarraré el polluelo y lo meteré en la cesta que lleva. —Y, a continuación, sin pensarlo dos veces, pidió que le pusieran otro arnés y se dirigió hacia el abismo. Le descolgaron sin mayores problemas y enseguida llegó a la altura del nido—. ¡Hay tres pollos, don Nuño! —voceó—. ¿Cuántos cojo?

—¡Coged solo uno, majestad, para que la madre no sufra, que a lo mejor el año que viene no vuelve!

—¿Cojo otro para Ramiro, que también se lo merece?

—Ramiro ya tendrá otro el año que viene. ¡Agarrad el que más os guste y metedlo pronto en la jaula!

Los polluelos protestaban airadamente llamando a la madre que se acercó gritando desaforadamente en actitud amenazadora y volando en círculos cada vez más cercanos, lo que obligó al rey a agarrar sin muchas contemplaciones al más crecido de los tres. Después, lo metió rápidamente en la cesta de mimbre y cerró la tapa.

—¡Subidnos, que ya lo tenemos! —gritó Alfonso lleno de alegría, mientras Mauricio y sus ayudantes subían a Ramiro con su tesoro y poco después al rey, que quiso subir el último.

El monarca, que estaba muy contento de su comportamiento, decía bien alto para que todo el mundo se enterara:

—Mientras yo lo agarraba, me dio unos buenos picotazos. Duele y sangra un poco, pero pronto se me curará.

—Este pequeño neblí es un tesoro para vos, majestad. Queremos que os llevéis un buen recuerdo de Aguilar —dijo Mauricio, recogiendo la cesta de mimbre—. Es el mejor para hacer mano. Os ayudaremos a criarle y amaestrarle, y estad seguro de que cazará para vos y os dará muchos momentos de alegría.

Después de su hazaña, pasados los momentos de tensión, Alfonso no sabía si reír o llorar y regresaba muy ufano sin acordarse para nada de la judía hasta que llegó al puentecillo que salía del arco de la muralla de Aguilar. Entonces miró hacia la casa de Juan y de Susana y se dijo: «¡Qué bueno sería que pudiera llevar este neblí en el brazo y me viera Raquel desde la puerta de su casa!».

Raquel estaba eufórica y era presa de gran nerviosismo, pero su hermana Susana trataba de tranquilizarla.

—Con lo grande que es el reino, ¿qué necesidad tenía de acercarse hasta Aguilar? Te dije que el rey no me olvidaría. ¡Viene por mí, y querrá que nos encontremos a solas! —dijo Raquel.

—Viene por la promesa que hizo don Nuño de traerle. Pero también creo que tratará de estar contigo todo lo que pueda, aunque se lo impedirán los nobles y los obispos que le acompañan.

—Ya me las arreglaré para que sepa dónde vivimos. Espero que esté en Aguilar al menos una semana, pero para lograr una cita necesito una paloma mensajera.

El joven Mateo se había criado entre la corte y la cantera, entre el patio de armas y el claustro, sobre todo cerca del claustro materno, porque para Cecilia era el cordón umbilical que la conectaba con el maestro de Compostela. Él sabía estar a su manera con los hijos de Teresa sin pretender hacer la carrera de las armas como ellos, pero desde que había hecho con Juan y Fructuoso el sepulcro de los mártires de Ávila, se sentía como pez en el agua cuando estaba con ellos, bien fuera dibujando portadas o capiteles a partir de los bocetos que diseñara su madre en la biblioteca de Sahagún o haciendo cestas de piedra a la vera de los lebaniegos. Fructuoso era como un hermano mayor que le llevaba de caza o a pescar frecuentemente; y Juan, que era juguetón y divertido, lo invitaba a menudo a su casa y allí se encontraba a sus anchas gozando de la compañía de Raquel la Fermosa.

A Mateo no le hizo ninguna gracia la visita del rey, sobre todo viendo lo contenta y lo nerviosa que estaba Raquel. Para el muchacho, en ella se habían juntado todos los ingredientes de la atracción fatal: la belleza arrebatadora, su condición de judía y ser el objeto del deseo del rey.

—¡Ten cuidado con esa mujer, que los judíos son del rey y esa muchacha tiene mucho peligro! —le repetía Cecilia a su hijo sin descanso, sin darse cuenta de que, para un muchacho de diecisiete años, esta advertencia era un aliciente más para aproximarse a la mujer.

Cuando estaba a punto de llegar el rey, Raquel hizo un aparte con el joven aprendiz después de la cena.

—Mateo, hermano mío, eres el mejor amigo que tengo, más que el mejor, el único. Nadie me comprende como tú. Has de saber lo mucho que te agradezco el que vengas a verme a menudo e ilumines mis días con tus visitas. Mi corazón me dice que puedo confiar en ti y mi cabeza que solo tú puedes acudir en mi ayuda y espero no equivocarme. Te necesito, Mateo.

—No te equivocas, Raquel. Soy tu leal servidor y puedes disponer de mí, aunque me cueste la vida.

—¿Tan grande es tu amistad que llegarías hasta ese extremo si yo te necesitara?

Mateo dudó un momento, porque Raquel, sin ofrecer nada a cambio, le sometía a una prueba muy dura, pero su corazón era intrépido.

—Lo juro por lo más sagrado.

Al escuchar estas palabras, dichas con tanto sentimiento, a Raquel se le iluminó el rostro con una sonrisa de felicidad, tomó a Mateo de las manos y le acarició con una cálida mirada.

—Acepto tu juramento como la mayor prueba de amistad que pueda darse en esta vida. Por eso me atrevo a pedirte que ingenies el modo de ayudar al rey para que pueda venir a mi aposento por las noches burlando la vigilancia a la que le tendrán sometido. Mi gratitud hacia ti no tendrá límites y el rey sabrá agradecértelo porque es generoso.

—Ahora mismo me pongo a ello —aceptó Mateo a regañadientes, mientras pensaba cómo salir de la trampa en la que él mismo había caído—. Pero primero tengo que ver tu aposento para ver a qué altura está sobre el río.

Cuando salió de la casa y le dio el aire de la calle, el muchacho se dio cuenta de la enormidad del lío en que acababa de meterse. Había prometido bajo juramento facilitar los encuentros amorosos del joven rey con una muchacha judía de la que él mismo estaba enamorado. Y tenía que hacerlo contra sus sentimientos, contra sus intereses y contra toda razón, y sin recibir nada a cambio. «Es imposible por la plaza, porque pondrán vigilancia. Tiene que ser por el cuérnago del molino. Así que no me queda más remedio que construir una balsa», se dijo.

Así las cosas, Raquel la Fermosa estaba en el vértice de un triángulo en cuya base estaban un ardiente rey que no había cumplido los trece años, y que llegaba muy ufano y crecido después de su primer éxito en el noble arte de la cetrería, y un aprendiz de escultor que se había pasado la vida sin otro horizonte que el trabajo hasta que se había cruzado con los verdes ojos de la judía. Los dos muchachos coincidieron cuando el rey visitaba la torre remozada.

—Cuánto tiempo sin verte, Mateo. ¿Cómo estás? —le saludó el rey en voz alta.

—¡Bien, señor! —contestó el joven—, pero ella está esperando ansiosa recibir vuestra visita —le confió en un susurro.

—Acabo de llegar y no tengo ni idea de dónde habita —murmuró el rey.

—Detrás de la iglesia de Aguilar. A trescientos pasos de esta torre donde os alojarán.

—¿Cómo hacemos para llegar hasta ella?

—Si no tenéis nada en contra, os espero a medianoche en la puerta del lavadero de la torre —dijo Mateo en voz baja—. Ella os lanzará una escala desde su ventana. No es mucha altura y la escala está muy bien sujeta. Si por azar se soltara, caeríais sobre una mullida alfombra o al agua.

Aquella noche de agosto, mientras Raquel se bañaba y perfumaba, se soltaba la negra melena que le llegaba casi hasta la cintura y se cubría solamente con una ligera camisa para recibirle, a pocos pasos de la casa, el rey, presa de la emoción ante la perspectiva de encontrarse de nuevo a solas con ella, observó satisfecho desde la torre que el bullicio y la agitación de la plaza se convertían en un remanso de tranquilidad y silencio en el lado del río con el reflejo de la luna palpitando sobre las aguas.

«Buena señal. Espero que Mateo no falte a la cita, que yo estoy presto», pensó Alfonso, bajando sigilosamente hacia el lugar convenido. Al llegar al lavadero junto a la muralla, quitó la tranca y abrió la puerta que daba al Pisuerga, y ante su asombro, vio una alfombra flotando dos palmos sobre la superficie de las aguas.

—Subid a la barca y tumbaos, majestad —murmuró Mateo, que sujetaba la alfombra metido en el agua hasta las rodillas.

—¿Cómo lo has conseguido? —preguntó el rey.

—Con gavillas de paja bien sujetas con cuerdas —contestó Mateo, que se tumbó a su vez sobre la alfombra y dejó que la balsa discurriera aguas abajo llevada por una suave corriente.

—¿No puedes ir más aprisa? —le apremió Alfonso, presa de impaciencia, mientras el corazón le latía apresuradamente, como si quisiera acelerar el ritmo de la balsa.

Por extraño que pudiera parecer, el cantero mostraba una tranquilidad sorprendente.

—Ya llegamos —anunció al poco rato—. Yo me quedo aquí debajo del puente. A vos os esperan en la casa vecina. Seguid en la alfombra, que suelto cuerda poco a poco y el agua os conducirá hasta la vertical de la ventana de Raquel. Silbad cuando lleguéis y silbad cuando volváis, que estaré esperando aquí hasta vuestro regreso.

—¿Y cómo llego hasta arriba? —preguntó el rey.

—Dios proveerá, majestad. En esos menesteres ni puedo ni debo ayudaros.

Mateo fue aflojando despacio la maroma, y de repente paró y dio tres tironcillos en la cuerda de mano para hacer temblar la balsa y advertir al rey del peligro que corría. Un grupo de personas que venía de la plaza atravesó el arco de la muralla y en vez de seguir su camino se quedó conversando en voz baja sobre el puente.

El rey, que los había visto, estaba inmóvil sobre la balsa y Mateo contenía la respiración escondido bajo el puente.

—Maravillosa luna llena —dijo una voz de ultratumba.

—Se ve como si fuera de día —le respondieron.

Para llevarles la contraria, densos nubarrones que se presentaron de improviso secuestraron la luna y apagaron la noche definitivamente.

El rey temblaba de frío tumbado encima de una balsa que se balanceaba en las inciertas aguas del cuérnago. Hasta allí llegaba el agitado batir de una represa que despeñaba una corriente aguas abajo. Aunque aguantaba el frío porque sabía que Raquel estaba esperándole en la casa de Juan junto a la ventana, le separaban de ella el agua, la oscuridad de la noche y los intrusos del puente. Estos no se marchaban y siguieron hablando un rato en voz baja, después se entretuvieron tirando piedras al agua, que, afortunadamente, no acertaron a la balsa, y al cabo de mucho tiempo se desvanecieron en la noche misteriosamente. Hacía mucho tiempo que había desaparecido el resplandor de la ventana.

Poco después, Mateo escuchó un silbido y tres sacudidas en la cuerda. Tiró de ella y, lleno de alegría por el fracaso de la operación, arrastró la balsa poco a poco contracorriente.

—¡Mala suerte, majestad! Habéis traído mucha gente con vos a este pueblo.

—Regresemos cuanto antes, Mateo. Se nota que por las noches refresca. Estoy calado hasta los huesos. Ella se ha cansado de esperar y yo me estoy muriendo de frío.

Aunque la pendiente era suave, subir a contracorriente con la balsa tenía sus dificultades. Mateo se deslizó a un lado de la embarcación y tirando de la soga, la fue arrastrando aguas arriba, deshaciendo el camino de ida hasta llegar a la altura del lavadero del palacio. Ayudó a pasar al rey desde la balsa al lavadero y desde allí remontó hasta su casa, donde le estaban esperando Fructuoso y Cecilia. Tanto ellos como

Juan estaban al corriente de la cita de los enamorados y los tres habían acudido al puente para dificultar la cita o auxiliar al rey si caía al cuérnago del molino.

—¿Cómo ha ido la vuelta? —le preguntó Fructuoso, ayudándole a salir del río.

—Sin problemas. El rey no ha insistido en seguir adelante con la aventura cuando os habéis marchado del puente Juan y tú. Menos mal que Raquel no había soltado la escala. Si la llega a ver el rey, a lo mejor le da por subir.

—No habría podido, porque estaba prácticamente suelta y al primer tirón se habría quedado con ella en la mano. Lo más difícil para nosotros fue alterar nuestras voces para que el rey no las distinguiera —admitió Fructuoso.

—Hablasteis muy poco y el ruido de la presa las hacía irreconocibles —contestó Mateo.

—Me imagino que se le habrán quitado las ganas de volver —aventuró Cecilia.

—Es posible, porque además estaba calado hasta los huesos y tiritaba de frío —dijo Mateo.

El rey tuvo que guardar cama durante varios días, aquejado de catarro, de fiebre y de tristeza. A pesar de ello, insistía en ver a Raquel.

—Señora —le dijo a Teresa—, quiero agradeceros los desvelos que os habéis tomado trayendo a vuestras posesiones a la dama que nos ayudó a entrar victoriosos en Toledo. Pero una vez que hemos llegado hasta estos lugares tan apartados de Castilla, la educación y la caballerosidad me dicen que debiera mantener una entrevista con ella para cumplimentarla y pedirle perdón por los sufrimientos y quebrantos del destierro que sufre a causa de mi impaciencia. Después de verla, podríamos iniciar la cacería que nos ha traído hasta las montañas.

—Ahora no es el momento, majestad. Un rey no recibe en la cama otra cosa que no sean los santos sacramentos —dijo Teresa—. Y olvidaos de salir de caza porque os están esperando en Carrión, donde dentro de un año celebraréis vuestra mayoría de edad en San Zoilo.

—Pero antes de partir, quisiera comprobar por mí mismo lo bien que le han sentado a ella los limpios aires de las montañas de Campoo.

—No debéis tener la menor preocupación al respecto, majestad, que está plena de salud y lozana y hermosa como una rosa. Y no llaméis destierro a lo que únicamente es oportunidad de aprender. Cecilia ha encontrado en ella la ayudante que necesita. Raquel es una persona muy responsable que no solo sabe hacer labores primorosas copiando modelos ajenos, sino que es ducha en dibujar por sí misma motivos nuevos dignos de admiración. Cuando vuelva a Toledo, no han de faltarle encargos del arzobispo Cerebruno para ornato de la catedral.

Pero Teresa, que tenía mucha práctica en lo que se refiere a caprichos de reyes, sabía que la mejor medicina para su enfermedad era permitirle que viera a la muchacha, que era lo que realmente le había traído hasta Aguilar.

—Como veo que tenéis mucho interés —cedió, aflojando un poco la soga—, os prometo que tan pronto como se retiren las calenturas y las toses que os aquejan, podréis recibirla en audiencia.

—No sabéis cuánto agradezco vuestra ayuda y vuestra comprensión, condesa. Se ve a la legua que tenéis un corazón compasivo y generoso. Os tengo todavía por madre por el cariño con que me acogisteis y os tendré por consejera siempre que lo necesite.

Como suponía Teresa, después de los dos últimos fiascos, el simple hecho de poder ver a Raquel, aunque fuera en público, dio tal inyección de optimismo al rey, que le desaparecieron las toses y las calenturas como por arte de birlibirloque.

La audiencia pública era una ceremonia llena de formalidades y también de sorpresas. Unos acudían a cumplimentar al rey y otros a presentar sus quejas, pero la mayoría quería verle de cerca para presumir después delante de amigos y familiares.

Estaban todos de pie en el perímetro de la sala principal del palacio. Bajo el tapiz con escudo real había un sillón a modo de trono preparado a toda prisa por Fructuoso y por Cecilia.

—Su majestad don Alfonso, rey de Castilla, Nájera y Toledo —anunció con voz solemne don Nuño.

El rey localizó inmediatamente a Raquel, que le obsequió con una ardiente mirada acompañada por una sonrisa llena de ternura y de complicidad. La joven, que estaba junto su familia, atraía todas las miradas, y no solo la del rey, porque, a pesar de llevar un tiempo en Aguilar, era una perfecta desconocida. No salía más que para ir a la sinagoga que tenía enfrente de su casa. Estaba radiante de hermosura y también de felicidad y de orgullo, pues se sabía el centro de atención. Tanto el rey como los nobles y los obispos no podían apartar sus ojos de ella. No ignoraba que la atracción que la muchacha ejercía sobre el rey era la fuerza que había sacado a aquellos personajes tan importantes de sus quehaceres y obligaciones cotidianas para llevarles hasta aquellos valles del norte del reino donde estaba desterrada. Y el propio rey, que ya era un mozalbete hecho y derecho, había recurrido a tretas y engaños y corrido muchos peligros para encontrarse con ella.

Cuando comenzó la audiencia, Ursicinio Martínez, regidor de Aguilar, tomó la palabra para resaltar que aquella era una población muy antigua, y que era tal la bravura y fiereza de sus antepasados que los moros no estuvieron mucho tiempo por aquellas tierras porque los hostigaban los habitantes de Campoo refugiados en las montañas, que bajaron de ellas a repoblar cuando el conde Munio les dio fuero en Brañosera. Que aquel precedente les animaba a solicitar que su majestad tuviera a bien otorgarles el primer fuero regio de su reino, ya que siempre habían sido leales a todos los reyes, desde el primero hasta el último de los Alfonsos. Finalizó agradeciendo su oportuna visita e invitándole a regresar siempre que le pluguiera.

—El corazón me ha traído hasta vosotros y el corazón me pedirá regresar, y así lo haré siempre que pueda —afirmó el rey mirando hacia Raquel, pero no dijo nada del fuero porque tenía puestas en la muchacha todas sus complacencias.

Después tomó la palabra el viejo abad Andrés alegando que todos los clérigos, así como sus mujeres e hijos, habían sido expulsados del convento de Santa María con la disculpa de alojar a los obispos, y temía que los mostenses del abad Miguel se apoderaran del cenobio, que llevaban muchos años intrigando para quedárselo.

A continuación le tocó el turno a un vecino de la villa que se quejó del abad y de los frailes de Santa María, arguyendo que tenían la presa de los molinos aguas arriba de la población y retenían o soltaban las aguas del río a su conveniencia.

Más tarde fueron los clérigos de la colegiata los que se quejaron de los clérigos de Santa María porque les quitaban las herencias de las viudas con engaño, ofrecían más misas por su alma y mejores sepulturas para sus deudos en el convento que ellos en la iglesia, que, además, se les había quedado pequeña y no podría ampliarse de seguir las cosas como hasta el presente.

No podía faltar la protesta contra los judíos, que eran los únicos autorizados a cambiar dinero y a prestarlo y lo hacían con usura.

Al ver el rey que todo eran quejas mutuas en aquella población, cuando llegó el turno a la familia de los canteros, les preguntó con ironía, como si no les hubiera visto en su vida:

—¿Y vos, buena gente, de qué os quejáis?

Iba a responder Fructuoso agradeciendo al rey la confianza que había depositado en ellos, para hacer una gran obra en el monasterio de Santa María, cuando Raquel, sospechando que no tendría otra oportunidad de dirigir la palabra a Alfonso en mucho tiempo, se adelantó ante la sorpresa de todos los asistentes:

—La única queja que tenemos es que su majestad no nos visite con más frecuencia y durante más tiempo. —Y luego añadió—: «Porque Dios os ha dado el poder y el Altísimo la sabiduría./ Él juzgará vuestras obras y escudriñará vuestros designios./ Que el Todopoderoso no se asusta de nadie, ni se inclina ante los grandes,/ porque él hizo al pequeño y al grande, y de todos tiene igual cuidado».

Al escuchar aquellas sabias palabras, todos, empezando por el rey, se quedaron confusos y se hizo un silencio expectante que aprovechó el obispo Raimundo y canciller real para murmurar algo al oído de Alfonso, que este repitió palabra por palabra.

—Mis obras serán agradables a Dios, y juzgaré al pueblo con justicia, y seré digno del trono de mi padre. —Y después agregó, mirándola fijamente y con una sonrisa de oreja a oreja—: ¿Quién sois vos, sabia mujer, por cuya boca habla el Libro de la Sabiduría? Venid después con vuestros familiares a departir con nosotros, que tengo mucho que aprender de vuestras enseñanzas para no extraviarme otra vez en las tenebrosas aguas de la ignorancia.

Una vez acabada la audiencia, el rey invitó a la familia de Cecilia a visitar la torre y pidió al conde don Álvaro Pérez de Lara que les explicara desde la azotea los lugares más interesantes de la población. Mientras le escuchaba trataba de localizar la casa de Raquel junto al puente de Villaescusa, y aunque de noche le pareció que estaba muy lejos, a la luz del día constató que el domicilio de su amada estaba al alcance de la mano. Pero Raquel no lo estaba, porque tanto don Nuño como su hermano Álvaro e incluso Teresa y Cecilia le acapararon de tal modo que, para satisfacción de Mateo, le fue imposible encontrarse a solas con ella.

25

El rey partió de Aguilar dejando a Raquel, si no contenta, sí más conforme con su destino de desterrada. La joven dedicó los meses siguientes a perseverar en el taller de Cecilia, mientras esta colaboraba en lo que podía con Mateo y los canteros en la reforma del monasterio. Desde que remozaron a su gusto la vieja torre-palacio de los Lara, Teresa disfrutó de la rutina y la tranquilidad, ocupada en la educación de sus cuatro hijos y en atender a su esposo como merecía cuando sus obligaciones le permitían alejarse de la corte y escaparse a Aguilar para dedicar unas jornadas a su familia y a la caza. Un día, ya cercano el otoño, tras dejar a Alfonso en Burgos, Nuño llegó tan alterado que Teresa enseguida se dio cuenta de que algo pasaba.

—Pareces disgustado, Nuño, ¿algo va mal con el rey?

—Las cosas se nos han complicado un poco porque tu hermano, el rey de Portugal, se ha roto una pierna en Badajoz, se quedará cojo y nunca podrá volver a montar a caballo. Y Fernando y Fernán de Castro han trastocado nuestros planes.

—¡Vaya! ¡Lo siento por mi hermano Alfonso! ¡Con lo que le gustaba la danza! ¿Pero qué tienen que ver Fernando y Fernán con vuestros planes y la cojera de mi hermano?

—Tu hermano había quitado Badajoz a los infieles, con la ayuda de Gerardo Sempavor que trepó por la noche a la muralla y degolló a los centinelas, pero entre Fernán, que venía de Marrakech, y Fernando, que llegaba de León con su ejército, pusieron cerco a la ciudad y cuando tu hermano intentó escapar a caballo, se enganchó en el cerrojo de la puerta de la muralla y se rompió todos los huesos de la pierna...

—No sigas, que me dan escalofríos de pensarlo. Tuvo que ser horrible.

—Podía haber muerto, pero Fernando, que le había hecho prisionero, le trató con mucha consideración, mandó curarle las heridas y se negó a aceptar el juramento de vasallaje que tu hermano le ofrecía.

—¿No te decía yo que Fernando tiene buen corazón? Aunque algo le prometería mi hermano Alfonso a su yerno a cambio de tantas atenciones.

—Parece que se conformó con que su suegro renunciara a Extremadura y a los territorios al norte del Miño, aunque devolvió Badajoz a los infieles.

—Mi hermano se quedó cojo, Fernando sacó una buena tajada y los infieles recuperaron Badajoz. No me dirás que Fernán se quedó con las manos vacías.

—No sé cómo se las arregla, pero se ha hecho con un enorme señorío alrededor de Trujillo y Monfragüe, territorio que, según el Tratado de Sahagún, pertenece al reino de Castilla.

—¿Y vosotros qué hacíais mientras tanto?

—Aprovechando que ellos combatían por Badajoz, nosotros recuperamos Huete y Zorita, que estaban en manos de los esbirros de Fernán.

—Entonces estarás contento.

—No creas, porque en el cerco de Huete me hicieron prisionero con una estratagema, aunque el rey continuó con el asedio hasta que le rindieron la villa... Pero aquí me tienes, sano y salvo, dispuesto a preparar la celebración de la mayoría de edad del rey que se merece un festejo por todo lo alto. Por cierto, ¿cómo lleváis las obras de Carrión?

Hacía un tiempo que Teresa, recordando el éxito del sepulcro de los santos mártires Vicente, Sabina y Cristeta en Ávila, había pensado que habría de hacerse algo semejante para conmemorar el decimocuarto cumpleaños del rey y, por tanto, su asunción de todos los poderes por alcanzar la mayoría de edad. En Carrión estaba a medio terminar la iglesia del Apóstol, en la que propuso hacer algo grandioso y sencillo como recuerdo de la fecha y para asombro de los peregrinos, pues el templo se alzaba al lado del Camino de Santiago.

—En el espacio que tenemos para la entrada, desde el suelo hasta el alero, solo nos cabe un friso con una portada enrasada con el muro de cierre —le explicó a su marido—. Para este usaremos piedra más basta de los cerros cercanos y para las esculturas nos serviremos de la piedra de Dios que traeremos ya tallada desde la cantera de Becerril.

—Pero eso complica mucho la obra. Tendrán que llegar las piezas acabadas y con su orden y habrá que evitar a toda costa los accidentes o los retrasos, que las carretas tardan tres días como poco —objetó Nuño.

—Mateo ha plasmado en un boceto todas y cada una de las piezas que compondrán la futura portada, y ya están Juan y Fructuoso haciendo los apóstoles en la cantera. Seis a cada lado del Cristo Majestad. Como los senadores romanos a cada lado de Júpiter en el sepulcro de Herrera —dijo Teresa con mucha seguridad. No solo estaba pendiente de las obras, sino que su hermana Cecilia le tenía al tanto hasta de los más mínimos detalles—. Por cierto, hablando de romanos, he colocado la escultura de Venus que encontramos en Avia en los baños, que ya están totalmente terminados. ¿Quieres probarlos?

—Así, nada más llegar... me da un poco de pereza.

—Pues a mí no, que cogí malos hábitos en Toledo y me encanta bañarme —insistió Teresa, mirando a su esposo con picardía.

—¡Que vayan calentado el agua mientras me acerco un momento a ver cómo están los halcones y los azores! —voceó el conde, que no sabía por dónde empezar.

—Mejor dejamos el baño para mañana, que estarás más descansado —dijo Teresa contrariada.

—Eso, que así puedo sacar a los bichos un rato al campo, que anochece muy tarde y seguro que nos da tiempo a cazar algo.

—Entonces yo me acerco al monasterio para hablar con el abad Miguel, a que me informe de cómo llevan los estudios nuestros hijos y de paso les digo que ha venido su padre.

—No te olvides de darles un beso y saluda al abad de mi parte.

Aquella noche, Fructuoso y Cecilia, que estaban en la cercana Herrera preparando los modelos en barro de Carrión, tampoco podían conciliar el sueño.

—Deja ya de darle vueltas al asunto en tu cabeza y estate quieto —le dijo Cecilia al cantero cogiéndole la mano—. Mañana nos ponemos a ello de nuevo, tú con barro y yo haciendo bocetos con la pizarra. Ya hiciste un Cristo Majestad en el sepulcro de San Vicente, pero este de Carrión, que será de tamaño natural, puede ser la obra de tu vida.

—Copiar una estatua es fácil, aunque haya que cambiarle la escala, pero hacer un Cristo como el Júpiter del sepulcro de Herrera es prácticamente imposible —masculló entre dientes Fructuoso.

Cecilia también estaba muy excitada con un encargo que suponía el mayor reto de su vida, y para distraer a Fructuoso cambió de conversación.

—Cuando estábamos en el eremitorio de Facundi en Sahagún, no estabas tan concentrado en el trabajo. Tenías otras cosas en mente. ¿En qué pensabas, sinvergüenza?

—Pensaba que teniéndote tan cerca de mí, encontraría la solución de mi problema.

—Ahora también estoy a tu lado. ¿Cuál era entonces tu problema?

—Averiguar cómo era el sexo de los ángeles.

—Me parece que eso te quedó muy claro cuando estábamos trabajando en Ávila...

—Clarísimo...

—Entonces, ¿a qué esperas? Abriga mis pies con los tuyos y haz que tu mano acaricie mi nido. Olvídate de Carrión esta noche y baja hasta el valle de mi sonrisa.

—Yo quiero bajar más a menudo, pero eres tú la que vas y vienes de mi lado cuando te da la gana —se lamentó Fructuoso.

—El que se va cuando le conviene eres tú, que te olvidas de tu compañera y a veces me dejas in albis —replicó Cecilia, fingiendo enfado—. Pero dejemos eso ahora. Y no te preocupes. Solo piensa que tienes la portada acabada, la escultura allá arriba en medio de los apóstoles, solemne, majestuosa, y que te bendice a ti en primer lugar. Te felicitan los obispos y los nobles y te saluda el rey. ¿Cómo te sientes? Feliz, dichoso. Y yo estoy a tu lado, como en este instante. Para disfrutar contigo. Por eso tú ven a mí ahora para cobijarme en tus brazos...

Fructuoso no esperó a que siguiera hablando, y con tanta alegría como buena disposición, se puso a hacer lo que su amada le mandaba.

—¡Qué bien! ¡Qué bien! ¡Qué bien! Es así como me gusta. Así tenía que ser todas las veces —dijo Cecilia, que en vez de quedarse profundamente dormida después de aquel placentero intercambio amoroso con Fructuoso, tampoco paraba de revolverse en la cama.

—En qué piensas, Cecilia, que tampoco te duermes —preguntó Fructuoso un rato después de haber ardido sin temor, quedando deshecho en un jadeo.

—No te lo vas a creer, pero pienso en Raquel, la judía. Esa sí que es una Venus de carne y hueso. No sé cuánto tiempo pensará Teresa que la podremos tener con nosotros.

—Pero la muchacha tiene buenas manos y mejor disposición y parece que hace con mucho gusto las labores que le encomiendas.

—¡Estás tonto! Eso ya lo sé, y me alegro mucho por ella, pero mi hijo Mateo sigue perdidamente enamorado.

—Dale tiempo al tiempo, Cecilia, con las mujeres nunca se sabe. Así estaba yo contigo hace casi quince años y ahora ya ves.

—Yo soy un ángel y los ángeles van y vienen. ¿Te acuerdas? Pero esa mujer es diferente. Tiene algo especial que no es de este mundo y no es solo su tremenda hermosura. Es el pozo hondo de su mirada, la lumbre que tiene en los labios. Su sonrisa a medio camino. ¿Te has dado cuenta de cómo agita las aletas de la nariz cuando se queda pensando? ¿Cómo jadea cuando suspira? ¿Cómo llora cuando canta? ¿Cómo pestañea cuando le hablas, que parece que te abanica? ¿Te has fijado cómo se mece cuando se ríe?

—Ya sabes que soy muy distraído y no me había fijado en nada de eso, pero ahora que lo dices me ha picado la curiosidad.

—¿No la has visto cuando se baña? —dijo Cecilia.

—No se me había ocurrido porque es mi cuñada, pero ya que lo mencionas, sí que me habría gustado.

—Pues Mateo sí que la ha visto. Y casi se vuelve loco de la impresión.

—¿Cómo lo ha conseguido?

—Mirando por el ojo de la cerradura. Le sorprendí mientras la espiaba y buen susto que se llevó. Y desde entonces anda como un alma en pena, mendigando la limosna de una sonrisa, el consuelo de una palabra, la caricia de una mirada, pero ella... ella... ella...

Y con «ella» en la boca y en la preocupación se quedó dormida Cecilia. Fructuoso se desveló tratando de recordar las pestañas como abanicos, el camino de su sonrisa, las lágrimas de sus canciones, la risa de su baile, el pozo de su mirada, la lumbre de sus labios, la agitación de sus aletas, el jadeo de sus suspiros... y el ojo de su cerradura.

Después, como si contara ovejitas, balbuceaba pestañas, abanicos, camino, sonrisa, lágrimas, canciones, risa, baile, pozo, mirada, lumbre, labios, agitación, aletas, jadeo, suspiros, ojo y cerradura. Lo hacía otra vez para poder dormirse, pero hasta que no se atrevió a meterse en el baño con Raquel no pudo conciliar el sueño. Cuando despertó y se acercó a estudiar el sarcófago, vio que la Fermosa había madrugado más que nadie y estaba dibujando la cabeza de Júpiter.

Fructuoso y sus obreros trabajaron dura y eficazmente de modo que, cuando faltaban unos pocos días para la fecha señalada, Cecilia y Teresa pudieron acercarse a la iglesia de Santiago para comprobar con gran satisfacción que solo faltaba colocar el Cristo en el friso de la portada. La fachada de la iglesia era de una sencillez y de una sobriedad conmovedoras. Las esculturas habían ido llegando con una precisión matemática y habían encajado cada una en su sitio del friso con toda naturalidad. Los veintidós personajes de la arquivolta, aunque permanecían en los escaños que les habían asignado y conversaban animadamente entre ellos, no por eso dejaban de afanarse en sus trabajos. Los más concentrados en su labor eran el juez, el escriba y el acuñador de moneda, a los que ni siquiera distraían los juglares, los luchadores con escudo y el sudoroso herrero que golpeaba sin cesar el metal con gran enojo de los músicos y de la contorsionista, que apenas podían concentrarse en sus quehaceres.

Arriba, los doce apóstoles, cobijados de la lluvia por un alero generoso, hacían sitio al que había de llegar. El maestro y salvador del mundo encarnado en la piedra de Dios. Un mayestático Pantocrátor cuya venida esperaban, de un momento a otro, Teresa y Cecilia, que estaban ansiosas por verlo colocado en el centro del mundo. Allí mismo fueron informadas de que el rey estaba ya de camino hacia Carrión acompañado por don Nuño, pero una nube de preocupación paseó por encima de sus cabezas porque amenazaba tormenta.

Todos sus temores se desataron cuando llegó un arriero con la noticia de que había ocurrido un accidente.

—Siento comunicaros que la carreta ha volcado y la carga ha rodado por los suelos. Parece que hay algunos heridos y un muchacho muerto.

—¡Dios mío! Mateo, mi hijo, venía con ellos —dijo Cecilia con un hilillo de voz—. Pero también pueden ser Fructuoso o Juan... cualquiera.

—Es imposible. Habían tomado todas las precauciones —la interrumpió Teresa—. Puede que la noticia sea falsa, pero no hacemos nada esperando como unas tontas. Salgamos corriendo en su busca, que en algo podremos ayudar. No pueden estar muy lejos.

Espoleadas por la angustia galopaban hacia la negra nube del norte. Los rayos y relámpagos las acompañaron durante todo el trayecto. Empapadas hasta los huesos cavilaban temblando de miedo. Cecilia estaba segura de que el fallecido era su hijo. Un nudo corredizo le apretaba la garganta presagiando lo peor.

«Esta manía mía de que sea escultor o arquitecto para que no fuera a la guerra —pensaba—. Pero la muerte acecha por todas partes. Puede llevarte consigo por un percance en el camino o un rayo de los cielos... Lo mismo puede venir de las flechas de los infieles que de las espadas de los cristianos. Que no sea mi hijo... ¡solo tiene dieciocho años, el pobre! Ni Fructuoso... ni ninguno de los nuestros. ¡Mi Mateo no, Señor! ¡Que está empezando a vivir!».

Los pensamientos de Teresa vagaban por otros derroteros: compadeciendo en el alma a Cecilia y sintiéndolo por las víctimas, lamentaba el fracaso de la operación, el disgusto de don Nuño, la contrariedad del rey y el desencanto de los vecinos de la ciudad de Carrión.

Cuando llegaron a las afueras de Avia estaban caladas hasta los huesos. Al borde de una chopera se divisaba una aglomeración de gente. Detuvieron las cabalgaduras para divisar con nitidez lo que ocurría, pero el agua les resbalaba por la frente. Había una actividad frenética y nadie se apercibió de su llegada.

—¡Mateo, Mateo! ¿Dónde está Mateo? —gritó Cecilia.

—Está allí, talando chopos con Juan y los vecinos del pueblo. ¿No lo ves?

Un suspiro de alivio salió de su pecho cuando su hijo le hizo señales moviendo los brazos por encima de la cabeza. A la mujer se le aflojaron las piernas al sentir que le quitaban un gran peso de encima y a punto estuvo de desmayarse.

La carreta estaba volcada y tenía una rueda partida. La otra había salido rodando durante el accidente y estaba a muchas varas de distancia. El gran cajón con la escultura descansaba retorcido en la pradera junto al camino. La paja y la estopa que envolvían al Cristo emergían por el lateral roto. Un grupo de curiosos contemplaba los dos bueyes muertos, que permanecían uncidos al yugo y parecían dormir recostados el uno sobre el otro. Por allí andaba Fructuoso con la ropa manchada de barro y de sangre, empapado por la lluvia, la mandíbula apretada.

—¿Cómo ha podido ocurrir esta desgracia? —preguntó Teresa.

—Ha sido un castigo de Dios. El boyero blasfemó por culpa de la tormenta y de la lluvia y, a partir de entonces la tempestad no dejó de perseguirnos y empezaron a caer los rayos detrás de nosotros. Teníamos que haber parado en algún pueblo, pero ¡había tanta prisa! Yo no pensaba en otra cosa que en llegar. El chopo atrajo al rayo y este reventó al carro cuando pasábamos por debajo. Nosotros íbamos delante, solo nos tiró al suelo. Se han llevado al boyero al pueblo, pero el hijo estaba como muerto y no sabemos dónde se encuentra.

Cecilia seguía en el borde de la chopera abrazada a Mateo. El muchacho estaba avergonzado y pugnaba por soltarse.

—¡No seas pesada, madre, que no me ha pasado nada y tú me vas a ahogar! —dijo en voz baja—. ¿Qué pensaran estos hombres de nosotros? —Pero como viera que no le soltaba, añadió más firme—: Suéltame ya, madre, que estoy bien y tengo que echar una mano a Fructuoso. Lo peor ha sido lo del pobre muchacho del carro. Y que se haya partido la piedra de Dios. No quiero ni pensar en el enfado de don Nuño ni en el disgusto del rey.

Teresa se había quedado junto a Fructuoso cuando llegó Juan con la noticia de que tenía apalabrada una carreta. Fructuoso daba órdenes a diestro y siniestro sin saber muy bien a quién encomendaba el recado.

—Necesitamos mulas para arrastrar la caja sobre unos troncos. Tenemos que hacer una rampa de madera para sacar la caja del prado y un andamio para subirla a la carreta.

—De eso me ocupo yo —dijo Teresa, que le veía nervioso y atolondrado—, que conozco a toda la gente de la villa. Todavía soy su señora. Pídeme todo lo que haga falta, que yo traigo a todos los criados. Tú organiza bien los tajos y las labores.

—Lo primero de todo es descortezar rápidamente los troncos y dejar lisa la superficie para arrastrar la caja resbalando desde la pradera hasta el carro —dijo atropelladamente, pero cuando Teresa montaba en su caballo, gritó—: Traed sebo, mucho sebo, todo lo que puedan encontrar, y cuerdas y maromas, que nos harán mucha falta. Y mulas... y algunos burros por si les necesitamos... y sobre todo un trillo... que traigan un trillo cuanto antes. —Cecilia se acercó a Fructuoso para abrazarle, pero el escultor no paraba de hablar—: Aparte de lo que le haya podido pasar al Cristo, ha sido una suerte que haya ocurrido el accidente a la salida del pueblo. Tendremos a nuestra disposición los hombres y los suministros que necesitemos... ¡Mateo! No hace falta que cortéis más chopos. Con el que partió el rayo tendremos bastante, la era está encharcada y lo mejor será subir la caja en un trillo y llevarlo a rastras hasta el camino. ¡Cecilia! Acércate a Avia si puedes para que traigan la carreta antes de que se haga de noche. Que monten el trillo en ella. Y mira a ver si tu hermana se ha hecho con las maromas. Que no se olvide de traer clavos y azuelas... Déjalo ya, Mateo, que ya tenemos troncos de sobra. Quitadles la corteza y untadlos de sebo cuando lo traigan para que resbale mejor la escultura. ¡Juan! Saca un poco de yesca y de paja del cajón del Cristo y enciende hogueras, que parece que ya escampó.

Cansado ya de dar órdenes, Fructuoso dirigió la mirada hacia la pradera donde el Cristo yacía solitario envuelto en mantas y en paja, como en el pesebre de Belén, dentro de un cajón de madera. Se echaba encima la noche. Al cantero le temblaban las piernas, pero se aguantaba las ganas de sentarse. Afortunadamente, ya había parado de llover.

«Estará hecho pedazos —pensó—. Y es posible que se haya partido la cabeza y la mano. Recemos para que el trillo no se nos hunda con su peso».

Al cabo de una hora, llegó Teresa seguida por la carreta más grande de Avia tirada por dos parejas de bueyes. Llegaba cargada con el trillo, las sogas, la maroma y el sebo. La seguían una decena de hombres de todos los oficios provistos de sus correspondientes herramientas.

La escena era inenarrable. Hacía un buen rato que había dejado de llover. Rodeado de candelas que proyectaban una luz mortecina, envolvieron al Cristo con mantas y lo ataron con unas sogas. Tirando de ellas unos cuantos hombres, lo ladearon lentamente mientras otros empujaban con cuidado el borde del trillo por debajo de la espalda plana de la escultura y la arrastraron hasta su interior. A continuación, lo desembarazaron de su envoltorio quedando el Cristo erguido en el centro del trillo. Allí recibió los primeros cuidados de Cecilia y Fructuoso, que después de insertar unos clavos en el brazo derecho, colocaron la mano rota en su sitio pegándola con yeso. Su larga sombra resbalaba temblorosa por el prado mientras Cecilia lo escayolaba cuidadosamente con un trozo de tela. Después, Fructuoso, ayudado por Cecilia y por Mateo que sostenía una candela, palpó cuidadosamente toda la superficie de la escultura.

—Solo ha sufrido rasguños superficiales —dijo con una sonrisa de oreja a oreja—. Y apenas ha perdido un poco de pintura. Mañana, a la luz del día, le damos un repaso y nos queda como nuevo.

En aquel momento se acercó a ellos un muchacho con el cabello quemado e irreconocible por el barro. Era el hijo del boyero, del que nada se sabía.

—Me alegro de que no se haya roto el Cristo, maestro. Es un santo muy bonito. Mi padre está atontado y yo solo un poco chamuscado. Lo peor han sido los bueyes. Supongo que nos pagarán uno por lo menos. Y también la carreta, que estaba como nueva.

—Si salimos de esta, se pagarán el porte, los bueyes y la carreta, pero si se nos tuerce el asunto y no llegamos a tiempo, tu padre será azotado por blasfemo. ¿A quién se le ocurre ponerse a blasfemar transportando a Cristo cuando el cielo está de tormenta? —contestó Fructuoso.

—Yo me encomendé al apóstol Santiago cuando empezaron los relámpagos, pero mi padre me dio un pescozón. No hay quien le aguante, por eso quiero dejar el oficio de carretero. Si me dejáis acompañaros hasta Carrión, a lo mejor me lo pensaba y me quedaba con vos. Me gustaría que me enseñarais ese oficio. Podría empezar de aprendiz del muchacho.

—¿Cómo te llamas? —le preguntó Mateo.

—Me llamo Pedro, como el apóstol.

—Te tendrías que llamar Lázaro, porque te dábamos por muerto y acabas de resucitar de milagro.

Al oír la palabra milagro y comprobar que el hijo del boyero estaba en medio de ellos, alguien gritó:

—¡Milagro! ¡Milagro! ¡Ha resucitado! ¡El muchacho muerto por el rayo ha resucitado! ¡Venid todos a comprobarlo!

Mientras muchos de los curiosos se afanaban en conseguir ramas milagrosas del chopo partido por el rayo, el trillo, conducido por el Cristo, flotaba sobre las aguas de la pradera. Arrastrado por una pareja de mulas ascendió resbalando por una rampa formada por tres troncos descortezados y untados de sebo, y desde lo alto de la carreta se quedó mirando fijamente al chico resucitado del milagro.

—Hay que anclarle bien para que no se nos caiga y proseguir la marcha en cuanto amanezca. Mañana estará colocado en su sitio en la iglesia de Santiago —dijo Fructuoso.

Cuando salieron era de noche. Con la primera luz del día comprobaron que los clavos habían asegurado la fijación y el yeso estaba duro como una piedra. Cecilia subió al carro y ayudada por Mateo quitó el vendaje y repasó los desperfectos con pintura confiando en que secara durante el viaje.

El recorrido por la Tierra de Campos fue memorable. El Cristo, aposentado y bien sujeto en lo alto de la carreta, emergía triunfante por encima de todas las cabezas impartiendo bendiciones con el brazo recién restaurado. Le acompañaba Pedro Lázaro que, después de repartir ramas del chopo milagroso y colocar una de ellas junto al brazo roto del Cristo, tuvo que subir a la carreta para estar a salvo de las manos de los devotos que querían arrancarle mechones de pelo para guardarlos como reliquias.

El sol de amanecida abrillantaba los ondulados campos de Carrión que se abrían para dar paso a la insólita romería. La negra nube les acompañaba con un gran despliegue de truenos y rayos a sus espaldas. Convocados por las campanas de las iglesias, los peregrinos y los vecinos de los pueblos, portando ramas de chopo, se sumaron gozosos a la comitiva. La procesión iba en aumento a cada pueblo que atravesaban porque se había corrido la voz del milagro del Cristo triunfante.

—Quién nos iba a decir a nosotras, cuando veníamos ayer muertas de angustia para recoger el cuerpo sin vida de alguno de los nuestros o el Cristo hecho trizas en un barranco, que íbamos a asistir a una fiesta del Domingo de Ramos, con Jesús subido en una carreta llevando al lado a Lázaro resucitado. Cuatro milagros ha hecho este Cristo triunfante. Que Mateo esté vivo, Fructuoso y Juan ilesos, Pedro Lázaro resucitado y que él mismo no se haya roto en pedazos —señaló Cecilia.

—Deja algo para el apóstol Santiago —contestó Teresa—, que el muchacho se encomendó a él cuando escuchó la blasfemia de su padre al comenzar la tormenta.

—Pues menos mal que estaban casi llegando, porque si el rayo hubiera caído en Herrera, el muchacho llega pelón a Carrión. Y si esto sigue así, va a llegar vivo de milagro.

La entrada en Carrión fue apoteósica, porque entre los habitantes se había extendido la noticia de la resurrección de un muchacho. A la puerta de la iglesia de Santiago les esperaba el obispo Raimundo rodeado de peregrinos que no querían perderse el espectáculo. Una vez situada la carreta debajo del puente de madera en que estaban ancladas unas poleas, pasaron la maroma por debajo de la escultura. Todo el mundo contuvo la respiración cuando empezó la ascensión del Cristo a las alturas. Lo subían lentamente para que no se girara o se balanceara.

Teresa y Cecilia, presas de gran nerviosismo, seguían las vicisitudes de la ascensión desde un balcón que estaba justo delante de la portada. Estaban rendidas de sueño y de cansancio, pero llenas de alegría. Habían pasado en pocas horas de estar al borde de la tragedia y el fracaso a subir a la montaña de la felicidad, como el Cristo al que casi tocaban con la mano y que ascendía triunfante al reino de los cielos.

—¡Lo que es la vida, Teresa! Desde este mismo balcón nos despedían Juan y Fructuoso hace catorce años, cuando íbamos a Sobrado para decir el último adiós a nuestro padre. ¿Cómo íbamos a imaginar nosotras, o soñar ellos, que los cuatro, junto con Mateo, íbamos a ser los autores de esta proeza y los protagonistas de este acontecimiento?

—Espera a que el Cristo ocupe su hueco, Cecilia, no cantemos victoria antes de que acabe la ceremonia, que se puede resbalar la maroma o soltar la polea y la desgracia puede ser infinitamente peor que la caída del rayo.

Cuando llegó a la altura del friso de los apóstoles y el obispo Raimundo el Chato empezó a cantar «Padre Nuestro, que estás en los cielos», Teresa y Cecilia cayeron de rodillas, rezando para que todo terminara felizmente. Lo mismo hizo la muchedumbre que estaba en la calle. Finalizada la oración, se hizo un silencio sepulcral. Juan y Fructuoso, ayudados por Pedro y Mateo, empujaron lentamente al Cristo sobre una tarima untada de sebo hasta que quedó perfectamente encajado entre los cuatro evangelistas.

Un aplauso interminable, que se escuchó desde todos los rincones de la ciudad, dio testimonio de que la operación había culminado con éxito. A continuación, se retiraron los andamios y se corrió un velo que ocultaría la portada hasta el momento de su solemne consagración.

Aquella memorable noche de noviembre de 1169, mientras el Cristo triunfante contaba su peripecia a los apóstoles que le habían estado esperando atemorizados, el rey don Alfonso cumplía catorce años velando armas en la soledad de la imponente iglesia conventual de San Zoilo. En unos instantes sería mayor de edad, podría asumir plenamente los poderes reales y ejercer el gobierno del reino sin necesidad de un regente que actuara en su nombre.

No todos los días se armaba caballero a un rey. Sus avatares y peripecias habían sido seguidos por los castellanos con gran interés y ansiedad. El monarca gozaba de gran simpatía porque sus hazañas escapando de Soria o su astuta entrada en Toledo habían corrido de boca en boca y habían sido celebradas con regocijo por todos los castellanos.

Pasando mucho frío, porque iba vestido únicamente con un sencillo hábito blanco, repasó Alfonso todos los momentos de zozobra y de sufrimiento que había tenido en su vida. Mientras velaba las armas que estaban depositadas en el altar mayor, desfilaron ante su memoria todas las personas que le habían ayudado, empezando por don Manrique, quien le había acompañado en sus venturas y desventuras.

Iluminado por la titubeante luz de los hachones de cera que proyectaban su sombra por los muros del templo, estuvo la mayor parte de las horas acariciando los dulces momentos pasados en los brazos de Raquel y soñando con otros muchos venideros, porque era norma entre los caballeros encomendarse a la dueña de su corazón.

Al clarear el día, el rey don Alfonso, en presencia de todos los obispos y nobles de la corte, con sus propias manos tomó las armas y allí en el altar se vistió como correspondía a su rango y se ciñó las insignias militares, siguiendo la costumbre de los reyes de León.

Para la coronación del rey acudieron a Carrión gentes venidas de todas partes del reino, empezando por los obispos encabezados por Cerebruno, primado de Hispania, acompañado por el inevitable Raimundo, obispo de Palencia y canciller del reino. No podían faltar el mayordomo Pedro García, el canciller Martín Fernández, el alférez Rodrigo González, el regente don Nuño y los principales nobles del reino.

Terminada aquella emotiva y solemne ceremonia, rodeado por una gran muchedumbre, Alfonso se dirigió caminando a la iglesia de Santiago para inaugurar la portada recién terminada.

Cuando el rey descorrió el velo del templo en medio de un expectante silencio y dejó al descubierto aquella portada coloreada por Cecilia y sus ayudantes, una exclamación de admiración y júbilo salió de todas las gargantas. Mientras unos trataban de identificar a los artesanos representados en la arquivolta, otros se fijaban en las figuras grotescas de los capiteles, pero los más levantaban los ojos al apostolado y detenían su mirada en el majestuoso Cristo que les observaba con gravedad desde las alturas. Y todos estaban felices, no solo por la magnificencia de la portada, sino porque el rey había prometido otorgar una feria en el barrio del monasterio de San Zoilo a celebrarse quince días antes y quince días después de la fiesta de San Juan.

—Esta portada, majestad —dijo el obispo Raimundo—, es una representación de los fundamentos de la fe y de la doctrina de la Iglesia. La vida terrenal es una peregrinación para llegar hasta el cielo. Su imagen perfecta es el Camino de Santiago, que sigue el discurrir del sol desde que sale hasta el ocaso, pálido reflejo del camino de estrellas que nos orienta por el cielo. La Iglesia es el cuerpo de Cristo resucitado que nos ha de juzgar. Su doctrina la predicaron los apóstoles y está recogida en los libros de los cuatro evangelistas. La vida es esfuerzo y trabajo, como podéis ver en la arquivolta donde están representados los oficios. Y para ser hijos de la Iglesia hay que superar las tentaciones del maligno y alejarnos de los vicios que están simbolizados en los capiteles de la portada.

—¿A quién se te parece el Cristo? —preguntó en voz baja el conde Álvaro Pérez de Lara al regente. Pero don Nuño no le escuchaba porque andaba distraído. Por una parte estaba muy contento y se había quitado un gran peso de encima porque, después de muchas penalidades y derrotas, había conseguido, como San Cristóbal, llevar al niño hasta la mayoría de edad con la corona en la cabeza. Pero esto conllevaba la pérdida de la regencia y del poder casi absoluto. A partir de ahora, su influencia dependería de la voluntad del rey. Y era muy probable que todavía estuviera resentido por el destierro de Raquel. Don Nuño sabía muy bien que la juventud es mala consejera.

—¿Preguntabas algo, Álvaro? Que con este barullo no me he enterado de lo que decías.

—¿A quién se te parece el Cristo?

—Puede que se dé un aire a nuestro hermano Manrique, que en gloria esté.

—Se parece a ti mucho más. Esa ha sido la primera impresión que me ha dado —respondió don Álvaro.

—De ser como tú dices, este habría sido el mejor regalo que me ha hecho Teresa en mi vida —concluyó don Nuño.

El rey, después de elogiar la portada y recibir infinidad de vivas y parabienes, se entretuvo devolviendo los saludos de la multitud y comoquiera que no encontraba lo que buscaba, mirando de un lado para otro con insistencia, hizo venir a Mateo.

—¡No acierto a ver a Raquel entre los presentes! ¿Le ha pasado algo o acaso no la habéis traído para acompañarme en esta ceremonia? —le preguntó.

Mateo había creído equivocadamente que el rey, después del susto en Aguilar, se habría olvidado completamente de la muchacha.

—Susana estaba enferma —respondió— y Raquel se ha quedado en Aguilar haciéndole compañía.

—No sé quién será el culpable de este lamentable olvido, pero a ti, Mateo, te hago responsable de que Raquel esté con todos vosotros el día de mi coronación en Burgos. ¡Y no te olvides de colocarme una alfombra cuando vaya a encontrarme con ella!

26

Burgos era una próspera capital de Castilla por la que pasaba la lana que salía para Europa, el comercio era floreciente y crecía tanto que ya tenía mucha más población que Carrión. Atraídos por la fiesta de coronación del rey, acudió una gran multitud al desfile posterior a la ceremonia desde muchas leguas a la redonda. En un lugar privilegiado esperaba Raquel la Fermosa gracias a que Fructuoso había alquilado con bastante antelación una posada situada estratégicamente en el fondo de una calle por la que discurriría la comitiva regia.

Tuvo que esperar varias horas a que terminara el solemne acto religioso celebrado en la catedral que construyera Alfonso, el conquistador de Toledo. El templo se había quedado pequeño para dar cabida no solo a los obispos, abades y abadesas de Castilla, sino también a todos los nobles y caballeros notables del reino, a los maestres y caballeros de las órdenes militares y a los representantes de los concejos de ciudades y villas castellanas.

Si exceptuamos a las abadesas de los conventos castellanos, la condesa doña Teresa, en su condición de esposa del regente, fue una de las pocas mujeres que tuvo el honor de asistir a la ceremonia. Sentado en el trono por el que había luchado desde su más tierna infancia y que le correspondía por herencia y por la gracia de Dios, Alfonso estaba sorprendido de no sentir ni alegría ni ninguna otra emoción ni deseo que no fuera escapar de la catedral para poder cabalgar a sus anchas por los campos de Castilla. Distanciado de la ceremonia, como si de un curioso espectador se tratara, se veía, por primera vez, como el rey blanco de un tablero de ajedrez. Le acompañaban los obispos y los abades moviéndose impacientes por las blancas diagonales del tablero, los condes con sus torres y castillos esperando la orden de combate, los caballeros saltando para avanzar hacia un lado o hacia otro y a los regidores con los peones de las fuerzas concejiles siempre dispuestas a la lucha.

—Me falta la reina —se dijo, pensando más en Raquel que en una posible consorte, mezclando otra vez en el mismo tablero la partida del amor con la de la guerra—. Ahora que soy el rey no voy a consentir que me la escondan de nuevo.

Para su tranquilidad, al poco de empezar el desfile regio por las calles de la ciudad, vio con gran alegría que en una posada colgaban de la balconada una tela roja y una tela azul y que detrás de ellas le acariciaba con su sonrisa la mujer más hermosa del reino.

Bastante avanzada la tarde y después de esperar pacientemente a que terminara el banquete de celebración y a que las distintas dignidades asistentes se retiraran a sus domicilios, el rey, enfundado en un hábito benedictino para no llamar la atención, salió en busca de Raquel. Lo flanqueaban Cecilia y Fructuoso, que le acompañaron hasta la posada donde esperaba la Fermosa. Allí no estaban todos, porque Mateo había desaparecido después de colocar la alfombra desde el portal hasta la habitación de la muchacha cumpliendo las órdenes del soberano.

En el momento en que atravesó el umbral de la posada, el rey, aguijoneado por la impaciencia, después de recibir las reverencias de Juan y de Susana, subió todo lo deprisa que pudo al aposento de Raquel, volando por encima de la alfombra, y entró sin llamar a la puerta.

Raquel, que se estaba bañando en una cubeta, no se asustó en absoluto, porque llevaba muchos, muchos meses esperando para darle el recibimiento que merecía.

Al día siguiente, el rey, que deseaba llevar a la judía al palacio cuanto antes, como ya tenía plenas facultades para nombrar o despedir a los cargos de su gobierno, hizo llamar al mayordomo.

—¿Cuánto tiempo lleváis en el cargo, don Pedro?

—Diez años exactamente, mi señor.

—Si no estoy mal informado, el mayordomo administra y gobierna la casa y los dineros del reino, y por tanto debe gozar de toda la confianza del rey. ¿Es como digo, don Pedro?

—Así es, majestad, y diré más. El mayordomo debe procurar el bienestar y la felicidad del monarca dondequiera que vaya, ya sea en la corte o en la guerra, ahorrándole las fatigas y el sufrimiento. Bien es cierto que según su edad y sus necesidades.

—Veo que sabéis perfectamente cuáles serán vuestras obligaciones de ahora en adelante. Hacer llevadera la dura vida del rey. Los jóvenes queremos estar con los jóvenes y es más agradable que nos ayude a vestirnos y desnudarnos una hermosa doncella perfumada que una vieja dueña gruñona a la que le huela el aliento. ¿Estaréis de acuerdo conmigo, don Pedro? Porque bastantes dueñas gruñonas he tenido en mi vida.

—Me temo que así ha sido, mi señor, y os pido mil perdones por mi descuido.

—Pues no va a seguir siéndolo de ahora en adelante, señor mayordomo, porque es mi voluntad que una doncella de toda confianza llamada Raquel sea a partir de ahora la camarera del rey.

—¿La cuñada de Juan de Piasca?

—Esa precisamente.

—Cumpliré con vuestro deseo y se hará la voluntad de vuestra majestad inmediatamente.

—Entonces podéis retiraros. Y sabed que os confirmo en vuestro cargo de mayordomo.

Cuando don Pedro salió del salón real iba diciendo para sus adentros: «¡Caramba con el muchacho! ¡Cuánto sabe para los años que tiene! ¡Qué prisa se ha dado para traerla consigo! ¡Lo nunca visto, un rey de catorce años con una amante judía en la antecámara del palacio! Cuando se enteren los obispos, van a poner el grito en el cielo, sobre todo si la deja preñada. Mucho me temo que terminaré pagando las consecuencias de todo este embrollo».

Alfonso quería beber hasta saciarse un sabroso licor hecho de amor, poder, sexo y prohibición, y eso, en aquella durísima Castilla era inconcebible, pero ajeno a todo ello, una vez que tuvo a Raquel a su servicio a todas horas, se encontraba en la gloria. Su tío Fernando, el rey de León, estaba entretenido en consolidar sus victorias contra Alfonso de Portugal; Fernán de Castro había conseguido un enorme señorío en Extremadura y se había olvidado de Castilla, y como estaba vigente la tregua con los almohades, la frontera del sur estaba tranquila. Y por si esto fuera poco, las temperaturas eran benignas, las cosechas excelentes y los ganados se multiplicaban.

Como el reino estaba en paz y todo iba a pedir de boca, no había manera de sacar al rey de Burgos. Salvo breves incursiones por zonas limítrofes, llevaba más de siete meses sin moverse de la capital.

Nuño y Teresa estaban desolados porque todo el paciente trabajo de años educándole para cumplir con su altísima responsabilidad se estaba viniendo abajo. Alfonso había escuchado el canto de las sirenas cuando iba en el carromato camino de Toledo y, como si quisiera resarcirse de golpe de todos los esfuerzos y sacrificios anteriores, dedicaba más tiempo al placer y a la molicie que a su preparación para la guerra y para el buen gobierno del reino.

Aunque Nuño había perdido el poder de facto, tanto él como su esposa tenían una gran autoridad sobre el joven monarca y, de común acuerdo, decidieron que Teresa hablara con él. La condesa tenía sentimientos encontrados. Se la consideraba como una madre para el rey, aunque también sabía que ya no podía actuar como tal. A veces le había prestado más atención que a sus propios hijos. Aquel niño solo y abandonado se había hecho un hombre.

—Majestad —empezó cuando le tuvo enfrente una mañana de principios de verano—, tengo pensado hacer un largo viaje a las dulces tierras de mi infancia y es posible que ya no pueda veros en bastante tiempo. Conozco mejor que nadie los sacrificios que habéis realizado para salvar el trono que heredasteis y por eso quiero deciros que lleváis la corona sobre vuestra cabeza con todo merecimiento. Ya nunca habláis conmigo desde que habéis sido coronado rey y dedicáis todo vuestro tiempo a los quehaceres propios de vuestro estado y a solazaros con los goces terrenales.

—Si queréis hablarme de Raquel, es mejor que vengáis a derecho, señora, y que no os andéis con rodeos, que no pienso perder mucho tiempo tratando con vos de un asunto que solo a mí me concierne —replicó el joven rey, arrugando el entrecejo.

—Os concierne a vos, concierne al reino y concierne a la cristiandad. Sois rey por la gracia de Dios y habéis llegado hasta el trono porque muchos de vuestro súbditos han dado su vida por vos y el Señor así lo ha dispuesto.

Teresa se dio cuenta de que el diálogo había empezado con mucha aspereza, porque en lo tocante a su relación con la muchacha judía el rey siempre estaba a la defensiva, y como ya no veía el modo de llevar la conversación al terreno de lo personal, la condujo hacia lo institucional.

—Como así lo queréis, os digo bien a las claras lo que vos sabéis perfectamente, porque sois noble e inteligente, aunque ahora estéis ofuscado. El vuestro es un amor imposible y además prohibido. Un rey no puede hacer todo lo que le apetece. Su vida privada tiene unos límites. No solo tiene que ser el espejo en el que se miren sus súbditos, sino que tampoco puede hacer nada que ponga en peligro la paz de su reino.

—¿Es que acaso estoy declarando la guerra a nuestros vecinos?

—Os la declararán ellos a vos, como os descuidéis y perdáis el favor de vuestro pueblo y el apoyo de los nobles o de la Iglesia.

—Yo soy el rey y conozco perfectamente cuáles son mis deberes y responsabilidades, pero eso no significa que deba ser un monje de San Zoilo o caballero de Calatrava. Ya tengo el voto de realeza y no se me puede pedir que tenga también el de castidad ni tampoco el de pobreza u obediencia.

—Pero a vuestra edad esa relación es pecaminosa y peligrosa.

—Decidme vos por qué es pecaminosa.

—Dios lo dice en la Biblia: no fornicarás.

—Antes dice no matarás. Pero eso no nos importa. Siempre que no nos maten a nosotros ni a los nuestros.

Teresa se quedó pensativa recordando sus encuentros amorosos con Fernando en Monterroso y echó de menos la sabiduría y la elocuencia del cardenal Jacinto, sirviéndose de la historia de Eloísa y Abelardo para explicar la consecuencia de sus actos a los jóvenes y las reglas que la sociedad obliga a respetar. El rey aprovechó su silencio.

—Me asombra vuestra hipocresía, señora mía —dijo—. Desde que era muy niño, el regente, vuestro esposo, me lleva con él a la guerra. He visto arrasar campos, incendiar cosechas y pueblos, matar prisioneros y morir amigos como vuestro cuñado don Manrique. Tenía doce años cuando don Nuño fue preso con argucias en el sitio de Zorita. Mandé continuar con el asedio hasta que fue liberado. No os entiendo, soy adulto para ir a la guerra y soy un niño para la cama. ¿Es más peligroso y más pecaminoso folgar que guerrear? ¿Es esta la vara que utiliza Dios para medir nuestros pecados?

Los argumentos del joven rey eran inapelables y Teresa no se atrevía a decirle que el problema estribaba en que Raquel era judía. Y como gracias a la muchacha y a su familia, Alfonso había podido recuperar el reino de Toledo, no sabía de qué modo abordar la cuestión. Se le ocurrió recurrir a la Biblia y contó la historia que le parecía que venía más a propósito.

—Muchos años antes de Cristo, había en Israel un rey joven y valeroso como vos que se llamaba David. En la primavera, que era cuando los reyes salían en campaña, envió a su guardia y a su ejército a que sitiaran una ciudad y aniquilaran a sus habitantes. Él se quedó en Jerusalén. Una tarde, paseando por la azotea, vio a una hermosa mujer que se estaba bañando. Era Betsabé, la mujer de Urías, el hitita. David pidió que la llevaran a su presencia y se acostó con ella. Después de eso, ella volvió a su casa. Hacía poco que Betsabé se había purificado de su menstruación y tan pronto como se quedó embarazada se lo dijo a David.

—No hace falta que sigáis, señora. Me sé la historia de memoria. David quería que Urías se acostara con su esposa para que este creyera que el futuro hijo era suyo y evitar que lapidaran a la mujer por adulterio. Y como Urías no yacía con ella porque estaba en guerra y dormía con sus soldados, David mandó ponerle en el lugar más peligroso de la batalla para que le mataran. Y así ocurrió. Pero después de que Betsabé dejó el luto, David la tomó por esposa. Dios se enfadó con David e hizo morir al niño a la semana de nacer y castigó al rey con las rebeliones de sus hijos y enfrentamientos con muertes violentas de cuatro de ellos.

—Ya veis con qué dureza castigó Dios su doble pecado, el de adulterio y el posterior de homicidio para ocultar el adulterio.

—Pero yo no he cometido ni adulterio ni homicidio, señora mía.

—De momento solo escándalo. Pero si llegarais a engendrar un hijo, la desgracia se cebaría con vuestros descendientes porque Dios os castigaría como a David.

—Raquel es de la estirpe de David y me ama.

—¡Pero habéis perdido la cabeza!

—¿Diríais lo mismo si en vez de con Raquel yaciera con vuestra hija María?

Aquella pregunta del rey desarmó por completo a Teresa. Ella sabía que de no haberse cruzado Raquel en su camino, María habría complacido gustosa a Alfonso al igual que ella había accedido a las solicitudes amorosas de Fernando en Monterroso. Un escalofrío recorrió todo el cuerpo de Teresa y se le erizaron los cabellos pensando en María encinta del rey. Pero viendo que la obstinación de Alfonso con Raquel era idéntica a la de María con él, se le removieron las entrañas.

—Hijo mío —le dijo llorando—, conozco por experiencia la batalla fratricida que ahora mismo se libra entre vuestra cabeza y vuestro corazón. Gane quien gane de entre los dos os causará un gran dolor. Os comprendo perfectamente. Por eso me atrevo a deciros que, hagáis lo que hagáis y ocurra lo que ocurra, estoy y estaré siempre a vuestro lado para lo que necesitéis. No dudéis recurrir a mi ayuda como hijo que yo sabré estar a vuestro lado como madre.

—No esperaba menos de vos, señora mía. En vos confío y a vos acudiré si lo preciso.

Nada más abandonar la presencia del rey, Teresa refirió la conversación punto por punto a don Nuño.

—Tenemos que casar al rey inmediatamente —dijo el regente a la vista de la gravedad de la situación— y que engendre un heredero cuanto antes, porque Fernando ya está casado, y según el Tratado de Sahagún, si uno de ellos muere sin heredero, el reino pasa al otro. No podemos vivir en la incertidumbre porque está en juego la existencia del reino de Castilla. A ver ahora quién encuentra una mujer que le plazca después de que el muchacho ha probado un bocado tan exquisito...

—Hemos de buscar fuera de Hispania, que aquí todas las princesas son primas o tías suyas, y no estamos para repudios. Que se ande con cuidado Alfonso, que tiene la espada de la Iglesia sobre su cabeza. Y la elegida tiene que ser joven, hermosa, culta y paciente para deshacer el hechizo de la judía. Que el primer amor cala muy hondo y a veces echa unas raíces tan profundas que duran toda la vida —dijo Teresa.

Al cabo de muy pocos meses, en el castillo de Burgos, el conde don Nuño, el mayordomo don Pedro, el canciller don Raimundo y el arzobispo de Toledo y primado de Hispania, don Cerebruno, almorzaban con el rey para explicarle con todo detalle las circunstancias de la princesa elegida y las condiciones del pacto matrimonial.

—Puesto que se trata de un asunto de estado y de alta diplomacia, supongo que sus eminencias y sus señorías lo traen ya todo atado y bien atado —dijo en tono grave el rey don Alfonso.

—Nada se decide en estos reinos si no es con el acuerdo de su majestad, y menos en estos asuntos tan delicados porque afectan de lleno a la estabilidad del reino, a las previsiones sucesorias y a la vida íntima de los contrayentes —replicó el canciller don Raimundo.

—Prosiga, su eminencia, y, si le es posible, ahórrese las innumerables gestiones y viajes realizados para encontrar a la mejor candidata. Supongo que será católica.

—Y de muy buenas costumbres —respondió el arzobispo.

—¿Qué edad tiene?

—Ya tiene diez años, pero parece que tiene doce.

—Mejor que sea tan joven. Así le da tiempo a... adaptarse a nuestras tradiciones y aprender nuestro idioma.

—Sabe perfectamente el francés y el inglés y los lee de carrerilla.

—Espero que no haya impedimento canónico por consanguinidad.

—Traemos sangre nueva a la Corona de Castilla allende los Pirineos y hemos conseguido para vos la dote de la Gascuña, un condado cercano a la frontera. Seréis hijo de las muy católicas majestades don Enrique de Plantagenet, rey de Inglaterra, y de doña Leonor de Aquitania.

—¿Podrán ayudarme con sus ejércitos en la lucha contra los infieles?

—Solo Dios puede saberlo, porque tendrían que venir por mar.

—Quiero que la reina no tenga ningún motivo de queja y que no le falte de nada. Supongo que habréis sido generosos con las arras, tal como os indiqué.

—Estará muy bien servida, porque le corresponderán las ciudades, villas y castillos de Aguilar de Campoo, Burgos, Tudela, Calahorra y otras muchas villas y ciudades y la mitad de todo lo que conquistéis a los infieles a partir del día de la boda.

—¿Y para los gastos corrientes de su corte? —preguntó el rey.

—¿Os parece suficiente otorgarle los derechos reales y las rentas de Burgos, Castrogeriz y Nájera?

—Poco me parece a primera vista.

—¿Le parece bien a su majestad que añadamos cinco mil maravedíes procedentes de las rentas de Toledo? —preguntó el mayordomo.

—Me parece razonable para una señora de tan alta cuna, pero todavía no me habéis dicho cuál es su nombre de pila.

—Leonor, como su madre, y es también pelirroja y pecosilla como ella. Pero será una gran señora, no lo dudéis —dijo el arzobispo.

—El nombre está bien, porque parece que solo había Sanchas en Hispania —respondió el rey, que concluyó diciendo—: Estáis muy callado, don Nuño. ¿Significa que no estáis conforme con la elección de la candidata?

—Todo lo contrario, señor. Es lo mejor que hemos encontrado para que haya en Castilla una reina a la altura de su majestad.

—Podéis retiraros, señores y monseñores, habéis hecho un trabajo excelente y, si todo sale bien, os estaré agradecido toda mi vida.

—¿No queréis saber nada más de la candidata?

—Pronto comprobaré personalmente sus virtudes y entonces... a lo hecho, pecho.

Para el joven rey Alfonso la boda era un trámite necesario e inevitable que le habría gustado retrasar todo lo posible. Había consentido en iniciar la búsqueda de la futura reina a cambio de que los nobles y los obispos no se inmiscuyeran en sus relaciones con Raquel. Tomando como referencia el tiempo que le había costado a su tío Fernando contraer matrimonio con su prima Urraca, calculaba que el asunto requeriría bastantes años, pero le habían sorprendido con una búsqueda tan rápida y tan favorable que no tuvo otro remedio que claudicar.

Cuando Raquel entró en la cámara regia para desvestirle, el rey estaba pergeñando el modo de compaginar la estancia de la Fermosa y de Leonor en la corte.

—¿En qué pensáis tan compungido, mi señor? ¿Habéis tenido algún contratiempo?

—Dentro de cuatro meses habrá una reina en la corte.

—¿Tan pronto? Se enamorará de vos, como María, y procurará hacerme la vida imposible. Entonces os obligará a prescindir de mí.

—No te preocupes, Raquel, todavía no es más que una niña. Solo tiene diez años.

—Aunque no tuviera más que tres. Desde el momento en que sea vuestra esposa, estaremos cometiendo adulterio. Y hacerlo con una mujer judía, delante de una reina recién casada... Eso para los cristianos es peor que una bofetada. Y mucho más que una blasfemia. Es un verdadero sacrilegio. Creo que lo mejor es que yo vuelva cuanto antes a Toledo con mi familia.

—No voy a permitir que te alejen de la corte. Te amo y necesito tenerte a mi lado.

—Yo también os amo, majestad. Pero no podemos saltarnos las leyes de Dios... ni las costumbres de los hombres. Aunque nunca me habléis de ello, sabéis que acabarían conmigo si me quedara preñada o cuando naciera la criatura la harían desaparecer.

—¿Qué os hace pensar eso?

—No tengo más que ver cómo me mira todo el mundo. Por mucho que traten de disimularlo me hacen sentir muy incómoda. Y, además, apenas os veo. Desde que se ha marchado Susana no he vuelto a salir a la calle. No lo toméis a mal, mi señor. Pero durante el tiempo que he estado a vuestro servicio me he sentido como una esclava. Si de verdad me amáis como decís y queréis mi bienestar, no deberíais retenerme más tiempo a vuestro lado —dijo Raquel, ahogada en un mar de lágrimas.

—Algo se nos ocurrirá, amor mío. Algo se nos ocurrirá. Tiene que haber una solución, y seguro que sabremos encontrarla. Pero mientras tanto aprovechemos el tiempo que tenemos entre las manos.

—Ya no hay tiempo, majestad. El tiempo se ha acabado para nosotros.

Sexta parte

La reina de los trovadores

(León y Castilla, 1169 – 1172)

27

El joven Mateo había mantenido ardiendo la llama de la esperanza hasta el último momento. No podía negarse a cumplir las órdenes del soberano y sabía que era un rival formidable. En Aguilar había conseguido deshacer con argucias el encuentro de los amantes y confiaba que el rey, con el paso de los años, entrara en razón y pusiera sus ojos en una mujer de su rango. Pero había perdido toda ilusión cuando Alfonso se había llevado a Raquel consigo a palacio, mientras él regresaba después de la coronación con Juan y Fructuoso para acabar el trabajo del monasterio de Aguilar y atender los pedidos que les llegaban de todas partes, porque la portada de Carrión les había hecho ganar mucha fama.

Habían logrado formar un equipo donde todos hacían lo que más les gustaba o lo que mejor se les daba. Cada uno con sus ayudantes respectivos.

Trabajando a pie de cantera, cuando la piedra estaba más blanda y se labraba con gran facilidad, sobre unos modelos que se conocían de memoria, habían logrado realizar sus trabajos en serie con tal rapidez y calidad que, debido a la fiebre constructiva que había en la comarca, les quitaban el trabajo de las manos. Todos estaban contentos menos el joven Mateo, que, desde que había vuelto de Burgos, era como un alma en pena.

Cecilia estaba sumida en la ansiedad porque observaba que su hijo, presa del mal de amores, se había vuelto taciturno y melancólico, había dejado de interesarse por todo lo que le apasionaba, comía poco y dormía menos y se producía muchas heridas en el trabajo, algo que no le ocurría anteriormente. La mujer andaba pensando el modo de sacarle del ensimismamiento que le consumía.

Un domingo que estaba toda la familia reunida para dar comienzo al almuerzo en el patio de la casa de Aguilar, el joven Mateo salió a la puerta porque los criados le habían avisado de la llegada de un visitante inesperado.

—Me han dicho que vive aquí doña Cecilia y he venido desde Carrión para entrevistarme con ella —dijo el caballero.

—Hoy no sirven pedidos, que es el día del Señor; mañana os atenderán con mucho gusto —respondió el joven Mateo con desgana.

—Tened la bondad de darle este paquete a la señora. Ella hará lo que crea más pertinente.

El joven Mateo fue en busca de su madre, que andaba por la cocina indicando a los criados que sirvieran la comida porque ya estaban todos a la mesa, y le entregó el paquete.

—Me lo acaba de entregar un viajero y espera respuesta a la puerta —le dijo.

A Cecilia le dio un vuelco el corazón cuando leyó en una pizarra: «CECILIA. SOY MATEO».

«¡Es un milagro! Le envía el apóstol para que se lleve consigo a nuestro hijo y le aleje de una vez de esa mujer del demonio», pensó ella.

—¿Pasa algo, madre? —preguntó el hijo, viéndola a punto de desmayarse.

—Haced un hueco —dijo a la servidumbre—. Tenemos un invitado de lujo.

Le dio la vuelta a la pizarra y escribió con un cuchillo: «LLEGAS EN BUENA HORA, MATEO. ESTÁS INVITADO A COMER».

La envolvió de nuevo en el paquete y se lo dio a su hijo.

—Entrégale esto a tu padre —le pidió—, hazle pasar y haz el favor de sentarle en el centro de la mesa, que ha llegado llovido del cielo.

Cuando Mateo fue a buscarle, apenas se atrevía a mirarle. Estaba esperando ese momento desde que había sabido de su estancia en Sahagún por boca de su madre. Había imaginado que sería fuerte y alto y vestiría como don Nuño, pero era de estatura normal, tirando a flaco. De labios gruesos, facciones suaves y frente despejada, nadie diría que aquel hombre de aspecto enfermizo levantaba catedrales.

Enseguida notó que algo extraño le ocurría, primero sintió como un hormiguillo, después una alegría como nunca había experimentado en la vida, y fuerza, mucha fuerza. Evitó que se le saltaran las lágrimas porque pensó: «Debe de ser la fuerza de la sangre», pero no se atrevió a darle un abrazo porque el maestro Mateo se había quedado mirándole como si de una aparición se tratara.

—Tened la bondad de acompañarme hasta la mesa, que estábamos a punto de empezar a comer con el resto de la familia —le dijo, conduciéndole al comedor. Y ante el asombro del resto de los comensales, lo presentó—: Hoy tenemos el honor de tener entre nosotros al maestro Mateo, que acaba de llegar desde Carrión.

Habían pasado diez años desde la memorable cena del eremitorio de San Facundo de Sahagún y la inesperada llegada del maestro Mateo a Aguilar causó una enorme sorpresa a los presentes. Su fama le precedía, porque todos los escultores del reino sabían del suculento contrato a perpetuidad que le había hecho el rey de León y que para finalizar la catedral de Compostela necesitaría de la colaboración de los mejores escultores de Hispania.

—Os preguntaréis todos vosotros, y sobre todo mi hijo y su madre, por qué vengo a molestaros al cabo de tanto tiempo de silencio. Y la respuesta es bien sencilla. Vengo a pediros perdón —dijo Mateo, juntando las manos y conteniendo las lágrimas.

Al oír esas palabras todos los comensales quedaron en suspenso, especialmente Cecilia y el joven Mateo, que no se atrevían a probar bocado.

—Aunque os cueste creerlo, a pesar de todo lo que he trabajado en estos años, no daba con el modo de encajar lo que quería el cabildo para la puerta del reino de los cielos en el hueco que quedaba. Me postraba ante el sepulcro del apóstol santo y este guardaba silencio. Hasta que un día... me habló diciéndome: «También tú tienes que peregrinar, Mateo. En el camino está la respuesta». Llegué hasta Tours y, tanto a la ida como a la vuelta, anduve buscando en las portadas de las iglesias y en los claustros de los monasterios todo lo que pudiera servirme. Cuando llegué a Sahagún, a mi vuelta, me estaba esperando Cecilia. Y aunque ella tenía lo que el apóstol me pedía, yo no me di cuenta de nada. Al regresar a Santiago, mi mujer ya estaba enferma. No tardó mucho en morir.

»A mediados del otoño pasado estaba de nuevo postrado ante el sepulcro de Santiago suplicándole que me iluminara porque el tiempo apremiaba y la solución no llegaba, y de nuevo me habló el apóstol diciendo: "Estás ciego, Mateo, miras hacia afuera desde tu cabeza y tienes que mirar dentro de tu corazón y enderezar tu vida desde su principio. La solución la tienes en Carrión".

Cecilia miraba al joven Mateo, que bebía las palabras de su padre, y también al maestro, intentando ver el parecido de este con el joven cantero que había conocido en Compostela, que tendría entonces la misma edad de su hijo. «Se le parece bastante, pero mi hijo es más alto y más guapo. De eso no me cabe la menor duda», pensaba.

—Llegué a Carrión hace unos días y miré la portada desde la cabeza y he visto cosas maravillosas...

Hizo una pausa para ordenar su discurso y como parecía que perdía el hilo de la conversación, sus interlocutores le animaron:

—Seguid, por favor, maestro, seguid, que estamos deseando escuchar vuestro relato.

—Habéis conseguido lo imposible y lo nunca visto. ¡La piedra de Dios! Fundir divinidad y humanidad en una sola escultura. Vuestro Cristo de Carrión es majestuoso como un rey, tiene la dignidad de un senador romano y la severidad de un juez, pero también bondad y nobleza. Ese Cristo vuestro que parece un rey, aunque no tenga corona, sin dejar de ser Dios, es tan humano como cualquiera de los que estamos en esta mesa —continuó Mateo, que todavía no había probado bocado.

—Eso es exactamente lo que nos pidió la condesa doña Teresa que hiciéramos —dijo Cecilia, mientras Fructuoso guardaba silencio porque sospechaba que la sorpresiva llegada del maestro podría alterar sus planes para toda la vida.

Entonces Cecilia y Fructuoso le explicaron lo que habían conseguido entre todos, trabajando en familia con una sola cabeza, pero con muchas manos a partir del dibujo de Fructuoso, siguiendo las indicaciones de doña Teresa, y la feliz ocurrencia de fabricar de antemano todas las piezas con la piedra de Dios que sacaban de la cantera de Becerril que se labraba que daba gloria. Fructuoso hacía las caras, Mateo le ayudaba con los cuerpos y las telas mojadas y Juan se ocupaba de las arquitecturas, los monstruos y los arabescos.

—Eso es lo que yo buscaba con la cabeza, pero que no encontraba con el corazón —dijo el maestro Mateo—. Así que estando delante del Cristo quise mirarle directamente. Con permiso de los vecinos subí a la casa de enfrente y me asomé al balcón para hablarle cara a cara... Y, de repente, ocurrió el milagro. El Cristo que tenía enfrente no era un Cristo de piedra, era un Cristo de carne y hueso, un Cristo resucitado que me miraba a los ojos como un juez y movía los labios y me hablaba con severidad llamándome por mi nombre. ¡A mí, pobre pecador, me llamaba por mi nombre! Y los vecinos también oyeron lo que me decía: «Estás ciego, Mateo, miras hacia afuera desde tu cabeza y tienes que mirar dentro de tu corazón y enderezar tu vida desde su principio. ¿Dónde está tu hijo, Mateo? ¿Dónde está tu hijo? Si quieres acabar tu pórtico, vete primero a buscar a tu hijo y con él encontrarás a su madre. Tendrás limpio tu corazón y aclararás tu cabeza».

El joven Mateo, que estaba embelesado y no cabía en sí de gozo de que el Cristo hubiera preguntado por él al maestro, quiso comprobar si había más testigos del portento.

—Padre, ¿oyeron los vecinos todo lo que os decía el Cristo? —preguntó.

—Solo escucharon lo último. «¿Dónde está tu hijo, Mateo? ¿Dónde está tu hijo?». Ellos me dieron señal de vosotros y dónde podría encontraros para llevaros conmigo. ¡A todos, claro está!

—Pero nosotros no podemos acompañaros por ahora. Tenemos que acabar el monasterio de Aguilar, y después la iglesia de Piasca. Es nuestro pueblo y nos lo acaba de encargar el prior Petrus Albus... Y tenemos pendientes un montón de trabajos. Tendríamos que cerrar el negocio de la cantera. Sería un honor para nosotros acompañaros a Santiago. Un gran honor. ¡Nada nos gustaría más que trabajar con un arquitecto como vos, maestro, y ayudaros a acabar la catedral de Santiago! Pero ahora es imposible, imposible, imposible. Tenemos un compromiso con doña Teresa y don Nuño, que están muy ilusionados con este monasterio —dijo Fructuoso, temeroso de que Cecilia le abandonara—. Nos encantaría ir con vos, pero en este momento no podemos de ninguna de las maneras. Quizás un poco más adelante.

—Nosotros no —dijo Cecilia—, pero a lo mejor Mateo puede ir con su padre una temporada.

—En lo que a mí respecta, si el maestro quiere —dijo rápidamente el joven Mateo, sin atreverse a llamarle «padre»—, yo me voy ahora mismo. Pero me gustaría que mi madre me acompañara, aunque luego se vuelva —pidió.

La víspera de la salida de la embajada real hacia Francia, los obispos de Toledo, Palencia y Burgos, que estaban preparando el viaje con don Nuño, solicitaron una entrevista privada con el soberano. Una vez que hubieron cambiado los saludos y las reverencias de rigor, tomó la palabra el primado don Cerebruno.

—Majestad, no podemos emprender un viaje tan importante para vos y para la salud del reino si no resolvemos antes un asunto que nos llena de preocupación y de zozobra. Dado que la futura reina de Castilla es ahora solo una niña, tardaréis varios años en consumar el matrimonio. Quizás nadie os haya dicho que su madre, la reina Leonor de Aquitania, muy ducha en las lides cortesanas, ha apartado para su hija un cortejo de dueñas y damas de compañía dispuestas a montar una corte a medida de su reina y a defender con uñas y dientes sus derechos y su honor. ¿Cuánto tardarían el rey don Enrique de Inglaterra y doña Leonor de Aquitania en reclamar a su hija si, durante este tiempo, fueseis encontrado en adulterio?

Don Alfonso estaba apabullado y no sabía adónde mirar.

—¿Cree su majestad que nosotros, obispos de Castilla y de Toledo y todos los nobles que nos acompañan, podemos viajar a Burdeos para traeros a la reina sin garantías absolutas de que no tenemos que hacer un viaje de vuelta para devolvérsela a sus padres llenos de oprobio y de vergüenza porque nuestro rey nos ha deshonrado a nosotros y a ella?

—¿Os imagináis un primogénito bastardo y judío aspirante a la corona de Castilla? —intervino el canciller Raimundo—. ¿Qué haría vuestro tío don Fernando que no haya hecho contra vos, a pesar de que sois el hijo legítimo de su hermano el rey don Sancho?

—¿Pensáis que los nobles y los caballeros se quedarían de brazos cruzados? ¿Y que el pueblo, en cuanto hubiera una hambruna o una peste, no incendiaría las juderías y asaltaría las sinagogas? —continuó don Cerebruno.

—¿Dónde está vuestro honor y el de vuestra familia? ¿Dónde el buen sentido? ¿Dónde el juicio sosegado? ¿Qué se hizo de vuestra prudencia? ¿Adónde fue a parar vuestra mesura? Estáis jugando con fuego y vos lo sabéis perfectamente. Por el amor de Dios, señor, recobrad el juicio y la sensatez, que toda la cristiandad os está mirando y tiene puestas en vos las más grandes esperanzas. Y no nos hagáis recurrir al Santo Padre, que él tiene el poder de atar y desatar, y si os lanza excomunión y os pone en entredicho, perderéis el reino, os perderéis vos y perderéis a la judía —explicó don Pedro, el obispo de Burgos.

Los argumentos de los obispos eran inapelables y las amenazas creíbles. En aquella partida del amor, la reina Raquel estaba indefensa y por su culpa el rey estaba en jaque. Pero le ofrecían generosamente unas tablas dignas, si entregaba a su reina inmediatamente. Como le había anunciado Teresa, entre la cabeza y el corazón del muchacho se estaba librando una batalla formidable. La batalla entre el deber y el placer. Entre el honor y el amor. Conocía por boca del difunto don Manrique el triste final de la ciudad de Troya. Aunque la guerra aún no había empezado, tenía a un ejército de obispos delante de las murallas de la ciudad ofreciendo levantar el asedio si el príncipe Paris devolvía a la bella Elena.

El muchacho, no pudiendo resistir más aquellas amenazas insoportables, entrecruzó las manos y las levantó al cielo, como pidiendo perdón, y dijo con la voz entrecortada:

—Comprendo muy bien vuestras sabias razones, eminencias, pero ¡por Dios!, no sigáis abochornándome y amenazando a Raquel. Sabéis bien que si tengo que elegir entre el deber y el amor siempre elegiré... el deber. Eso es lo que me habéis enseñado y eso es lo que nos manda el Señor. —Puso una rodilla en tierra y colocando la mano en el corazón, continuó—: Traed la cruz que, tal como me habéis pedido, juro ahora mismo que dejaré a esa mujer. Pero tenéis que jurar conmigo que nadie le hará daño ni ahora ni en el futuro a causa de su relación conmigo, porque ella es completamente inocente y el único pecado que ha cometido ha sido ayudarme a pasar en su carreta por la puerta de Toledo y dejarse querer. —Y a continuación añadió—: Haced que venga Teresa. Ella sabrá hacerlo del modo que cause el menor quebranto y sufrimiento a mi amada. Y cuando venga, dejadnos solos, que ahora ya no se trata de una cuestión de estado, sino un acto íntimo de caridad. Tengo que encontrar el modo de reparar el daño que he hecho a Raquel y la forma de evitar el que puedo causarle de ahora en adelante.

Teresa no se vio sorprendida por la llamada del rey, y se alegró de que pidiera su consejo porque era la confirmación de que confiaba en ella plenamente.

—Sed comprensiva con él que ahora os necesita más que nunca —le dijo el obispo Raimundo—. El rey ha entendido lo esencial del asunto y ha jurado dejarla para siempre.

Cuando Teresa entró en el salón del reino, el rey tenía la mirada perdida, después agachó la cabeza y se quedó con la mira fija, clavada en el suelo.

«Aquí quisiera yo que estuviera el cardenal Jacinto para ver cómo se las ingeniaba con el muchacho, que no es lo mismo contar lejanas historias de amor que reparar los destrozos que causan los amores imposibles», pensó Teresa, que tampoco encontraba el modo de consolar a su hija María, que andaba como un alma en pena desde el momento en que se dio cuenta de que Alfonso no solo estaba enamorado perdidamente de Raquel, sino que la había llevado a vivir con él al palacio. Y aunque estaba dispuesta a perdonarle, perdió todas las esperanzas cuando supo que lo casaban con una princesa francesa.

—Sois la única persona en quien puedo confiar en estos momentos —dijo el rey—, lo habéis demostrado sobradamente desde que me recibisteis como a uno más de vuestros hijos. Me arrancan de mi amada como a la uña de la carne, señora. Disponed las cosas que la atañen como si de una hija vuestra se tratara, salvo enviarla a un convento, señora mía. Y dejadla sana y salva en manos de sus familiares de Aguilar. —Don Alfonso tenía la respiración agitada y estaba lívido. Hizo una pausa. Carraspeó, pidió agua porque tenía la boca completamente seca—. Proveedla de cuanto necesite —continuó—, y si por desgracia se hallare alguna vez en un aprieto, haced lo que dicte vuestro honor y vuestra conciencia. Yo rezaré al Señor para que nada le ocurra. En vuestras manos pongo mi dolor y mi corazón. Decid a Raquel que la amo con toda mi alma. Y que no habrá un solo día en mi vida que la aleje de mi pensamiento.

Cumpliendo los deseos del rey, Teresa acompañó a Raquel hasta Aguilar para dejarla en compañía de Susana. Nadie las esperaba cuando llegaron al día siguiente de que lo hiciera el maestro Mateo. La más sorprendida fue Cecilia, que, al verlas, se dirigió en voz baja al maestro:

—Es ella. Es ella. La amante del rey. La mujer que acompaña a Teresa es la causante de la aflicción y melancolía de nuestro Mateo.

—Pues nuestro hijo tiene muy buen gusto.

—Y la muchacha buen corazón, pero el rey se había encaprichado con ella. Y ante eso...

Teresa no esperaba que la persona que se encontraba junto a Cecilia tomando apuntes del sarcófago fuese el maestro Mateo. Después de dejar que los viejos conocidos se saludaran efusivamente y recordaran los felices tiempos de la buhardilla de Compostela, se excusó con el maestro y se alejó con su hermana para averiguar el motivo de la llegada trayendo consigo otra vez a la muchacha judía.

—¿Pero cómo me traes a Raquel ahora que mi hijo levantaba la cabeza y estaba dispuesto a marcharse con su padre a Compostela? ¿Cómo se te ha ocurrido semejante disparate?

—Déjame que te explique. Los obispos obligaron al rey a jurar que jamás se encontraría con la muchacha y el rey me pidió con lágrimas en los ojos que la dejara en casa de los familiares que ella eligiera, y aquí estoy, para dársela a Juan y Susana.

—¿Os la encomendó para que la cuidarais como a una hija y dijo que os llevabais su corazón y que nunca la iba a olvidar en su vida? —preguntó Cecilia.

—¿Cómo lo sabes? —dijo Teresa.

—Porque eso mismo me dijo a mí cuando la traje la otra vez con nosotros. También me dijo que no la metiéramos en un convento. Ahora sí que tengo que macharme a Galicia sin dudarlo y sacar de aquí a mi hijo cuanto antes, no vaya a ser que, ahora que ha encontrado a su padre y se le ha pasado la melancolía, le entre otra vez el antojo por la muchacha.

—Nos veremos en Santiago, porque he prometido a mis hijos llevarles a Monterroso este verano aprovechando el viaje a Francia de su padre.

Para sorpresa de ambas, cuando llegó el joven Mateo, recibió a la muchacha con grandes muestras de alegría y le dijo que había venido su padre a buscarle para que trabajara con él en la catedral de Compostela y que también le acompañarían su madre y su abuela Teodomira.

«Tengo que separarle de esa dichosa mujer. Fructuoso sabrá entender que me vaya una temporada con mi hijo», se dijo Cecilia, llena de dudas y temores, porque pensaba que, en su ausencia, Raquel se haría cargo del taller de ornamentos y pasaría muchas horas a solas con Fructuoso. Él era un hombre en plena madurez, rebosante de fuerzas y de proyectos, y Raquel, con el paso de los días, se iría desengañando de aquel amor imposible por el rey y los trabajos cotidianos le harían bajar de la luna y regresar a la tierra. En su cabeza restallaban como un látigo sus propias palabras. «Llevará a la ruina a todos los que se enamoren de ella. El que se bañe en las lágrimas de sus ojos se ahogará en el lago de las desdichas sin remisión». Pero tiraban tanto su hijo y su madre hacia Galicia que, aun a riesgo de equivocarse, decidió marcharse con ellos. «En cuanto a Raquel y Fructuoso, ocurrirá lo que tenga que ocurrir y será lo que Dios quiera», se dijo al partir, mirando hacia adelante.

Teresa sabía que perdía mucho con la partida de Cecilia y Teodomira, pero pensaba que era una buena decisión: «Vivir con un padre arquitecto de Compostela es lo mejor para Mateo, y una gran oportunidad para Cecilia poder colaborar con un artista de renombre del que siempre estuvo enamorada y que no desmerece en nada a los artífices de la Antigüedad».

Mientras la humilde comitiva viajaba a Compostela para iniciar una nueva vida, los obispos y nobles de Castilla, entre ellos Nuño, lo hacían hacia Francia para buscar a la nueva reina de Castilla. El viaje por mar, desde Burdeos a Santander, de un séquito tan numeroso como el que acompañaba a la reina era totalmente impensable. Para facilitar el desplazamiento por tierra, firmó el rey un tratado de paz con el reino de Aragón en el mes de junio, que permitió la llegada del cortejo real por Somport y Jaca, sin pasar por Navarra.

Al llegar a lo alto del puerto, doña Leonor, que no era más que una niña cuando la separaron de su familia, pasados los momentos de euforia y alegría por alcanzar el sueño de toda princesa de casarse con un joven rey del que le habían contado maravillas, se dio cuenta de que aquel sueño iba en serio y que, al igual que la cara sonriente de la luna, tenía su lado oculto y tenebroso. Al poner su pie en tierra extranjera iba a dejar atrás para siempre una infancia dichosa y afortunada: sería expulsada del paraíso para entrar en un mundo desconocido por completo. En un arrebato de coraje y amor propio, ordenó detener la comitiva, se volvió sobre sus pasos y se quedó un rato mirando hacia el norte, y saludó a las montañas francesas con el pañuelo con el que se enjugaba las lágrimas.

—¡Adiós, dulce Francia de mi sueños, que ya nunca volveré a pisar tu tierra! —se despidió—. ¡Adiós, pequeño Juanito, que no te veré crecer! ¡Adiós, Ricardo de mi corazón, el más valiente y hermoso de todos los príncipes...! ¡Adiós, hermanos y hermanas, que os iréis por esos reinos del mundo como a mí me toca ahora! ¡Adiós, madre de mi vida, la más alegre y hermosa de todas las reinas de la tierra! ¡Adiós, padre, el más grande de todos los reyes que existen...! ¡Adiós a todos vosotros, mis seres queridos...! ¡Adiós para siempre, adiós!

Después se volvió hacia Hispania y, al oír a un grupo de peregrinos una melodía que le resultaba familiar porque su madre se la cantaba a Juan y Ricardo, le salió la vena de su bisabuelo Guillermo el Trovador y se unió al grupo entonando con ellos el romance de don Gaifeiros de Mormaltán, que era precisamente su abuelo Guillermo de Aquitania, que había muerto en la catedral de Compostela cuando todavía vivía Gelmírez.

Adónde va aquel romero, mi romero adónde irá,
camino de Compostela... no sé si allí llegará.
Los pies lleva llenos de sangre y no puede más andar
desgraciado, pobre viejo, no sé si llegará.
Tiene larga y blanca barba, ojos de dulce mirar.

El rey don Alfonso, que todavía no había cumplido quince años, esperaba a Leonor, que solo tenía diez, para celebrar los esponsales en Tarazona, población situada a la vera del Moncayo, en una zona de Aragón limítrofe con Navarra y Castilla.

«Aunque es un poco mayor, no es tan guapo ni tan fuerte como mi hermano Ricardo, pero no está mal del todo este Alfonso de Castilla que me han adjudicado», se dijo Leonor, soltando un suspiro de alivio nada más verle.

No había nerviosismo ni impaciencia, simplemente curiosidad, en el joven rey don Alfonso. Poner en competición a una hermosísima mujer hecha y derecha como Raquel con una niña como Leonor era tan imposible como comparar los brumosos y verdes paisajes de Normandía y de Bretaña y las infinitas llanuras de Aquitania con los secos campos de finales del verano en Aragón, que, aunque tenían como telón de fondo el Moncayo, le parecieron a la princesa desoladores. Como en aquella zona predominaban los pueblos de arquitectura morisca, si Alfonso no hubiese ido acompañado de obispos y vestido como un caballero cristiano, habría creído que la llevaban a casar con el califa del norte de África.

Al rey se le hicieron aburridísimas las presentaciones de tantos obispos, nobles y magnates, el ceremonial de los esponsales, las comidas, cenas y despedidas. A pesar de que ese día estaba verdaderamente cansado, nunca llegaba la hora de irse a la cama. Cuando por fin le llevaron al palacio del obispo de Tarazona, observó con agrado que le habían reservado un lecho muy confortable y espacioso y que les habían dado a él y a la reina niña habitaciones distintas.

Aunque hacía ya cuatro meses que le habían separado de Raquel a la fuerza, cumplió fielmente la palabra que le diera a través de Teresa de que no habría un solo día en su vida que no estuviera en su pensamiento. Y aquella noche tan señalada no podía faltar a la cita.

Instantes después de caer rendido en la cama disfrutaba del sueño que necesitaba, pero cuál no sería su sorpresa cuando al cabo de un rato soñó que le despertaba el abrazo de una mujer. Temeroso de que fuera la reina, se estiró todo lo que pudo intentando separarse de ella para bajarse del lecho, pero la mujer le abrazaba con tanta fuerza que le era imposible soltarse.

Lo abracé, y no le he de soltar
hasta que no lo haya introducido
en la casa de mi madre,
en la alcoba en la que me engendró

—Soy yo, rey mío, y no huyáis, que no quiero dejaros solo cuando más me necesitáis.

—¡Ay, Raquel, que si esto no es un sueño, vas a ser mi perdición, que me han casado esta mañana! ¿Cómo has podido llegar hasta aquí?

—El amor no conoce fronteras, atraviesa todos los obstáculos y se salta los muros cuando el amado le llama. Por eso he venido hasta aquí sin dudarlo un instante y acudiré a vuestro encuentro siempre que me necesitéis.

—¿No estabas con Susana en Aguilar?

—Estaba —le respondió—. Pero ahora estoy con vos para haceros feliz. Daos la vuelta y poneos mirando hacia mí. ¿Sabéis dar besos?

—He tenido una buena maestra.

Mientras ella le besaba apasionadamente en la boca, él no permanecía de brazos cruzados.

—¡Tienes las tetas duras y suaves plumas entre las piernas!

—¿Veis como soy yo? Nada de sueños. Soy Raquel de carne y hueso. La misma que conocisteis en Toledo.

Alfonso no las tenía todas consigo y para comprobar si estaba viviendo un sueño o era una realidad tangible, volvió a palparle los pechos y a buscar las plumas entre las piernas una y otra vez. Ella le palpaba a su vez y le decía: «Y tú no estás circuncidado. Y tú no estás circuncidado. Y tú no estás circuncidado». Y gimiendo y suspirando recitaba:

Levántate, Aquilón, Austro, ven;
soplad en mi jardín, y exhale sus aromas.
¡Entre mi amado en su vergel y coma sus frutos exquisitos!

El rey, temeroso de que todo aquello fuera un sueño, que, aunque real como la vida misma, pudiera desvanecerse como el humo de una vela que se apaga, trataba de prolongar su estancia en el vergel de la amada todo lo que fuera posible, pero era tanta su excitación y tanto el placer que sentía que le hizo despertarse justo cuando llegaba a la cumbre.

—Menos mal que solo era un sueño. ¡De buena nos hemos librado Raquel y yo, porque si hubiera sido realidad y nos llegan a sorprender los obispos...! Pero ella estaba conmigo y hemos pasado juntos una noche inolvidable.

Al ver que estaba mojado, se dijo: «Ha sido un sueño tan real como la vida misma. ¡Daría la mitad de mi reino para conseguir que Raquel me visitara a menudo para proporcionarme estos placeres!».

Pero Raquel ya no estaba con el rey, sino que sufría un nuevo destierro en el que se sentía como una hoja que el viento mece a capricho.

—Ni que fuera una apestada. También estos parece que han salido huyendo de mí —le había dicho a su hermana al poco de volver, refiriéndose a Cecilia y al joven Mateo.

—No exageres, mujer. Nos han dejado la casa y el taller de los ornamentos —dijo Susana—, y pienso que no nos faltarán los encargos.

Los primeros meses en Aguilar todavía mantenía Raquel la esperanza de que el compromiso de Alfonso con Leonor se deshiciera por alguna circunstancia imprevista, pero la perdió por completo cuando volvió don Nuño haciéndose lenguas del séquito nunca visto, la magnificencia de la corte de doña Leonor de Aquitania, lo vistosa que había sido la ceremonia de los esponsales en Tarazona y, sobre todo, del gran acierto que había sido la elección de la reina.

—Yo creo que contó todas estas cosas a doña Teresa aprovechando que estábamos nosotras delante para quitaros a María y a ti al rey de la cabeza —dijo Susana—. ¿No te diste cuenta con cuánto entusiasmo recitaba las virtudes de la reina, lo ingeniosos y divertidos que eran los trovadores y la calidad de las damas y acompañantes que traía consigo? Ni que hubiera casado a su hijo Fernando con ella.

—Claro que me fijé, y también en la cara de pena que ponía la pobre María, que siempre tuvo ardiendo la llama de la esperanza y cuya única aspiración en su vida ha sido casarse con el rey. ¿Sabes, Susana? He recordado siempre lo que me dijiste una vez en Toledo: «Yo me aprovecharía todo lo que pudiera. Procuraría que me hiciera rica, me daría la buena vida y cuando se cansara de mí..., pues me buscaría un marido como Dios manda. Y si puede hacernos ricos a todos, mejor que mejor», pero me advertiste de que nunca se casaría conmigo porque soy judía y plebeya, que como mucho me haría su concubina.

—Pues ya ves, le han casado con otra antes de que se cansara de ti, pero ni te ha hecho rica a ti ni a nosotros, y en vez de tenerte de concubina, te ha tenido de camarera, acosada por toda su corte, y al final te han mandado al destierro. ¿Qué has sacado en limpio, hermana? No hace falta que me contestes. Unos cuantos sofocos y unos pocos revolcones, y te has dejado la virginidad por el camino. Pero de nada sirve llorar cuando se rompe el cántaro de leche. Hazme caso y búscate un marido como Dios manda. Tienes dieciocho años, cada día eres más hermosa, estás en la flor de la vida y tienes derecho a disfrutar de ella. No te quedes llorando como una viuda. Para muchas mujeres el haber sido amantes del rey no es un desdoro, es una distinción, y para el hombre que se case con ella no es una deshonra, es un orgullo y un premio, sobre todo si ella llevara dote, pero en tu caso ni eso. Que, al menos, te podían haber regalado una heredad... o una rentas, como a nosotros.

—No aguanto más este destierro. Lo mejor sería que me dejaran volver pronto a Toledo. Allí tendría muchos pretendientes y padre me podría buscar algún comerciante rico o un banquero. Aquí, como no sea alguno de los hijos de los condes... Pero Fernando es muy orgulloso y Álvaro es muy joven...

—Estás tonta. ¿Pero es que no piensas escarmentar? ¿Cómo piensas que lo iban a consentir don Nuño y doña Teresa? Lo peor que te puede ocurrir es que se fijen en ti y quieran gozar de tus favores por capricho. Los ríos corren hacia abajo y el vacío que causa la ausencia del ser amado y el sufrimiento de las cuitas de amor se mitigan o curan con el trabajo, y una nueva compañía. Y sobre todo, ¡olvídate de una vez del rey don Alfonso, que ya está casado y bien casado con doña Leonor! —terminó concluyente Susana.

28

A pesar de que los contrayentes eran dos niños, el matrimonio de Alfonso y Leonor había contado con todas las bendiciones de la Iglesia porque no había ninguna relación de consanguinidad entre los contrayentes. No había ocurrido lo mismo con el matrimonio de Fernando de León con su prima Urraca de Portugal, celebrado sin dispensa eclesiástica en 1165. El papa estaba decidido a anular esa unión por razones de consanguinidad.

La situación irregular de los reyes de León era de sobra conocida por la cúspide de la Iglesia, pero se había esperado a que tuvieran descendencia, que era la función suprema de los matrimonios de los monarcas. El deseado alumbramiento había tenido lugar el día 15 de agosto de 1171. Fernando y Urraca pusieron al niño por nombre Alfonso, como sus abuelos, el rey de Portugal y el emperador. En virtud de lo acordado en el Tratado de Sahagún, si su primo don Alfonso moría sin descendencia, el recién nacido heredaría también el reino de Castilla.

Aunque era sabio y rico y ya tenía una edad avanzada como para llevar una vida retirada, el cardenal Jacinto Bobone aceptó volver a Hispania como legado pontificio. El papa Alejandro III quería acabar las guerras entre los reinos peninsulares que debilitaban la causa de la cristiandad en su lucha contra los almohades, cuyas incursiones llegaban hasta las puertas de Toledo.

Parecía como si el nacimiento del heredero del reino de León hubiese alterado el normal comportamiento de las estaciones del año. Las inundaciones anegaron los campos, y no se pudo recolectar lo que no se pudo sembrar. Los ríos bajaban turbios y estaba sucia el agua de los manantiales.

Hasta el legado pontificio enfermó de diarreas en Zamora, ya fuera por culpa de las aguas infectas o del mal estado de los alimentos, y dado que ya tenía sesenta y seis años, se llegó a temer por su vida. Sabiendo que podían perder al mejor de sus abogados, le visitó el rey de León.

—Aquí me tenéis, majestad, postrado en el lecho del dolor en medio de mis propias inmundicias. Pero no vengáis a despediros, que parece que el Señor no quiere llevarme a juicio todavía.

Aunque le había vuelto a ver durante el Concilio de Valladolid, Jacinto recordaba al Fernando de Monterroso como un adolescente atolondrado que se acostaba con una hermosura como Teresa cuando estaba en la flor de la vida mientras él mismo lo hacía furtivamente con Teodomira, siempre temerosa de que su hija Cecilia los descubriera en aquellos trances tan pecaminosos.

—Tan pronto como hemos sabido de vuestra grave dolencia hemos venido a vuestro encuentro para ponernos a vuestra disposición y para consolaros en vuestra enfermedad. Os lo merecéis, cardenal, por el amor que siempre nos profesasteis desde los tiempos de vuestra peregrinación. No parecéis estar muy grave, cardenal. Peor estabais cuando os trajeron malherido al castillo del conde de Traba... ¡Con cuánto placer recordamos lo amenos que eran vuestros relatos!

—Lo que eran sustanciosos eran los cangrejos que nos servían. Se os iban los ojos y las manos tras ellos.

—Entonces yo era muy joven y no sujetaba mis impulsos.

—Pero ahora, sin embargo, habéis crecido en estatura y en poderío. Como un nuevo Alejandro, se cuentan vuestras victorias en las batallas. Mucho agradaría al Santo Padre que en adelante dirigierais vuestros ejércitos solamente contra los enemigos de la fe de Cristo.

—Haremos siempre la voluntad del papa en aras de la expansión del reino de Dios en la tierra.

—Es lo que le corresponde a un corazón generoso como el vuestro, famoso por vuestra magnanimidad con los servidores de la Iglesia, porque han llegado a nuestros oídos las innumerables mercedes y donaciones que hacéis a los obispos y a los abades.

—Lo hacemos por la salvación de nuestro padre el emperador, de nuestra alma y la de nuestra esposa, la reina doña Urraca.

—Reina, de momento sí, pero lo de esposa... lo tiene que confirmar el Santo Padre otorgando dispensa a un matrimonio nulo de pleno derecho por razones de consanguinidad —le dijo Jacinto en tono admonitorio, para después mostrar su cara más afectuosa—: Los obispos de vuestro reino, aparte de vuestras obras, son vuestros mejores abogados y sus argumentos serán escuchados con la mayor atención por el papa —añadió, sabiendo que el rey había venido hasta Zamora para conseguir una respuesta afirmativa.

—Estoy convencido de que, gozando de la confianza del papa, conoceréis su respuesta de antemano. ¿Será válido mi matrimonio con doña Urraca? —preguntó don Fernando impaciente.

«Ni decir no ni decir sí, y mientras tanto decir no a fuerza de no decir sí», pensaba Jacinto, aplicando el lema de su acción diplomática.

—Mi misión me obliga a obrar con prudencia; pero el juicio es potestad del Santo Padre, que no solo representa a Cristo en la tierra, sino que también es doctor en derecho canónico por Bolonia. Vos, sobre todo, combatid con contundencia al califa Abú Yacub, que ha pasado con sus tropas a Hispania y es el enemigo de Dios y de la Iglesia. Pero si queréis un consejo, insistid en las obras de caridad con los menesterosos y seguid con vuestros generosos donativos a los servidores de la Iglesia.

Tan agobiado estaba el rey don Fernando que, para dar una prueba más de su buena disposición, se desprendió de su anillo de oro y piedras preciosas y se lo entregó al cardenal.

—Como muestra de mi fidelidad a la Iglesia y de acatamiento, os hago entrega de mi anillo para que se lo deis al

Santo Padre a vuestro regreso. —Y después de besarle la mano, salió del aposento sin darle la espalda en ningún momento.

La reina Urraca le esperaba hecha un manojo de nervios.

—¿Podemos albergar alguna esperanza? ¿Qué os ha dicho el cardenal de lo nuestro, esposo mío? —preguntó ansiosamente.

—Nada nuevo. Que seamos muy generosos. Pero como tarde mucho en decidir, el papa Alejandro llevará a la ruina al reino de León.

En aquellos tiempos doña Leonor, que era muy limosnera, llegó a Aguilar con un pequeño séquito en el que destacaba su ecónoma sor Dorotea, una de las dueñas que había traído consigo la reina desde Francia. Se dirigía desde Burgos a Santander, recorriendo las villas y castillos que le había asignado como dote el rey don Alfonso, para cobrar las rentas que le correspondían y con ellas mitigar los desastrosos efectos de las inundaciones que provocaron las lluvias torrenciales causantes de una hambruna que hacía enormes estragos en la población.

—Durante nuestro recorrido por los campos de Castilla, hemos podido comprobar que los mendigos y vagabundos bordean los caminos, acampan desordenadamente en los bosquecillos de las proximidades de las villas y se hacinan a las puertas de las murallas. Sabemos que mueren los niños, mueren las madres y también los animales, y por todas partes donde vamos no hay otra cosa que sufrimiento y desolación —explicó sor Dorotea a Teresa, al abad Miguel, al gobernador del castillo don Álvaro Núñez de Lara y a su esposa doña Mencía, que les recibieron a su llegada.

—Yo no había visto en mi vida una cosa semejante —intervino Teresa—. Estamos a disposición de su majestad para mitigar el sufrimiento de las gentes de inmediato.

Sin perder un solo minuto se encaminaron al monasterio de Santa María. Una vez reunidos en la sala capitular, la reina pidió al abad Miguel que pusiera a todos los frailes, legos, criados y obreros en disposición de acoger a los niños abandonados, alimentar a los pobres y cuidar a los enfermos. A continuación, visitaron la cilla para comprobar las existencias de cereales, legumbres, nabos, quesos y otros alimentos disponibles. Después de hacer una reverencia a la reina, sor Dorotea sugirió unas cuantas medidas dictadas por su gran experiencia y eficacia para atender a los menesterosos.

—Mientras dure la actual situación de falta de alimentos, se debería dejar pescar libremente en arroyos y ríos, autorizar la caza menor en lastras, montes reales y del monasterio, y permitir la recogida de raíces, nabos y tubérculos. Sería deseable que el monasterio comprara gallinas, cabras, ovejas y vacas para garantizar la producción de huevos y leche para hacer quesos y para ello se deberían instalar granjas en las tierras cercanas al convento.

—¿De dónde sacaremos todo el dinero necesario para comprar animales y atender a tantos como lo necesitan? —dijo desolado el abad Miguel, que no estaba preparado para tamaña empresa.

—Dios y su majestad proveerán generosamente, padre abad —dijo Teresa—. Y además, nuestra familia pondrá a disposición de vuestra reverencia las tierras que hay desde la muralla de Aguilar hasta el convento.

—Haremos de la necesidad virtud —se conformó el abad Miguel, que pensó: «La reina se irá, la hambruna desaparecerá, pero la enfermería, los establos y las granjas se quedarán con nosotros, y al final de todo esto seré el abad de uno de los monasterios más poderosos de toda Castilla».

Un sol mortecino doraba las arquerías del levante y se colaba hasta las húmedas losas de la sala capitular. Las golondrinas revoloteaban en el cielo y el risco calizo que daba agua y abrigo al cenobio se asomaba por encima del tejado de la iglesia para contemplar a la reina, paseando con Teresa y sor Dorotea por el claustro al socaire del viento norte.

—El mundo se recoge en este lugar intermedio entre la tierra y el cielo. Con doce arquitos, tantos como apóstoles en cada lateral, invita a la oración y a la meditación porque es un ámbito de paz y recogimiento. En este lugar tan evocador esperarán nuestros restos y los de nuestros familiares la resurrección del último día ayudados por las misas y oraciones que dirán a diario los padres premostratenses —susurró Teresa.

—¡Qué claustro tan proporcionado y hermoso! Ya falta poco para que lo terminen —exclamó la reina.

—Aunque la decoración puede distraer a los monjes, se ve la mano o la dirección de un gran artista que trabaja una piedra muy delicada —dijo sor Dorotea.

—Me gustaría tener un claustro parecido en mi palacio de Burgos, pero nada de leones y harpías en los capiteles. Prefiero entrelazos o sencillos vegetales. Si Dios me da salud y larga vida, junto a mi palacio, levantaré un gran monasterio, como el de Fontevraud, que es una ciudad regida por abadesas. De allí procede sor Dorotea —le explicó Leonor—, y yo misma he pasado largas temporadas con mi madre en ese santo recinto donde los varones viven sometidos a las mujeres.

—Supongo que será un monasterio muy grande —quiso saber Teresa.

—No tanto como Cluny. Para las mujeres, las viudas y las vírgenes se construyó el convento de Santa María. Hay otro convento para varones, sean laicos o sacerdotes; el convento de San Benito para los enfermos, el de San Lázaro para los leprosos y el de Santa María Magdalena para las pecadoras, sean estas prostitutas o madres solteras.

—¡Jesús! No se ofenda su majestad si me atrevo a preguntarle, ¿qué pintan los enfermos y las prostitutas y no digamos los leprosos junto a las hermanas? No pensaréis construir junto al palacio de Las Huelgas un lazareto y un convento para prostitutas, porque los nobles castellanos no sabrían a qué carta quedarse... —dijo doña Mencía.

—Como el panteón de San Isidoro y la basílica de Santiago están en el reino de León, los reyes de Castilla queremos que en Burgos esté el de nuestra dinastía junto al nuevo monasterio cisterciense para damas de la realeza. Lazareto no haremos, pero sí un gran hospital para enfermos y peregrinos, que buena falta nos hace. Y en el palacio mandaré construir unos baños, que son tan necesarios como placenteros. Ciertamente, los reyes infieles saben vivir mucho mejor que los nuestros, porque les importa tanto la limpieza como el disfrute de los placeres del cuerpo. Se ve que para ellos no es un pecado tan grave.

Las damas salieron por el pobrero al patio donde estaba Fructuoso, en un cobertizo de tejavana, tallando para el arco de triunfo del templo un capitel que pretendía transmitir el mensaje de la esperanza en la resurrección. Estaba tan concentrado con el repique de su cincel tallando el rostro de Cecilia en el ángel que había bajado del cielo para levantar la tapa del sarcófago, tan perplejo por las idas y venidas de las Marías ante el sepulcro, tan confundido por la duda de Santo Tomás y sobre todo ensordecido por el terremoto que dejó como muertos a los guardias, que no se percató de que la reina doña Leonor y sus acompañantes estaban a sus espaldas admirados de su febril actividad.

—Como todos los operarios trabajen a este ritmo en la ampliación de la enfermería y el albergue, en unos pocos días los niños huérfanos, los enfermos y los pobres estarán acogidos en este monasterio —exclamó admirada la hermana Dorotea.

Cuando Fructuoso se giró despertando de su ensueño y se dio de bruces con la reina y sus acompañantes, no supo dónde meterse. Menos mal que Teresa tomó la palabra.

—¡Majestad! —dijo—. Este es el artífice que necesitáis para vuestro palacio burgalés. Es capaz de matar un oso con la misma facilidad con que levanta un claustro. Sirve lo mismo para ayudar al rey a recuperar Toledo que para construir los baños que precisáis en vuestro palacio.

—Nuestra benefactora exagera, majestad —replicó Fructuoso humildemente—. Lo único que hacemos es seguir al pie de la letra sus sabios consejos, aprender de su ejemplo y del de don Nuño, y aprovechar las oportunidades que nos han brindado durante muchos años.

—Condesa, ¿seríais tan generosa como para dejarle a nuestro servicio durante una temporada...? Si no hay nada que se lo impida —pidió la reina.

—Don Nuño y yo nos sentiríamos muy honrados. Aunque tendría que acabar la iglesia que sirva de panteón de nuestra familia, os imaginaréis que no tenemos ninguna prisa en ocuparlo. Y Fructuoso siempre ha estado al servicio de sus majestades.

El aludido estaba avergonzado de ser el centro de atención de aquellas personas tan principales y no sabía dónde meterse, pero encontró en los ojos y en la sonrisa de la hermana Dorotea un puerto seguro para refugiarse.

Teresa sorprendió el cruce de miradas entre el cantero y la hermana a la que venía observando desde su llegada porque su rostro le resultaba vagamente familiar.

De vuelta a la plaza de la villa, Teresa invitó a la reina a visitar el taller de bordados situado en la casa contigua a la torre. Doña Leonor quedó gratamente sorprendida viendo aquel grupo de muchachas que confeccionaban ornamentos litúrgicos para las parroquias cercanas.

A la joven reina no le pasó inadvertida la exuberante belleza de Raquel. Aquellas manos finas y delicadas, el porte aristocrático y la suavidad de sus gestos, pero sobre todo sus ojos deslumbrantes, la sensualidad de su boca, la altivez de su semblante y la perfección de sus rasgos, atrajeron de tal modo su atención, que no pudo por menos que hacer un aparte con ella.

—Perdonad, señora, mi curiosidad y acaso mi imprudencia, pero vuestro rostro me es familiar. Os he visto en alguna parte. Vos no sois de estas tierras, señora.

—Estáis en lo cierto, majestad. De Toledo provengo, y allí he dejado a mi familia durante los tres años que habito en estos confines. Pero vuestra majestad no me puede conocer porque todavía no lleva dos años en Hispania.

—Veo que estáis bien informada de los sucesos del reino.

—La noticia de la llegada de una reina se difunde como el viento.

—¿Cómo habéis venido hasta este lugar tan apartado?

—Arrastrada a mi pesar, porque sueño con Toledo.

—Mi madre siempre me ha dicho que tenemos que alcanzar nuestros sueños. Decidme cuál ha sido la causa de vuestro destierro, que trataré de remediarlo.

—No lo aconsejan ni la prudencia ni la decencia.

—¿Me lo diríais si os lo ruega vuestra reina?

—Un amor imposible me expulsó y las cadenas me retienen.

—El amor siempre es imprudente. Asalta las almenas, derriba los muros que se interponen y construye puentes en los ríos que separan a los amantes.

—Eso cantan en las cortes los trovadores y en las plazas los juglares, pero la realidad levanta murallas infranqueables.

La reina se distanció unos pasos de su comitiva para continuar la conversación con Raquel.

—Sois una mujer muy afortunada y muy habilidosa haciendo estos primorosos trabajos —le dijo.

—Nunca nos conformamos con lo que tenemos. Esa suele ser nuestra desgracia.

—Decíais que la realidad levanta murallas infranqueables. Decidme cuáles —le recordó doña Leonor.

—La religión, la raza, la naturaleza, la cuna y la fortuna.

—Un amor verdadero salta por encima de cualquier barrera para encontrarse con el amado.

Raquel estaba sumida en la confusión, porque a esas alturas de la conversación no adivinaba si doña Leonor sabía o no sabía quién era ella, y sospechaba que la estaba poniendo a prueba.

—Mi madre, la reina de Inglaterra, dice que, aunque creamos que vivimos en un palacio, todas las mujeres habitamos en un convento en el que cumplimos con nuestras obligaciones. Con pocos o muchos hijos y con un esposo al que vemos de vez en cuando y al que tenemos que complacer.

—A nosotras nos complace hacer nuestras delicadas labores.

—A mí me complacen vuestra prudencia y vuestra mesura.

—Viniendo de vuestra majestad, estas palabras me halagan y me confunden porque no merezco semejantes cumplidos.

—Salen de mi corazón y como prueba de la admiración que os profeso me gustaría teneros por mi camarera en estas tierras del norte y después llevaros conmigo a mi corte burgalesa. Pienso que vuestra compañía levantará mi ánimo y aliviará la tristeza que me producen tantas penalidades como contemplo a diario.

Raquel intuía que la joven reina tenía el don de ser astuta como una serpiente, curiosa como una lechuza y cándida como una paloma, pero dudaba en aceptar su oferta, porque en la corte de Burgos era público y notorio que había sido la amante del rey y por ello temía que su regreso en compañía de la reina podría causarle problemas.

—Si vuestras obligaciones os lo impiden —dijo Leonor, al ver que Raquel dudaba—, podéis rechazar mi ofrecimiento con toda franqueza. Lo entendería perfectamente.

—Quién podría rechazar un honor semejante, majestad. Os serviré en todo lo que sepa y pueda.

—Estoy segura de que sabréis hacerlo a las mil maravillas. Y podréis enseñarme todo aquello que pertenece al reino de la experiencia.

—Obedeceré en todo lo me dictéis vos y mi conciencia.

—¿Conocéis el mar?

—Nada me gustaría tanto, pero no encuentro el momento justo ni la compañía deseable para emprender semejante aventura.

—Pronto nos encaminaremos a Santander, que me han dicho que es lo más parecido a mi tierra natal en el norte de Francia que tanto añoro.

Fructuoso, mientras tanto, por encargo de Teresa, trataba de poner a punto los baños de la torre que llevaban un tiempo fuera de servicio. Sor Dorotea le había acompañado por indicación de la reina para aprender su funcionamiento.

—Algo parecido desearía construir su majestad en su palacio de las afueras de Burgos —dijo la dueña—, pero los quiere al estilo moro, como los del alcázar de Toledo. El suelo tibio, el agua caliente o fría y también los vapores...

—¿Acaso los conocéis?

—Naturalmente. Soy una de las dueñas de confianza de su majestad, y la acompaño donde quiera que vaya. Me ocupo de que se haga a su gusto todo lo que la concierne. Ese fue el encargo que me hizo doña Leonor de Aquitania cuando vivía en Fontevraud y me encomendó el cuidado de su hija cuando la enviaron a Castilla.

—Yo llevo media vida dentro de un monasterio y media vida fuera de él. Me abandonaron a sus puertas nada más nacer, pero me recogieron los frailes antes de que me devoraran las alimañas.

—Lo sabía antes de que me lo dijerais —le interrumpió ella, conmovida por esa muestra de confianza—. Los hijos del convento sois de otra naturaleza. Se nota que no pertenecéis al mundo o que el mundo no os pertenece. No termináis de aprender sus leyes, sobre todo con las mujeres... Pero no decís verdad cuando afirmáis que lleváis media vida fuera, porque para poder labrar un claustro como vos habéis hecho, tenéis que haber pasado toda la vida dentro de los monasterios.

Fructuoso se quedó pensando en lo que le había dicho aquella hermana tan activa que acompañaba a la reina. Por primera vez se dio cuenta de que era un poco más joven que él y muy agraciada además. Desde que la había visto por vez primera en el monasterio la había considerado como una religiosa llena de energía, pero contemplándola a la luz de los hachones de cera en la penumbra de los baños, se dio cuenta de que detrás de aquellos ojos negros había una mujer que le observaba con curiosidad y debajo de los hábitos se adivinaba el cuerpo de una hermosa doncella.

En ese momento, entraron Teresa y doña Leonor, que quería ver con sus propios ojos esos baños de los que todo el mundo se hacía lenguas en Aguilar.

—¡Quiero unos baños como estos en Burgos, y los quiero cerca de un claustro maravilloso! —exclamó—. Espero que sor Dorotea rece lo bastante para que acabéis cuanto antes lo que os falta del claustro de Santa María y vengáis a Burgos a construirlos en el palacio de Las Huelgas que me ha regalado el rey don Alfonso —dijo la reina antes de quedarse en ellos asistida por su dueña.

—Veo que os place la acompañante de la reina, Fructuoso, y aparte de buena presencia parece de amena conversación. Y es una monja inteligente, porque ha sabido apreciar vuestro trabajo como se merece y parecía estar muy interesada por el funcionamiento de los baños —comentó Teresa cuando se quedó a solas con Fructuoso.

—Habéis acertado en todo, señora. Sor Dorotea es una hermana muy directa y muy llana y le han complacido mucho los baños, porque le recuerdan un poco los del alcázar de Toledo.

En el camino hacia Santander, la comitiva real hizo alto en la iglesia de Cervatos, cuyos capiteles y canecillos, con escenas procaces, despertaron la curiosidad de doña Leonor, que preguntó por su significado a sus acompañantes. El abad Miguel se apresuró a contestarle.

—Me parece escuchar a San Bernardo que estaba contemplando esta iglesia cuando escribía: «¿Qué hacen allí esas ridículas monstruosidades, esa belleza horriblemente desfigurada y esa perfecta fealdad? ¿Qué hacen allí monos impuros? ¿Qué los salvajes leones? ¿Qué los monstruosos centauros? ¿Qué los semihombres? ¿Qué los guerreros combatientes? Allí ves bajo una cabeza muchos cuerpos, y allá sobre un cuerpo varias cabezas... ¡Por Dios! Si no se avergüenzan de tales tonterías, ¿por qué no se arrepienten de los gastos?». Y creo que se quedó corto, porque el prior que construyó esta iglesia dejó actuar al cantero a su libre albedrío, y este, con el pretexto de fustigar el vicio de la lujuria, ha desplegado tal panoplia de escenas y variantes del pecado, que más parece invitar a cometerlo que amenazar al que tal haga con el castigo del infierno.

Camino de Santander, el paisaje se encrespaba, ondulaba y se hacía cada vez más verde a medida que descendían por la vieja calzada acercándose a la mar.

—¡Cómo me recuerda este paisaje a la Francia de mi niñez! Estas brumas y estas nieblas que se enredan en la espesura del monte. Este olor tan delicioso, el verdor de los prados. Esta luz tenue que difumina las montañas que se esconden en la lejanía. ¿Cuánto falta? ¿Cuánto falta, que ya quiero llegar? —decía la reina en voz alta, dando palmadas.

Raquel sentía gran curiosidad por ver el mar por primera vez y se dirigió decididamente al grupo que hacía corro alrededor de la reina.

Mientras bajaba hacia la pradera donde la esperaban para tomar el almuerzo, se descorrieron las nieblas que velaban el horizonte. En aquel instante, Raquel se olvidó de Toledo, de don Nuño Pérez de Lara que la desterró, del rey don Alfonso que la estaría olvidando y de contar a la reina doña Leonor la causa de su destierro, porque el mayor milagro de la naturaleza se estaba desplegando por primera vez ante sus ojos. No pudo reprimir un grito y se postró de rodillas:

—¡El mar! ¡El mar! ¡Mirad todos el mar! Es como una montaña en el horizonte y parece que palpita. Es lo más hermoso que he visto en mi vida.

La reina y su séquito fueron acogidos con todos los honores por las olas de la bahía de Santander y los monjes del convento de San Emeterio. Estaba situado intramuros de aquella pequeña villa recogida por una potente muralla, en un promontorio que se batía a diario contra las olas de la bahía. Esta cambiaba su vestimenta al compás del flujo y reflujo del sol y de las nubes. Interminables playas de arena dorada retrocedían o avanzaban según el empuje o el cansancio de las olas y la marea. El repertorio cromático se renovaba al paso de las horas y el espectáculo no cesó hasta que se recogieron los pescadores y el sol se despidió detrás de las montañas, dejando virutas de fuego en las dunas y en las lomas de la desembocadura del río.

Al día siguiente, sor Dorotea, con la venia de su majestad, tomó la palabra en la sala capitular del convento.

—En el mar sobra pescado, pero faltan barcas y pescadores. Una vez corregido este desajuste, todo lo que se capture de más tendrá que subir a Campoo secado, ahumado o convertido en salazón, donde se hará el trueque por garbanzos, lentejas y todo el grano que se pueda transportar.

—Las salinas de Cabezón nos proveerán de cuanta sal se necesite para las salazones. Y el vino será bienvenido, que alegra el espíritu y hace olvidar las penalidades —contestó el prior de San Emeterio.

—Para un puerto natural tan escondido, un mar tan generoso y un clima tan benigno, esta puebla tan bien defendida dispone de poca población. ¿A qué se debe semejante anomalía estando tan cercana la dulce Francia y no tan alejada la ciudad de Burgos? —preguntó sor Dorotea.

—Es magra la renta del puerto que corresponde a su majestad, porque falta un fuero que haga libres a los hombres y atraiga pescadores y mercaderes para que estos inventen riqueza y sufraguen una nueva muralla para cobijar una puebla. Tenemos buen puerto, solo nos falta un buen fuero y todo lo demás nos lo dará el Señor por añadidura —explicó el prior.

Después de la cena, la reina y Raquel se quedaron a solas en un mirador del convento. La luna rota en jirones de estaño respiraba agitada en el vientre de la bahía. El salitre flotaba en el aire y el momento no podía ser más propicio para las confesiones y las confidencias.

—Habéis hecho bien, señora mía, en venir con nosotros hasta el mar. No había más que veros llorando y gritando de emoción en aquel prado —exclamó la reina.

—El mar es algo sobrenatural y sobrecogedor. Y no es lo mismo visto de lejos que de cerca. Los ríos siempre corren hacia abajo y a veces se sosiegan. Pero esta bahía es como un río enorme nadando a contracorriente que avanza hasta donde le llevan sus fuerzas, y que de pronto se serena y descansa. Y no sin protestas se va retirando por donde vino —respondió Raquel.

—Me agrada que sepáis apreciar la belleza en la naturaleza, pero también hay belleza en las personas. Vos sois un ejemplo incomparable de belleza femenina.

—La belleza puede ser una bendición y una maldición. La hermosura en las mujeres puede ser tenida por impudicia, porque los hombres las miran con codicia y a veces pierden la cabeza.

—Pero se puede complacer por amor.

—Así es muy fácil hacerlo. Pero hay que atenerse a las consecuencias.

Raquel empezaba a inquietarse, porque no sabía exactamente qué tipo de curiosidad guiaba la conversación de la reina.

—Vuestro nombre es Raquel, pero vos sois cristiana. ¿No es así? —preguntó la reina, al fin decidida a despejar las dudas que habían nacido en su corazón sobre aquella mujer.

—Siento defraudaros, majestad, pero yo soy Raquel la Fermosa. Soy judía desde que nací y desciendo del rey David.

—Entonces... ella sois vos... —dijo la reina con cara de gran sorpresa, y se quedó unos instantes como en suspenso—. Aunque nadie me lo había dicho, tenía que habérmelo imaginado. Tanta belleza y conocimiento... Contadme cómo os conocisteis... —pidió la reina, vacilante.

—Él era demasiado niño y yo demasiado tonta, majestad. Le ayudamos a entrar en Toledo y le guardamos una noche en nuestra casa. Él se dejó guiar por el instinto mientras yo me dejaba llevar por la ternura. ¿Quién es esta pobre esclava del señor para llevarle la contraria al rey de Castilla? —Raquel vio pintarse de sorpresa en el rostro de la reina, se dio cuenta de que ella no había sospechado nada y trataba de parecer imperturbable.

—Me alegro por él, porque no podía tener mejor gusto ni más sabia profesora.

—Pero vos sois muy afortunada, majestad, porque podéis darle mucho más de lo que en mí buscaba, y que solo en vos puede encontrar. Amor e hijos, que es lo que le falta a este reino.

—Vos, que tenéis más experiencia, ilustradme sobre el modo de cumplir lo mejor posible mis deberes.

—A veces hay que dar rienda suelta al instinto y a la imaginación. Pero no tengáis ningún temor, porque vuestro amor, juventud y hermosura harán el resto.

Hablaron de mujer a mujer, francamente y sin cortapisas, acerca del matrimonio y del débito conyugal, del deber y del amor, de la miseria y de la pobreza, de casullas y bordados, de esmaltes y marfiles, de la piedra de Dios, y también de la belleza de aquella noche, del tiempo detenido, de la magia de la luna y de la mudanza del mar multicolor tan parecida a la fugacidad de la vida, y no se dieron cuenta de que la luna no quería despedirse del mar.

En Aguilar, Teresa esperaba a que doña Leonor volviera de Santander para entregarle los pagarés de las rentas que le correspondían, y decirle algo que no se esperaba.

—Majestad, sentimos tener que daros una noticia terrible —dijo Teresa con lágrimas en los ojos mientras hacía una reverencia a la reina.

—¿Le ha ocurrido malo algo al rey?

—Vuestro esposo está perfectamente, pero vuestro padre puede ser excomulgado en breve plazo, porque sus caballeros han cometido sacrilegio asesinando en el interior de la catedral de Canterbury al obispo Tomás Becket.

—¡No es posible! Tomás era amigo y servidor de mi padre. Tiene que haber una confusión. Yo estoy convencida de su inocencia. El rey de Inglaterra sabrá castigar a los culpables.

—Esperemos que así sea, pero parece que las gentes están soliviantadas y, antes de que intervenga el papa, ya han subido a Tomás a los altares.

—Vayamos inmediatamente a la iglesia y que digan misas los frailes de Santa María por el alma de Tomás durante todo el año. Yo me encargaré de que se levanten templos por todo el reino para memoria de su nombre.

Antes de que la comitiva regia se pusiera en marcha hacia Burgos, la reina hizo un aparte con Raquel.

—Señora y amiga mía, habéis cumplido a la perfección vuestra tarea como dama de compañía, alegrando mis pesares con vuestra luminosa presencia y vuestra amena conversación. ¡Qué gran placer me procuraría gozar de vuestra compañía a diario! Pero la prudencia exige todo lo contrario, porque veo la inconveniencia de teneros en la corte a mi servicio. Tengo que despediros aquí con mucha tristeza, pero no quisiera hacerlo sin dejaros el regalo que os merecéis. ¡Os otorgo la libertad! Sois dueña de permanecer en Aguilar o regresar a Toledo cuando gustéis, porque os levanto ahora mismo el destierro que os oprime.

Raquel, que no se esperaba en ningún modo aquel arranque de generosidad de la reina, cayó de rodillas y le besó la mano regándola con sus lágrimas.

La reina también lloraba. Lloraba porque aquella compañera de viaje había yacido con su esposo cuando ella todavía esperaba el momento de consumar el matrimonio; lloraba porque sospechaba que su padre, el rey Enrique de Inglaterra, al que apenas conocía, habría tenido mucho que ver en la muerte del arzobispo y que el crimen no quedaría sin el castigo de Dios y de la Iglesia; y también lloraba por la miseria y la pobreza que veía por todas partes cuando escapaba del círculo protector de la corte.

Cuando Raquel se levantó y le dio las gracias por su generosidad, le respondió la reina:

—Gracias a vos, Raquel, porque en estas breves jornadas en vuestra compañía me habéis tratado como mujer sin dejar de considerarme como vuestra reina, y me habéis hecho comprender lo que no entendía cuando me lo explicaba mi madre: que una humilde súbdita puede ser una gran señora. Que el trabajo bien hecho libera al hombre y más aún a la mujer, y que la limosna ensoberbece al que la da y humilla al que la recibe, por eso os he devuelto el don más preciado que poseéis, y con vuestra libertad, vuestro honor. ¡Volved con vuestra familia a Toledo y encontrad en esta vida la felicidad que a buen seguro merecéis!

29

Cuando la reina se marchó, Teresa, que se había dado cuenta de que a Fructuoso le complacía la hermana Dorotea y a esta el cantero, tomó una decisión para favorecer al cantero y, de paso, complacer a doña Leonor, pues le interesaba sobremanera ganarse su estima y su confianza.

—Habréis visto con vuestros ojos que, con la llegada de la reina, soplan aires nuevos que llegan de Francia. No hay nada más que ver la madurez y la donosura de su majestad y la actividad que despliegan sus acompañantes, especialmente la hermana Dorotea, que es un dechado de virtudes. Una vez acabado el claustro de Santa María —dijo—, y hasta que mi cuñada Mencía obtenga el permiso para hacer su nuevo monasterio en Arroyo, nosotros ya poco más podemos ofreceros en esas tierras que esté a la altura de vuestras capacidades. La reina conoce el camino de Francia y sospecho que la hermana Dorotea tiene la llave de la puerta. No os la puede negar si queda plenamente satisfecha con el claustro y con los baños que quiere hacer en su palacio, y yo apoyaría con todas mis fuerzas vuestras pretensiones. Así que partid en buena hora hacia Burgos.

Comoquiera que Susana había acompañado a Raquel en su regreso a Toledo para estar una temporada con su familia, Fructuoso se llevó consigo a su hermano Juan y a la mayor parte del equipo que trabajaba con ellos en la comarca aguilarense. En Burgos les esperaba ansiosa sor Dorotea con la encomienda real de facilitar el trabajo en las obras del palacio al mayor número posible de personas, incluso estableciendo turnos, si era necesario, durante todas las horas diurnas.

Sor Dorotea y Fructuoso dibujaron el trazado del palacio adosando el claustro a los pabellones existentes y lo cerraron con nuevas dependencias. Inmediatamente se excavaron las zanjas de los cimientos y procedieron a completar el muro que delimitaba el perímetro del claustro y servía de apoyo a la techumbre. A la vez se comenzó el acondicionamiento de los baños de la reina en un pabellón independiente situado al levante.

—Por rapidez y economía haremos unos muros sencillos de mampuesto con verdugadas de ladrillo.

Para sor Dorotea, que administraba los dineros, aquella obra era una experiencia extraordinaria. Fructuoso, que dirigía aquel maremágnum trabajando de sol a sol, había preparado para ella un cobertizo desde el que se controlaba toda la obra. Al final de la jornada, ambos recapitulaban sobre lo realizado y preparaban las labores de los días siguientes.

La construcción comenzó a alegrarse cuando empezaron a cantar los cinceles de los canteros en el claustro. Fructuoso dirigía esa armada variopinta desde un barracón que había adosado a la pared de poniente justo enfrente de la atalaya de sor Dorotea que le animaba con su sonrisa y su presencia.

Una vez levantada la pilastra de la primera esquina, comenzó el avance del basamento del claustro y enseguida empezaron a cabalgar imparables sobre su lomo basas, parejas de fustes y capiteles vegetales geminados que tallaba Fructuoso trabajando como un poseso.

Juan de Piasca, que seguía a duras penas el endiablado ritmo de trabajo que había impuesto sor Dorotea, renegaba de ella cuando estaba con su hermano a solas.

—¿De dónde ha escapado esta monja obrera que tiene a todos los zánganos trabajando de sol a sol para preparar una colmena para la reina? —De paso se quejaba de la piedra de Hontoria—: Es blanca y dura como la monja, en nada se parece a la de nuestra cantera de Villaescusa.

Cuando amanecía y la obra estaba vacía, la ecónoma esperaba en el claustro la llegada de Fructuoso admirando la bella factura de los últimos capiteles. El cantero y la hermana eran uña y carne y hervían de pasión no confesada, enfrascados como estaban en aquella titánica tarea de levantar en poco tiempo el capricho de la reina.

—Como no se me permite en este claustro esculpir Sansones ni harpías ni leones, fabrico pétalos que se besan como los pájaros volando de dos en dos, porque me aburren los repetitivos. Trato de darles vida con orden y simetría como los cristales de hielo. Yo hago flores de cristal, cardos de ámbar, acantos de hielo, todos diferentes, trabajando el vacío y quitando la piedra que sobra, y los esculpo para vuestra reverencia haciendo flotar sus hojas en el aire, como las de parra que acompañan a los zarcillos que las sujetan a las columnas.

—Ya lo veo. Donde quitáis la piedra con el trépano sopla el viento para que floten y se agiten las hojas expresando la inefable levedad de la existencia —dijo la hermana—. Y también veo que estáis fabricando plantas fantásticas que se petrifican cuando las sometéis a la voluntad de vuestras manos prodigiosas.

—También vos tenéis unas manos prodigiosas porque veo que el arcoíris salta en ellas de dedo en dedo. Son tiernas como las de un recién nacido y suaves como una caricia, al contrario que las mías que son duras como la pezuña de una vaca y ásperas como una arenisca.

Y cuando se iba el último operario y se encontraban ya anochecido, volvían a reunirse.

—Mirad cómo centellean esta noche las estrellas del Camino de Santiago —decía la hermana—. Ahí tenemos la ruta celeste de peregrinos brillando como nunca para nosotros.

Justo cuando cerraron el lateral del claustro del levante, se remataron los baños y se acondicionaron las dependencias de la reina. Fructuoso había prometido a sor Dorotea acudir el domingo, cuando la obra estaba vacía, para hacer una prueba de su funcionamiento.

Cuando sor Dorotea encendió las lámparas de aceite, estratégicamente dispuestas en las salas, resplandeció la espléndida hermosura de aquellos baños. En el pavimento del suelo destacaban cuatro fragmentos de mosaicos antiguos con escenas mitológicas recercados por cenefas con motivos geométricos. Las paredes estaban revestidas de estuco color ocre. Adosadas a ellas había tres grandes piletas monolíticas de mármol blanco que descansaban sobre leones de piedra.

—Podéis estar bien contento, Fructuoso, esto es verdaderamente hermoso. Solo hace falta que funcionen. Cuando lo vea la reina se va a poner loca de contenta. Desde que vino de Francia ha estado soñando con disponer de unos baños como estos. Puede llegar en cualquier momento y tenemos que estar seguros de que podrá servirse de ellos inmediatamente.

Fructuoso acompañó a sor Dorotea hasta la artesa bajo la cual estaba el horno cargado de leña.

—Si encendemos el fuego —propuso—, saldrá un chorro de agua caliente hacia los baños en cuanto quitemos el tapón de la artesa.

—¿Tardan mucho en llenarse las cubetas?

—En llenarse del todo tarda un buen rato, pero para bañarse con tres cuartos es suficiente. Veréis que hemos respetado todo lo que servía y hemos doblado los muros y puesto contrafuertes interiores para aguantar los empujes de las bóvedas. Tal como acordamos, hay gloria en todos los suelos para poder andar descalzos por el pavimento.

El calor del horno y las brasas de los recuerdos avivaron la pasión de la hermana.

—¡Jesús, qué sofoco siento aquí dentro! Mientras se llenan las piletas, demos un paseo por la obra y me explicáis lo que queda por hacer en cada una de sus partes. También necesito saber el tiempo que falta y el dinero que debo pedir a la reina cuando llegue.

A la vuelta de la inspección de obra, las piletas estaban casi llenas. Una de agua fría, otra de agua templada y la tercera caliente. Sor Dorotea introdujo dos dedos en la primera pileta como si tocara el agua bendita y como le pareció adecuada su temperatura, sin más preámbulos se quitó las sandalias, se remangó los hábitos hasta las rodillas y empezó a balancear los pies en el agua como una adolescente. El agua desprendía mucho vapor.

—¡Teníais que haber empezado por el agua fría, hermana! —le dijo un ángel.

Sor Dorotea no le hizo caso. Se giró hacia Fructuoso que la miraba con asombro.

—Está muy buena —dijo—, a lo mejor un poco caliente. No vamos a desperdiciar toda esta agua. Voy a estrenar la pileta.

—¿No dicen que la regla benedictina prohíbe los baños?

—Sí, pero yo estoy al servicio de su majestad, y si a vos nos os molesta, me gustaría probarlos personalmente, no vaya a ser que un día se nos abrase por mi culpa.

—En ese pilón caben dos o tres personas.

—Pues si caben tres, cabe una perfectamente. Dejadme sola un momento que me voy a desvestir.

La conducta de la hermana desarmó completamente a Fructuoso, que no acertaba a discernir si era ingenuidad de monja o picardía de doncella. Y como viera que empezaba a desprenderse de los hábitos, salió de los baños corriendo. Apenas había salido de la sala, oyó que le llamaba:

—Fructuoso, ¿estáis ahí? ¿Podéis oírme?

—Claro que os oigo, sor Dorotea. ¿Deseáis algo?

—Sed tan amable de cerrar del todo la puerta. —Después de desnudarse y meterse en el agua, dijo en voz alta—: Acercadme, cuando podáis, un trozo de jabón, si no os importa.

«Esta mujer es el demonio, y ahora está toda desnuda dentro del agua y yo voy a perder la cabeza y le llevo el jabón en la mano, a ver si tengo suerte y me baño con ella, aunque me ahogue y me condene», se decía Fructuoso, dirigiéndose a los baños y ladeando la cabeza de un lado para otro.

—Alargadme la mano con el jabón y no os acerquéis mucho.

Fructuoso ardía por dentro, pero la hermana era cosa sagrada y no se atrevía a cometer sacrilegio.

—No podemos desperdiciar toda esta agua. Si queréis bañaros también, podéis hacerlo, pero antes tenéis que echar leña al fuego, mientras salgo y os dejo mi sitio.

Fructuoso obedeció y cargó el horno a toda prisa para mantener un buen rato la temperatura del agua. Cuando volvía, frustrado y desconsolado, pensando que la sirena se habría vuelto a convertir en monja, se encontró con la agradable sorpresa de que ella seguía tranquilamente en el baño a pesar de que el ángel le había ordenado meterse en la pileta del agua fría.

—¡Qué pronto habéis vuelto! Ni siquiera me ha dado tiempo a salir de la pileta. Habéis hecho bien porque con todo lo que habéis trabajado esta temporada os merecéis una buena recompensa. Os puedo ayudar a asearos, que a mí no me importa que os metáis en el agua conmigo, y si os da vergüenza que os vea desnudaros, me doy la vuelta y no miro. Yo ya estoy curada de espantos, que he tenido que bañar a muchos enfermos y leprosos en la abadía de Fontevraud.

Cuando él se metió en el pilón, se derramó una buena cantidad de agua por el suelo.

—Decíais que cabían dos o tres personas, y solo cabe una y media a duras penas. Mirad qué cantidad de agua se ha derramado y la tendremos que recoger —exclamó sor Dorotea—, y eso que estáis pegado a mi cuerpo como piedra agarrada con mortero.

Él estaba en cuclillas, pero no sabía cómo colocarse, y ella, que seguía de espaldas, se dio cuenta de que venía preparado para la batalla que se avecinaba.

—Pero bueno, ¿esto qué es? ¡Huy, huy, huy! ¡Cómo viene de animado este hombre, mucho más de lo que yo me había imaginado! ¿Adónde queréis ir a parar con «eso»? ¡Señor escultor! Que os veo las intenciones. Eso que pretendéis no está nada bien. Que los santos me protejan porque este hombre no para de revolverse a ver si encuentra lo que busca. —Comoquiera que Fructuoso ya estaba dibujando circunferencias en los pezones de la mujer, ella continuó—: Estaos quieto y estirad las piernas que voy a darme la vuelta para jabonaros, que tenéis las manos rasposas.

Dorotea se dio la vuelta para sentarse a horcajadas sobre las piernas Fructuoso. Cuando lo hizo, él se dio cuenta de que la hermana no era virgen. Poco a poco, ella le iba dibujando una corona de espuma en la cabeza, mientras le susurraba al oído:

¿Qué es esto que sube del desierto
como columna de humo,
perfume de mirra y de incienso,
y de todo aroma de perfumes?

Salid a contemplar, hijas de Sion,
al rey Salomón, con la diadema
con que lo coronó su madre
el día de sus bodas.

—¡Qué pronto lo habéis conseguido, sinvergüenza! Y ahora que ya lo tenéis donde queríais, no enredéis y permitidme que os quite toda esa roña. Mucho me temo que la hallaré por todo el cuerpo y me haría falta un estropajo para dejaros limpio de cuerpo y alma.

Estuvieron un largo rato en la pileta, ella jabonándole poco a poco, y él acariciando su cuerpo dulce como la miel y blanco como la leche, con las manos llenas de espuma. Ella gimiendo y suspirando, gimiendo y suspirando. Y él yendo y viniendo, yendo y viniendo, agitándose y bufando hasta que, no pudiendo aguantar más, reventaron ambos de placer y derramaron con sus movimientos la poca agua que quedaba en la cubeta. Permanecieron un buen rato abrazados hasta que sintieron frío.

Entonces ella se echó a llorar con un llanto incontenible. Allí mismo le contó la historia de sus calamidades llenándolo de besos por haberle dado una muestra perfecta de amor terrenal.

—Creía que nunca en la vida volvería a disfrutar de estos placeres que trajeron mis desdichas. Pero ya que me habéis llevado a las alturas, debo confesaros la hondura de mis sentimientos porque habéis sembrado las colinas de mi cuerpo de caricias y besos y recorrido sus caminos con suave ternura —dijo sor Dorotea, abrazada todavía a Fructuoso. A continuación salió de la pileta, y después de secarse pudorosamente dando la espalda al cantero, se enfundó de nuevo en los hábitos y abandonó los baños esperando a que se vistiera Fructuoso.

Después, recogieron el agua derramada y dejaron todo tan limpio y resplandeciente como lo encontraron.

A pesar de aquellas intimidades, siguieron tratándose con mucha cortesía y llevaron sus encuentros tan en secreto que ni el zascandil de Juan se enteró de lo que se cocía entre ellos. Pero pasado un tiempo, al igual que le había ocurrido a Eloísa, sor Dorotea comprobó con gran preocupación que su vientre crecía tan deprisa como la obra. Y aquel embarazo podría tener terribles consecuencias para unos amantes que habían cometido sacrilegio.

Fructuoso estaba angustiado y, como en Burgos, no tenía a nadie a quien acudir, se presentó en Aguilar con sor Dorotea ante la condesa:

—Señora, las cosas marchan mucho más deprisa de lo que yo había previsto. Ya hemos acabado los baños y llevamos dos laterales del claustro y pronto podremos terminarlo... Pero he dejado encinta a sor Dorotea y tendremos que decírselo a su majestad cuando vuelva de Toledo.

—Eso es muy grave, muy grave, Fructuoso. Quiero escuchar la versión de la hermana de su propia boca. Id a buscarla enseguida y traedla con vos a mi presencia.

A Teresa le sorprendió encontrar a sor Dorotea mucho más hermosa e insegura que anteriormente y para ganarse su confianza decidió abordar la cuestión sin más preámbulos.

—Conozco lo que os ha ocurrido con Fructuoso, pero ignoro los motivos que os obligaron a entrar en religión. Como es mi voluntad y está en mi mano ayudaros, podéis y debéis confiar en mí, hermana mía. Pero debéis relatarme con toda franqueza la historia de vuestros pesares.

—El Señor os envía para socorrernos, señora, porque tenéis un corazón bondadoso. Hasta que me trajeron a Francia yo había vivido en Toledo. Yo solo era una muchachita cuando mi padre me entregó a un amante cuyo nombre juré no revelar. Al cabo de algún tiempo supe que estaba encinta. Cuando se enteró mi padre me dio una paliza y me encerró en casa. Cuando me puse de parto él no estaba, y ya no le volví a ver... Tuve que hacerlo todo yo sola... Solo me acuerdo de que di a luz una niña que no paraba de llorar mientras yo me desangraba. Sabía que me estaba muriendo sin remisión. Me desperté cuando tiraron la puerta, preguntaron por mi padre y se pusieron a registrar la casa...

—¿Eso fue todo? —preguntó Teresa que estaba en vilo y no quería dar crédito a lo que escuchaba de labios de sor Dorotea.

—Después llegó una señora que dijo que yo me pondría bien, pero que la niña había muerto. La señora me puso unos hábitos y me llevó a un convento y luego me trasladaron a otro y de ese a Francia y allí me metieron en el convento para prostitutas y madres solteras y después pasé a la abadía de monjas donde conocí a la madre de doña Leonor. El resto ya os lo sabéis o lo podéis imaginar.

Teresa no sabía qué decir porque estaba conmocionada ante la evidencia de encontrarse delante de la progenitora de su hija María. «Es como si la hubiesen resucitado. Es increíble, increíble. Aquella muchacha que dimos por muerta en Toledo es sor Dorotea, está al servicio de reina, embarazada de Fructuoso y hablando con la mujer que ha hecho de madre de María».

—Hermana, los sufrimientos nunca son en vano —acertó a decir la condesa cuando consiguió recuperar el dominio de sí misma—, y las personas que sufren siempre tienen premio. Ya lo dijo nuestro Señor: «Bienaventurados los que sufren porque ellos serán consolados». Ya habéis sufrido bastante. Comprendo que estéis en un verdadero aprieto si cae sobre vosotros dos el peso de la justicia y de la Iglesia, pero haré todo lo que esté en mi mano para que encontréis la comprensión de su majestad y el perdón de la Iglesia de Roma.

A Teresa le entraron ganas de sincerarse con ella, pero se contuvo pensando que antes tenían que saberlo María y Nuño. Sobre todo Nuño. Entonces le vino a la mente un pensamiento perturbador: ¿quién podría ser el amante de la muchacha? ¿Y si Nuño era el padre de la criatura? Acuciada por los celos, creyó verlo claro. No podía ser otro que Nuño. «¡Ay, Nuño, Nuño! Esta vez me la jugaste. ¡Qué poco te fatigaba andar tan a menudo a Toledo!».

Todo encajaba, la llegada de la infanta con la niña, la facilidad con la que Nuño la había aceptado como si fuera su hija verdadera y, sobre todo, que nunca hubiera vuelto a hablar de aquellos dramáticos sucesos. Tenía que averiguar lo que pasó, pero no podía ir de frente... Entonces le entraron unas angustias como las de Monterroso cuando temía que Fernando la hubiese dejado preñada. Pero ahora no estaba Teodomira para aconsejarla...

Como tenía noticias de que Nuño andaba por el reino de Toledo, Teresa se puso en camino para encontrarse también con Jacinto y con la reina en el alcázar. Pronto le llegaron noticias de que el ejército del Miramamolín Abú Yacub había puesto sitio a la villa de Huete, defendida por su sobrino Pedro Manrique, el cual, esperanzado porque el rey acudía en su socorro, se había hecho fuerte en su imponente fortaleza. Teresa estaba preocupadísima, no solo por su sobrino Pedro, sino porque al frente de las tropas del rey iba Nuño con sus hijos Fernando y Álvaro.

El ejército de Alfonso avanzaba con dificultad por culpa de las lluvias y de la escasez de provisiones. El monarca estaba tan ansioso por llegar a Huete para liberar la villa como temeroso de llegar tarde y tener que enfrentarse al Miramamolín a campo abierto. Tenía solo dieciséis años y era la primera batalla importante de su vida.

—¿Creéis que don Pedro Manrique resistirá lo suficiente hasta que lleguemos a socorrerle? —preguntó el rey, que había juntado a toda prisa un pequeño ejército para liberar a los sitiados.

—Por el honor de su padre y el de toda nuestra familia, no dudéis que resistirá hasta la muerte —respondió don Nuño—. Y además, tiene que defender el señorío de los Manrique en Molina.

A las dos semanas del comienzo del asedio, los almohades ofrecieron la libertad a cambio de la rendición de los sitiados, pero el conde Pedro Manrique de Lara rechazó la oferta porque sabía que el ejército del rey Alfonso estaba cercano y a los sitiadores ya nos les quedaban alimentos.

A pesar de la abrumadora superioridad de los asaltantes y de las poderosas máquinas de guerra que batían sin cesar las murallas y la alcazaba, los sitiados se defendían con denuedo alentados con la esperanza de que el rey acudiera a socorrerles.

—¡No llegamos, don Nuño! Con este tiempo tan caluroso es muy probable que se hayan agotado las reservas de agua del castillo, sus defensores hayan tenido que rendirse y el Miramamolín venga con su ejército contra nosotros. Recemos para que esto no ocurra y los cielos nos asistan.

Al caer la tarde, don Nuño señaló al cielo.

—Ya casi estamos llegando y se están nublando los cielos, majestad, y amenaza tormenta. Si empieza a llover sobre nosotros, también llueve para nuestros enemigos, se encharcará su campamento y sus jinetes se moverán con más dificultad, porque lo peor que le puede ocurrir a un gran ejército es quedar empantanado y sin víveres, dado que en estas circunstancias le es muy difícil moverse a su antojo.

Los defensores ya estaban a punto de rendirse y, pensando que solo podía salvarles un milagro, redoblaron sus oraciones. Al cabo de un rato, el cielo se apiadó de ellos y desató sus furias durante varios días. El incesante aguacero hizo que rebosaran los aljibes del castillo, que los jinetes de los infieles apenas pudieran moverse y, para alegría de los sitiados, el vendaval que acompañó a la tormenta hizo volar por los aires las tiendas del enemigo.

El califa, viendo que las provisiones escaseaban, que el ejército de Alfonso estaba a la vista, que podía ser cogido entre dos flancos si los defensores del castillo pasaban al contraataque y que dada la magnitud de su ejército podía quedar empantanado en aquel lodazal, ordenó el repliegue hacia Cuenca perseguido por los sitiados y por el ejército real, a una distancia prudencial.

—Los hostigaremos hasta donde nos convenga, pero no podemos presentar batalla a un ejército tan numeroso estando nosotros a campo abierto y ellos con la ciudad de Cuenca cubriéndoles las espaldas. Tiempo habrá de volver cuando el califa esté en África y no pueda acudir en su auxilio —recomendó don Nuño.

El rey don Alfonso estaba eufórico. Pensaba que habían valido la pena los esfuerzos y sacrificios que había realizado durante su minoría de edad. Ahora su prestigio era enorme y su autoridad indiscutible, como pudo comprobar durante los festejos celebrados en Toledo a la vuelta de las tropas victoriosas.

Después de despedirse de la reina doña Leonor y retirarse a su aposento como solía, el rey se dispuso a tomarse el merecido descanso en su lecho del alcázar, esperando que acudiera Raquel a visitarle en sueños como hacía de vez en cuando. Como el día había estado lleno de fatigas y celebraciones, estaba nervioso y le costó dormirse más de lo que era habitual en él.

Al poco rato se despertó al sentir el perfume de una mujer que estaba dentro de la cama y que le decía como en un susurro:

—No temáis, mi señor, no solo he venido a celebrar con vos la alegría de vuestra victoria contra los infieles, sino también a comunicaros que desde hace varios días ya no soy una niña y me he convertido en mujer. No he podido ocultaros por más tiempo la feliz noticia. Ya va siendo hora de consumar este matrimonio nuestro. Me baño todos los días esperando vuestra llegada y desde ahora está dispuesto mi cuerpo para recibiros cuando gustéis —dijo Leonor, con tanta alegría y tanta ingenuidad que Alfonso, pensando que se la enviaba Dios, al igual que había hecho con la lluvia y el viento en Huete, se dejó llevar por las caricias de la reina.

—Es que estaba profundamente dormido —se disculpó—, pero si vos lo deseáis tanto... aunque temo causaros dolor, accederé a vuestras demandas.

Alfonso se apercibió enseguida de que, en comparación con los rotundos y firmes pechos de Raquel, los de Leonor apenas despuntaban y donde aquella camuflaba la entrada al jardín de las delicias con plumas de seda, esta solo presentaba unos sutiles bucles de lana virgen.

—No os preocupéis, esposo mío, sabré aguantarme si me hacéis un poco de daño, pero no os apresuréis porque tenemos toda la noche para nosotros. Me ocuparé yo misma de que conquistéis la fortaleza sin necesidad de asediarla y, sobre todo, de quedéis satisfecho.

Poco después, con gran alegría para la reina, consumaron un matrimonio que a partir de ese momento ya era válido de pleno derecho e indisoluble ante la Iglesia.

Alfonso estaba en una nube y todavía no había digerido los efectos de la gran victoria cuyos ecos de celebración llegaban hasta el alcázar y pensaba que el encuentro con la reina era uno más de los agasajos que estaba recibiendo.

—¿Estáis contento, mi señor? —le dijo Leonor, refiriéndose a la consumación.

—Es para estarlo y muy agradecido a Nuestro Señor, que envió la tormenta para socorrernos. Dios está con nosotros, señora mía. Nuestro reinado comienza ahora verdaderamente —respondió el rey, refiriéndose a la victoria de Huete y, sin decir ni una palabra más a la reina, a pesar de que esta quería conversación, se sumergió de inmediato en las profundidades del sueño reparador que tanto necesitaba después de muchos días de incertidumbre y agitación.

Ya fuera por esto o por el encuentro amoroso con la reina, aquel fue uno de esos sueños inquietantes que prolongan la última vivencia habida. Soñó que estaba despierto y que la reina dormía plácidamente a su lado.

—Ya le he dado lo que necesitaba, espero que ahora se vuelva a Burgos y me deje tranquilo por una temporada. Si me da la gana encontrarme con Raquel, que se fastidien los obispos. Ahora ya no pueden devolver a Leonor a sus padres. Me pertenece de pleno derecho. Y Nuño y los obispos que digan misa. Después de Huete, el que manda soy yo y los demás a callar y obedecer.

De pronto observó que alguien entraba sigilosamente en la cámara regia, y como estaba en penumbra, no podía divisar quién podía ser el intruso. Pensando que llegaba para matarles, intentó gritar pidiendo socorro, pero el habla se le congeló en la garganta. Se tranquilizó en parte cuando vio que era Raquel la que acudía a su cita nocturna, como de costumbre.

—¿Pero cómo se te ocurre venir a mi lecho estando la reina?

—Por eso precisamente. «¡No te olvidaré mientras vivas!», me decíais con lágrimas en los ojos mientras me prometíais amor eterno antes de mandarme al destierro —le reprochó Raquel, metiéndose en la cama y dejando al rey en medio de las dos mujeres.

Alfonso intentaba impedirlo, pero estaba agarrotado y no podía ni moverse. Y al ver que Raquel no se estaba quieta, sino que empezaba a abrazarle y besarle, le entraron fundados temores de que con aquel trajín de su amante, terminara por despertarse la reina y montara un escándalo mayúsculo. Una cosa era que la Fermosa viniera a visitarle cuando estaba solo y otra que se atreviese a hacerlo con la reina en el tálamo, precisamente la misma noche de la consumación del matrimonio. Le empezaron a entrar sudores fríos cuando se percató de que Leonor se despertaba y le abrazaba por el otro lado.

—Esto es el colmo y no os lo voy a consentir, señora mía. Hoy me toca solo a mí. ¡Y el rey es y será mío para siempre! —gritó la reina al darse cuenta de quién era la que estaba al otro lado de la cama—. O salís ahora mismo del tálamo o haré que os lapiden por adulterio.

—No me iré. Este es el lecho del rey. Me ha prometido amor eterno y tiene que cumplir lo prometido.

El rey trató de decir a doña Leonor que no se lo tomara tan a pecho, que al fin y al cabo todos los reyes tenían una amante, pero las palabras no salían de su boca.

—No me obliguéis a echaros por la fuerza que si os resistís a salir del tálamo, empezaré a gritar y despertaré a todo el mundo en el alcázar —dijo la reina, dando manotazos a Raquel.

Alfonso se daba cuenta de que tenía que despertarse para detener la pelea entre ellas, pero no podía hacerlo porque su cuerpo era como el yeso cuando fragua, y no le obedecía en absoluto. «Esto no puede seguir así. Tengo que separarlas como sea. Tengo que despertarme. Tengo que mover un brazo... o por lo menos una mano». Como la mano tampoco le obedecía y oyó que la reina gritaba, el rey hizo un gran esfuerzo porque sabía que si lograba mover algo de su cuerpo, aunque solo fuera un dedo, lograría despertarse y poner paz entre la reina y la amante. Haciendo acopio de todas sus fuerzas, consiguió un ligero movimiento en un dedo, y después en la mano y a continuación en el brazo. Cuando despertó, estaba gritando.

—¡Tengo que separarlas. Tengo que separarlas antes de que se maten! —repetía mientras daba manotazos en la oscuridad a diestro y siniestro.

—¿Por qué me golpeáis, esposo mío? —gritó la reina doña Leonor.

—No era a vos, querida esposa, soñaba que Abú Yacub me había aprisionado entre sus brazos y trataba de soltarme como fuera.

—Mucho os ha costado libraros de él, porque estáis bañado de sudor y habéis empapado vuestro lecho.

30

Teresa llegó a Toledo cuando todavía se celebraban los festejos por la victoria del rey. Después de abrazar a sus hijos y celebrar a su manera la victoria con Nuño, este se dio cuenta de que su esposa estaba inusualmente ausente.

—¿Pasa algo, Teresa?

—¿Por qué me lo preguntas?

—Porque mientras estábamos en ello, tú te encontrabas en otra parte. Parece que eres la única que no se ha alegrado con la victoria de Huete.

—Claro que pasa y muy grave, Nuño. Mientras acudías en socorro de tu sobrino Pedro, Fructuoso ha dejado preñada a sor Dorotea, la mano derecha de la reina.

Como los festejos de la celebración le habían puesto de muy buen humor y después había venido Teresa por sorpresa y le había complacido sin rechistar, Nuño se tomó la noticia con buen humor.

—¡Vaya con el lebaniego! Empezó matando al oso, luego le dio por acostarse con Cecilia y ahora deja preñada a una monja. ¡Este hombre no se priva de nada!

—¿Te lo estás tomando a broma? —preguntó Teresa, que ya no podía contener su enfado.

—No sé qué de qué te extrañas, al fin y al cabo son un hombre y una mujer.

—Es que esa mujer es la madre de tu hija María.

—¿Qué tonterías me estás diciendo? —Nuño se incorporó como si le hubiera alcanzado un rayo y se quedó mirando a su esposa con la cara desencajada.

—¡No pongas esa cara de asombro, Nuño! La muchacha que dijisteis que había muerto cuando me trajisteis a María ha crecido un poco y ahora es sor Dorotea. Ella no sabe que María existe porque doña Sancha le dijo que la niña había muerto. Y yo quería hablar contigo antes de decirle a la monja que le robamos a su hija, para poder contárselo después a María.

—Han pasado muchos años y las cosas están como están. Es mejor no remover el pasado —mascculló el conde contrariado.

—Pero yo quiero saber la verdad.

—La verdad, la verdad... ¿quieres saber la verdad?

—Sor Dorotea y María tienen derecho a saberla.

—Sor Dorotea a lo mejor, pero María quizás prefiera continuar en la ignorancia.

—Quiero saber toda la verdad porque me va la vida en ello.

—La muchacha era la hija del copero del rey don Sancho... —admitió don Nuño a regañadientes.

—Y el amante eras tú —le espetó Teresa sin poderse contener.

—¡Qué tonterías estás diciendo! —replicó Nuño sorprendido—. ¿Es que no confías en mí?

—Mira, Nuño, todo aquello fue un engaño. Si me engañaste entonces, ¿por qué tengo que creerte ahora?

—No te lo puedo decir, porque no puedo traicionar un juramento.

—Entonces me traicionas a mí. Porque si en medio de nosotros queda esta sospecha sin aclarar, ya nada será lo mismo a partir de ahora.

Nuño guardó silencio porque no solo tenía un secreto que guardar, sino dos. Sabía quién era el padre de la niña. Y sabía quién había matado al copero... pero se los llevaría a la tumba porque nadie, ni siquiera Teresa, tenía derecho a enterarse.

—¿No me vas a decir nada más? —preguntó Teresa desolada.

—Solo puedo decirte que tenías razón cuando sospechabas que envenenaron al rey don Sancho.

Teresa conocía bien a Nuño y como no quería perder más tiempo chocando contra una pared y lo urgente era evitar más sufrimientos a sor Dorotea, sin despedirse de él se encaminó a la mezquita-catedral en busca del enviado del papa.

Cuando Teresa llegaba al palacio de Cerebruno, arzobispo de Toledo, el cardenal Jacinto Bobone, quien se había alegrado sobremanera cuando, en compañía del cardenal primado y del resto de los obispos del reino, recibió la noticia de la victoria de la liberación de Huete y la retirada del Miramamolín, todavía dormía en el fastuoso lecho que le había cedido para su descanso el primado de los obispos de Hispania.

Soñaba que estaba en el cónclave que iba a elegir un nuevo papa y lo único que veía eran cangrejos. No eran cangrejos pardos y crudos recién sacados del riachuelo; eran cangrejos rojos, cocidos y brillantes como grosellas, cangrejos con tocino y con capelo cardenalicio.

Hizo memoria de los cónclaves en los que había participado y repasó la lista de papas que había conocido para intentar olvidarse de los cangrejos.

—Duran poco los papas —dijo en voz alta, rompiendo el silencio, cuando había dado comienzo el escrutinio.

—¡Cardenal Jacinto Bobone! —dijo una voz, y al instante todas las miradas se volvieron hacia su persona—. Cardenal Jacinto Bobone, cardenal Jacinto Bobone.

Al ser nombrado por tercera vez, se percató de que había empezado el recuento. Entonces, al ver las risas mal contenidas de los cardenales, cayó en la cuenta de que se habían confabulado para elegirle papa por sorpresa. En aquel instante, se acordó de un fraile benedictino que le había profetizado que ocuparía la silla de Pedro cuando alcanzara la ancianidad. Pensando en la que se le venía encima, le entraron sudores fríos y estuvo a punto de sufrir un desmayo.

—No, por Dios, esto no puede ser. No soy digno sucesor de Pedro. Debe de haber un error. Yo no puedo ser la piedra de Dios, no soy más que arena mojada que se deshace con el viento cuando el sol la ataca. No podéis hacerme eso, sabéis que soy viejo y achacoso y ni siquiera he recibido las sagradas órdenes.

Entonces se le acercó el monje español y le impuso la tiara pontificia.

—Me condenaste a las cocinas de Sahagún y yo te condeno a la silla de Pedro cuando ya no puedes con tu alma.

Inmediatamente sintió crujir dentro de la tiara los cangrejos que le pellizcaban con sus tenazas. Pero esta vez estaban vivos, eran pardos, grandes y muy feroces. Vio un camino de estrellas por el que iba peregrinando y creyó oír a lo lejos las campanas de Compostela. No podía llegar hasta el apóstol porque la niebla velaba sus ojos y sus pies entumecidos resbalaban por el barro.

—¡Teresa! ¡Ayúdame, Teresa, porque soy un pecador! —gritó Jacinto.

En ese momento su secretario Raimundo de Capella le despertó para decirle que tenía una visita. El cardenal, que todavía veía las estrellas, dio vivas muestras de contento cuando le anunciaron que Teresa estaba esperando a que la recibiera. Jacinto pidió que le prepararan un suculento desayuno y lo llevaran a su aposento.

«¡Es milagroso! La estaba llamando en el sueño y aparece a la puerta. ¡Qué curiosa coincidencia y qué sueño tan desagradable!», pensó mientras le ayudaban a asearse y vestirse como para las grandes solemnidades.

—Temía marcharme de Hispania sin tener el placer de veros de nuevo, señora. Compruebo con regocijo que vuestra belleza no decrece con los años y vuestro fulgor no decae. —El cardenal recibió a Teresa con la cortesía que le era habitual—. ¡Qué gran alegría me procuráis con esta visita!

Jacinto, a pesar de que ya tenía sesenta y seis años, habría tenido un aspecto excelente de no haber sido por las diarreas que le habían tenido postrado en Zamora, pero Teresa pasó por alto esta circunstancia.

—Tan grande como vuestra galantería es vuestra apostura y buena presencia, que ya quisieran para sí muchos de los caballeros de estos reinos que no habían nacido cuando fuisteis nombrado cardenal.

—No os lo vais a creer, condesa, pero me estaba acordando de vos ahora mismo, porque estoy preparando una bula para resolver con equidad el pleito entre monjes y clérigos del monasterio de Santa María que era de vuestra familia. La Iglesia no puede dejar desamparados a sus antiguos ocupantes, aunque se resistan a ser reformados. Tienen hijos y derechos. Pero, decidme, señora mía, ¿a qué debo esta grata visita?

—Recordaréis que durante nuestro encuentro, hace casi veinte años, durante el Concilio de Valladolid, dijisteis que algún día se volverían a cruzar nuestros caminos porque teníais muchas historias que contar —comenzó Teresa, entrando en materia sin muchos preámbulos—. Pues ahora soy yo la que viene a contaros una historia digna de ser conocida por vuestra excelencia, y además, tenéis la oportunidad de finalizarla del modo que más convenga —dijo, olvidándose un momento del enfado que traía porque los cumplidos del cardenal le habían alegrado la mañana.

—Empezad sin más dilación, mi querida Teresa, porque me tenéis en ascuas. Que esa historia debe de ser muy jugosa si habéis recorrido media Hispania y habéis madrugado más de lo conveniente para darme el gusto de conocerla, y más aún si corresponde a mi humilde persona llevarla a buen término.

Teresa inició el relato por los cangrejos de Monterroso, continuó con el oso de Lebanza, recordó la división del reino en Valladolid y habló del posible envenenamiento de Sancho. Después dijo que su hija María era hija de sor Dorotea y ella del copero de don Sancho... Y al cabo de dos horas, terminó por fin.

—¡... y Fructuoso, el muchacho que mató al oso y metió al rey en Toledo de la mano de Raquel la judía, ha dejado preñada a sor Dorotea, una dueña de la reina!

—¡Válgame el cielo! Cuánto enredo y cuánto amorío hay en esta historia que me acabáis de relatar con pelos y señales. A fe mía que es digna de ser escrita porque contiene muchos más sucesos y protagonistas que la historia de las calamidades de Abelardo. Y lo peor de todo es que, por culpa de la infanta doña Sancha, os tiene enredados en ella a vos misma y a la monja Dorotea con el cantero, con la reina y con vuestra hija María, y al rey con una amante judía. Y para terminar de complicarlo, aparezco yo mismo en ella, sin comerlo ni beberlo, metiéndome en sospechas con el suceso de los dichosos cangrejos porque me habéis dicho que el rey Sancho murió al cabo de casi tres meses de que los comiera, y que desapareció su copero que era el padre de sor Dorotea. Me da a mí que andando de por medio en la cocina el fraile del códice milagroso de Beato que me quiere hacer papa, cualquier suposición puede tener fundamento. Y siendo mucho lo que se cuenta, no debe de ser menos lo que se calla. Y no precisamente por olvido, ¿verdad, mi querida condesa?

Se ruborizó Teresa sabedora de que el cardenal conocía lo suyo con Fernando desde Monterroso, pero como ella sabía lo suyo con Teodomira, le dedicó una sonrisa de oreja a oreja.

—¿Acaso se les olvida algo a los amantes, señor peregrino?

—¿Y qué hacemos ahora con la monja preñada y con el cantero sacrílego para que la historia termine como Dios manda y no nos enrede más todavía? —preguntó Jacinto, moviendo la cabeza y fingiendo un enfado descomunal.

—¿Qué hizo Jesús con la mujer adúltera, monseñor?

—Dijo que el que esté libre de pecado que tire la primera piedra, pero no es lo mismo adulterio que sacrilegio, y para más inri en la piscina probática. Pero tenemos que evitar que se produzca el escándalo —pontificó Jacinto, que añadió—: Lo primero y más fácil es saber si la reina quiere tener una monja preñada en su corte y si eso provoca escándalo en los fieles. Lo segundo y más urgente es terminar cuanto antes las Claustrillas de Las Huelgas de Burgos, no vaya a ser que se disguste doña Leonor. Lo tercero y más peliagudo del asunto es averiguar quién, por qué y cuándo envenenaron a Sancho, porque han pasado muchos años desde entonces, pero yo creo que no fueron los cangrejos porque pasaron más de tres meses hasta la defunción del rey. Tampoco podemos afirmar si le envenenó el copero porque, según habéis dicho, desapareció sin dejar rastro alguno. Pero dado el tiempo transcurrido, lo más probable es que nunca se sepa lo que mató al pobre Sancho.

»Lo cuarto y más importante es saber si la monja y el cantero, que han pecado gravísimamente, supongo que múltiples veces, tienen algún grado de parentesco. Sabéis que soy el enviado de Pedro, que quiere decir piedra, y que el Señor dijo a los apóstoles que todo lo que desataron en la tierra quedaría desatado en el cielo. Por tanto, yo, que soy la piedra de Dios, de momento voy a llamar a mi notario Maibrardo para que dicte la bula en la que conste que, para evitar mayores males, desato en el cielo los votos que sor Dorotea hizo en la tierra. Lo hago para que la mujer pueda contraer matrimonio conforme a los sagrados cánones con el cantero Fructuoso, para lo cual deben confesarse y cumplir la penitencia que les impongo de acabar cuanto antes las Claustrillas de Las Huelgas. De este modo, doy el mejor final posible a vuestra sabrosa historia, que si empezó con cangrejos en Monterroso bien pudiera terminar con una pelea entre la reina y la judía.

Acabada su misión en Hispania, retornó a Roma Jacinto dejando en vilo a doña Urraca y al rey Fernando. Este estaba muy molesto con el cardenal porque, a pesar de visitarle cuando estaba enfermo en Zamora, de regalarle el anillo, de hacer innumerables donaciones a abades y obispos y a la orden de Santiago, de sufragar los honorarios de Mateo para acabar la catedral de Compostela y de remover Roma con Santiago a través de los obispos de su reino, no consiguió que Jacinto le diera ninguna seguridad de que el papa Alejandro fuera a dispensarle del obstáculo de consanguinidad y declarara nulo el matrimonio con su prima la reina Urraca.

El rey, temiéndose lo peor de un canonista estricto como era el papa Alejandro III, hizo un intento desesperado por salvar su matrimonio y para ello le escribió una carta en la que le rogaba, por el amor de Dios, que no le separara de su esposa y a esta de su hijo, porque el pequeño Alfonso, perdida la vista por una súbita enfermedad, para desesperación de su madre, había estado a punto de morir, pero gracias a la mediación del apóstol Santiago, cuya catedral se sufragaba en su mayor parte a sus expensas, volvió a la vida con la vista recuperada. Argumentó que la separación de madre e hijo podría provocar en el niño una recaída de fatales consecuencias, en cuyo caso el reino se quedaría sin heredero. Finalizó diciendo que, fuera cual fuera la decisión que tomara el Santo Padre, la acataría como el más humilde de los siervos y el más devoto de los cristianos.

El veredicto fue implacable y cayó como un rayo en la familia del rey. Sin tener en cuenta lo que habían trabajado los obispos leoneses para conseguir la dispensa de la consanguinidad, pasando por alto la generosidad de Fernando con los monasterios e iglesias y la insistencia en su lucha contra los infieles en los últimos tiempos, la aportación que suponía la fundación de la orden de Santiago para estos fines y a pesar de todas las circunstancias políticas, el papa Alejandro III no firmó la dispensa canónica que podría validar el vínculo de los reyes de León y, por tanto, el matrimonio era nulo de pleno derecho y los reyes debían separarse inmediatamente porque vivían en concubinato. De lo contrario, serían excomulgados y su reino puesto en entredicho liberando a sus vasallos de la obligación de obediencia.

—Este papa no tiene corazón. No tiene corazón. ¿A él qué le importa el sufrimiento de una madre y la orfandad de un hijo? —decía gimiendo la reina doña Urraca—. ¿No tiene el poder de atar y desatar? ¿No dijo Jesús: «A quienes perdonéis sus pecados les serán perdonados»? ¿Cómo ha podido ser tan cruel con nosotros?

—Eso digo yo —asentía el rey de León—. Insistió el cardenal Jacinto en que fuéramos generosos con la Iglesia y caritativos con los pobres y hemos vaciado las arcas reales. Y a mí ni siquiera me han devuelto el anillo.

—A ti no te ha devuelto el anillo. Pero a mi hijo, ¿quién le devuelve a su madre? ¿Es que puede haber mayor penitencia que quitar a una madre a su hijo y a un hijo privarle de su madre? ¿No decía Jesús cuando querían lapidar a la pecadora: «El que esté libre de pecado que tire la primera piedra»? ¿Es que el papa no peca? —se lamentaba Urraca.

—Y lo peor de todo es que no nos queda más remedio que acatar la penitencia que nos imponga el papa por lo pecaminoso de nuestra relación y por el escándalo que, según él, supone para los cristianos —dijo Fernando.

—¿Penitencia por qué? Mi único pecado ha sido obedecer a mi padre que concertó mi matrimonio con vos, guardaros fidelidad y respeto y daros un heredero al trono y hacer el papel de reina y esposa lo mejor que he podido. Os volveréis a casar y haréis muy bien, pero yo me tengo que encerrar en un convento de por vida, ¿es eso justo? ¿Es eso cristiano?

La reina y su hijo Alfonso estaban especialmente unidos a partir de la enfermedad del niño durante la cual ella no se había separado un momento del lecho y había hecho de lazarillo todo el tiempo que había durado su ceguera, no queriendo compartir esta tarea con ninguna persona de la corte ni de la servidumbre. Si para ella que la arrancaran de su hijo fue un desgarro inenarrable, el hijo único, heredero del trono de León, mimado hasta la saciedad con el argumento de que para lo que le quedaba de vida que hiciera lo que quisiera, no pudo entender que su madre lo abandonara de golpe.

A doña Urraca la bajaron del trono, la separaron de su hijo, le quitaron el marido y le impusieron la cruz de San Juan, haciéndola hermana de dicha orden, y la encerraron de por vida en un convento, como a Eloísa, la esposa de Abelardo.

Séptima parte

El cantero y la monjita

(Cuenca, Galicia, Castilla, León, Toledo 1177-1180)

31

Al igual que Jacinto, el califa Abú Yacub también había abandonado la península después de conseguir que los reyes de Portugal, León y Castilla firmaran con él treguas por separado, lo que le permitió regresar a África con aires victoriosos. Para el joven rey don Alfonso la tregua firmada era solo una treta para ganar tiempo, porque nada más salir el califa de territorio hispano, comenzó a preparar la captura de la ciudad de Cuenca que había tenido a la vista cuando el ejército almohade se retiraba de Huete.

La posición estratégica de Cuenca, que dominaba los accesos al valle del Ebro desde Toledo y abría las puertas al reino de Valencia y proporcionaba una salida al Mediterráneo, hacía muy apetecible su conquista, y para ello el rey Alfonso había reunido una coalición de reyes y contaba con el apoyo de las órdenes militares.

Situada en la cumbre de los roquedales y asomada sobre los precipicios, más parecía nido de águilas que morada de humanos. No se podía haber escogido un lugar más a propósito para desanimar a posibles atacantes. Su orografía era mucho más apropiada para las emboscadas que para los asedios. Emplazada entre las hoces de los ríos Huécar y Júcar, solo se podía acceder a ella por un puente defendido por torres. También era difícil rendirla por hambre, porque, en previsión de asedios como el que se avecinaba, siempre almacenaba comida para sostener a sus escasos habitantes durante una larga temporada.

Después de varios meses de asedio, la corte de doña Leonor se había desplazado a Toledo esperando la llamada del rey, porque quería poner pie en la ciudad de Cuenca tan pronto como se produjera su rendición, que se prometía inmediata.

El verano de aquel año era tórrido en Toledo, y la joven reina, para combatir la canícula, frecuentaba los baños del alcázar. Echaba de menos la compañía de sor Dorotea, que se había casado por la Iglesia con Fructuoso. Pero aquel día disfrutaba de la compañía de Teresa.

—Os podéis creer, señora, que cuando vine a Hispania, hace ya siete años, pensaba que me casaban con un rey oriental. Cristiano, eso sí. Pero que vivía según las costumbres de los árabes y de los persas —dijo la reina.

—¿Quién metió esas extravagantes ideas en vuestra cabeza? —preguntó Teresa.

—Los trovadores hacían canciones de despedida y se burlaban de mí diciendo que al cruzar los Pirineos vendrían a buscarme con camellos y me llevarían por el desierto hasta un oasis donde me esperaba el rey para llevarme a la capital de su reino en una alfombra voladora.

—También a mí me decían en Galicia que en Castilla había arroyos de leche y miel, pero no era cierto y encima en verano se secan los ríos. Buena decepción os llevaríais al atravesar Aragón.

—Era un verano tan caluroso como este y salían muchos moros a saludarnos al paso de la comitiva. Cuando por fin llegamos a Burgos y me alojaron en aquel castillo que parecía una prisión llena de mazmorras, pregunté por el palacio del rey y me dijeron que aquel castillo era su palacio. Me dieron ganas de regresar con mi madre. Gracias a que me llevaron a San Pedro de Cardeña durante una temporada, porque si me dejan en aquella fortaleza, me muero. El claustro del monasterio, con los arquitos de piedras de dos colores, que tenía un surtidor en el centro, se parecía a los palacios de los reyes moros que yo había pintado en mi imaginación.

Como Cuenca era mucho menos calurosa que Toledo y su rendición parecía inminente, con el beneplácito de don Nuño, la reina y Teresa fueron llevadas hasta el campamento regio para que participaran en la entrada triunfal a la ciudad en la que sería la primera conquista del joven rey don Alfonso.

A finales de julio ya se daba por hecho que la ciudad de Cuenca se rendiría de un momento a otro porque los sitiados se ofrecían a parlamentar las condiciones de su rendición. En el campamento cristiano reinaba un ambiente festivo que se anticipaba al éxito de la empresa.

Pero aquel amago de rendición era solo una estratagema urdida para sembrar la confianza y la relajación en el campamento cristiano. Cubiertos por el oscuro manto de la noche, un grupo de atrevidos defensores se descolgó por una grieta del roquedal, se dejó llevar por la corriente y se aproximó sigilosamente al campamento real con la intención de dar un golpe definitivo. Don Nuño descansaba junto con su sobrino don Pedro Manrique en una de las tiendas que formaban el círculo de protección de las que ocupaban los reyes.

Pasada la medianoche, el conde se despertó al oír ruidos extraños y después un grito ronco y entrecortado y algunos cuchicheos.

—¡Despierta, Pedro —exclamó—, rápido, rápido, cojamos las armas y salgamos a ver lo que ocurre! —gritó, sin tiempo ni condiciones para protegerse con la armadura.

Al asomar al exterior, una sombra se arrojó sobre él y le lanzó un mandoble que le dio un corte en el brazo y a continuación le clavó el alfanje en el costado.

Inmediatamente, su sobrino Pedro Manrique dio la voz de alarma y todo el campamento se puso en guardia.

Al cabo de un buen rato de forcejeo y lucha despiadada, los sitiadores consiguieron acabar con los intrusos y pudieron comprobar cómo estos habían ido dejando un reguero de vigías degollados a lo largo de su recorrido hasta la tienda real. Afortunadamente para el rey don Alfonso, la pronta respuesta de Nuño había salvado su vida.

A los asaltantes que sobrevivieron se les obligó a escribir una proclama en la que se amenazaba con degollar a todos los habitantes de Cuenca si la ciudad no se rendía de inmediato. Para que supieran lo que les esperaba, las cabezas de los osados asaltantes envueltas en sus ropas, junto con el emplazamiento a la rendición cosido a estas, fueron lanzadas con catapultas por encima de la muralla.

A los muertos propios se les dio cristiana sepultura y los heridos recibieron los cuidados médicos disponibles. Nuño estaba entre los peor parados y el diagnóstico no permitía albergar esperanza alguna de salvar su vida.

Teresa sospechó la tragedia nada más ver llegar a su sobrino Pedro Manrique desencajado. Nuño siempre había vivido tentando a la suerte en medio del peligro, y alguna vez tenía que ser la definitiva.

—Tenía que pasar. Igual que le ocurrió a tu padre —fue lo único que acertó a decir cuando su sobrino le confirmó los malos presagios—. A él le mataron los propios cristianos y con Nuño van a acabar los infieles.

El asedio proseguía y, mientras el rey y sus consejeros ultimaban los preparativos para el ataque final, se improvisó una enfermería a propósito para don Nuño a poca distancia del campamento para que no sufriera las molestias que generaba el trasiego de soldados, y donde corriera un poco de viento. Teresa no se separaba de su lado y su hijo Fernando, que no quería perderse la conquista de la ciudad, le visitaba siempre que podía. El rey lo hacía con frecuencia y tanto el obispo Raimundo como el primado Cerebruno se turnaban para infundirle ánimos, aunque Nuño sabía de sobra que, con heridas como las suyas, moriría en pocos días en medio de atroces sufrimientos. La fiebre y el aguardiente que le suministraban para mitigar sus dolores le producían delirios y no distinguía la realidad de las alucinaciones.

—Hijos míos, Teresa, ¿cómo habéis llegado hasta aquí tan pronto? No os preocupéis por mí. Estas cosas pasan en todas las guerras. Ya veréis como pronto me encontraré bien y podré volver con vosotros a nuestra casa de Herrera y saldré a cazar con mis halcones y mis azores. Pero no me dejéis solo ni que me corten la cabeza, que tengo miedo a morirme y que me lleven al infierno —decía en voz alta.

Pero el conde también tenía algunos momentos de lucidez. En uno de ellos comprobó que se encontraba a solas con

Teresa, hizo una señal para que se acercara todo lo que pudiera y le dijo con un hilillo de voz:

—Ahora que voy a morir, me siento liberado del juramento que me impedía decirte qué pasó con el copero y su hija cuando robamos a la niña recién nacida.

«A buenas horas, esposo mío. María ya está en el convento y sor Dorotea está en Francia con Fructuoso», pensó Teresa.

—Al copero le mató mi hermano Manrique porque creía que había envenenado al rey. Tenía el pellejo con el vino que tomaba Sancho para digerir mejor la comida. Le obligó a beber grandes cantidades y murió a los pocos días. El copero repetía una y otra vez que el pellejo lo había traído de Sahagún... y que se lo había dado Facundi...

»El padre de la niña era... era... le estoy viendo como si le tuviera delante, era... era...

Nuño perdió la consciencia justo en el momento en que entraba en la tienda el obispo don Cerebruno.

—Confesión, necesita confesión y sacramentos, que no le podemos dejar morir como si fuera un pagano —clamaba el arzobispo mientras Teresa pasaba un paño mojado por la frente y el cuello del moribundo.

Nuño se revolvía inquieto soñando en voz alta. Teresa, que le humedecía la frente constantemente para bajarle la temperatura, se daba cuenta de que su esposo la tenía presente en su delirio y le hablaba dulcemente para tranquilizarle.

—Estoy a tu lado, Nuño. Para cuidarte y hacerte compañía, para hablarte de nuestros hijos y de la torre de Aguilar. Para decirte que no te preocupes por los halcones y los azores, que los saca todos los días Mauricio, y que la iglesia de Santa María tiene acabado el crucero nuevo. Y también que los reyes han venido a verte cuando estabas dormido y no quisieron que te despertáramos. Nadie te va a cortar la cabeza. Toca mi rostro y acaricia mi pelo para que veas que esto no es un sueño.

Hacía horas que el conde había perdido la cabeza cuando también perdió la vida. Estaba acompañado por su esposa, su sobrino Pedro, el arzobispo Cerebruno, el obispo Raimundo y el rey de Castilla. Dejaba viuda a Teresa con cuarenta y un años; y huérfanos a Fernando, Álvaro y Gonzalo, que seguirían la estela de su padre; una hija monja; y Sancha y Elvira; a las que habría que casar como correspondía a su alta alcurnia.

Teresa, que llevaba varios días sin dormir, estaba velando el cuerpo de su marido cuando se acercó la reina Leonor.

—Hace cuatro días, como quien dice —le dijo—, estábamos en Toledo levantando palacios y construyendo monasterios en el aire. ¡Lástima que no tengamos construido mi monasterio junto a mi palacio donde huelga el rey cuando se acerca a Burgos, porque seríais su primera abadesa y gozaríamos de continuo de vuestra impagable presencia!

Teresa estuvo a punto de sufrir un desmayo porque se imaginó en el convento que proyectaba la reina en Burgos, rodeada de mendigos, peregrinos, enfermos y prostitutas como los de Fontevraud, enseñándole sus pústulas y miserias. Después se compadeció de la reina doña Urraca de León, recluida en un convento y separada de su hijo Alfonso, y del rey don Fernando de León, y también evocó a su hija María en el monasterio de Perales, ignorante de la suerte de su padre.

—Lo que tenía que pasar, pasó —dijo Teresa con resignación, mirando a los ojos a su hijo Fernando, que por estar en el campamento fue el primero de sus vástagos en conocer la funesta noticia—. Espero que tengáis más suerte que vuestro padre, que ganó tantas paces como batallas, pero en la última de estas perdió la vida. Recemos y digamos muchas misas por su alma para que Dios se la devuelva en la otra y le conceda la paz que nunca conoció en esta. Hijo mío, no hay mucho tiempo para el llanto y el dolor. Tenemos que levantarnos y caminar. Se han acabado los gobiernos en Castilla. Fernando, tú, que hace tiempo que eres conde, tendrás que abrir el camino a Álvaro y a Gonzalo. De ahora en adelante, tendréis que prosperar por vosotros mismos partiendo del ejemplo de vuestro padre. A Elvira y a Sancha les buscaremos un buen casamiento, que María está en manos de Dios en el convento de Perales y seguro que pronto será abadesa.

A Nuño lo sepultaron en una sencilla tumba en el suelo de la iglesia del monasterio de Aguilar, muy cerca de donde estaban enterrados su hermano Álvaro y el conde Osorio junto a su hijo Rodrigo. El templo seguía en obras y los familiares de los fallecidos estaban esperando a que terminara la ampliación para trasladarles a unos sarcófagos dignos de su fama y de su fortuna.

Después del sepelio, cuando por fin pudo conciliar el sueño, Teresa soñó que Nuño se revolvía inquieto en el sarcófago romano de Herrera.

—¡Al infierno no, que soy el conde don Nuño, al infierno noooo! —clamaba—. Llevadme si queréis al purgatorio, pero al infierno noooo.

Su marido solo dejó de lamentarse cuando su halcón favorito entró en el templo, se posó en su brazo y se quedó vigilando para que no se lo llevaran los demonios.

Días después, Teresa acudió al monasterio y se acercó a la tumba de Nuño para despedirse colocando una lápida con una inscripción, al modo de los epitafios romanos que Jacinto le había enseñado.

QUE LA TIERRA TE SEA LEVE, NUÑO QUERIDO.
DISTE TU VIDA POR EL REY NIÑO QUE GUARDASTE CON HONOR.
DUERME TRANQUILO, ESPOSO MÍO, QUE YA TU ESPADA DESCANSA DE
TUS AFANES JUNTO A LA ARMADURA MALTRECHA
Y LOS HALCONES Y AZORES VUELAN LIBRES POR LOS CIELOS DE
CASTILLA.
TU HALCÓN FAVORITO TE ACOMPAÑARÁ PARA SIEMPRE
GUARDANDO EL SEPULCRO QUE TE MERECES.
TE LO PROMETE TU ESPOSA QUE, MIENTRAS VIVA,
EL RECUERDO DE TU MEMORIA LLENARÁ SU CORAZÓN

«Anoche soñé contigo —añadió Teresa para sus adentros, arrodillada ante la lápida—, y vengo para pedirte perdón por no haberte creído cuando decías que no habías sido amante de la madre de María y para tranquilizarte. No tengas miedo de los tormentos del infierno porque he donado a los frailes muchas heredades en Herrera *pro anima tua* para que el último día resucites con los bienaventurados y comparezcas ante el

Cristo de Carrión. Si no te importa, estaré una temporada en Galicia para enredarme en las raíces de mi infancia y sobrevivir a tu desdichada fortuna. No te preocupes por nosotros, esposo mío, porque mientras Dios me dé vida, me ocuparé de que nuestros hijos sean dignos de un padre tan cabal y valeroso, y el nombre de la casa de Lara sobreviva en la memoria de las gentes por muchas generaciones».

32

El rey Alfonso no se olvidó de recordar a Nuño cuando el día 21 de septiembre 1177 tuvo la ciudad de Cuenca bajo sus dominios. Después de nueve meses de asedio, sus habitantes se rindieron a cambio de que respetaran sus vidas.

Una vez desaparecido don Nuño, a cuya sombra siempre había gobernado, el rey Alfonso restauró la muralla de Cuenca, incorporó un buen número de cristianos a la población musulmana, impulsó la construcción de nuevos barrios en la ciudad y dotó a esta de concejo, fuero y obispo, extendiendo sus dominios por tierras de La Mancha hacia el sur y el Mediterráneo en lo que de verdad era el comienzo efectivo de su reinado.

Teresa, que se había concedido a sí misma una tregua, estaba en Monterroso, recontando sus propiedades en Galicia y tratando de encontrar acomodo a su vida y a la de sus hijos después de tantos años dependiendo de un marido todopoderoso.

Recorriendo las estancias del castillo como hiciera con Cecilia cuando murió su padre, se sorprendía a sí misma con un sentimiento de liberación que se superponía a los de soledad y tristeza.

—Ha sido el destino y, como decía Nuño, lo que tenía que pasar, pasó —le dijo a su amiga Constanza Osorio, que, después de ser repudiada por Fernán, había contraído nuevo matrimonio con el noble gallego Pedro Arias, actual gobernador del castillo de Monterroso.

—Puedo entender cómo te sientes, porque recuerdo el golpe que fue para mí el asesinato de mi padre por el animal de Fernán. Pero ya ves, Teresa, la vida sigue. Yo rehíce la mía a los pocos años. Nos nació enseguida Estefanía... A lo mejor a ti te pasa lo mismo. La vida da muchas vueltas...

De pronto llegó un niño como de seis años, algo raquítico y malcarado que se dirigió a la condesa con mucho desparpajo y un punto de insolencia:

—¿Quién es esta que ha venido al castillo?

—¡Oye, niño, que yo nací en este castillo y he vivido en él muchos años! Los caballeros que yo conozco se presentan de otra manera —respondió Teresa, que vio en el niño un gran parecido con su tío, el difunto Sancho el Deseado.

—Estáis hablando con el heredero de la corona de León —le espetó el niño.

—Y vos con la condesa doña Teresa Fernández de Traba. Viuda del conde Nuño Pérez de Lara.

—Ese era enemigo de mi padre.

—El enemigo de vuestro padre es el califa Abú Yacub y también vuestro abuelo Alfonso, el rey de Portugal, que es hermano mío, para que lo sepas —respondió Teresa con energía, pero como sabía las vicisitudes del niño durante su grave enfermedad y lo que había sufrido con la separación de sus padres, cambió el tono de la conversación y le dijo con ánimo de ganarse su estima y su voluntad—: Por cierto, futuro monarca, ¿sabéis jugar al ajedrez?

—¿Sabéis jugar vos? Porque a mí nadie me enseña en este castillo. Todos dicen que es un juego de mayores.

—Eso es porque tienen miedo de que les ganéis y no quieren sufrir una humillación de manos de un niño.

Tras charlar unos momentos, vino el aya para llevarse al niño a su aposento.

—Ya ves. Fernando sigue la costumbre del emperador y también ha querido que su hijo se eduque en Monterroso y desea que le criemos Pedro y yo, como hicieron tu padre y el mío con él.

—Este es peor que su padre, menudo temperamento que tiene —comentó Teresa a Constanza.

—Está convencido de que su madre no le quería y que por eso se metió en el convento y que su padre le quiere menos todavía, porque lo ha desterrado aquí. Nos está costando hacernos con él porque encima tiene un genio endiablado. Por aquella enfermedad que le consumía lo estuvieron criando a base de mimos pensando que se moría... y como no se ha muerto, sigue exigiendo los caprichos y mimos de entonces... Y así, a ver quién educa a esa criatura. Como algún día llegue a reinar, nos muele a palos a todos —dijo Constanza.

Teresa alargaba todo lo posible su estancia en Monterroso para recobrar fuerzas y encontrar en los rincones de la infancia la savia que necesitaba para que la energía corriera de nuevo por sus venas. Una tarde fresquita de otoño, salió en busca de la pradera en la que en otros tiempos el conde Osorio adiestraba al príncipe Fernando en las nobles artes de la equitación. Hacía un rato que había dejado de llover y el vaho que respiraba la campiña se agitó con el relincho poderoso de un caballo llamando a la yegua.

Encendida y sofocada por la cabalgada, y con la cabellera flotando al viento, Teresa se detuvo un momento al borde del prado para recobrar el aliento y como comprobara que un jinete se acercaba, picó espuelas y espoleó a la yegua para que corriera al galope tendido en dirección al seto arbolado tratando de saltar por encima para escapar de su perseguidor. Pero la vegetación había crecido tanto que, cuando se aproximaba a toda velocidad, tuvo miedo de saltarlo y dejó a la yegua actuar a su libre albedrío. El noble animal rodeó el obstáculo, lo que dio tiempo a Teresa a saltar a la carrera, pero rodó por los suelos mientras la yegua escapaba hacia el bosque.

Después de deslizarse unos instantes entre los helechos, tuvo la fortuna de dar con su cuerpo en un lecho de musgo con la vestimenta revuelta y el cabello desordenado. Su pecho se movía agitadamente por el susto y por el miedo. Tenía la respiración entrecortada cuando se apercibió, sin tiempo para levantarse y salir corriendo para esconderse en la espesura, de que el jinete desconocido detenía su cabalgadura y avanzaba hacia ella.

Cuál no sería su sorpresa cuando comprobó que el mismísimo Fernando, rey de León, que había llegado al castillo por sorpresa para visitar a su hijo, se abalanzaba para socorrerla.

—¿Estás bien, Teresa? ¿Pero cómo se te ocurre salir corriendo al galope para escaparte? He venido en tu busca para darte una sorpresa y recordar los tiempos pasados, y por poco te matas por mi culpa.

Teresa, que no daba crédito a lo que veía, se sentía ridícula, tirada boca arriba en el suelo, como una niña traviesa pillada in fraganti. Pero allí tendida sobre el musgo, a su merced, con las mejillas arreboladas y enseñando unos muslos sonrosados y tentadores, Fernando la encontró como la criatura más apetecible del mundo y sin pedir permiso se recostó junto a ella.

—Por aquí me caí del caballo hace casi treinta años, cuando quería lucirme ante ti delante del conde Osorio. Nunca he olvidado que viniste corriendo a socorrerme gritando: «Fernando, amor mío, amor mío».

—¿Lo dices en serio? ¿Te acuerdas? ¿Y qué pasó después? —preguntó Teresa.

—Me diste una bofetada y te desmayaste. Después estuvimos unas cuantas noches acariciándonos los rasguños, a pesar de que Jacinto nos tenía sometidos a vigilancia.

—Veo que te acuerdas de todo. Nunca lo hubiera sospechado.

—¿Acaso se les olvida algo a los amantes?

—¿Tú me quieres algo, Fernando?

—Claro que te quiero, Teresa.

—Claro que me quieres. Claro que me quieres. Pero, ¿cómo me quieres?

—Te quiero como una amiga —y le dio un beso en la mejilla—, te quiero como una mujer —y le dio un beso en la boca—, te quiero como una amante —y le besó los pechos— y te quiero como una reina —y le besó el vientre como buscando el sitio donde los reyes ponen la semilla para tener herederos al trono.

De pronto, Teresa sintió que el río de su existencia que ella creía que se acercaba a la desembocadura había trazado un gigantesco meandro para volver al lugar de partida. No importaban los años que ella tuviera, y además Fernando la necesitaba y la quería, por eso había ido en su busca tan pronto como supo que se hallaba en Monterroso.

—Pero si ya no soy una muchacha apetecible, sino solamente una pobre viuda cargada de hijos y de responsabilidades —protestó, resistiéndose a los ímpetus galantes del rey.

—Y yo un pobre muchacho de cuarenta años, soltero y sin compromiso, que te pide en matrimonio.

—Somos primos, y ya sabes cómo se las gasta la Iglesia. Pero aunque el papa lo ordene, yo no me voy a un convento. Eso que lo sepas de antemano, para que luego no te llames a engaño.

Con estas palabras, Teresa daba por supuesto que el rey se casaría con ella por la Iglesia. Ahora no dependían de las decisiones de otros como antaño. Eran adultos libres de compromiso y estaban a solas en una mullida cama de musgo para hacer su santa voluntad, que era lo que les pedía la savia que corría a raudales por sus cuerpos rejuvenecidos por el reencuentro.

El atractivo de aquel lugar cargado de resonancias juveniles, la complicidad de los helechos, el arrullo de los mirlos, el olor a bosque que transpira y la fingida resistencia de Teresa estimularon de tal modo el apetito del rey, que los dos, sintiéndose como Adán y Eva en el paraíso, comieron del fruto prohibido hasta que se quedaron sin fuerzas.

Una de las noches que pudieron cenar a solas, desgranaron los recuerdos de su estancia en Monterroso en los tiempos en que recogieron a Jacinto cuando se despeñó.

—El muy bribón estuvo a punto de arruinar mi reino incitándome a donar múltiples heredades a la Iglesia con vanas esperanzas de arreglar mi matrimonio a sabiendas de que el papa se iba a mostrar inflexible. Tenía la misma labia para embaucarte con sus enredos diplomáticos que para escenificar aquellas historias tan emocionantes que nos contaba.

—Demos gracias a San Jacinto que te ha traído hasta mis brazos.

Pocos días después les sirvieron una fuente de cangrejos. Teresa, al ver que Fernando, distraído por la conversación, alargaba la mano para coger el más grande de todos, se la sujetó como había hecho el cardenal antaño.

—Para poder casarme contigo, te pido que me digas la verdad de una cosa que me ha atormentado durante toda mi vida: ¿tuviste algo que ver en la muerte de tu hermano Sancho?

—Todo lo contrario —respondió Fernando sin vacilar—. Al salir de Sahagún creí que Sancho me había envenenado a mí con los malditos cangrejos. Cuando me contaron su muerte, pensé, como tú, que le habían envenenado. Pero te juro que no tuve nada que ver... Y ahora estoy seguro de que, si quisieron envenenarme en Sahagún, no fue por instigación de Sancho. Los dos teníamos una posición inestable, estábamos en manos de los nobles...

—Dime la verdad. ¿Por qué mató Fernán al conde Osorio y enseguida repudió a Constanza?

—Esas cosas pasan en los combates y en los matrimonios.

—¿Cuándo empezó Fernán a interesarse por Estefanía? —preguntó Teresa.

—¿Me vas a someter a un duro interrogatorio?

—Es muy importante para mí saber la verdad de lo que ocurrió.

—Que yo sepa, Fernán se fijó en Estefanía cuando estuvimos en Lebanza de cacería. Pero a ella no le gustaba. Decía que era muy bruto.

—Bruto por fuera, pero muy largo y muy astuto por dentro. Al final terminó casándose con ella y ahora tiene el señorío en Trujillo.

—¿Insinúas que Fernán...? —preguntó el rey.

Tal y como estaban las cosas, Teresa prefirió creer en la inocencia de Fernando y no remover más el asunto.

—Yo no insinúo nada, pero si voy a ser reina de León, no quiero verle en la corte. Apártale de mi vista y que se vaya a Trujillo cuanto antes.

—¿Quién me garantiza que mi sobrino Alfonso no me quita la Tierra de Campos si prescindo de Fernán Castro?

—Haré todo lo que esté mi mano para que las cosas se arreglen en familia y por las buenas.

—Eso no depende de ti. Mi sobrino Alfonso quiere esos territorios por las buenas o por las malas. En cuanto a lo otro, tú debes aceptar ser mi reina, que yo me ocuparé de que Fernán salga de León cuanto antes.

Teresa lo abrazó satisfecha. En pocos días pasaría de ser una viuda rica pero desamparada a ser la reina consorte por lo que podría asegurar mucho más fácilmente el porvenir de su hijos varones Fernando, Álvaro y Gonzalo, que a partir de entonces podrían ostentar el título de hijos de la reina de León, y como hijos de Nuño Pérez de Lara que eran, podrían jugar en el tablero del reino que quisieran. Y sus hijas Sancha y Elvira se casarían como si fueran princesas.

Pero ocurrió un acontecimiento inesperado que trastocó todos los planes de Teresa. Esta tenía más de cuarenta años y hacía tiempo que había descartado por completo tener más hijos. Pero ya fuera por los ímpetus juveniles que despertó en el rey o por los nuevos horizontes que se le abrían, al igual que retoña un chopo talado que hunde sus raíces en la tierra, ella recobró de pronto la vitalidad perdida y sintió que en sus entrañas estaban anidando brotes de esperanza. El parto fue muy problemático, pero al final nació un niño muy hermoso al que pusieron el nombre de su padre, el rey de León, y de su abuelo, el conde de Traba. Pero tras este alumbramiento tan tardío, Teresa notaba que se le iba la vida y mandó llamar a la mayor de sus hijas a su lado.

Cuando la abadesa del monasterio cisterciense de Perales, doña María Núñez de Lara, a quien le había disgustado sobremanera que su madre cambiara el luto por el lecho, aunque fuera el de un rey, entró en el aposento de la reina, se encontró desolado a don Fernando al que acompañaban varios obispos y algunos de los principales notables de su corte. Después de hacer una ligera reverencia, sin pararse a saludarle, fue directamente a fundirse en un abrazo con su madre.

La inesperada llegada de su hija fue una inyección de vida para Teresa. Nunca se lo había confesado en voz alta, pero aquella criatura que había adoptado nada más nacer era su preferida.

—Dejadnos, por el amor de Dios, que necesito estar un buen rato a solas con la madre abadesa —dijo Teresa. Cuando la habitación se hubo despejado, exclamó—: ¡Qué alegría me has dado, hija mía! Temía no volver a verte en esta vida.

—Ya veréis como todo sale bien, madre. El Señor no os abandonará en este trance. Están todas las hermanas rezando por vos en Perales y se dicen misas a diario por vuestra salud y por el eterno descanso de mi padre.

—En manos de Dios me pongo, porque después del parto noto que me voy consumiendo como una vela. Antes de que se apague definitivamente mi llama quisiera pedirte perdón por el sufrimiento que te han causado mis decisiones de los últimos tiempos.

—Esta no es hora de reproches, madre —la tranquilizó María, tomando una de sus manos y acariciándola.

—Puede que tengas razón, hija mía, pero yo necesito reconciliarme conmigo misma y contigo. Quiero que sepas lo que he hecho y por qué lo he hecho, aunque a ti te parezca una locura. Acércame un poco de agua, que tengo la boca seca —le pidió, y después de beber pequeños sorbos, respiró dificultosamente y prosiguió—: No creas que me pudo la pasión, aunque algo de ello hubo..., o que me he casado con el rey de León solo por interés. Desde que éramos niños, Fernando siempre tuvo mi regazo como refugio para sus miedos. Hubo demasiada intimidad entre nosotros.

»Anda, hija mía, ayúdame a incorporarme un poco, que prefiero decirte cara a cara lo que tienes derecho a saber y ni siquiera te imaginas. Solo tu padre sabe lo que ocurrió. Después de que nacieran Fernando y Álvaro, tuvimos una niña que nació muerta. Yo también lo estaba casi, cuando la infanta Sancha me trajo una niña que lloraba. Dijo que la madre había muerto de parto. Esa niña eras tú. Te puso en mis brazos para que te diera calor y entonces me quedé dormida.

María estaba pasmada y no podía articular palabra. En un principio creyó que su madre deliraba. Pero después de un rato en silencio rumiando aquella inesperada confesión que removía los cimientos de sus certezas, preguntó con los ojos anegados en lágrimas:

—¿Por qué me contáis ahora estas cosas, madre?

—Porque me estoy muriendo, hija mía, porque me estoy muriendo y no puedo llevarme a la otra vida la carga del secreto sobre mi conciencia sabiendo que me engañaron y porque conozco a la mujer que te trajo a este mundo, aunque no le he dicho que tú sobreviviste.

—¿Cómo se llama ella?

—Hasta hace poco era sor Dorotea.

María, confundida y aturullada por la inesperada noticia y no queriendo saber nada más del asunto, cambió de conversación.

—¿Nunca quisisteis a mi padre, verdad?

Teresa hizo un gesto de dolor, pero se sobrepuso.

—Quererle de perder la cabeza o llorar en silencio como te ha ocurrido a ti con el rey don Alfonso, no —confesó—. Me casé con tu padre porque fue lo que decidieron tu abuelo y tu tío Manrique. Pero nos entendimos muy bien. Le he querido mucho a mi manera, como padre de mis hijos y como esposo, y como tal le he llorado cuando se iba a la batalla y también cuando volvía derrotado, pero no he conseguido quererle con toda la pasión de mi corazón.

—Nosotras ya sabemos cuál será nuestro destino: o te casas o al convento. Como a la Eloísa del cuento a mí me ha tocado consumir el resto de mi existencia entregando mi amor a un Dios al que ni toco ni veo... porque no puedo abrazar al hombre de carne y hueso que corresponda a mi amor. ¿Cómo fue lo vuestro con el rey don Fernando?

—Nunca le tomé en serio, a pesar de que me propuso varias veces matrimonio, pero una vez que murió tu padre, quizás por el horror de sentirme viuda y vosotros desprotegidos, se removieron las cenizas de mis recuerdos y un rebrote de pasión llenó de esperanzas mi corazón. Debió de ser el canto del cisne, hija mía, y espero que Dios me perdone. Porque si hubo pecado a mis años, en el pecado llevo la penitencia... y ¡qué penitencia tan cruel! —Teresa continuó entre sollozos—: Fernandito acaba de nacer... ¡Dios mío! ¿Qué será de él cuando yo falte? ¡Tener que dejarle cuando más me necesita...! Tienes que verle, María, tienes que verle. ¡Es tan lindo! Quizás ocupe el trono algún día. Reza mucho para que no le envenenen... Y que Dios le guarde hasta que se valga por sí mismo... ¡Cuánto dolor... hija mía...! Y no me refiero al físico, sino al dolor del corazón. No tanto por irme, porque noto que se me escapa la vida como el agua entre los dedos y no puedo retenerla, sino por tener que dejaros ahora que...

Teresa no pudo seguir, porque se le hizo un nudo en la garganta. Volvió a beber agua a sorbitos y al cabo de un rato continuó:

—No sabes qué peso me he quitado de encima y cuánta paz me ha traído tu visita. La estaba esperando como agua de mayo. Hasta se me ha pasado el dolor y me ha dado un poco de sueño. ¿No te importa que descanse un poco, hija mía?

Mientras Teresa dormía, llegó Domingo Facundi desde Sahagún, sin que nadie le hubiera llamado, llevando el códice milagroso en la mano. Ante el asombro de María, impuso las manos sobre el vientre de Teresa y después colocó el libro santo abierto en su lugar. A continuación, se arrodilló y miró al cielo, puso los ojos en blanco y pronunció las oraciones y conjuros que solo él conocía.

—¡Una reina por otra reina! Mis maldiciones mataron a la reina doña Blanca y mis bendiciones sanarán a la reina doña Teresa. ¡Confiad en Dios, hermana, que vuestra madre sanará enseguida gracias a la intercesión de Beato! —Dicho lo cual, desapareció tan silenciosamente como había venido.

El libro de Beato y los conjuros de Facundi hicieron el milagro y Teresa se restableció rápidamente. Tan pronto como se encontró con fuerzas, llamó al fraile para devolverle el códice milagroso y agradecerle que le hubiera salvado la vida.

—Perdonadme, vuestra reverencia —dijo la reina cuando el fraile ya se despedía con una inclinación de cabeza—, pero necesito que me contestéis a una pregunta para devolver la tranquilidad a mi espíritu. ¿Estaban envenenados los cangrejos que comieron don Sancho y don Fernando en Sahagún?

—Habrían muerto todos los comensales, señora.

—Entonces, ¿quién le envenenó? ¿Cómo...?

—No puedo saberlo, pero el cuñado del rey don Fernando acompañó a Petrus Albus a buscar el pellejo más adecuado para llenarlo del licor que tanto le había gustado al rey don Sancho. Pudo verter el veneno en el pellejo en un descuido de mi ayudante o del copero durante el transporte. Si es el veneno que yo conozco, al copero no le hacía efecto porque solo lo probaba, pero al rey le acabó matando en poco más de dos meses. ¿Pero quién es este humilde servidor del señor para sospechar del cuñado de su majestad?

Teresa y Fernando decidieron celebrar el matrimonio sin pedir dispensa al anciano papa Alejandro, que bastante tenía con organizar el Concilio de Letrán. La ceremonia de la boda se iba a celebrar en Compostela por deseo de Teresa, y sin mucha solemnidad. Llegaron a la ciudad discretamente y se dirigieron a la fachada de poniente para entrar en la catedral que seguía en obras.

Nada más subir la escalinata y entrar en el atrio que estaba en parte acabado y en parte con andamios, el rey Fernando, que estaba de muy buen humor, avergonzó a Teresa cuando prorrumpió en grandes voces:

—¿Dónde te escondes, Mateo, que no terminas esta obra aunque te maten? Vengo dispuesto a inaugurarla en el día de mi boda y ¿qué me encuentro? ¡Bribonazo! Lo que me temía: que te gastas en andamios los cien maravedíes que te doy todos los años. ¿Cuándo piensas acabar de una vez la niña de mis ojos y el templo de mis sueños? ¿No querrás esperar a que me muera para entregármela, ladronzuelo? —Como los cinceles habían enmudecido y los operarios no osaban asomarse a los andamios para dar explicaciones a los intrusos, el rey continuó con las voces—: ¿Es que no va salir nadie a recibir como se merece a la reina de León?

Apenas había acabado el parlamento cuando el maestro Mateo, cogido de la mano de Cecilia, apareció por detrás de los reyes.

—Tened un poco de paciencia, majestades. Ya se ha hecho lo más necesario. Cerrar y cubrir el templo totalmente, acabar las torres y la fachada de poniente y comenzar el claustro. Ya solo nos falta levantar el pórtico para la entrada de los peregrinos en la basílica. —Antes de que el rey tuviera tiempo de contestarle, añadió Mateo—: Si queréis comprobarlo con vuestros propios ojos, tened a bien seguirnos por la escalera de caracol.

Al igual que había ocurrido hacía casi un cuarto de siglo, recorrieron cogidos de la mano aquella oscura escalera para terminar desembocando en una nave espaciosa y llena de luz. La sorpresa de los reyes fue mayúscula cuando el maestro descorrió una cortina y ante su vista apareció un glorioso pórtico de tres arcos, el central con parteluz y mucho más ancho que los laterales, completamente terminado y primorosamente policromado.

—¡Im-pre-sio-nan-te, Mateo, impresionante! —exclamó el rey—. Nunca en mi vida había visto una portada como esta ni semejante naturalidad en los personajes. Si parece que están hablando unos con otros. ¿Y los ropajes? ¡Con cuánta gracia cuelgan de sus hombros las túnicas!

—Es cierto —se maravilló Teresa—. Se ve en ello la mano del hijo de Mateo y en el colorido y adorno de las telas la experiencia y el gusto de Cecilia. Me recuerda un poco el sepulcro de los santos mártires en Ávila. Los apóstoles que hablan unos con otros..., el verismo y el colorido tan atrevido. Y los músicos ancianos de la arquivolta sobre el Cristo Majestad tienen la gracia de las figuras de la portada de Carrión.

El maestro Mateo no decía ni media palabra y Cecilia miraba a Teresa y al rey con cara de incredulidad temiendo que de un momento a otro les pondría en fila y les pediría que enseñaran las manos como en Sahagún cuando lo de la Tizona.

—¿Cómo te atreves a tomarme el pelo de esta manera, Mateo? El que una vez me salvaras la vida en los tejados de esta catedral no te da derecho a tomarme por tonto. Si esto es todo lo que has hecho con los marcos que te he enviado puntualmente durante una década, no tendré más remedio que ordenar que te corten la cabeza —exclamó Fernando, dando grandes voces; después totalmente enfurecido, añadió—: Tú no levantas catedrales, Mateo, solo sabes hacer maquetas como la que tenías en el desván de las gallinas.

Teresa no sabía dónde meterse, porque, a pesar de conocer a Fernando de toda la vida, no sabía si hablaba en serio o lo hacía en broma, pero como sintiera gran ajetreo, olor a incienso y el rítmico cántico de los cinceles y los punteros en la nave contigua, le hizo una seña a Cecilia.

—Si esta hermosura de pórtico es el modelo, ¡cómo serán los originales! ¿Por qué no nos mostráis todas las esculturas que habéis elaborado desde que vinisteis con el maestro desde Aguilar?

—Están todas esperando a que entren sus majestades para darles la bienvenida. ¡Pasad cuando gustéis! —dijo Cecilia, porque Mateo había enmudecido.

Fernando tomó del brazo a Teresa y con el paso rápido y la cabeza bien alta se dispuso a realizar el recorrido.

Debía de estar traspasando el umbral del reino de los cielos, porque Teresa solo recordaba su entrada en la iglesia de los mártires de Ávila como un acontecimiento semejante. El recibimiento fue apoteósico. Fernando se reía como un niño y Teresa lloraba de alegría porque de pronto se encontraron flotando en nubes de incienso que salían de botafumeiros balanceados por un coro de ángeles turiferarios que cantaban alabanzas al Señor de los ejércitos.

Cuando se despejó un poco la humareda, se encontraron, luminoso frente a ellos, a Santiago peregrino que había salido a su encuentro para recibirlos y darles la bienvenida en nombre de todos los apóstoles. Se notaba que estaba cansado porque enseguida se sentó discretamente... apoyando la mano en su cayado.

—Tu nombre es Música —exclamó nada más distinguir a Cecilia.

Al escuchar la palabra música, los ángeles hicieron sonar sus trompetas inundando el templo de armonías celestiales.

Pero no eran los únicos que lo hacían, porque los veinticuatro ancianos del Apocalipsis se sumaron al festejo interpretando las mejores piezas de su repertorio tocando al unísono sus instrumentos.

Separados por un pasillo, apóstoles a la derecha y profetas a la izquierda, habían bajado de sus pedestales para darles la bienvenida mientras desfilaban hacia la catedral.

Mateo y Cecilia acompañaban a los reyes haciendo las presentaciones oportunas. Aquellos santos que gozaban de la cercanía del Todopoderoso los recibían con una humildad y una naturalidad sorprendentes. El profeta Daniel sonreía a Teresa mientras Jeremías amonestaba severamente a los reyes por haber yacido juntos antes del matrimonio. Y Pedro agitaba las llaves del reino de los cielos dando a entender que la última palabra la tenía el pontífice. Al final del recorrido completamente petrificado, esperaba Mateo encorvado por el peso de la obra que gravitaba sobre sus hombros. Al ver llegar a los reyes, se arrodilló humildemente y agachó la cabeza para que Fernando le propinara los coscorrones que merecía.

Al ver Teresa que el rey cerraba el puño para golpearle con los nudillos, se adelantó y pasó la mano por los cabellos de Mateo.

—¡Qué espectáculo tan maravilloso, Mateo! ¡Qué suerte la tuya no haber cambiado desde entonces! Sigues siendo tan travieso como un niño y tan sabio como los maestros antiguos. El pórtico que preparas te dará gloria imperecedera.

Después de que el obispo Suárez de Deza les atara en el cielo y en la tierra, departieron un buen rato con los artistas y el resto de sus ayudantes.

—¿Dónde tenéis el Cristo, que no ha salido a recibirnos? —preguntó Teresa.

—Nos falta por hacer, porque aquí no tenemos la piedra de Dios. Esta de granito o de mármol es mucho más dura. Aunque si Fructuoso estuviera con nosotros... lo tendríamos acabado. Te acordarás que el de Carrión se asemejaba a don Nuño. Pero mi hijo Mateo estaba esperando que llegara el rey don Fernando para hacerle lo más parecido posible. El mayor problema estriba en que este Cristo es mucho más voluminoso y tiene mucha dificultad. ¡Ya veremos cómo le queda!

Al salir de nuevo a la calle, mientras las campanas daban alegres volteretas, Teresa levantó la vista hasta la cornisa del tejado. «¿Quién me iba a decir a mí, cuando resbalaba Fernando por el enlosado de la cubierta, que iba a caer en mis brazos al cabo de casi treinta años para hacerme reina de León en esta misma catedral? —pensó—. ¡Qué cosas tiene la vida! ¡Le he amado, le he odiado una y otra vez y al final he podido amarle de nuevo! Si mi padre levantara la cabeza, no daría crédito a sus ojos. Y si Jacinto estuviera aquí para contemplar este espectáculo, me diría: "¿Acaso se les olvida algo a los amantes?"».

33

Algún tiempo después de la boda, entró el rey don Fernando a los aposentos de Teresa mesándose los cabellos y totalmente desencajado:

—¡Ha ocurrido algo terrible, Teresa, terrible de verdad!

Teresa, aterrada, pensó que alguno de sus hijos había muerto en combate.

—¿Quién ha sido, Álvaro, Fernando, Gonzalo? ¿Cómo ha ocurrido?

—A ellos no les ha ocurrido nada, pero han matado a mi hermana Estefanía.

—Pero... ¿Quién? ¿Cómo? ¿Por qué?

—La acaba de matar su marido.

—¿Pero no estaba Fernán apartado en Trujillo? Me lo habías prometido antes de casarnos.

—Esas fueron mis órdenes y así fue una temporada. Pero al parecer volvió a León sin pedirme permiso. Ahora averiguaremos lo que pasó. Vístete y vamos al salón donde nos esperan el criado y dos de los caballeros de Fernán que han traído la noticia.

Teresa así lo hizo a toda prisa, y cuando bajó al salón, el criado comenzó su relato, atropellado y nervioso por lo que acababa de presenciar.

—La culpa la tuvo Efrén, el palafrenero, que le fue con el cuento al señor diciendo que la señora tenía un amante —dijo el muchacho que tenía las manos y las ropas cubiertas de la sangre todavía fresca de la desdichada Estefanía—. Por lo que ha contado Efrén —continuó—, el señor volvió a escondidas de Trujillo y se escondió para sorprenderla, como un ladrón en su propia casa, vigilando por la noche y dormitando por el día. Esta noche que había de luna llena, agarró al caballero que visitaba a la señora por la cabeza en el momento en que cruzaba la cerca abriendo la puerta con una llave que le habían proporcionado, y lo degolló de un certero golpe de daga y, una vez en suelo, lo cosió a cuchilladas. —El criado, viendo que los reyes se bebían literalmente sus palabras, hizo una pausa, respiró profundamente y añadió al cabo de unos instantes de inquietante silencio—: El señor subió corriendo las escaleras y entró en el aposento de la señora...

—¿Qué pasó entonces? ¡Contad rápido lo que ocurrió, hombre de Dios! —le apremió el rey, viendo que Teresa había enmudecido y estaba blanca como una pared.

—Al oír el alboroto, los criados y los caballeros fuimos corriendo hacia los aposentos de los señores. Cuando llegamos, nuestras candelas iluminaron una escena terrible. El señor estaba vestido, al borde de la cama, con el puñal levantado y la cara desencajada, levantando la sábana enrojecida que cubría el cuerpo ensangrentado y desnudo de la señora. Aunque parezca mentira, en su rostro no había sofoco ni agitación. Tampoco habría tenido tiempo de desnudarse ni descalzarse, ni se veía la ropa de calle por ninguna parte.

»Empezaron a ladrar los perros y nos dimos cuenta de que la camarera estaba dentro de un baúl vestida con las ropas de la señora. Al darse cuenta de la inmensidad de su error, el señor la cubrió con la sábana ensangrentada, salió de su aposento con ella en los brazos y bajó las escaleras del palacio dejando un reguero de sangre. No sabíamos qué hacer y nos pusimos a seguirle a cierta distancia a la luz de la luna. Hasta que llegamos al borde del río. Antes de que la arrojara a la corriente, nos acercamos corriendo y le quitamos el cuerpo sin que el señor ofreciera resistencia. No pesaba nada la pobre, pero el rato que me tocó llevarla me puso perdido de sangre.

—Nosotros cogimos al señor por el brazo. Tenía que ver su majestad cómo lloraba de pena —dijeron los caballeros—.

Sin oponer resistencia se dejó llevar mansamente hasta el palacio. Nada más llegar, lo trasladamos a las mazmorras atendiendo sus súplicas.

—Colgad al palafrenero y a la sirvienta al amanecer —ordenó el rey—, y dad el cuerpo del amante de aquella a los buitres. Y mañana al mediodía traedme a palacio a vuestro señor.

Teresa apenas pudo conciliar el sueño en lo que quedaba de noche y lo poco que durmió fue una continua pesadilla. Haciendo acopio de fuerzas se levantó para escuchar la versión de Fernán.

Llegó vestido con hábito de penitente, la cabeza cubierta de ceniza y con una soga atada al cuello. Llevaba en la mano derecha el arma del crimen. El señor de la guerra, que había matado a su suegro el conde Osorio y a don Manrique, sin que le temblara el pulso ni se le moviera un músculo de la cara, se palpaba la cabeza nervioso recorriendo con el dedo índice la cicatriz que más le dolía: el corte que le había hecho Constanza, su primera esposa, al estrellarle una jarra de vino en la cabeza.

Teresa tuvo que contenerse para no escupirle en la cara.

—Tira esa daga al suelo, imbécil —le ordenó su cuñado el rey Fernando cuando lo condujeron a su presencia.

No solo tiró el puñal, sino que se arrojó él mismo al suelo y empezó a dar cabezadas contra el pavimento.

—Eso es lo que tenías que haber hecho antes, pedazo de animal.

—Perdón, majestad, perdón. Ha sido un terrible error y un engaño. Una desgracia irreparable que se ha abatido sobre mi cabeza. Los celos nublaron mi vista y el tormento encendió la llama de la venganza.

—Aunque yo pueda perdonarte, ni Dios ni tu hijo Pedro lo harán mientras vivas. ¡Canalla! ¿Celos de mi pobre hermana, que besaba por donde pisabas? Ella sí que tenía motivos sobrados para tenerlos de ti, por la vida disoluta que llevabas.

—Por eso pido perdón y exijo el castigo. El castigo que merezco por este crimen imperdonable.

—La habéis matado a ella, envenenasteis a mi hermano Sancho y quisisteis envenenarme a mí también. ¿Acaso queréis acabar con toda mi familia como casi lo hacéis con la de los Lara?

—¿Por qué iba a envenenar a mi señor? A Sancho sí lo envenené.

—¿Se puede saber cómo...?

—En Sahagún eché el brebaje en el pellejo de vino benedictino con miel y plantas medicinales que bebía como digestivo vuestro hermano, pero ¿a vos?

Teresa se estremeció pensando que Fernando podía haber tenido parte en la muerte de su hermano.

—Nunca te dije que envenenaras a Sancho.

—Perdonadme, majestad. Después de los insultos que profirió contra vos en Lebanza y de vuestras amenazas de muerte, creí entender que esa era vuestra voluntad, sobre todo después de la afrenta que os hacía invadiendo vuestros dominios en Tierra de Campos.

—Fuera de mi vista, canalla. Que solo de verte se me revuelven las tripas.

—¿No me impone ningún castigo su majestad?

—Ya llevas contigo el castigo que mereces. Al igual que Caín, el sueño escapará de tus párpados y no conocerás el descanso dondequiera que vayas. Y si no encuentras un fraile que perdone tu crimen, sufrirás los tormentos del infierno durante toda la eternidad. Más te valiera dejar cuanto antes tu vida en el campo de batalla muriendo como un héroe que vivir el resto de tus días arrastrando el fardo de tu culpa y de tu deshonor, que te entregué un día una delicada mariposa y has convertido sus alas en un campo de amapolas.

A Estefanía la enterraron en el panteón de los reyes de San Isidoro. En su sepulcro se lee el siguiente epitafio:

AQUÍ DESCANSA LA INFANTA SEÑORA ESTEFANÍA
HIJA DEL EMPERADOR ALFONSO,
ESPOSA DE FERNÁN RUIZ, PODEROSÍSIMO VARÓN,
MADRE DE PEDRO FERNÁNDEZ, EL CASTELLANO

El asesinato de su prima y amiga Estefanía, aunque no la sorprendió en absoluto, fue un mazazo para Teresa y para el rey don Fernando. Ambos se consolaban viendo que el pequeño Fernando medraba a pasos agigantados gracias a una excelente ama de cría que le amamantaba, como era costumbre en la corte.

La primera vez que el rey don Fernando salió a guerrear contra su sobrino el rey Alfonso de Castilla, Teresa revivió las numerosas jornadas en que Nuño abandonaba el hogar a caballo para combatir con las armas. Malos presagios enturbiaron su mente y oprimieron su corazón. Estaba postrada en el lecho con los nervios agarrados en el estómago, después de unas jornadas que se le hicieron eternas esperando el retorno de las tropas leonesas, y cuando estas llegaron silenciosas, empezó a temerse lo peor.

—¡Ay, Señor! Aquí está pasando algo raro. ¿Por qué no sube el rey a verme? Muerto no está, porque no suenan las campanas y habría llegado un mensajero desde el campo de batalla para traer la noticia. Pero no me gusta esta tardanza.

Al cabo de un buen rato, entró el rey en su aposento arrastrando una pierna y con un rictus de dolor en el rostro.

—Nada, no ha sido nada, solo un buen golpe. No temas, que no me voy a quedar cojo como tu hermano. Esta vez ha habido suerte, porque pude saltar del caballo antes de que me viniera encima. Y menos mal que el maestre Muño Arias me prestó el suyo inmediatamente y pude seguir en el combate. Ellos habían bajado de los montes Torozos y llevaban días descansando a la espera de nuestra llegada.

»Mi sobrino, el muy canalla, blandía la Tizona, y tenía muchos más soldados que nosotros porque una parte de mi ejército luchaba contra tu hermano, que se había confabulado con los castellanos. Lanzaron una nube de flechas y una alcanzó mi caballo, se tambaleó... pero tuve tiempo de saltar. No pudieron con nosotros en las primeras embestidas... y se volvieron por donde vinieron. Nosotros hicimos lo propio, porque yo no estaba en condiciones de perseguirlos. Además, podía ser una estratagema para fatigar a mis tropas que ya estaban cansadas de por sí.

La alegría de verle sano y salvo y la certeza de su rápida recuperación, devolvieron la salud y la tranquilidad a Teresa por una breve temporada. Pero el regocijo duró poco, porque a la corte de León llegaban noticias de los preparativos de nuevos ataques por parte del rey de Castilla, que trataba de recuperar paulatinamente lo que creía que era suyo de acuerdo con la decisión del emperador y del Tratado de Sahagún.

El rey don Alfonso de Castilla estaba muy preocupado porque la reina de León hubiese dado otro heredero a su enemigo, mientras la joven reina doña Leonor no terminaba de darle un sucesor a la corona de Castilla. Ella los engendraba, pero se malograban uno tras otro, y estas desgracias sucesivas llenaban al monarca castellano de preocupación porque achacaba a su pecaminosa relación anterior con Raquel la causa de sus desdichas.

Su tío Raimundo, obispo de Palencia, sabedor de la congoja del rey, acordándose de las circunstancias en que fue engendrado don Alfonso por Sancho el Deseado y Blanca de Navarra, mandó venir desde Sahagún hasta la ciudad del Carrión a un viejo monje tenido por santo para que trajera consigo la reliquia milagrosa que ayudara a los reyes a cumplir con la primera de sus obligaciones.

—Tomad en vuestras augustas manos este códice santo, que es un gran relicario y que siempre ha estado a la vera del *lignum crucis*. Tenedlo entre vos y la reina cuando os ayuntéis y apretadlo con fuerza cuando caiga la semilla sobre la tierra fértil. Pero no dudéis un solo instante de que la tierra será fecunda y dará fruto al cabo de nueve meses. La única condición para que esto ocurra es que socorráis a los pobres y menesterosos, os propongáis la construcción de un gran monasterio en el lugar más adecuado de vuestros reinos, llevéis una casta vida dentro del matrimonio absteniéndoos de relaciones con otras mujeres, especialmente si son judías —dijo entre dientes—, y concedáis al obispo de Palencia las mercedes que solicite —concluyó Domingo Facundi cuando puso en las temblorosas manos del rey aquella bellísima y milagrosa reliquia.

Al rey de Castilla le faltó tiempo para cumplir lo prometido. Dio una gran suma a su tío Raimundo para que atendiera a los pobres y a los enfermos de los hospitales. Y lo que era más importante, los reyes empezaron a preparar los estatutos del monasterio que llevaba planeando la reina para monjas cistercienses junto a su palacio de Las Huelgas Reales de Burgos.

La súbita muerte de Nuño y el cambio radical que había supuesto en su vida verse coronada reina de León, habían impedido a Teresa dejar en orden la torre y todo lo referente a sus propiedades en Avia, Herrera y Aguilar. En el momento en que recuperó las fuerzas, se acercó a las tierras de Campoo viajando de incógnito acompañada tan solo de un reducido grupo de servidores, porque tenía muchos asuntos que resolver durante el viaje.

En Aguilar se llevó una gran decepción al no poder encontrarse con su hijo Fernando, que seguía siendo gobernador del castillo y señor de Avia y Herrera, pero que había viajado a Palencia formando parte del séquito del rey don Alfonso.

Nada más cruzar el umbral de la torre, a Teresa se le encogió el corazón porque escuchó nítidamente la voz inconfundible de Nuño:

—¡Ay, Teresa, Teresa, qué prisa te diste en cambiar el luto por el tálamo y los adioses por los abrazos! ¡Qué pronto las lágrimas de Cuenca se trocaron en sonrisas en Galicia! Caíste en brazos de Fernando para consolarte de tu duelo cuando casi no se había enfriado mi cuerpo malherido. Y ahora ni siquiera te ocupas de que me hagan un sepulcro digno de mis hazañas en el monasterio de Santa María, que tantos quebraderos de cabeza me producía y al que tantos desvelos le dedicaste.

La sombra amenazadora de Nuño vagaba por todas partes. Al entrar en el zaguán vio vacíos los armarios de los azores y los halcones. Todo estaba como ella lo había dejado, pero todo era diferente. La torre estaba fría y desangelada, llena de su pasado con Nuño y completamente vacía de futuro para ella. Era una casa muerta, como el antiguo regente. De repente se dio cuenta de que la torre la rechazaba y aquella era una visita de despedida. Algo le decía que pisaba aquella fortaleza por última vez en su vida.

«¿A qué he venido?», se preguntaba Teresa sabiendo que ahora su sitio estaba en León y Galicia. En la casa habitaban a sus anchas el fantasma de Nuño, las lágrimas de María, los enfados de Álvaro y Fernando... Aunque su cuerpo estaba allí, su corazón estaba en otra parte.

La llegada de su cuñada doña Mencía alegró la faz de Teresa, ahuyentó sus pesares y la ayudó a contrarrestar la hostilidad de aquel lugar.

—¡Qué alegría verte, Teresa! Esta sí que es una verdadera sorpresa. La reina de León se presenta en Aguilar sin avisar.

—No grites, Mencía, que se va enterar todo el pueblo de que he venido. Sabes bien que no he venido como reina, sino como viuda.

—Tonterías. Eso son tonterías. Que tú eres una gran reina y toda tu vida lo has sido.

—¡Cómo me alegro de que estés aquí! —exclamó Teresa, recobrando el ánimo—. Que esta torre puede conmigo. Noto que ya no me quiere y me está pidiendo que me vaya cuanto antes. Tenía tantas ganas de volver como ahora tengo de marcharme.

—Lo mismo me pasaba a mí con el castillo cuando murió Álvaro.

—Fíjate que no sé dónde quedarme, porque me da miedo pasar aquí la noche.

—Te vienes conmigo a mi alcoba. Tenemos tanto de qué hablar...

—Esperaba encontrarme con mi hijo Fernando y mis nietos... y al verlo todo tan vacío... y tan silencioso, me entró la congoja... y se me vinieron encima los recuerdos y las paredes. Hasta ahora no me había dado cuenta de que el pasado está muerto —dijo entristecida Teresa—. El mío murió en Cuenca con Nuño. Es cierto que quedan nuestros hijos y los recuerdos, pero estos los dejo para ellos. Mío ya no es nada y por eso no me llevo nada, porque si lo hiciera sería como levantar la casa de un muerto y el muerto fuera yo misma... Que se quede la casa mi hijo Fernando, que para eso es el gobernador del castillo... Y si no te parece mal, te encargas con él de resolver todos los asuntos que Nuño dejó pendientes. Menos lo del sepulcro, que tengo que verlo con Fructuoso.

En estas reflexiones estaba cuando llegó Mauricio el halconero, que venía del campo de amaestrar a un neblí.

—Vuestro hijo el conde don Fernando no conoce este neblí, últimamente no para por aquí porque va con el rey don Alfonso a todas partes. Lleváoslo con vos a León, será un buen regalo para el rey don Fernando.

—Sería un buen regalo, pero ¿qué puede hacer esta pobre mujer para llevar consigo a un animal semejante?

—Señora mía, estoy aquí para serviros. Yo mismo os acompañaré cuanto haga falta y me haré cargo de los cuidados de este halcón peregrino, como habría hecho con vuestro difunto esposo, que Dios tenga en su gloria.

Cuando subió a la azotea de la torre y se dio cuenta de que los chopos del río sacudían sus ramas a modo de despedida, algo le dijo a Teresa en su interior que no volvería a recorrer con la vista aquellos paisajes sosegados, ni escuchar el discurrir agitado del revoltoso Pisuerga, ni tampoco a pasear por los sombríos sotos de su ribera. Entonces empezó a mirar las cosas y los lugares como si fuera por última vez. La torre oscura y silenciosa, la plaza del mercado con la iglesia austera, el castillo recortándose sobre un cielo transparente y luminoso, el camino extramuros de la villa con el monasterio de Santa María al fondo en la tarde fría. Todo le parecía apagado y triste e incluso muerto, como Nuño, su esposo, que la estaba esperando en el convento.

Su cuñada Mencía acompañaba comprensiva su silencio, observando su tristeza de reojo, y notaba que a Teresa le costaba entrar en el sagrado recinto porque iba a tener que escuchar los lamentos de Nuño iracundo desde la tumba.

—Los ríos corren hacia abajo, Teresa. Mira el Pisuerga —dijo Mencía—. Los recuerdos te llevan hacia arriba a contracorriente con mucho dolor. Entra en el convento y despídete de Nuño para siempre. Hazlo, porque de lo contrario te sentirás mal contigo misma toda la vida y vendrá a verte por la noche con reproches y no podrás cerrarle la puerta de tus sueños. Los muertos cuando se van llevan con ellos las llaves de muchas estancias y ya nunca nos dejan entrar en ellas. Sobre todo si dejamos pasar mucho tiempo.

—Tienes razón, me cuesta entrar, pero no puedo pasar de largo... sin... sin... rezarle al menos un padrenuestro y recordar a los frailes que le tienen que decir misas a perpetuidad para sacarle del purgatorio.

—Pero ya no le debes llorar porque no lo sientes y él lo notaría. Ven conmigo hasta Arroyo y encargamos a Fructuoso un sarcófago como el de Herrera.

34

Teresa acompañó a Mencía desde Aguilar hasta Arroyo. Por el camino vieron con alegría que se levantaban iglesias por todas partes. La mayor parte de ellas en las afueras de los pueblos. Al fondo, las montañas de Redondo y de Lebanza amamantaban los ríos con sus nieves tardías. La iglesia de Santa Cecilia encaramada sobre una roca recitaba letanías a la Virgen María agitando su campana desde la pequeña espadaña que saltaba por el tejado.

Cuando llegaron a Arroyo, su cuñada rezumaba felicidad por todos los poros del cuerpo. No solo había levantado la cerca, sino que había construido una casa para ella y dependencias para la servidumbre y, sobre todo, el claustro. Un claustro diferente a todo lo que había visto en su vida.

—¿Qué te parece, eh? ¿Te has fijado qué hermosura?

—Es inconfundible. Se nota la mano de Fructuoso.

—Le habrán ayudado los ángeles, porque ha sido visto y no visto. Primero hicieron el muro que lo rodea y luego Juan de Piasca trajo los capiteles de la cantera. Los hicieron con la piedra de Dios y son los más hermosos de su género que he visto en mi vida. Todos diferentes... y muy espirituales. Todos son vegetales, como quiere San Bernardo.

—Son de una delicadeza y de una fragilidad incomparables. Muy apropiados para un monasterio cisterciense femenino. Los monjes, de haberlos, podrían romperlos con la mirada. Pero ¿dónde están las hermanas? —preguntó Teresa.

—Hermanas no han de faltarme. Ya vendrán a su debido tiempo. Pero déjame que disfrute mientras tanto haciendo las cosas a mi gusto por primera vez en mi vida. En este mundo de guerreros, las mujeres solo estamos para servir a los hombres. Es lo que dice la Biblia y es lo que dice San Pablo... Menos mal que el claustro nos pertenece y que nosotras lo gobernamos haciendo la voluntad de Dios... y también un poco la nuestra. Pero sin hombres que nos sometan y nos humillen... Aquí ha venido Dorotea con Fructuoso. Ella se ocupa de administrar todo lo referente a la obra. Y a Fructuoso ya le conoces, el hombre es tan agradecido que se desvive por servirnos del mejor modo posible. Ahora no está porque le ha reclamado la reina en Burgos para hacer un arreglo en los baños. Ya sabes de su afición... a la limpieza.

Teresa asentía con la cabeza, pero, pensando en Eloísa en el convento de Paráclito, negaba con el corazón.

—Dios no quiso darnos hijos a Álvaro y a mí, y su muerte fue una liberación porque llevaba tiempo muy enfermo —dijo doña Mencía—. Ya no necesito a nadie que me proteja. En todo caso, este claustro lo hace a la perfección. ¡Y es tan mío y tan hermoso!

Viendo a su cuñada tan feliz entretenida con la construcción de su convento, Teresa entendió por qué la reina Leonor, lo mismo que las viudas de los nobles, edificaba un monasterio junto a su palacio.

«Es un pequeño mundo construido por ellas, gobernado por ellas y solo para ellas y antesala del reino de los cielos», pensó.

—Me gustaría ir a Perales a visitar a mi hija María, ¿podrías prestarme a Dorotea por unos días para que me acompañe durante el camino? —le pidió a Mencía, que dio su consentimiento de inmediato.

Dorotea no sabía cómo agradecer a Teresa su mediación con Jacinto, y Teresa no sabía de qué modo explicarle el motivo del viaje al monasterio de Perales. Para evitar que se prolongara aquella situación tan embarazosa, se dirigió a ella forzando una sonrisa:

—No os hacéis una idea cuánta vida tenemos en común vos y yo, hermana mía. Aunque ahora veáis en mí a la reina de León, en esta vida he sido sobre todo una madre. La de los hijos que Dios ha querido darme, la de los que no tuve porque Dios quiso llevárselos consigo y la de una niña recién nacida que pusieron en mis brazos cuando acababa de expirar la mía... Fue en Toledo, meses después de que muriera el rey don Sancho. —Teresa advirtió un estremecimiento en su compañera—. La madre era la hija del copero del rey... —Dorotea se paró en seco y se quedó mirando a la reina tan pálida como si fuera un fantasma—. Sí, amiga mía, esa niña era vuestra hija. El Señor la ha llamado al convento cuando su madre ha vuelto a salir al mundo.

—¿Cómo es posible? ¿Cómo es posible? ¿Cómo pudo ocurrir? No es posible tanta felicidad... —musitaba Dorotea, riendo y llorando al mismo tiempo mientras besaba la mano de Teresa.

—A don Nuño y a mí se nos dijo que vos habíais muerto y nos entregaron a vuestra hija, y a vos os dijeron que vuestra hija había dejado de respirar y os entregaron al convento. En otro, no lejos de aquí, esta María, y podréis conocerla muy pronto si tenéis a bien acompañarnos.

La madre abadesa de Perales se llevó un gran susto cuando le dijeron que su madre, la reina Teresa, la esperaba en el locutorio. Como las noticias de la guerra entre los reinos llegaban a todas las partes, bajó corriendo las escaleras pensando que otra desgracia se había abatido sobre la familia, pero cuál no sería su sorpresa cuando vio a Teresa acompañada por una mujer que la miraba de un modo especial. María supo inmediatamente quién era la visitante. ¿Cómo no saberlo si reconocía sus propios rasgos, la mirada, el gesto en los de la dueña? Ninguna de las tres podía romper el silencio porque les atenazaba un nudo en la garganta. Solo hablaban en voz alta las lágrimas. Al cabo de unos instantes que condensaban muchas alegrías y sufrimientos, Dorotea sacó una pulsera de la faltriquera y se la entregó a María.

—Me la regaló vuestro padre, el rey don Sancho. Guardadla con vos. Sabía que algún día os la entregaría, en esta vida o en la otra.

Tan pronto como Teresa llegó a Palencia fue en busca del obispo Raimundo.

—¡Qué gran alegría y qué gran honor supone vuestra visita, señora mía! —exclamó el religioso—. ¿Qué negocios os traen por la corte de Castilla?

—Venía a arreglar asuntos del pasado en Herrera y Aguilar, pero lo he dejado todo en manos de mi cuñada Mencía, especialmente que se ocupe del sepulcro de Nuño, porque quiero volver cuanto antes a León.

—Llegáis en tiempos de guerra. Habréis visto que hay soldados por todas partes. Y vuestros hijos están con don Alfonso.

—Esa guerra me atormenta y me divide, todos perdemos en ella, y yo, como madre y como esposa, puedo perderlo todo. Entiendo las razones y sinrazones de ambas partes porque a ambas pertenezco y con ambas sufro y combato. ¿Es que la Iglesia de Roma no puede parar esta locura?

—Solo hay dos personas que podrían hacerlo. Jacinto y vos. Ambos estabais en Valladolid durante el concilio y fuisteis testigos del testamento del emperador —dijo Raimundo—. Jacinto está en Roma y no vendrá, pero vos habéis llegado en el momento oportuno, porque os envía la Providencia.

—Ambos reyes son astillas del mismo palo. Ese es el problema de los conflictos entre familias. El tío sigue pensando que el sobrino es un niño y el sobrino sigue pensando el tío es el chivo que le persigue. Y es imposible que se entiendan entre ellos. Los conflictos familiares se enconan y se eternizan. Los calientan las pasiones y el orgullo, y no hay manera de enfriarlos para llegar a un acuerdo satisfactorio.

—Poco puedo hacer yo ahora, señora mía. Entonces iba y venía tratando de que se reconciliaran en Sahagún, pero en este momento el canciller es Egidio, que no tiene ningún ascendente sobre los reyes —se lamentó Raimundo.

—Pero vos sois familiar de ambos.

—También lo es vuestra majestad y en mayor grado que yo, por parentesco y por influencia. Tenéis gran experiencia en estos asuntos, y el rey espera impaciente vuestra visita.

Teresa no había vuelto a ver al rey Alfonso desde Cuenca. Solo habían pasado dos años, pero ¡cómo había cambiado y cuántas cosas habían pasado desde entonces! Al igual que le había ocurrido a ella con su marido, como si la omnipresencia del regente don Nuño hubiese estado taponando su vida, su desaparición le había dejado libre el horizonte para crecer en todas las direcciones. Alfonso estaba más alto y más fuerte y desprendía energía en su mirada y por todos los poros del cuerpo.

—¡Qué visita tan agradable en un momento tan inesperado, señora mía! Pero ¿qué le trae a la reina de León en estos momentos por estas tierras de Castilla?

—Veréis que no he venido como reina. He venido como viuda y como madre. Tenía asuntos que resolver y no había vuelto a mi torre de Aguilar desde que murió don Nuño.

—Que perdió la vida por salvar la mía —dijo el rey, llevándose la mano al pecho.

—Era su deber como servidor vuestro —apostilló Teresa—. Ahora que ya no está, puedo deciros que no hizo otra cosa en su vida.

—Vos también lo hicisteis acogiéndome como uno más de vuestra familia en Atienza cuando me perseguía vuestro marido.

—Entonces no lo era, aunque lo sea ahora por designio del Altísimo. Pero el que os perseguía era vuestro tío y os defendía mi marido, que os sacó de Soria escondido bajo su capa.

—También me acuerdo de cuando me llevasteis a Sahagún a entrevistarme con vuestro esposo y me regaló la Tizona.

—Mi esposo era don Nuño, no lo olvidéis, y estaba junto a vos en el presbiterio. Por cierto, ¿dónde tenéis la espada? Porque, si mal no recuerdo, vuestro tío os la entregó con la condición de que no pudiera blandirse contra el caballero que os la ofreció porque se rompería en mil pedazos.

—¿Queréis decir que debo renunciar a los Campos Góticos porque mi tío me regaló la espada del Cid?

—Solo he repetido lo que dijo cuando os la entregó. Pero si queréis saber lo que pienso, os lo diré con la sinceridad con la que siempre os he hablado, aunque alguna vez hayan podido haceros daño mis palabras.

Alfonso se quedó pensando que a lo mejor no era cierto el motivo de su viaje y había venido a entrevistarse con él en calidad de reina de León.

—¿Por qué retiene vuestro esposo lo que me pertenece? ¿O también vos pretendéis que renuncie a los Campos Góticos y me olvide de que se apoderó de ellos aprovechándose de que yo era niño?

—En modo alguno. Os estoy diciendo algo que vos sabéis perfectamente. Ahora jugáis con blancas y queréis derrotar a vuestro contrincante en unas pocas jugadas, y podéis hacerlo seguramente, pero los Campos Góticos pueden ser el señuelo que os ciegue.

—No veo adónde queréis llegar.

—Un buen jugador de ajedrez piensa con anticipación en las consecuencias de sus movimientos y los del rival, y lo hace como más le conviene para ganar la partida definitiva. Por eso debéis actuar ahora de manera que cuando necesitéis aliados para combatir a los infieles, los tengáis a vuestro lado incondicionalmente. Pero si los humilláis con una derrota tras otra, no contaréis con su ayuda y hasta puede que os ataquen por la espalda cuando estéis enfrentados a vuestro peor enemigo. Mi padre decía que el rencor y el resentimiento nublan el juicio, y que la serenidad aguza el entendimiento; y contaba la historia del rey Pirro, que ganó una batalla a los romanos perdiendo tantos hombres que dijo: «Otra batalla como esta y tendré que volver a Grecia yo solo». Si gastáis ahora inútilmente vuestras fuerzas para derrotar a vuestro tío, ¿con qué derecho podéis reclamar su ayuda en el futuro cuando el califa os ataque?

—Vuestros argumentos son inapelables, pero don Nuño me enseñó que no dejara para mañana lo que debiera hacer hoy. Y vos y el obispo Raimundo me llevasteis a Sahagún prometiéndome hacer tablas con mi tío para que cuando empezara una nueva partida yo llevara todas las de ganar. Ahora que llevo todas las de ganar, no me diréis que debo renunciar a recuperar los Campos Góticos.

—Si os asiste la razón, podéis buscar una solución de arbitraje mediante las personas que sean de total confianza de ambos. Y aceptando de antemano lo que ellos decidan. Pero sois muy libre de hacer vuestra voluntad. —Teresa, al ver el empecinamiento del rey, decidió jugar su última carta—. Antes de partir debo confiaros un secreto que solo conoce vuestra hermana María.

—¿Llamáis hermana mía a vuestra hija María? No os entiendo.

—La engendró vuestro padre en el vientre de la hija de su copero.

Como viera que el rey seguía sin comprender lo que le decía y la miraba con ojos desorbitados, Teresa le explicó en pocas palabras lo sustancial del asunto.

—A partir de ahora, vuestra hermana María rezará por vos y por sus hermanos —concluyó—. Ellos luchan con vos y, como comprenderéis, tengo el corazón dividido entre mi esposo, por una parte, y mis hijos y vos por la otra, y eso solo está en vuestra mano arreglarlo. Tengo que partir enseguida —se despidió, levantándose— porque, como bien sabéis, mi sitio está ahora en la corte de León al lado de mi esposo y de mi hijo pequeño, pero antes de hacerlo, desearía regalaros un neblí que ha amaestrado el halconero de don Nuño y que llevaba para mi esposo.

—¡Qué gran regalo me hacéis! Es un ejemplar magnífico. Extraordinario. Recuerdo que don Nuño, estando con vos en Aguilar, me regaló un pollo de neblí y me inició en el noble arte de la cetrería. También me acuerdo de que estaba enfermo y que Cecilia y vos entreteníais mis horas contándome historias y haciéndome compañía.

Mientras el rey contemplaba con admiración el valioso regalo que acababa de recibir, Teresa miraba alternativamente al halcón peregrino y al joven monarca. Plantados firmemente sobre sus piernas robustas ofrecían una impresionante imagen de energía y determinación, y se quedó maravillada del gran parecido que había entre ambos. Sus cabezas redondeadas estaban colocadas sólidamente sobre un cuello recio que encajaba con naturalidad y armonía en un tronco poderoso. Los ojos redondos e inquietos, de color castaño oscuro, reflejaban en cambio una mirada apacible de una serena inteligencia llena de arrojo y valentía. La nariz pequeña y afilada y los finos labios apretados y dibujados por una barba muy cuidada denotaban un gesto de decidida obstinación.

Viéndoles tan semejantes el uno del otro, cada uno el rey de su especie, Teresa se dio cuenta de que Alfonso podía volar muy alto. Aquel ejemplar adulto de rey, que ella había contribuido a criar, erguido y corpulento al igual que el halcón peregrino, era un enemigo formidable para su esposo, pero tenía que encauzar toda su energía y su capacidad de combate hacia un objetivo más ambicioso volando majestuoso hacia lo alto.

—Remontaos con el neblí hasta las alturas y podréis ver con vuestros propios ojos quiénes son vuestros verdaderos enemigos y quiénes pueden ser vuestros mejores aliados. Os daréis cuenta de que el verdadero peligro no viene de León, sino por el sur desde el otro lado del mar. Está a la espera de que os debilitéis para abalanzarse sobre vuestros reinos. Se llama Abú Yacub, no olvida lo de Cuenca, y él o sus descendientes vendrán a recuperar lo que era suyo con un ejército innumerable.

A Teresa se le iluminó la sonrisa cuando iba camino de León imaginando a su pequeño Fernando cabalgando dentro de unos años junto a su padre. También iba contenta porque con aquella gira improvisada había conseguido cerrar de la mejor manera posible la historia inacabada que contó a Jacinto en Toledo. Cabalgando hacia León por la llanura infinita de los Campos Góticos en litigio, que tanta desgracia habían traído a los reinos, sintió una paz y una dicha como nunca había sentido en su vida. Los trigales estaban a punto para la siega y se mecían al viento sin oponer resistencia. Al fondo se divisaban las torres de Sahagún elevándose sobre los tejados de la población y se escuchaban a lo lejos las campanas de San Tirso. Teresa elevó la vista al cielo y dijo: «Para que mi felicidad fuera completa solo necesitaría que Fernando y Alfonso hicieran las paces».

Tal y como había prometido el santo monje Domingo Facundi, al cabo de los nueve meses, la reina doña Leonor dio a luz una niña grande y hermosa a la que pusieron por nombre Berenguela en honor y recuerdo de la reina doña Berenguela de Barcelona, hija del conde Ramón Berenguer III y esposa del emperador don Alfonso.

Alfonso hubiera preferido un varón, porque sabía que durante el reinado de su bisabuela la reina doña Urraca había habido incesantes disturbios que causaron mucho daño y sufrimiento a la población. Pero cuando bautizaron a la niña en la catedral de Burgos, viendo lo hermosa que era, comenzó a cambiar de parecer.

—¡Qué grande es! —exclamó—. ¡Gracias sean dadas al Señor, que me ha concedido una niña tan robusta y tan hermosa!

Pocos días después de su nacimiento, el rey hizo pronunciar a los nobles y concejos de Castilla juramento de fidelidad y la nombró heredera del trono. Con ello garantizaba la continuidad de su estirpe en la corona de Castilla y esquivaba la posibilidad de que el reino fuera a parar al rey de León si por enfermedad o percance bélico él perdía la vida.

Al día siguiente, la reina estaba tomando el sol con la niña en brazos en las Claustrillas de su palacio de Las Huelgas y observaba complacida la curiosidad con que contemplaba la criatura los deditos luminosos de sus manos. Viendo cómo se transparentaban y resplandecían, se dijo: «¿Será posible que el destino de los reinos de Castilla y de León esté depositado en estas manos tan delicadas? Eso solo Dios lo puede saber, pero el tiempo lo dirá. Yo me encargaré de que sea una mujer fuerte y valiente como su abuela la reina Leonor de Aquitania».

Semanas más tarde, el rey don Alfonso, que había viajado hasta Toledo, salió de caza con su neblí por los cerros y montes que rodeaban la ciudad. Al llegar a una llanada soltó el ave, que remontó el vuelo hasta convertirse solamente en un punto en el cielo describiendo círculos cada vez más amplios y buscando una presa sobre la que abalanzarse. De vez en cuando lo perdía de vista, porque rebasaba la tenue silueta de la arboleda lejana. Mientras trataba de divisarlo de nuevo se dijo: «Es el mejor halcón peregrino que he tenido en mi vida. ¡Qué gran regalo me hizo Teresa!».

Entonces resonaron nítidas y serenas sus palabras de despedida: «Remontaos con el neblí hasta las alturas y podréis ver con vuestros propios ojos quiénes son vuestros verdaderos enemigos...».

—Teresa tiene toda la razón. Encargaré a nuestro tío Raimundo que busque unos jueces imparciales para arreglar este conflicto con mi tío que tanta sangre nos está costando.

El neblí estaba sobrevolando la vertical de su cabeza. Alfonso estaba hipnotizado siguiendo su vuelo majestuoso. El ave trazaba círculos perfectos que parecían marcar un objetivo. Observándolo durante unos minutos, el rey recordó nítidamente aquel día en que Nuño le llevó al roquedal de las Tuerces en las afueras de Aguilar para capturar una cría de halcón.

«¡Qué felicidad la mía regresando a Aguilar erguido y sonriente en mi caballo con la rienda en la mano izquierda y tensando la mano derecha como si llevara el polluelo de neblí. Cuando atravesamos el puente junto a la casa, habría dado la mitad de mi reino por que estuviera Raquel esperándome a la puerta».

En aquel mismo instante el halcón se descolgó del cielo y se lanzó con todas sus fuerzas hacia abajo desplomándose aceleradamente hacia su objetivo. El rey seguía con gran expectación la trayectoria suicida de aquel ave que se había arrojado decididamente sobre su presa.

Alfonso echó a correr a toda prisa hacia el lugar donde había desaparecido el halcón. Llegó al borde del cercado de una heredad, buscó afanosamente la puerta, abrió la cancela y se entró en un jardín adornado con profusión de estanques y enredaderas. Cerca de uno de ellos estaba el neblí sujetando una paloma que acababa de abatir. De la casa del fondo salió una hermosa mujer vestida de negro.

—¡Sois vos, majestad! ¡Sabía que vendríais algún día a encontraros conmigo! ¡Por fin habéis llegado hasta mí!

Alfonso se quedó mirando aquellos ojos profundos a los que no se veía el fondo, pero sintió vértigo pensando en la reina doña Leonor y para no desplomarse se abrazó a Raquel con todas sus fuerzas. Cuando sintió el calor de su cuerpo, el perfume de sus cabellos y el aliento de sus labios, se dio cuenta de que acabarían cayendo juntos por un precipicio.

—Pongo por testigo a doña Teresa de que he cumplido lo que le dije cuando me separaron de ti —le dijo—. Ni un solo día de mi vida has estado alejada de mi pensamiento y en él permanecerás mientras me quede un aliento de vida.

¿Acaso se les olvida algo a los amantes?

FIN

Personajes

FAMILIA DE TRABA

La dulce Teresa: hija del conde de Traba y Teresa de León. Nieta de Alfonso VI.

Conde Fernando Pérez de Traba: el cruzado, padre de Teresa y principal noble de Galicia.

Don Veremundo: el fiel hermano del conde.

*Teodomira: el ama de cría de Teresa. Una dueña de armas tomar.

*Cecilia: la luminosa hija de Teodomira. Doncella de Teresa.

Conde Osorio Martínez: el malogrado. Educador del príncipe Fernando de León.

Constanza Osorio: la repudiada. Hija del conde Osorio. Amiga de la dulce Teresa.

FAMILIA REAL

Alfonso VI. El de la jura de Santa Gadea. Desterró al Cid. Conquistó Toledo.

Alfonso VII: el menguante emperador. Hijo de Raimundo de Borgoña y de la reina Urraca. Nieto de Alfonso VI de Castilla.

Riquilda de Polonia: jovencísima esposa del emperador. Hija de Ladislao el Desterrado.

Sancho el Deseado: el enfermizo primogénito de Alfonso el emperador y Berenguela.

Blanca de Navarra: la delicada flor de invernadero. Esposa de Sancho.

Alfonso VIII de Castilla: el príncipe huérfano. Hijo de Sancho y de Blanca.

Leonor de Plantagenet: la reina de los trovadores. Hija de Enrique de Inglaterra y Leonor de Aquitania. Hermana de Ricardo Corazón de León y Juan Sin Tierra.

Berenguela la Grande: hija de Alfonso y de Leonor.

Fernando II de León: el alocado segundón. Hijo del emperador Alfonso y Berenguela.

Alfonso IX: el niño malcriado. Hijo de Fernando y Urraca de Portugal.

Estefanía: la desdichada. Hija del emperador y de Urraca Fernández de Castro.

Sancha Raimúndez: la infanta abadesa. Hija de Raimundo de Borgoña y de la reina Urraca.

Alfonso Enríquez de Portugal: el cojo de Badajoz. Hijo de Enrique de Borgoña.

Urraca Alfónsez: la monja a la fuerza. Hija de Alfonso Enríquez.

FAMILIA DE LARA

Manrique Pérez de Lara: el héroe de Almería. Regente de Castilla. Hermano de Nuño y Álvaro.

Nuño Pérez de Lara: el adusto castellano. Regente de Castilla. Hermano de Manrique y Álvaro.

García García de Aza: segundo ayo del rey Alfonso de Castilla. Medio hermano de Nuño y Manrique.

Pedro García: el mayordomo de Alfonso de Castilla. Hijo de García García de Aza.

Álvaro Pérez de Lara: hermano de Nuño y Manrique.

Mencía: la viuda abadesa de Arroyo. Esposa que había sido de Álvaro Pérez de Lara.

Pedro Manrique de Lara: hijo de Manrique. Sobrino de Nuño. El héroe de Huete.

FAMILIA DE CASTRO

Don Gutierre Fernández de Castro: ayo nutricio del rey Alfonso de Castilla.

Fernán Rodríguez de Castro: el castellano implacable. Mayordomo de Fernando de León. Esposo de Constanza Osorio y después de Estefanía la Desdichada.

ECLESIÁSTICOS

Cardenal Jacinto Bobone: legado papal.

Raimundo el Chato: obispo de Palencia.

*Domingo Facundi: el fraile visionario. Prior de Piasca. Cocinero de Sahagún.

*Petrus Albus: novicio de Piasca. Ayudante de Facundi.

Cerebruno: obispo de Osma. Educador y maestro de ajedrez de Alfonso.

Juan: arzobispo de Toledo.

Pedro Suárez de Deza: arzobispo de Compostela.

Papa Alejandro III.

Andrés: abad secular del monasterio de Santa María de Aguilar.

Miguel: abad premostratense del monasterio de Santa María de Aguilar.

Maestro Mateo.

*Fructuoso Ciruelo: cantero lebaniego.

Juan de Piasca: hermano de Fructuoso. Cantero lebaniego.

*El joven Mateo: hijo de Mateo y Cecilia.

OTROS PERSONAJES

*El judío Nicodemo: comerciante de Toledo. Padre de Raquel la Fermosa.

*Raquel la Fermosa: la amante del rey Alfonso. Hija de Nicodemo.

*Susana la judía: hija de Nicodemo. Hermana de Raquel la Fermosa. Esposa de Juan de Piasca.

*Sor Dorotea: una dueña de la reina Leonor.

Abú Yacub: el Miramamolín. Califa almohade.

Nota del autor

Contaba José Luis Sampedro que un día que andaba firmando libros se le acercó una señora que le dijo: «¡Ay, don José Luis! Mi vida es una novela», y que él le respondió: «Entonces, ¡escríbala, escríbala!». Pues bien, amigo lector, este libro que tienes en tus manos es una novela que cuenta la vida, los amores, los sinsabores, las inquietudes, las aventuras, las creaciones artísticas y la lucha por el trono de unos personajes de carne y hueso que ya no pueden escribirla porque vivieron en el siglo XII. Ellos han condicionado mi infancia y mi vida y a ellos debo probablemente casi todo lo que soy, y como de tanto andar por sus obras me han cogido confianza, me han pedido insistentemente que cuente la novela de sus vidas. Me ha sido imposible negarme a tan sentida petición. Y como son muchos, no me ha quedado más remedio que meterlos a todos en esta obra.

Todo tiene sus principios en la vida. La mía comienza en la Liébana de los Beatos muy cerca de la iglesia de Santa María de Piasca. Tres años más tarde, recién llegado, cargado de vivencias, desde los Picos de Europa a la montaña palentina, tuve la fortuna no solo de respirar galletas a diario, sino de tener como principal juguete el monasterio de Santa María la Real, cuyas fantásticas ruinas impresionaron a don Miguel de Unamuno cuando visitó Aguilar de Campoo en los años veinte del siglo pasado, tal como dejó escrito en el libro *Visiones y andanzas españolas*, de la Colección Austral de 1921 en estos términos:

¡Las ruinas de Santa María la Real, convento que fué de premostratenses!

¡Ruinas! Ruinas en que anidan gollorios y gorriones, piando alegría de vivir fuera de la historia, y allí cerca discurre sobre verdura el agua clara que baja de los riscos calizos. Y las ruinas siguen arruinándose. Faltan capiteles que han sido llevados al Museo Arqueológico de Madrid. Es la tala de la ciencia. ¿Ciencia? Y del mismo modo va yendo España toda al museo. Y un museo es el más terrible de los cementerios, porque no se deja en paz al pobre muerto. Y luego ruinas de cementerio, ruinas de tumba...

¿Quedan entre estas ruinas hombres?

¿Queda en los arruinados hombres hombría?

Hay agua en el fondo de la reseca roca, en el cogollo del corazón rocoso.

Hasta una ruina puede ser una esperanza.

Un cuarto de siglo después de aquella visita levantó mi padre un calero en el risco calizo. Pegada a él como un eremitorio construyó la casa familiar a pocos metros del manantial de agua clara que al brotar bajo los muros del viejo monasterio discurría sobre verdura. De él nos surtíamos para bebida y aseo transportando calderos del agua cristalina a regañadientes.

En la puerta de aquel «convento caído» que agonizaba junto al risco que cobijaba mi casa, había un letrero que rezaba: «MONUMENTO NACIONAL. PROHIBIDO EL PASO». En aquellos grises años de la posguerra española, para un niño de siete u ocho años no había mayor aliciente que colarse en aquel recinto prohibido que albergaba la huerta conventual y un arroyo en cuyas aguas se escabullían los cangrejos entre las piedras.

En él colábamos a los escasos turistas que llegaban hasta su puerta y la encontraban cerrada porque el guarda que había puesto el ministerio colgaba a menudo un letrero que rezaba: «LLAMAD AL GUARDA. LLAMAD FUERTE; SI NO ESTÁ, ID A BUSCARLE AL BAR EL FARO». Es de advertir que el convento está extramuros de la villa y a un kilómetro de distancia de dicho bar. Aprovechando que las visitas del uniformado a El Faro eran frecuentes y prolongadas, acompañado de mi amigo Gelín, que era nieto del hortelano del convento, hice mis primeros pinitos como cicerone para sacar dinero para ir al cine el domingo en el Campoo, que casualmente estaba y está junto al bar El Faro. Dado el estado ruinoso del edificio, más que en turismo cultural, fuimos pioneros en el de aventura.

Allí admiraban con nosotros la potencia de los muros que se resistían al abrazo de las enredaderas; la pericia de los arcos y las bóvedas que saltaban de muro a muro como por arte de magia; las suntuosas escaleras que no llevaban a ninguna parte; aquel claustro expoliado que sembraba fragmentos de cimacios y capiteles entre las zarzamoras; aquella iglesia desnuda donde los gorriones desafinaban penosamente en el coro cuando trataban en vano de reproducir los ecos del canto gregoriano; los sepulcros destripados desde los que nos miraban con asombro desde el abismo de sus cuencas vacías los difuntos nobles castellanos; aquellas estancias abiertas al vacío con balcones suicidas cuyos ventanales nos sobresaltaban cuando, sacudidos por el viento, hacían penitencia flagelando sus brazos de madera contra las embocaduras.

Además de todo aquello que enseñábamos a los turistas, los murciélagos que sobrevolaban las bóvedas agujereadas y planeaban sobre nuestras cabezas de chorlito, alimentaban mi curiosidad infantil, eran una llamada permanente a la aventura y un estímulo irrefrenable que me llevaba casi a diario a desafiar el miedo, la prohibición y el peligro y han sido la tierra fértil de la que han brotado mis aficiones al dibujo y a la arquitectura, al románico y al patrimonio, a los monasterios y a las catedrales y a todo lo que concierne a aquel apasionante tiempo del medievo lleno de arte, de historia, de leyendas, de fantasía y de terrores milenarios.

Con el paso de los años, el monasterio seguía arruinado de modo lastimoso y me reclamaba a gritos a mí. Entonces, el convento caído me recordó que todavía estaba sin borrar en el exterior de la capilla del Cristo una pintada con cal que rezaba: «BAHAMONTES GANÓ EL TOUR 1959», cosa prohibida en un monumento nacional, cuyo autor anónimo era un muchacho que marchó a Madrid el mismo año en un camión de galletas con la intención de hacerse arquitecto...

y que, en penitencia, me tenía que echar el monasterio a las espaldas y peregrinar por los despachos de Madrid para borrar mi pecado consiguiendo fondos para restaurar el edificio.

Aquello ya no era turismo, sino una aventura de recorrido y consecuencias imprevisibles en un ámbito donde había mucha vida adherida junto con el musgo y la hiedra a sus venerables piedras.

Ocho años después de comenzar aquella aventura con la Asociación de Amigos, buscando los cimientos de las primitivas iglesias, los arqueólogos fueron descubriendo las tumbas de los caballeros, nobles y familiares que se hicieron enterrar en la iglesia conventual, al tiempo que se inauguraba un instituto de bachillerato con ciento cincuenta alumnos. Habían pasado ciento cincuenta años desde que los premostratenses abandonaran el edificio. Tantos años como alumnos llegaron a repoblarlo. Entonces recordé la profecía de Miguel Hernández: «Donde unas cuencas vacías amanezcan, ella pondrá dos piedras de futura mirada». Los nuevos alumnos las pusieron, pero año tras año me he resistido a escribir la novela que llenara de mirada las cuencas vacías que habían amanecido en la iglesia conventual.

Tres años después, a principios del verano, se desató una tremenda borrasca en el centro de la península. Aquel día esperábamos a la reina doña Sofía a las puertas del recinto conventual. Vendría de Madrid en helicóptero para entregarnos el Premio Europa Nostra por la restauración del monasterio.

La reina llegó, pero el helicóptero de Tráfico en el que viajaban Rosa de Lima, la directora general que hasta hacía poco había sido gobernadora civil de Palencia; el crítico de arte Santiago Amón; el diputado palentino Alberto Acítores, todos ellos muy ligados al monasterio de Aguilar, se estrelló al poco de salir de Madrid, en el Pico de la Miel de la Cabrera, muriendo todos sus ocupantes.

Mientras la reina me hacía entrega del premio, en las bóvedas de la iglesia resonaba la voz grave y profunda de Santiago Amón recitando al poeta César Vallejo:

No vive ya nadie en la casa —me dices—, todos se han ido. La sala, el dormitorio, el patio yacen despoblados. Nadie ya queda, pues que todos han partido. Y yo te digo: cuando alguien se va, alguien queda. El punto por donde pasó un hombre, ya no está solo... Todos han partido de la casa, en realidad, pero todos se han quedado en verdad. Y no es el recuerdo de ellos lo que queda, sino ellos mismos...

Bastantes años más tarde moría, víctima de un cáncer inmisericorde, mi hija Marta, que durante su infancia había correteado por el claustro y las escaleras del monasterio durante su restauración. En las Navidades de 2005, cuando el río de su vida estaba a punto de perderse en el mar, nos dictó el principio de una novela que comenzaba del siguiente modo:

Recuerdo que era agosto, no un agosto como otro cualquiera, aunque en realidad, ¿qué día es igual a otro? Yo viajaba de madrugada por los campos de Castilla mientras amanecía. Castilla huele a pan por las mañanas y, a veces, consigue confundirte con el pasar del tiempo.

Viajaba a Aguilar de Campoo donde las calles habían olido a galletas durante siglos... A la derecha, a la entrada del pueblo, salía una carretera en la que culminaban dos de los puntos más importantes de mi infancia: el Calero de mis abuelos y el monasterio —discúlpenme la osadía— de mi padre, por todo lo que él ha puesto. Aguilar son los soportales, Aguilar son los andamios entre los capiteles, Aguilar es el sonido del arroyo, es la chimenea de la casa, la cocina de la abuela...

Cumpliendo su deseo de escribir la novela de su vida, con su hermana María y sus amigas más íntimas nos pusimos a la tarea de recopilar sus cartas y escritos. Al juntarlas todas nos dimos cuenta de que teníamos en nuestras manos una obra cuyos hilos entretejían su vida con las nuestras. En ella estaba contenida toda su vida desde los cuatro años hasta los últimos días de su existencia. Sin saber ella ni nosotros que algún día lo publicaríamos, dictó a su novio el epílogo.

Hay tantas cosas, grandes y pequeñas, que es una lástima tener que sufrir para poder mirarlas. Dicen que todo tiene un precio, y yo creo que no es cierto, se trata de querer cosas sencillas, amables, livianas, para que te dé tiempo de mirarlas una a una.

Una piedra roja, una piedra azul, una piedra amarilla.

Y así titulamos su libro.

Ella me pidió muchas veces que escribiera una novela, incluso me regaló un cuaderno para que comenzara cuanto antes, y después de editar su libro, me hice el propósito de hacerlo algún día para contar las vidas de aquellos que ya no podían escribirlas.

Recuerdo que era invierno y en aquellas tristes jornadas andaba rodando en el monasterio de Estíbaliz (Álava) la serie *Las claves del Románico* y que tenía que contar las historias de esa época viajando por España. Estando más tarde en La Rioja, descubrí a Sancho el Deseado desmayándose en Nájera en el sepulcro de su joven esposa, doña Blanca de Navarra. También me encontré con una bula, dictada por el cardenal Jacinto en 1172, que mediaba en el pleito de los monjes de Aguilar. Descubrí que los escudos de los Lara eran parecidos a los de los Castro. Me apercibí de que al Cristo de Carrión le faltaba una mano. Repasé el documento en el que el rey Fernando de León encargaba terminar la catedral de Santiago a Mateo. Comprobé que Juan de Piasca había fechado y firmado el pórtico de Rebolledo de la Torre. Averigüé también que el convento de Aguilar era propiedad de la familia Lara y del rey Alfonso VIII, y que por aquellas tierras había pasado la dulce Teresa y buena parte de la historia de la Edad Media, cuando los Lara y los Castro luchaban por hacerse con la tutoría del pequeño rey Alfonso y su tío Fernando estaba a punto de arrebatarle el trono de Castilla para rehacer el reino del emperador.

Sabía desde niño que en el templo del convento había una sepultura de un caballero con un halcón y un capitel con las Marías ante el sepulcro, la duda de Santo Tomás y la aparición a María Magdalena. Recordaba a Gelín metido en el agua helada del arroyo conventual pescando suculentos cangrejos a mano y que el pueblo de Aguilar debía este nombre a los halcones, los azores y las águilas que anidaban en los roquedales de la periferia de aquella villa que en 1170 formó parte de la dote que el rey Alfonso VIII dio a la reina doña Leonor, la hermana de Ricardo Corazón de León.

Los personajes que reclamaban su novela habían dejado sus huellas en monumentos y documentos, como Marta en las cartas que escribió durante toda su vida. Algunas de las calaveras que descubrieron los arqueólogos pertenecían a los nobles de aquellos linajes y sus dueños pedían a gritos que se contaran sus vidas para que no se borraran como las huellas que habíamos dejado Gelín y yo en el polvo de las escaleras del convento.

Ellos habían vivido en los gloriosos años de mediados del siglo XII, cuando hubo aquel renacimiento primero que fue el Románico pleno. Entonces lo sagrado se daba la mano con lo profano. Las gentes pasaban muchas noches a oscuras, sufrían de hambrunas y sequías, padecían venganzas y saqueos de los nobles; las mujeres se desangraban en los partos, los hombres guerreaban en primavera, cosechaban en verano, sembraban en otoño y hacían aperos de labranza en invierno. Y me di cuenta de que aquellos tiempos no eran tan distintos de los de mis abuelos.

Los canteros medievales, tomando a Roma como ejemplo, realizaron unas obras inmortales por un salario irrisorio sembrando los pueblos y las colinas de los valles de mi infancia de primorosas iglesias y ermitas románicas y en ellas, sirviéndose de la escultura, la arquitectura y la pintura dijeron a sus convecinos que debían mantener la esperanza porque aunque esta vida es un valle de lágrimas, al acabar su recorrido en este camino de prueba, si habían realizado buenas obras y se habían apartado del vicio, les esperaba Santiago Peregrino o un Cristo como el de Carrión para abrirles la puerta de la vida eterna donde no habría dolor ni sufrimiento y encontrarían la felicidad.

De todos ellos y de todo esto trata esta novela que he escrito para poder revivir con ellos la aventura de sus vidas y buena parte de la mía buscando la Piedra de Dios. No habría podido hacerlo sin la generosa ayuda de amigos y familiares. Ellos lo saben. Sus aportaciones, consejos y correcciones están camufladas humildemente en estas páginas y por ello les debo perpetuo agradecimiento.

ÍNDICE

www.booket.com

www.planetadelibros.com

Impreso en CPI (Barcelona)
c/ Torrebovera, s/n (esquina c/ Sevilla), nave 1
08740 Sant Andreu de la Barca